国家哲学社会科学成果文库
NATIONAL ACHIEVEMENTS LIBRARY
OF PHILOSOPHY AND SOCIAL SCIENCES

《乌布西奔妈妈》研究

郭淑云 著

中国社会科学出版社

作者简介

郭淑云 汉族，1958 年生，吉林省永吉县人。1978—1985 年就读于东北师范大学历史系，先后获史学学士、硕士学位；2007 年毕业于武汉大学哲学学院宗教学系，获哲学博士学位。曾任吉林省民族研究所研究员、吉林省高校人文社科基地长春师范学院萨满文化与东北民族研究中心主任，现为大连民族学院东北少数民族历史与文化研究中心主任，兼任长春师范学院萨满文化研究所所长、教授，博士生导师。主要从事中国北方民族萨满文化研究。主持和承担国家社会科学基金项目三项、省部级项目多项，出版《原始活态文化——萨满教透视》(2001)、《活着的萨满——中国萨满教》(合著，2001)、《多维学术视野中的萨满文化》(2005)、《萨满文化论》(合著，2005)、《中国北方民族萨满出神现象研究》(2007)、《追寻萨满的足迹——松花江中上游满族萨满田野考察札记》(2009)等学术著作，主编“萨满文化研究丛书”、《萨满文化研究》年刊。在《世界宗教研究》、《民族研究》、*SHAMAN* 等刊物发表学术论文 80 余篇，作品获中国民间文艺山花奖学术著作一等奖、吉林省首届社会科学基金项目优秀成果奖著作类一等奖、吉林省第六次社会科学著作二等奖等省部级奖励 10 余项。

《国家哲学社会科学成果文库》出版说明

为充分发挥哲学社会科学研究优秀成果和优秀人才的示范带动作用，促进我国哲学社会科学繁荣发展，全国哲学社会科学规划领导小组决定自2010年始，设立《国家哲学社会科学成果文库》，每年评审一次。入选成果经过了同行专家严格评审，代表当前相关领域学术研究的前沿水平，体现我国哲学社会科学界的学术创造力，按照“统一标识、统一封面、统一版式、统一标准”的总体要求组织出版。

全国哲学社会科学规划办公室

2011年3月

目 录

Content

绪　论

《乌布西奔妈妈》是流传于满族先世东海女真人中的一部古老的英雄史诗。作品以主人公乌布逊部[①]女萨满乌布西奔[②]的一生为主线，记述了她一生的丰功伟绩及其统一东海女真各部、开拓东海[③]海疆的伟大事业。史诗气势磅礴，内容雄浑，情节传奇而感人，语言形象生动，独具艺术特色。

《乌布西奔妈妈》是一部典型的萨满史诗。作品以神圣的产生形式和萨满传承方式、主人公乌布西奔萨满兼酋长的特殊身份以及作品反映的丰富的萨满文化内涵，体现的鲜明的萨满文化特色，诠释了“祭坛即文坛”，萨满巫师即人类原始文化的创造者和传承者的论断，彰显了古老英雄史诗的宗教性和独特的认识价值。

《乌布西奔妈妈》是一部特色鲜明的渔猎民族的优秀史诗。作品以东海女真人对其赖以生存的自然生态环境的深厚情感和独特认知，绘就了一幅幅生机盎然的渔猎生活画卷，表现了渔猎民族对自然的感悟与认识以及敬畏自然，与自然和谐共生的理念。史诗与东海女真人的渔猎生活水乳交融，密不可分，散发着浓郁的渔猎文化气息。

《乌布西奔妈妈》的叙事形式为散韵结合，可诵可唱，全诗六千余行，规模宏伟。金元以来，作品产生并世代流传于乌苏里江以东锡霍特山区（Sichote-Alin）的东海女真人及其后裔中。这里自古以来即是满族先世肃慎系先民生息繁衍的祖居地。东海女真人虽经数度王朝更迭和社会历史变迁，却始终保持着讲唱《乌布西奔妈妈》的传统。1860 年《中俄北京条约》签

---

① 乌布逊：《乌布西奔妈妈》中的主体部落名称，与“乌布林”为同一部落，因女真语音变化所致。

② 乌布西奔：满语 umesiben，意为最聪明、最有本领的人。

③ 东海：指日本海，因位于我国东北古代肃慎系居地之东，故名。

订后，随着包括锡霍特山区在内的乌苏里江以东大片国土被沙俄鲸吞，东海女真后裔陆续内迁至绥芬河、东宁、珲春等地，作品遂开始在内陆传播。史诗不仅曾经影响着其流传地区满族及其先民的精神世界，震撼和陶冶着他们的心灵，而且至今仍具有独特的艺术魅力，放射着璀璨的光芒。

东海女真人世代以渔猎为生，汹涌澎湃、气象万千的江河湖海是他们生命的摇篮和生活的保障。渔猎生活磨炼了他们的胆识和意志，培育了他们吃苦耐劳、集体意识和勇于开拓等性格特征，萨满教英雄崇拜哺育了女真先民的价值观念、心理素质和精神追求，陶冶着他们的情操，表现为集体英雄主义的精神品质。《乌布西奔妈妈》以鲜活的人物形象，感人的故事情节，彰显了这种集体英雄主义的核心价值观，构成作品的特点之一，并与史诗所体现的古老性、渔猎风格、女性崇拜和传承及艺术特色等，构成作品的基本特点，在世界史诗园林中独树一帜。

《乌布西奔妈妈》记述了东海女真人群雄逐鹿、部落纷争的场景，镌刻着古代东海地区部落战争的风云变幻，展现了东海女真人的社会生活、宗教信仰、地域文化、风土人情和社会变迁，记述了东海女真人从野蛮迈向文明的历史进程，揭示了东海女真社会发展演变的轨迹，同时，作品以个性鲜明的人物形象及其富有传奇色彩的人生命运、感人至深的故事情节，集中体现了东海女真人的精神世界、群体意识和人民的追求与期望。《乌布西奔妈妈》堪称东海女真人一座“民族精神标本的展览馆”，具有多学科的研究价值。

1.《乌布西奔妈妈》具有史诗学价值

《乌布西奔妈妈》在传承方式、文化内涵、表现手法等方面均独具特色，具有重要的史诗学价值。

首先，《乌布西奔妈妈》弥补了中国北方史诗带的一个重要缺环。

《乌布西奔妈妈》公之于世后，引起了国内外学术界的广泛关注和强烈反响，这主要缘于，它的面世首次披露了满族先民女真人曾有英雄史诗流传的信息。

满族是一个历史悠久，文化底蕴深厚的民族，满族及其先世在中国历史上曾三度崛起，建立渤海、金和清三个政权，创造了辉煌的历史成就和灿烂的文化。但在《乌布西奔妈妈》问世之前，满族及其先世一直没有英雄史诗传世。特别是在赫哲族“伊玛堪”、鄂伦春族“摩苏昆”以及日本阿伊努人“尤卡拉”等东北亚渔猎民族的英雄史诗出版后，一度引起学者们的关注，何以在东北亚史诗带中缺少满族及其先民这一重要环节，似乎成为一个颇令人疑惑的问题。马名超即提出：“另如北疆满洲族那样史有明记的古老群团，殊难想象在长期历史发展中竟是只有《尼桑萨满》一类韵语文学的著录而并没有他们创作的古老的史诗。这当然是不可能的。正是相沿这样的思路，我们把田野考察的视线逐步引向远为广阔的领域。从大量存在于满洲人先世，即如渤海靺鞨人或后世女真族人中有关英雄人物传说或英雄崇拜等全然散文讲述化了的故事形体里，便寻觅到一些韵语文学的明显迹象。直到前不久，在黑龙江沿岸还有着可以大体被确认为满洲族人著名歌手的长诗演唱活动。尽管此类扑朔迷离的线索尚不足以成为长诗存在的确凿证据，但是，作为当代的民族文化采访者们，根据大量残存于现实生活中的古史遗痕与残迹，从它的累积与相互文化联系中做合理的推断，也应不失为一种科学的方法论并从而获得某些契合于历史发展实际的珍贵资料。”①

《乌布西奔妈妈》是满族先世东海女真人贡献给世界的一部英雄史诗作品，它的问世，证实了马名超关于满族先世应有古老英雄史诗的论断，弥补了中国北方英雄史诗带的一个缺环。更为重要的是，《乌布西奔妈妈》以萨满传承、主人公女萨满兼酋长的身份、鲜明的渔猎文化和萨满文化特色及其所反映的丰富的原始文化内涵等突出特点，耸立于史诗之林。

《乌布西奔妈妈》具有鲜明的史诗特点。就作品的英雄史诗性而言，《乌布西奔妈妈》在整个北方英雄史诗带中占有独特的地位。与“伊玛堪”、“摩苏昆”等通古斯其他民族史诗作品相比，《乌布西奔妈妈》的史诗性体现得更为突出，主人公乌布西奔的英雄品格表现完整，是一部较为成熟的英雄史诗。与典型的英雄史诗相比，《乌布西奔妈妈》又具有较为突出的宗教

① 马名超：《论东北冰缘区少数民族英雄史诗类型及其文化联系》，载黑龙江省民族研究会、黑龙江省民族研究所编《黑龙江民族研究论文集》第一辑，黑龙江省出版总社 1986 年批号，1987 年印刷，第 298 页。

性和神话性，彰显其古老英雄史诗的特色。正因如此，《乌布西奔妈妈》堪称我国北方英雄史诗园林的一朵奇葩。

其次，《乌布西奔妈妈》内涵丰富，传承方式和表现形式均具特色，具有突出的宗教性和原始性特征。通过对《乌布西奔妈妈》的剖析，有助于丰富史诗理论，认识满—通古斯语族诸民族史诗的类型与特征，揭示史诗生成、演变的规律。

宗教性是史诗传承的早期特征，也是史诗神圣性的重要体现。“原始祭仪中叙述神灵的创造、祖先的事迹、文化英雄的种种行为，往往采用史诗的方式。在没有文字的时代，靠口头诗人的传吟来完成这一切。”[①] 史诗文本由巫师创作和传承，并在宗教仪式上讲唱，是早期史诗的特征，我国南方一些民族至今仍然保留着这一传统。但巫师兼歌手的现象在较为典型和成熟的史诗传承中已不多见。我国著名的三大史诗《格萨尔》、《江格尔》、《玛纳斯》在长期的历史传承过程中，分别形成了专门的史诗传承人，即史诗演唱艺人。即使是被学术界视为不甚成熟的史诗，如赫哲族《伊玛堪》和鄂伦春族《摩苏昆》，也有自己专门的说唱艺人。

然而，由于东海女真人独特的社会发展道路、特定的历史条件，《乌布西奔妈妈》形成了独特的传承轨迹，即萨满传承与文人传承相接续、符号传承与口头传承相结合、宗教因素与政治因素相契合等三方面特点，使其传承模式和路径与北方其他民族史诗有所不同。史诗在首尾处详细地记述了它的形成过程和传承方式，揭示了史诗产生和最初传承的轨迹，凸显了《乌布西奔妈妈》的宗教性和传承特色。同时，《乌布西奔妈妈》提出并回答了诸如史诗与宗教、史诗与神话、史诗的神圣性等问题，为中国史诗学研究和史诗理论建设提供了弥足珍贵的资料，对于中国史诗学理论建设也有重要的借鉴意义。

再次，《乌布西奔妈妈》对于考察史诗与民族文化的关系，也具有独特的学术价值。

《乌布西奔妈妈》蕴涵着丰富的原始文化内涵，使史诗的原始性和古老性特征尽显无遗。突出的女性崇拜，女萨满、女酋长群体和众多的女神，向人们透露出，在乌布西奔时代，人神两个世界主要以女性为主体，具有鲜明

① 朱存明：《美的根源——审美人类学研究》，中国社会科学出版社 2006 年版，第 326 页。

的女性本位特点，昭示出在人类社会的早期，人们的信仰世界和现实世界的有机联系和相互影响。

2.《乌布西奔妈妈》具有史学价值

《乌布西奔妈妈》宛若一部东海女真先民的历史长卷，展示了东海女真乌布逊部落兴衰荣辱的历史和社会生活画卷，保留了诸多历史信息。正如潜明兹所说："每一部英雄史诗几乎都是一个民族形象化的历史。"① 史诗通过塑造人物形象和构设具体情节的方式，记述了东海女真人由部落分立走向区域统一的历史进程，再现了东海女真人的部落战争风云，折射出东海女真人部落社会发展、演变的历史轨迹。这些鲜活的资料，对于认识和研究部落社会演进历程，提供了可资借鉴的资料。《乌布西奔妈妈》为人们提供了氏族首领与萨满教巫师合二而一的典型范例，为了解人类社会早期原始宗教巫师的特殊地位与作用，提供了珍贵的资料。史诗中有关五次航海的记载及对沿海岛屿自然地理、物产、风土人情及与异民族交往的记述，反映了东海女真人对日本海海上航行的不断探索和对航海路线、海流的认识以及环日本海诸民族海上交往的历史影迹，对于深入考察环日本海民族海上交往的历史和早期东北亚民族史也有一定的参考价值。

3.《乌布西奔妈妈》具有宗教学价值

史诗与萨满文化有着千丝万缕的联系，这是阿尔泰语系诸民族英雄史诗的共性特征。与其他民族的英雄史诗相比，《乌布西奔妈妈》保留的萨满文化更纯粹、更古朴，也更具原生形态之特征。《乌布西奔妈妈》产生于萨满教繁盛时期，必然带有浓厚的萨满文化因子。史诗的主人公本身即是神授萨满，兼具部落酋长。因而，乌布西奔一生的主要活动无不与萨满教密切相关，其中相当一部分属于萨满的神事活动，如自然崇拜及其祭礼、神验、神判、神占、神示、占卜与释兆、治病、萨满领神等，展现了萨满教的原生形

① 潜明兹：《中国少数民族英雄史诗》，天津教育出版社 1991 年版，第 118 页。

态，倍增史诗的精彩与神圣。它所体现的尚血观念、迷幻舞蹈、萨满服饰佩饰等丰富的萨满文化内涵，再现了原始萨满教的功能与特征。如古老的自然崇拜观念突出，东海地域的山林草木、花鸟虫兽均被请至乌布逊部落神圣的神堂之中；萨满舞蹈形态丰富古朴，具有诸多原始萨满舞蹈的特征，体现了独特的功能。《乌布西奔妈妈》在传承的过程中，基本未受外来文化和外来宗教的影响，从而使《乌布西奔妈妈》在相当程度上保持了历史原貌，得以形成《乌布西奔妈妈》宗教文化单一而非多元的局面。《乌布西奔妈妈》中的宇宙结构模式不仅体现了萨满教共有的天分多层的构想，更对天穹进行了区域划分，形成较为严密的宇宙结构模式。《乌布西奔妈妈》中萨满教的多神崇拜异常突出，展现了一个神系庞大，神祇众多的神灵世界，作品中共有 243 位职司明确，级层分明的神灵，分善神和恶神两大系列，其中善神神系又分三级，井然有序，具有以女神为主导，神祇的集体性、人格化倾向突出等鲜明的特点，形态完备，天神合一，人神合一，甚至凿图存神、见图传神，可谓天下奇观。

在萨满教世界中，萨满被奉为具有通灵的能力和技巧，他们凭借出神术与超自然世界沟通，从而实现祈愿目的。所谓出神术，是指萨满在仪式过程中，通过特定的程式进入一种特殊的精神状态或表现的一种特殊的行为方式。萨满赖以进入这种状态的手段有多种，其中服用致幻药物以诱导出神的事例，在世界各地萨满教调查资料中多有披露。《乌布西奔妈妈》描述了东海地域独特的致幻动植物和萨满使用的方法。这些致幻药物的药用部分包括桂草的白汁、海冬花蕊的白粉、雌雄火缤鱼追逐相喷的甘汁、望海梅喷放的迷雾、香麝、草乌花等。萨满通过服用这些药物，使精神亢奋，进入神驰遐想的境地，达到出神状态，并表现出超人的技能。萨满对致幻药的使用具有极强的秘传性，多不外传，近世随着萨满教的式微，这方面的资料殊难获得。因而，《乌布西奔妈妈》关于萨满致幻药物的使用及其通灵术方面的资料，对于研究萨满特殊的精神心理及其成因，具有重要的价值。

4.《乌布西奔妈妈》具有神话学价值

与我国阿尔泰语系其他民族的英雄史诗相比，《乌布西奔妈妈》具有较为突出的神话色彩。在史诗的叙事中，穿插着绚丽生动的神话，其中创世神话尤为突出。诸如开天造地、东海的形成以及东海地域诸生物生成、诸部争雄局面的形成等创世神话和乌鸦神话、天落宝石神话等，在史诗中都有形象且符合逻辑的解说，生动感人，富有特色。如史诗传讲，在东海形成之前，东海地域是一片冰雪世界。一天，在一阵滚滚雷鸣声中，一只金色的巨鹰从天而降，在冰川上空盘旋数圈后，将由鹰爪紧抱着的一颗白色鸟蛋抛下，鸟蛋耀眼的光芒将冰川融化出一汪清水。一只火燕从清水中跃起，在水中穿梭不息。火燕被清泉荡涤，羽毛净尽，化成一位鱼身裸体的美女。其鱼身随冰水滚动，灼热的身躯将冰河越化越大。她施法化作万道刺眼的霞光，覆盖在冰天之上，照化了冰山、冰树、冰河、冰岩、冰野。从此，在寒苦的东方，出现了一条狭长的寒海，从而对东海的形状予以形象的解读。

潜明兹曾指出，人类在越过动物神、植物神、人兽合体神以后，首先被造就的人神就是女神。为最早树起一面女性权威而高高扬起的旗帜，是女神的象征，也是女权的象征。女神在人类由蒙昧走向文明的过程中，其显赫和重要可想而知。[①]《乌布西奔妈妈》保留了自成一系的女神神话，与《天宫大战》相辉映，具有独特的神话学价值。

饶有兴趣的是，《乌布西奔妈妈》中的神话，有些是以主人公乌布西奔向弟子或族人传述“古趣儿”的形式出现的，上面一则神话即是乌布西奔临终前向其爱徒讲述的，带有深刻的寓意，旨在对其弟子们进行教育。这种神话传承方式，也出现在满族说部《恩切布库》中。恩切布库为消除人们对大海的恐惧，讲述了海豹神救人及世上第一位萨满的故事。“这些故事虽然与说部整体故事情节紧密相连，但仍具有相对的独立性，是满族萨满神话重要组成部分。而说部对神话的载体功能也因此一目了然。”[②] 同时，也充分体现了史诗所具有的教化功能。

一部史诗往往是一个民族在特定历史时期的知识总汇，集民间文学诸种形式之大成。史诗形成之初，必然从民族民间文学中吸取营养，也因此而保

---

① 参见潜明兹《〈萨满教女神〉的价值》，载潜明兹《民间文化的魅力》，安徽教育出版社2006年版，第475页。

② 谷颖：《满族萨满神话研究》，东北师范大学2010年博士毕业论文，第29页。

留下来许多神话母题和历史传说。其中相当一部分神话已在历史的烟波中失传，正是从这个意义上说，史诗成为神话传承的载体，具有重要的神话学价值。从《乌布西奔妈妈》对东海女真神话的传承可见一斑。

5.《乌布西奔妈妈》具有艺术学价值

一部史诗的形成往往经过漫长的历史时期，她的孕育、形成和演变离不开民间文艺的滋养，反过来，又对民间文艺的发展、演变产生深远的影响。《乌布西奔妈妈》广泛吸收了丰富多彩的民间艺术形式，融合了东海女真人民间艺术的诸多成果，如长调、诗歌、谚语、传说、舞蹈等；东海女真人古老的诵唱格律和形式，如头歌、长歌、尾歌，生动形象的比兴和绘声绘色的模拟音等艺术表现形式，在史诗中得到绝妙的运用，使史诗表现形式鲜活、多样，富有动感，充满活力，充分体现其悠久的历史文化渊源和顽强的生命力。

史诗传承和保留了异彩纷呈的原始艺术形式。萨满神服、佩饰、神偶等造型艺术，具有古朴的渔猎风格和地域特色。特别是史诗中的原始舞蹈形态丰富，热烈火爆、富有强烈的感染力。在《乌布西奔妈妈》中，舞蹈是东海女真人生活的组成部分，如寿宴跳起喜庆舞，结盟则跳迎亲舞，表现了东海女真人以舞传情达意的独特民俗文化特色。乌布西奔为降服女儿国创编的系列舞蹈：身舞、头舞、肩舞、连手舞、乳舞、胸舞等，将舞蹈这种古老艺术形式的风韵表现得淋漓尽致，不仅为史诗增添了无穷的魅力和别样的风采，更体现了原始艺术的独有功能，舞能制敌，舞能降敌，化敌为友，这是《乌布西奔妈妈》为我们呈现的独特艺术景观。

《乌布西奔妈妈》中的萨满降神舞蹈形态表现了原始萨满舞蹈的诸多特征，体现了丰富的萨满教思想观念，“牺血舞”反映了东海女真先民魂寓于血、以血养魂的思想观念，具有粗犷、古朴、野性之特征；萨满降神舞蹈，再现了如醉如痴、纵情无我的痴迷舞态，具有神气贯通的痴迷性特征，其所体现的以诗、乐、舞三位一体的形式为神赋形，实现神人同形同性的效果，使舞蹈不仅成为祭神娱神的表现形式，而且为信仰族众提供了会神拜神的载体，彰显了萨满舞蹈的宗教功能，具有独特的价值。

6.《乌布西奔妈妈》具有民俗研究价值

《乌布西奔妈妈》犹如由一幅幅画卷构成的一组东海风俗画，再现了东海女真人的风土人情和生活习俗，表现出鲜明的地域特征。作品作为渔猎经济的产物，保留了诸多古老的渔猎生产生活习俗，如抓海蟹、叉海参、捉海狸、捕貂、采山果、挖参、打鱼、熬海盐等生产习俗；食鱼干、生肉，披皮为衣，茅草为巢，人死风葬、冬用狗爬犁、滑雪板为交通工具等生活习俗。《乌布西奔妈妈》反映了东海女真人的社会生活，保留了大量的东海古俗，如俗尚裸体，以体健为美和以泥土涂身的文身习俗，体现了原始人类的审美观念；物候纪年、野猪牙纪岁、裂革记事、以哑语、哑舞和长调为各部落联络方式等，带有浓厚的原始文化意蕴，再现了东海女真人古老的风俗及向文明迈进的漫长历史进程中的演变足迹。

尤为难得的是，作品记述了东海女真不同部落的特殊习俗，如黄獐子部落的尚狗习俗、莲花岛尚舞习俗等。其中不乏一些陋习恶俗，如珲罕部的食人习俗、贱老习俗："老死不号悲，弃野饱狼豺"；莲花岛"生男弃于野"的重女轻男习俗，等等，鲜明地体现出处于不同社会发展阶段的东海诸部既有一些共有的习俗，又有各自独特的风俗习惯，所谓"百里不同风，千里不同俗"，自古如此。可见，《乌布西奔妈妈》具有不可替代的东海古民俗及其研究价值。

7.《乌布西奔妈妈》具有符号学价值

符号有广义、狭义之分。狭义的符号，当属于原始记事、表意法之类，具有文字雏形的性质。

《乌布西奔妈妈》记述了乌布西奔创造东海画图符号的缘起。在前乌布西奔时代，东海各部素无文字，记事唯以折枝、刻木等形式，各部落交往均以言达情，既无所凭，日久易忘。随着部落联盟的建立，东海诸部之间联系的加强，为了便于各部之间的交往，并使彼此存有交流的凭据，乌布西奔在其执政的第三十九年，运用以图会意的原理，"纳世间物像，创下图符百形”，又称东海绘形字。乌布西奔将这些图画符号文字砍凿于山林间东海诸部经常聚会之处，以为各部记事之用，俗称“东海窝稽幢”。文字发明的同时，原有的记事方法，即折枝记事的方法仍然使用。乌布西奔发明东海图画符号文字，在乌布逊部得到应用，乌布逊的神谕、遗嘱等均由其弟子以图画符号文记录。

《乌布西奔妈妈》最初文本形式即是以这种图画文字记录的。乌布西奔逝世后，为了表彰她一生的丰功伟绩，并昭示后世子孙永世不忘，其弟子们在锡霍特山林烟阿林一山洞岩壁上镌刻各种符号和图形，“长长圆圆，方方正正，似字非字，似物非物”，既有单一的符号，也有图画文字。这些符号既是对乌布西奔一生功勋的记录，也是《乌布西奔妈妈》讲唱者最初依据的文本。这种记录形式和符号本身为研究原始记事法、文字的起源、岩画的产生及原始思维提供了难得的资料。

本书着力于对《乌布西奔妈妈》文本进行系统解读。鉴于《乌布西奔妈妈》具有多学科的价值，本书试运用跨学科研究法，注重史诗学、历史学、文学、宗教学、民间文艺学等多学科交叉视野的观照，力求以多元视角透视研究对象，对《乌布西奔妈妈》作一全息解读。同时，综合运用文化人类学的研究方法，力图将《乌布西奔妈妈》置于满族先世东海女真人的历史文化语境中加以阐释，又据《乌布西奔妈妈》文本揭示东海女真人的历史与文化，历史文化与文本互为阐释、互为揭示，从而形成本项研究的特色。

第一章
《乌布西奔妈妈》的史诗性及其特点

史诗（epic）作为一种古老的文学样式，具有悠久的历史和源远流长的文化传统。迄今为止在东西方诸多民族中发现的大量的史诗作品，形式多样、内涵丰富，成为特定民族传统文化的宝库和珍贵的文化遗产，也是记录人类早期社会生活的百科全书，具有多学科的研究价值。

第一节 《乌布西奔妈妈》的史诗性

一 史诗界定

史诗研究经历了一个漫长的发展过程。有关史诗的论述早在古希腊时代即已有之，其中以亚里士多德的《诗学》最具代表性。可以说，自亚里士多德以来，关于史诗的定义、性质、特征、构成要素等问题，始终是史诗研究的基本理论问题。中外许多学者围绕上述问题展开了深入的探讨，不乏真知灼见，建立了史诗学的理论基础。然而，由于每位学者所处的时代不同，学术背景和研究视角有别，研究的文本和比较参照的对象各异以及学术传统的差异，有关史诗的定义和对史诗特征的界定可谓众说纷纭，异彩纷呈。随着世界各民族史诗文本陆续被发现并公之于世和史诗研究的深入开展，关于史诗的界定也得以不断拓展与深化。

史诗学肇始于西方，其所依据的史诗文本主要是以古希腊的荷马史诗为蓝本的英雄史诗，史诗也因此被界定为“一部以高雅文体来讲述传说中的或历史上的英雄及其业绩的长篇叙事诗歌”。[①] 18 世纪法国启蒙主义思想家伏尔泰在《论史诗》中说：“就史诗本身来看，它是一种用诗体写成的关于英雄冒险事迹的叙述。”[②] 这种把史诗仅限定为英雄史诗的学术传统和研究范式，在相当长的历史时期成为西方诗学的主流话语。学者们主要依照荷马史诗《伊利亚特》和《奥德赛》的结构特征，概括史诗的基本要素。意大利文艺复兴时期著名诗人塔索提出史诗构成的四因素：“第一个因素是情节，根据亚里斯多德的定义，它是行动的模仿，而极重要的是对于表达这些行为的人物的模仿。亚里斯多德把情节称作诗的根源和灵魂……第二个因素，是情节中叙述的人物的特征。第三个因素是思想，第四个因素是修辞。”[③] 当时有人还从史诗结构的视角，论述史诗的基本要素，应具备诗歌的、叙述的、英雄的、传奇性的、篇幅巨大、具有多重属性以及“互文性”的、具有多重功能、在特定文化和传统的传播限度内等八个尺度。[④] 这种以英雄史诗为范本，以欧洲为中心的西方史诗研究传统持续了几个世纪，即使在马克思主义经典著作中也可见到此类论述。尽管每位学者提出的史诗要素不尽相同，但对一些核心要素的确认却具有一致性，从而构成传统史诗学的基础。从某种意义上说，这种对史诗的片面认识，反映了特定时代的学术倾向和人们的认知向度。其结果是使相当一部分史诗作品被屏蔽在史诗这种文学样式之外。

从比较的视角，运用比较研究方法揭示史诗的特征，是西方史诗研究的传统之一。学者们通常将史诗与戏剧、小说相比较。这种比较对象的选择，与自亚里士多德到别林斯基以来西方盛行的文学体裁“三分法”（即分为叙事类、抒情类、戏剧类）不无关系。在论述三大文类时，学者们自然而然地对三者之间进行比较。柏拉图认为，戏剧是纯粹的模仿，抒情诗是直接叙事，而史诗则是二者的结合。亚里士多德基于史诗和悲剧均为希腊早期和古

① *Webster's Ninth New Collegiate Dictionary* 1991, Springfield: Meririam-Webster Inc. 转引自尹虎彬《中国史诗的多元传统与史诗研究的多重维度》，《百色学院学报》2009 年第 1 期。

② ［法］伏尔泰：《论史诗》，载伍蠡甫主编《西方文论选》（上卷），上海译文出版社 1979 年版，第 328 页。

③ 段宝林编《论史诗》，中国社会科学院少数民族文学研究所编印 1986 年（内部资料）。

④ 参见刘守华、陈建宪主编《民间文学教程》，华中师范大学出版社 1999 年版，第 90 页。

典时期的最高艺术成就，具有诸多共性之认识，阐述了二者在形式、内容及功能等方面的异同，揭示了史诗具有叙事性这一本质特征。

20世纪世界著名文艺理论家巴赫金对史诗特征的认识是建立在与小说比较的基础上的。他认为与小说相比，史诗具有三个基本特征，即长篇史诗描写的对象，是一个民族庄严的过去；长篇史诗渊源于民间传说（而不是个人的经历和以个人经历为基础的自由的虚构）；史诗的世界远离当代，即远离歌手（作者和听众）的时代，其间横亘着绝对的史诗距离。[①]

从史诗与民族关系的视角阐述史诗的性质与特征，亦不乏其人。黑格尔即认为“史诗就是一个民族的‘传奇故事’，‘书’或‘圣经’。每一个伟大的民族都有这样绝对原始的书，来表现全民族的原始精神。在这个意义上史诗这种纪念坊简直就是一个民族所特有的意识基础”。[②] 黑格尔的论述，揭示了史诗的实质，深刻透彻。

对史诗认识及其研究范式的转变，经历了一个漫长的过程，并总是与当时的社会思潮、学术思潮和相关学科的发展密切相关。18—19世纪之交，欧洲民族主义运动蓬勃发展，民族主义者认为民族的精神存在于民众的诗歌之中，从此人们开始对口传的、半口传的，以及源于口传的文化予以重视。19世纪中叶欧洲民俗学兴起，史诗作为民俗学的一种样式，又一次进入现代学者的视野，在方法论上开辟了史诗研究的新时代。[③]

随着世界各民族史诗文本和口头史诗的不断被发现并公之于世，学者们对传统的史诗研究的范式及史诗形式与内容的界定提出挑战，提出一些新的观点。一方面，基于丰富多样，充满活力的活态史诗，一些学者对传统史诗研究中重文本轻口承的倾向和史诗文本形式界定提出质疑。19世纪末，俄国比较文艺学家亚·尼·维谢洛夫斯基在《历史诗学》一书中率先对传统史诗理论与范式提出挑战，提出建构新的史诗学设想。芬兰民俗学家劳里·航柯更明确指出，西方史诗传统“忽视了相当多的传统史诗种类”，认为“希腊传统只是许多传统之一。在非洲和其他许多地区，人们可以在自然语

① ［苏］巴赫金：《小说理论》，河北教育出版社1998年版，第515页。

② ［德］黑格尔：《美学》第3卷下册，朱光潜译，商务印书馆1981年版，第108页。

③ 参见尹虎彬《古代经典与口头传统》，中国社会科学出版社2002年版，引言第2页。

境中去观察活态史诗传统。在表演和养育史诗的许多地区，我们还有工作要做。史诗是关于范例的伟大叙事，作为超故事是被专门的歌手最初表演的，它在篇幅长度、表现力与内容的重要性上超过其他的叙事，在传统社会或接受史诗的群体中具有认同表达源泉的功能。[①] 劳里·航柯不仅强调“活态史诗”传统的重要性，同时提出群体的接受度也是考察史诗的要素之一，给史诗以新的界定，在国际史诗学界产生了深远的影响。

20 世纪 60 年代，美国学者洛德创立比较口头传统研究新领域，揭示口头史诗传统的创造力量，确立了一套严密的口头诗学的分析方法。洛德的研究表明，史诗研究不再是欧洲古典学的代名词，它已经成为跨文化、跨学科的比较口头传统研究。20 世纪 70 年代后陆续出现的表演理论、民族志诗学等新学说，充分利用了口头传统的活态资料，吸收当代语言学、人类学和民俗学的成果，进行理论和方法论的建构，大大提高了口传史诗研究的学术地位，使它成为富于创新的领域。[②] 半个世纪以来，口头史诗研究蓬勃发展，形成三大学派，即“口头程式理论”、“表演理论”和“民族志诗学”，极大地丰富和发展了史学理论，给世界各国史诗研究者以极大的启迪和影响，一定程度上改变了国际史诗研究的趋势和轨迹。

另一方面，学者们对史诗研究中独重英雄史诗的学术传统和研究范式提出质疑。英国古典学家鲍勒（Cecil Maurice Bowra）开口头诗歌和文本诗歌比较研究的先河，重新界定英雄史诗，并提出原始神话诗歌之末即英雄史诗之始的观点。[③] 英国学者列维（Gertrude Rachel Levy）在《岩中之剑：史诗文学根源及英雄形象发展之研究》（*The Sword from the Rock: An Investigation into the Origins of Epic Literature and the Development of the Hero*）书中，则明确提出史诗中最古老的形式是开天辟地史诗，这种史诗叙述神式的英雄反对混沌世界的后裔的斗争，叙述稳定宇宙的秩序。她还认为史诗的这种最古老的原型，是巴比伦的开天辟地史诗《埃努玛·埃里什》。在当时，口诵这一开

① ［芬］劳里·航柯：《史诗与认同表达》，孟慧英译，《民族文学研究》2001 年第 2 期。

② 参见尹虎彬《古代经典与口头传统》，中国社会科学出版社 2002 年版，引言第 2 页。

③ ［苏］耶·麦列丁斯基：《当代外国史诗理论问题》，马昌仪译，载中国民间文艺研究会研究部编《民间文学参考资料》（第九辑），1964 年版，第 33、29 页。

天辟地史诗，曾经是新年仪式中的一个项目。[①] 人们对史诗的认识更加符合史诗的客观形态，理论日趋完善。

中国是一个史诗蕴藏量极为丰富的国家。然而，国内外学术界对中国史诗的了解、认识与研究经历了一个漫长的过程。自1835年黑格尔出版《美学》一书，发表了“中国人却没有自己的史诗，因为他们的观照方式基本上是散文性的”之断言，对国内外学术界产生了深远的影响，致使国际史诗学界长期坚持此论断。以王国维为代表的深受西方学术思想影响的国学大师们也潜移默化地接受了这种观点。王国维等国内学者持此观点，还缘于当时中国多民族文学史观尚未确立，使中国知识分子忽视了中国文学的多民族传统。

中国史诗研究起步较晚，直至“新文化运动”，鲁迅、茅盾等文化巨匠带动一大批文学大家和知名学者，开始介绍、研究外国的史诗作品和史诗理论，使国人对史诗这一文类有所了解。这也为新中国成立后我国少数民族史诗作品的大量发掘和问世奠定了基础。

中国是一个史诗蕴藏量极为丰富的国家，史诗形态丰富，数量众多，许多史诗至今仍以活态形式在民间传承，从而形成我国史诗的重要特征；有些史诗作品取得了很高的艺术成就。这些史诗的公之于世，不仅有利地匡正了黑格尔的“中国无史诗”的断言，而且极大地丰富了世界史诗宝库，成为中华民族传统文化的璀璨明珠和艺术瑰宝，为我国史诗研究提供了广阔的空间。

中国史诗主要分布于南北方少数民族地区，并形成南北方两大系统。南方少数民族以创世史诗和迁徙史诗见长，北方少数民族则以英雄史诗居多。南方少数民族中，流传着一批内容古老、风格质朴的创世史诗与迁徙史诗，具有很高的认识价值和独特的审美价值。

我国北方东起乌苏里江，北至黑龙江、西达天山、南抵青藏高原的广袤

① ［苏］耶·麦列丁斯基：《当代外国史诗理论问题》，马昌仪译，载中国民间文艺研究会研究部编《民间文学参考资料》（第九辑），1964年版，第28—29页。按：耶·麦列丁斯基（Елеазáр Моисéевич Мелети́нский［E. M. Meletinsky］），又译作E. M. 梅列金斯基，苏联和俄罗斯著名文艺理论家、史诗学家。《当代外国史诗理论问题》一文中关于史诗起源的论述，又见《英雄史诗的起源》一书序言（王亚民、张淑明、刘玉琴译，商务印书馆2007年版）。

地域，居住着阿尔泰语系满—通古斯语族、蒙古语族、突厥语族和汉藏语系诸少数民族，世代传承着丰富多彩的英雄史诗，形成特定的史诗带。最早提出“史诗带”这一概念的是已故民俗学家马名超。他基于长期对赫哲族《伊玛堪》、鄂伦春族《摩苏昆》和达斡尔族《乌春》文本的采录和整理，进一步从本地区及其周边土著民族精神文化史的深层加以考察，通过对史诗的类型分析，提出“从东北冰缘地区东起三江汇流处，中经大、小兴安岭，西迄今内蒙古呼伦贝尔盟巴尔虎蒙古族和鄂温克族聚居地区并包括满洲族、达斡尔族等在内的这一广阔地段，连结起一条由英雄史诗分布所结成的修长纽带”的论断。① 郎樱则大大拓展了北方史诗带的分布区域，认为：在我国东起黑龙江、西至天山、南抵青藏高原的广袤地域，英雄史诗特别发达。我国的绝大多数英雄史诗，均分布于这一地域，形成了一条包括我国东北、西北以及青藏高原在内的中国北方英雄史诗带。② 我国著名的三大英雄史诗——藏族英雄史诗《格萨尔》、蒙古族英雄史诗《江格尔》、柯尔克孜族英雄史诗《玛纳斯》，均分布在这一史诗地带。《乌布西奔妈妈》的流布地区位于北方英雄史诗带的东北部，其最早的核心流布区则在现俄罗斯远东地区的锡霍特山区。

中国史诗研究虽然起步较晚，但近30年来，获得了长足的发展，取得了举世瞩目的成就，形成以《格萨尔》、《江格尔》、《玛纳斯》三大英雄史诗的全方位搜集、整理、翻译为标志的研究热潮，史诗个案研究成果卓著。近年来，对西方史诗学理论与方法的引介与研究及史诗学理论建设，取得重大进展，使我国史诗研究呈现出前所未有的新局面。我国学者基于中国各民族丰富多样的史诗形态，提出了卓有见识的史诗定义。钟敬文认为“史诗，是民间叙事体长诗中一种规模比较宏大的古老作品。它用诗的语言，记叙各民族有关天地形成、人类起源的传说，以及关于民族迁徙、民族战争和民族英雄的光辉业绩等重大事件，所以，它是伴随着民族的历史一起生长的。从某种意义上来说，一部民族史诗，往往就是该民族在特定时期的一部形象化

① 马名超：《论东北冰缘区少数民族英雄史诗类型及其文化联系》，载黑龙江省民族研究会、黑龙江省民族研究所编《黑龙江民族研究论文集》第一辑，黑龙江省出版总社1986年批号，1987年印刷，第301页。

② 郎樱：《论北方民族的英雄史诗》，《社会科学战线》1999年第4期。

的历史”。[①] 朝戈金指出：“史诗是长篇叙事诗。它叙述某个或某些英雄，并关注历史事件，如战争或征服，或英雄追求某些壮丽的神话性和传奇性功名——这些要素构成了传统的核心或是文化信念。史诗常在口头文化的社会里得到发展，其时该民族正在形成其历史的文化的宗教的传统。史诗的中心是英雄，他有时是半神性的，从事艰巨的正义的事业。他经常卷入神与人类的纷争。史诗中的事件往往影响到普通人类的日常生活，并往往改变该民族的历史进程。典型的史诗是篇幅宏大，细节描述充盈，并依照顺序结构的。”[②] 万建中指出：“史诗，是集歌唱和叙事于一身的最宏大的文学，也是至今仍在口头演唱的最古老的文学。人类最本原的问题，民族中最重要的历史事件，民族文化知识，祖祖辈辈最不能忘却的记忆等，都包含在史诗演唱的歌词里面。史诗是人类文化体系中最耀眼的两个字。”[③] 这种基于中国史诗形态的思考，丰富了国际史诗学的理论。

综观古今中外世界各民族的史诗可谓千差万别，人们对史诗的界定亦众说纷纭，但史诗作为一种文学体裁毕竟具有一些基本特质，构成史诗的基本要素。史诗的基本要素问题不仅是界定史诗，区别史诗与其他文学体裁的标准，也是说明史诗性质的前提条件。史诗的构成要素应包括产生时代、表现题材、叙事模式及其艺术特点以及与其所属民族历史与民族意识的关系等方面。史诗一般产生于人类的童年时代，是特定历史时期的产物；史诗是特定民族意识的结晶和民族精神的集中体现，并为其所属民族或族群所认同；史诗主要记叙各民族有关天地形成、人类起源的传说，以及关于民族迁徙、民族战争和民族英雄的光辉业绩等重大事件，是一种古老的韵文或散韵结合体的民间叙事，规模宏伟、题材重大、格调崇高，具有神圣性和永久的艺术魅力。这为我们考察《乌布西奔妈妈》的史诗性提供了理论依据。

---

① 钟敬文：《史诗论略》，载赵秉理编《格萨尔学集成》（第一卷），甘肃民族出版社 1990 年版，第 581—586 页。

② 朝戈金：《口传史诗诗学：冉皮勒〈江格尔〉程式句法研究》，广西人民出版社 2000 年版，第 12 页。

③ 万建中：《民间文学引论》，北京大学出版社 2006 年版，第 136 页。

二 《乌布西奔妈妈》的史诗性

史诗作为一种古老而宏伟的文学体裁，在内在结构、表现形式、叙事模式、艺术特色等方面，都有鲜明的特征；其产生时代、作品与族群的关系等方面，也与其他叙事文学不同，从而形成史诗特有的构成要素。《乌布西奔妈妈》作为一部叙事文学作品，具有史诗所共有的特质和基本要素，使《乌布西奔妈妈》具有史诗性。

1. 产生时代

史诗是特定时代的产物，即产生于人类的童年时代，是世界各民族早期发展阶段的一种艺术形式。一方面，史诗是在生产力水平、思维观念、民族意识等达到一定发展水平的条件下产生的。生产规模的狭小，人们眼界的狭隘，认知能力和思维能力的有限，难以进行史诗这样宏大的艺术创作；随着社会的发展、人们思维能力的提高，史诗则渐为其他艺术形式所取代。史诗产生往往与社会转折及群体意识觉醒有着密切的联系。正如俄国文艺批评家别林斯基所指出："史诗是在民族意识刚刚觉醒时，诗领域中的第一颗成熟的果实。史诗只能在一个民族的幼年期出现。" 正是从这个意义上说，史诗是特定历史阶段的产物。"① 黑格尔认为，史诗只能产生在由原始社会向奴隶社会过渡的英雄时代或民族形成的早期，即"史诗时代"或"中间时代"。"一个民族已从混沌状态中醒觉过来，精神已有力量去创造自己的世界"②

应该说，英雄史诗的产生不可能有一个统一的模式。正因如此，黑格尔关于史诗产生时代的判断难以涵盖世界各民族形态丰富的史诗作品。对史诗作品产生时代的考察，应根据每部史诗作品进行具体分析。但考察一部史诗作品产生的时代，既需要历史学的具体考证，也需要宏观视野下的关照。史诗作为特定历史阶段的产物，只有在大量史诗个案研究的基础上，才能对史诗产生时代有一个总体把握和认识。

《乌布西奔妈妈》主要记述了东海女真人氏族部落时期的社会生活，展

---

① ［俄］别列金娜选辑：《别林斯基论文学》，梁真译，新文艺出版社 1958 年版，第 179 页。

② ［德］黑格尔：《美学》第 3 卷下，朱光潜译，商务印书馆 1981 年版，第 109 页。

现了东海女真人由部落分立走向区域统一的历史画卷。其产生的时代，正是东海女真人由部落向部落联盟过渡，由诸部分立走向逐渐统一的特定历史时期，从作品内容看，乌布西奔的时代，以乌布逊为首的东海女真诸部的部落意识已逐步形成。从《乌布西奔妈妈》所体现的价值观看，既有崇尚勇武的一面，更多地表现为德政思想，这一点与其他经典英雄史诗不尽相同，反映出《乌布西奔妈妈》产生的时代尚处于英雄时代的初期阶段。

2. **表现主题**

史诗记述的是特定群体的重大事件，关注的是群体意识，史诗是群体精神和意志的体现。史诗属于叙事诗的范畴，与普通叙事诗又有所区别。关注群体命运，还是关注个人的喜怒哀乐与情感经历，是区分史诗与普通叙事诗的重要尺度。无论是大型史诗，或是小型史诗，所关注的都是氏族、部落、部落联盟、部族以及民族的事业与命运。史诗注重群体的意识，群体的观念，群体的荣誉，群体的利益。族群的事业与命运，是史诗世界的基础。① 正因为史诗的这一特征，也使其成为民族精神的象征，成为特定民族和群体显示民族精神面貌的“圣经”。

《乌布西奔妈妈》以主人公乌布西奔的一生为主线，表现了部落时代的战争风云。部落战争是部落时代经常发生又至关重要的事，其结局往往事关一个族群的生死存亡。对于任何一个群体来说，由部落分立走向统一，无疑都是头等大事，代表着一个群体的发展方向。《乌布西奔妈妈》展现的正是东海女真诸部由分立走向统一的历史进程。

在《乌布西奔妈妈》中，对东海女真人诸部分立的历史予以生动的记述。为了表达东海女真人渴望和平与统一的愿望，表彰乌布西奔统一东海诸部的丰功伟绩，史诗文本将东海女真部落时代分成两个时期，一是前乌布西奔时代，东海女真各部分立，相互争杀，“使舒谧的东海疆土争吵、贪战、厮杀，欲念放纵，无休无尽”，② 东海女真诸部灾难深重，人民生灵涂炭。乌布西奔执政后，通过教化民众，治理内政，使乌布逊部落由弱到强。在此

---

① 郎樱：《少数民族语言的民俗表达与民族认同》，《文化学刊》2007年第1期。

② 鲁连坤讲述，富育光译注整理：《乌布西奔妈妈》，吉林人民出版社2007年版，第12页。

基础上，乌布西奔率领乌布逊部平定了都沐肯兄妹霸主，扫平了安查干古寨水盗，收降了内海巴特恩图女魔，荡服了外海三百石岛敌窟。乌布西奔也因此被推崇为“统御八方，神谕四海”的“英明罕”。

《乌布西奔妈妈》以大量的篇幅记述了东海诸部的战争和乌布西奔征服、统一东海诸部的艰辛历程。它所关注的是乌布逊部落的兴衰与荣辱，对人们的苦难和动荡不安的生活充满同情，对东海地域诸部的统一和人民的安定寄托深切期待和高度赞扬。可见，《乌布西奔妈妈》注重的是群体的利益和命运，体现的是族众的意志，并将主人公乌布西奔的命运与乌布逊部落乃至东海区域女真诸部的命运融为一体。为了群体的利益，她甚至不惜牺牲生命，体现出部落时代群体利益至上的价值观和部落英雄的崇高品德。

3. 叙事结构

史诗作为叙事诗的一种类型，在表现形式、叙事风格等方面具有独特之处。在诗歌形式上，既有韵文体，也有韵文与散文结合的文体，具有浓厚的诗意。史诗多题材重大，规模宏伟，叙事结构完整，比兴、夸张、排比、拟人等修辞手法比比皆是。就史诗文本的形成轨迹而言，图画符号文本在先，成为萨满和传承人传讲史诗的主要依据和提纲，口头文本是在图画符号文本的基础上不断丰富与完善的，在口传文本的基础上又形成新的书面文本。这些史诗文本形式的基本要素，也为《乌布西奔妈妈》所享有。

《乌布西奔妈妈》最初由族内萨满以女真土语讲唱，女真后裔内迁东北后，由满族耆老及文化人士用满语讲唱。随着满族汉化程度的日渐增强，满语文的渐趋式微，史诗文本在民间传承的过程中，逐渐形成满汉合璧本和汉文本。已经整理出版的文本是富育光根据鲁连坤口述记录整理而成的。虽然此文本的主体已是汉文本，但仍保留了部分汉字记录的满音，并以诗体格式传承下来，保留了民族语言文字记述史诗文本的面貌。该文本的形成轨迹也揭示了史诗文本由图画符号本至口传文本，最后形成文字本的生成规律。

《乌布西奔妈妈》结构完整，由开端、发展、高潮、结局和尾声构成一个完整的叙事结构。其叙事模式与我国英雄史诗作品的顺时连贯的正叙方式一致，按照主人公乌布西奔的生命节奏、事件发生的时序，进行叙述，清晰地记述了乌布西奔从出生到逝世的生命历程和不同时期的重大事件。《乌布西奔妈妈》的文本规模虽不如中国三大英雄史诗《格萨尔》、《江格尔》、《玛纳斯》卷帙浩繁，但仍以六千余行的规模，展现了一幅幅波澜壮阔的历史画卷，气势恢弘，洋溢着浓郁的集体英雄主义精神，展现了史诗的基本特征。《乌布西奔妈妈》的表现手法具有多样性，其中比喻、拟人、排比、象征等表现形式尤为突出，谚语、俚语、方言等多种表达方式并用，使《乌布西奔妈妈》不仅具有百科全书的性质，也充分体现了史诗的语言艺术特色。

4. **神圣属性**

史诗具有突出的神圣性。无论是创世史诗，还是英雄史诗，都具有这一本质属性，这一点使史诗与其他文学体裁迥异。史诗的神圣性是由史诗的内容以及史诗在民众中的地位决定的。如前所述，史诗所记述的是部落的重大事件。史诗不仅赋予这些主人公英勇无畏的品格，也赋予了他们至高无上的神性。这些英雄多具有神圣的出身，原为天界神祇，下界至人间，据信具有非凡的神力。他们所从事的事业不仅是造福人民的正义事业，而且带有“替天行道”的意义，从而使史诗具有天然的神圣性。

史诗的神圣性在史诗的演唱和叙述中都有突出的体现。史诗演唱活动在民族生活中是件庄严的大事。在一些地区与一些民族中，演唱史诗时要举行庄严的仪式。在南方民族中，有的史诗只在特定的仪式上才允许演唱，平日是不准许随便演唱的。如纳西族的《创世纪》是在祭天仪式上由祭司东巴演唱；独龙族《创世纪》中的“祭鬼的由来”一章，是在祭祀天鬼的仪式上由主祭的祭司演唱；云南大姚、姚安一带的彝族，在为亡者举行的安灵和送灵仪式上，由祭司毕摩演唱创世史诗《梅葛》；生活于新平、双柏的彝族，在祭祀仪式上，祭司要演唱创世史诗《查姆》；大小凉山的彝族，在丧葬祭祀仪式上，祭司庄严地演唱著名的史诗《勒俄特伊》。[①]

有些民族演唱史诗者虽不再是宗教祭司，而是由史诗艺人承担，但在演唱前也要举行虔诚的仪式，并恪守某些禁忌。如藏族民间艺人在演唱史诗《格萨尔》之前，要设香案，摆挂格萨尔（或史诗中其他英雄人物）的画

① 郎樱：《史诗的神圣性与史诗演唱仪式》，载［荷］米尼克·希珀、尹虎彬主编《中国少数民族文化中的史诗与英雄》，广西师范大学出版社2004年版，第396页。

像，虔诚地焚香敬拜，然后才开始演唱《格萨尔》。① 蒙古族歌手在演唱史诗《江格尔》时，也要举行类似的仪式。有的江格尔奇演唱史诗前，要举行鸣枪驱鬼仪式。② 史诗艺人演唱史诗时要恪守一些禁忌。如蒙古族艺人在说唱《格斯尔》时要正襟危坐，蒙古袍的前襟要包好腿，两腿不能搭在一起，身子要端正，不能抽烟、喝酒。而平时，连格斯尔的名字也不能随便提起，认为让格斯尔听到会惹他生气的。③ 江格尔奇一旦开始演唱《江格尔》中的一章，就一定要把这一章唱完。歌手中断不唱，或者听众中途退场，都会折寿。这是因为人们相信，《江格尔》这部史诗具有非凡的魔力。④

史诗的神圣性不仅表现在演唱活动方面，在叙述方面也有突出的体现。史诗是一个民族的“圣经”，记述的是一个民族或部族在特定历史时期的荣辱兴衰，关注的是一个群体的历史命运，赞颂的是被人们奉为“神明”的民族英雄。因此，在叙事风格上具有庄严性，字里行间充满着崇敬、凝重的气息，丝毫没有诙谐、轻率的描写，形成了与其他文学体裁不同的特色鲜明的叙事风格。

《乌布西奔妈妈》的神圣性在以上几方面都有体现。该作品的产生与传承具有浓郁的传奇性和突出的神圣性。《乌布西奔妈妈》最初形成的传承载体，即刻在德烟山洞中的图画符号文字，它们既是对乌布西奔英雄事迹的铭刻，也是四时祭奠英雄乌布西奔的提纲，都具有突出的宗教性和神圣性。这种神圣性在此后相当长的历史传承中始终恪守不渝。只有在祭奠乌布西奔的仪式上，才由萨满讲唱。历代萨满们满怀虔诚之心唱诵，族众焚香聆听，极其隆重而虔诚。在萨满和族众看来，他们是在祭拜自己的祖先英雄，是在缅怀先世萨满，弥漫着一种神圣庄严的气氛和情绪。可见，《乌布西奔妈妈》是东海女真人对部落英雄的歌颂，凝聚了东海女真人对祖先英雄的敬仰和追忆。

《乌布西奔妈妈》的神圣性还表现在，文本展现的历史时代属于遥远的

① 降边嘉措：《格萨尔论》，内蒙古大学出版社 1999 年版，第 19—20 页。

② 参见贾木查《史诗〈江格尔〉探渊》，新疆人民出版社 1995 年版，第 354—355 页。

③ 杨恩洪：《民间诗神——格萨尔艺人研究》，中国藏学出版社 1995 年版，第 57 页。

④ 萨仁格日乐：《论蒙古史诗生成的民族志特征》，载中国社会科学院少数民族文学研究所编《民族文学论丛》，内蒙古大学出版社 2000 年版，第 27 页。

过去，从而成为族群精神和历史记忆的支撑点。这种特定族群集体的精神需求，成为东海女真人族群认同表达的途径。正如有学者所指出："我们的许多社会活动，经常是为了强调某些集体记忆，以强化某一人群组合的凝聚。"[①] 这使得《乌布西奔妈妈》在历代传承中，始终保持着其所固有的神圣性。

从叙事风格看，《乌布西奔妈妈》也表现出突出的庄严性。主人公乌布西奔生前具有部落酋长和萨满双重身份，在东海女真诸部中享有崇高的威望。在史诗作品中，乌布西奔被尊为"神母"，在她身上，凝聚着东海女真诸部的集体精神，寄托着人们的情感和希望。因此，《乌布西奔妈妈》从形式到内容都具有史诗特有的宏大性、庄严性。与其他英雄史诗的主人公多为现实世界的英雄相比，《乌布西奔妈妈》的主人公首先是一位神威无敌的大萨满，并以萨满的身份被推举为部落酋长，成为一位建功立业的部族英雄。此外，《乌布西奔妈妈》文本具有浓厚的萨满文化色彩，萨满教观念、神话传说、萨满神事活动贯穿文本的始终。这种突出的宗教文化特色，使《乌布西奔妈妈》的神圣性尤为鲜明。

综上所述，可以说明《乌布西奔妈妈》具备了史诗的一般特点和基本特征，是产生、流传于满族先世东海女真人及其后裔中的一部史诗作品。

第二节 《乌布西奔妈妈》的史诗类型

关于史诗的类型问题，由于分类标准不同而有多种分类法。从史诗产生的时代和表现的内容看，有早期史诗和晚期史诗之分；从史诗的规模看，有小型史诗、中型史诗和长篇史诗之别；从史诗的现存形态看，可分为活态史诗和文本史诗；从史诗的内容看，可分为创世史诗、迁徙史诗和英雄史诗；从创作的主体看，可分为民间史诗和文人创作史诗。近年来，学术界在史诗分类方面形成一种新的认识，认为史诗可以分为：民间口传史诗、文人书面史诗和介乎这两者之间的"以传统为导向"的或"准书面"的史诗。[②]

① 王明珂：《华夏边缘》，社会科学文献出版社 2006 年版，第 24 页。
② 朝戈金：《国际史诗学术史谫论》，《世界文学》2008 年第 5 期。

一　中国史诗的基本类型

依据史诗内容分类是我国学术界最重要的史诗分类方法，亦更符合中国各民族史诗流布的实际情况。我国学者基于中国各民族丰富多样的史诗形态，提出的将史诗分为创世史诗和英雄史诗两大类型的观点，得到普遍接受。近年，有些研究者根据中国南方少数民族叙事文学中以迁徙史实为题材的长篇史诗蔚为大观，在创世史诗和英雄史诗两大类型外，又提出迁徙史诗的分类说法。有些学者则将有关迁徙题材的史诗归为创世史诗的一种类型。如潜明兹即将创世史诗分两种类型，“一种是叙述天地、人类、万物的起源，以神话为基本内容，幻想色彩很浓……另一种创世史诗是除了创世神话之外，还有写实记事的内容，这多半在史诗的后半部分，不是以塑造形象为主，而是记载历史上曾经经历过的一些事情，包括风俗习惯的形成，宗教祀典之隆重，以及迁徙定居的原因，过程、路线等等”。[①]

创世史诗，又称原始性史诗或神话史诗，主要围绕“创世”这一中心，以歌唱的形式叙述的系列创世故事，反映了各民族先民对天地的起源、人类的由来等世界本原问题的追问和创世创业、征服自然的艰辛历程。创世史诗在我国西南地区蕴藏量极为丰富，数量之多，涉及民族之广，在世界文化史上也是绝无仅有的。这些创世史诗具有一些共同的叙述结构模式和相似的情节，展现了一幅幅气势磅礴的开天辟地、创世造物的宏伟画卷，再现了古代先民社会生活的诸多方面。其中多有叙说共同祖先发源地等方面的内容，使其具有维护族群内部相互认同的功能。西南民族创世史诗中不乏经典作品，如彝族的《梅葛》、《阿细的先基》，纳西族的《创世纪》，白族的《开天辟地》，苗族的《苗族古歌》等，多姿多彩，特色鲜明，表现了各族先民丰富的想象力和深邃的思辨力，是西南各民族先民心灵和智慧的结晶。

迁徙史诗是西南少数民族史诗的重要组成部分，这些民族历史上曾经有过规模不等的迁徙经历。这类史诗以民族或支系在历史上的迁徙事件为内容。如哈尼族的《哈尼阿培聪坡坡》、《雅尼雅嘎赞嘎》，拉祜族的《根古》，彝族的《赊榷濮》、侗族的《祖公之歌》等作品，反映了这些民族为了生存

---

① 潜明兹：《史诗探幽》，中国民间文艺出版社 1986 年版，第 31—32 页。

和发展所走过的艰辛历程，记述了先民的苦难与不屈的历史足迹。

英雄史诗一向被奉为经典的史诗类型，被视为以高雅文体讲述的关于传奇式的或历史性的英雄及其业绩的长篇叙事诗歌。英雄史诗最具史诗的典型性，并因此而成为早期学者界定史诗的圭臬。英雄史诗题材重大，大多篇幅宏伟，多以一位或几位英雄非凡的业绩为主线，表现他们不畏强暴，不屈不挠的英雄品质，歌颂他们英勇善战，征战沙场，除暴安良，建功立业的丰功伟绩。英雄的行为即战争中的英雄业绩，漫长艰难的探险之旅是英雄史诗叙述的主要内容，表现民众渴求统一与和平的愿望，颂扬集体主义、英雄主义精神和群体意识。

关于英雄史诗的构成要素，苏联学者弗拉基米尔·普罗普基于对俄罗斯英雄史诗的考察，指出英雄人物及其业绩，音乐、演唱表演和韵律形式，是俄罗斯英雄史诗最一般和最重要的要素。这些要素又赋予英雄史诗独具的特征：它的整个内容、人物形象和英雄构成的世界，叙述主题，诗歌固有的整个体系和特别的风格。①

潜明兹早在20世纪80年代即提出英雄史诗具有五个特点：1. 产生的时期相当古老，一般产生在民族形成过程的幼年期；2. 英雄史诗以广阔的社会现实生活为背景，基本素材来自历史上的重大事件、重要人物，以及由这些事件和人物演变成的英雄传说，有的史诗吸收了大量远古神话；3. 作品的主要英雄人物大多是新兴阶级的代表，歌颂的是历史转变时期的氏族、部落、部族与民族形成过程中的领袖人物，以及由他们转化而来的新兴的奴隶主或封建领主；4. 英雄史诗从内容到形式皆集口头文学之大成，在创作手法上，既继承了原始神话的浪漫主义因素，又出现了比较明显的写实倾向；5. 英雄史诗是以口头—书面—口头、书面并存的形式流传……一部英雄史诗由产生到定型，中间不知要经过多少天才歌手和文人的加工。严格地说，这应该是一种半口头半书面的文学。② 潜明兹从英雄史诗的产生、社会背景、主人公身份、创作与传承特色等方面，全面论述了英雄史诗的特点。

史诗作为规模宏大的叙事作品，叙事是其重要职责，正如黑格尔指出：

---

① 参见［俄］普罗普《英雄史诗的一般定义》，李连荣译，《民族文学研究》2000年第1期。

② 参见潜明兹《史诗探幽》，中国民间文艺出版社1986年版，第281—285页。

“史诗的任务一般在于叙事，所以客观事物同时向它提供了内容和形式……。”① 英雄史诗具有独特的叙事模式和叙事结构，或者以事件为中心，如荷马史诗《伊利亚特》、《奥德赛》，印度史诗《摩诃婆罗多》、德国史诗《尼伯龙根之歌》等即以具体的事件为中心展开叙事；或以人物为中心，中国的三大英雄史诗《格萨尔》、《玛纳斯》、《江格尔》都属此类型，多围绕英雄诞生→立功→牺牲的模式，叙述各种事件。

英雄史诗的构成要素是多方面的，诸种要素组合一起，形成史诗的要义。但英雄史诗最重要最核心的要素是史诗主人公的英雄性及其英雄业绩。与创世史诗相比，英雄史诗的特点体现得尤为突出。创世史诗的主人公形象既有创世、造人的神祇；也有人神参半，保留较多半神半人的形象；又有以人类、民族祖先的身份出现的图腾、祖先以及与自然斗争的英雄。英雄史诗的主人公都是具有英雄性的人，尽管有些主人公兼具神性，但人的英雄性占主导地位，神在英雄史诗中发挥着辅佐英雄建功立业的作用。作品中众多的人物个性鲜明，形象丰满，具备了人的各种不同的社会属性。

二 《乌布西奔妈妈》的史诗类型

《乌布西奔妈妈》记述了东海女真乌布逊部落的一位女萨满——乌布西奔富有传奇色彩的一生，热情讴歌了她一生为部落呕心沥血，最后统一东海诸部，开拓东海海域的丰功伟绩，展现了她非凡的胆识和神威无敌的风采，表现了东海女真人英勇无畏的集体英雄主义气概。主人公乌布西奔是一个半神半人的形象，她原为天界塔其乌里星神，出身高贵。塔其乌里星神是阿布卡赫赫与耶鲁里之间开展天宫大战时裂生的两位星辰神之一，派至布星女神卧勒多赫赫身边，协助她执管天穹，按特定时辰自东向西巡行天穹。受东海女神德里给奥姆妈妈之托，天神阿布卡赫赫、地母巴那吉额姆和布星女神卧勒多赫赫的恩准，为了拯救灾难深重的乌布逊部落，降临人世，成为该部的大萨满，治理战乱纷扰的乌布逊地区。乌布西奔的非凡来历使其具有天然的神性。

英雄史诗大多以征战为主要内容，史诗主人公的英雄性正是通过征战体

① ［德］黑格尔：《美学》第三卷下，朱光潜译，商务印书馆1981年版，第135页。

现出来的。他们为了正义的事业，为了氏族或部落的前途和命运，不畏艰险，不屈不挠、勇于奉献、不怕牺牲，表现出鲜明的英雄性品格。作为东海女真人的一部英雄史诗，部落战争是《乌布西奔妈妈》的主线之一。其战争场面虽不如《荷马史诗》、《格萨尔》等经典英雄史诗那样规模宏大，战斗惨烈，但丝毫不影响乌布西奔英雄品格的塑造。在史诗作品中，乌布西奔是一位以仁德治天下的女酋长，这种理念也贯穿在她毕生致力的部落战争以及统一东海女真诸部的统一战争中，使部落战争体现了鲜明的特色：以德降敌，不战而胜；以智克敌，无往不胜，从而使乌布西奔的英雄性与德政形象得到完美结合。

从叙事结构看，作品以乌布西奔的英雄业绩为主线，波澜壮阔的战争、丰富多彩的社会生活都是围绕着英雄出身→领神当萨满→征战→航海→逝世这条主线展开叙述的。通过描述部落时代的战争风云，凸显了乌布西奔智勇双全的英雄品格。这种英雄诞生、成长、建功立业的顺时叙事模式，与我国其他英雄史诗的叙事模式基本相同。

此外，《乌布西奔妈妈》通篇洋溢着尚武精神和豪迈的英雄主义气概，反映了东海女真人特有的英雄观和审美价值观。东海女真人世代崇尚健美，其竞美的方式以比武为主，胜者被尊为“珊音哈哈”①，备受尊崇。这种观念和方式有助于培养东海女真人的英雄观和英雄主义精神。作品对此满怀赞赏，充分体现作品对英雄主义的礼赞。

由此可见，《乌布西奔妈妈》具备了英雄史诗的基本要素，是满族先世东海女真人的一部英雄史诗。《乌布西奔妈妈》带有突出的萨满教色彩：作品展开叙事的社会历史背景是萨满教全盛时代的部落社会，萨满教是当时人们的精神核心和行为准则，这一主题思想贯穿作品的始终；主人公的萨满身份、早期萨满内部传承的方式以及丰富的萨满文化内涵，使其具有萨满教文学的属性。正是从这个意义上，《乌布西奔妈妈》是东海女真人的一部萨满英雄史诗。

① 珊音哈哈：满语，好男儿。

第三节 《乌布西奔妈妈》的特点

在世界史诗宝库中，英雄史诗数量众多，分布广泛，在叙事模式、情节结构、规模篇幅、内容题材等方面都具有突出的特色。然而，由于民族、地域、传承等方面的因素，每部英雄史诗又各具特点，从而构成斑斓多姿的英雄史诗世界。与我国三大英雄史诗相比，《乌布西奔妈妈》具有鲜明的特点。

一 《乌布西奔妈妈》保留较多古老英雄史诗的特点

在欧洲文学史中，根据英雄史诗反映的内容和时代，将英雄史诗分为早期和后期两种类型。早期英雄史诗形成的时间较早，主要反映氏族社会末期，部落间的血仇关系，具有较浓的宗教和巫术色彩。主要作品有日耳曼人的《希尔德布兰特之歌》、盎格鲁—撒克逊人的《贝奥武甫》、芬兰民间口头流传的《卡勒瓦拉》等。后期英雄史诗形成的时间较晚，反映欧洲各民族封建化以后的时代，主题是爱国主义和英雄主义，歌颂强大英明、统一祖国的理想君王和封建关系下人民所理想的忠君爱国的英雄，受基督教影响和骑士文学影响极为明显。主要作品有法国的《罗兰之歌》，西班牙的《熙德之歌》，德国的《尼伯龙根之歌》，俄罗斯的《伊戈尔远征记》。尽管这种分类方法与我国各民族英雄史诗的实际形态不相符合，但综观我国各民族英雄史诗，在产生时代和主体内容方面存在时代差异，亦是客观存在。根据我国英雄史诗形态，从其反映的内容上作一大致划分，应较符合中国英雄史诗的实际。

据此，我们认为，与典型的英雄史诗相比，《乌布西奔妈妈》从内容上看，保留较多古老英雄史诗的特色，主要表现为突出的原始宗教特色、较浓的创世神话色彩和丰富多样的原始文化内涵。这些要素是否可作为界定英雄史诗分期的参考标准，尚待学术界讨论，但至少可据此辨析《乌布西奔妈妈》的基本特色。

1. 主人公女萨满兼女酋长身份独特

主人公女萨满兼女酋长的身份使《乌布西奔妈妈》尤显古老。巫师与氏族首领的身份合二为一，氏族、部落酋长或国王同时兼行巫师之职的情形，在人类早期社会具有普遍性，世界上许多民族都曾经历了这样一个历史阶段。我国北方少数民族历史上也出现过萨满与酋长合一的时代，神权和政权往往合二为一。据《新唐书·回鹘传》“黠戛斯”条云：“祠神惟主水草，祭无时，呼巫为甘。”在突厥语中，kamna-Kamda 意为“进行萨满活动”，Kamlyk-Kamdyk 的原义为“萨满法事、预卜”之意。可见，古代突厥民族中的 Kam 就是指萨满。而 Kam（汉文典籍写作“甘”）和作为帝王称谓的 Kan-han（汉文典籍译作“汉”或“罕”）可能有词源关系。从此可以推断，古代突厥民族中“甘”和“汗”（即萨满和帝王）可能是合一的。[①]

民族学资料也提供了这方面的例证。直到现在，西伯利亚有的种族把自己的萨满还叫做喀木、坎、干等，都是意思相同的不同称呼。这如同蒙古语的“汗”是一样的。“任何一个氏族的酋长，又是管理者，又是男巫。这是社会历史上常有的现象。古代游牧部落把自己的酋长称作‘波’（男巫），又称为可汗。”[②] 这种政权结构也反映在民间文学作品中。如哈萨克族民间传奇人物库尔阔特爷爷即身兼萨满、部落首领和歌手三职。

在人类早期社会，萨满与酋长合一的政权模式普遍存在，表明宗教在当时的社会生活中发挥着重要作用。从巫师与酋长合二为一的轨迹来看，一方面，具有通天地神鬼之神奇能力的萨满巫师，具有较高的社会地位，并因此拥有政治权力，李安宅对此有过精辟的分析：原始社会的宗教职业者，凭着自己的机巧，“由着私巫变成公巫。及为公巫，便是俨然成了当地领袖。领袖的权威越人，于是变为酋长，变为帝王——酋长帝王之起源在此”。[③]

《乌布西奔妈妈》为人们提供了氏族首领与萨满合二为一的典型范例。史诗作品赋予主人公神奇的出身和奇特的诞生与成长经历，她生下来即是一个呆傻的哑女，但却“睿能奇志”，不学而成劳动能手，懂占卜，知征候。可以说，乌布西奔甫出世，即带有典型的萨满征象，其神奇的诞生、苦难的童年和具有“睿能奇志”的特异禀赋，初为黄獐子部落所赏识，被奉为阿济格萨满，后被乌布逊部奉为大萨满，实现了她降临人世的使命。

---

① 色音：《萨满教与少数民族帝王》，载白庚胜、郎樱主编《萨满文化解读》，吉林人民出版社 2003 年版，第 207—208 页。

② ［蒙古］策·达赖：《蒙古萨满教简史》，丁师浩等译，中国社会科学院民族研究所 1978 年铅印本，第 30—31 页。

③ 李安宅：《巫术的分析》，四川人民出版社 1981 年版，第 10 页。

乌布西奔是以部落总祀萨满的身份走向政坛的。她一生的政绩主要分两个阶段。第一阶段，她执掌部落神权初期，乌布逊部的酋长仍为古德罕王。乌布西奔作为部落大萨满进行了一系列萨满教体制的确立与完善，为氏族建神坛，设神位，用萨满教思想观念教化族众，统一人们的思想，使原本四分五裂的氏族逐渐走向和睦与强盛。同时，对外联络邻部黄獐子部和珠鲁罕部，以恩德感召两部，使其不战而合，主动归附，与乌布逊部合盟，各部公推乌布西奔为“总祀萨满”，拥戴乌布逊酋长古德罕王为部落联盟的盟长。

当时，古德老罕王年老体弱，基于对乌布西奔的信任和钦佩，将族中军政大事多交给乌布西奔掌管，乌布西奔由萨满代行部落长之职。她殚精竭虑，日理万机，对内行教化，建制度，发明和推广物候历、记事法等，始开东海早期文明之风；对外则恩威并施，先后收服周围诸部落和远海一些无名岛屿，赢得了乌布逊族众的信服和钦佩，在部落中享有崇高的威望。

乌布西奔卓著的功勋为她赢得了极大的声望。正是在这种情况下，乌布逊酋长古德罕王将部落酋长的职位禅让给她，乌布逊部从此进入了乌布西奔的时代，即她人生的第二个阶段。

乌布西奔担任乌布逊部总祀大萨满和部落酋长之职，执掌该部军政及宗教大权达五十年之久，励精图治，为了部落的安宁和发展，在其前期治理的基础上，进一步采取了一系列内政外交政策，内创制度，如确立婚姻制度，严禁近亲结婚，倡导非血缘的部落之间的青年男女间的婚配；建地室和巢居，改善居住条件；提倡饮山川活水，传炊火熟谷，燔鲜牲兔鹿之法；创刻木、系草等原始记事法和自然物候历；传授滑雪、用火、制药等技艺，给蛮荒的东海诸部带来了文明的曙光。对外则“决意收抚海内异族，扫平内海屏障”，她采取恩威并施的策略，智取莲花岛，降服比干女魔；收服海上诸无名岛海民，扩大了乌布逊海疆三百里，打开了直通东南海域的要道；西与彻沐肯部交好，在其部为天花之疫所困之时，乌布西奔用真诚和高超的医术，挽救该部于灭族之灾，彻沐肯部从此与乌布逊部结盟，乌布逊的西路也自此打通，可直接与乌喇部相沟通。最后统一东海七百噶珊，[①] 成为一位神威赫

① 七百噶珊，“噶珊”，满语，意为村落，“七百”，非实数，比喻其多。古代“噶珊”，往往聚族而居，与“哈拉”、“穆昆”联系在一起，具有血缘的性质。

赫的部落联盟酋长。

乌布西奔以神授萨满的身份、威望荣登罕王之位的实例和轨迹，为我们了解早期人类社会的特征和巫师萨满的特殊地位与作用，提供了珍贵的资料。在英雄史诗作品中，主人公身兼巫师与酋长之职者并不多见，而主人公为女萨满兼女酋长者则尤为少见。尽管许多英雄史诗的主人公具有非凡的来历和神性，经过一生的征战，实现了区域的统一，并因此而成为部落首领。如《格萨尔》的主人公格萨尔王即是一位神、龙、念三者合一的半人半神的英雄，他运用神力，降服了大大小小几十个"宗"，逐步实现了统一。《玛纳斯》的主人公玛纳斯在其出生前即被占卜师预言为大英雄，有着神奇的身世。他戎马一生，最后成为统率包括柯尔克孜各部落在内的60个突厥语部落联盟的总首领。但他们本身并不是该民族的宗教巫师。

如前所述，巫王结合的模式主要盛行于父系氏族社会，《格萨尔》、《玛纳斯》等英雄史诗则产生于原始社会向阶级社会过渡的历史时期，英雄主义精神得到极大的彰显，宗教的影响虽依然存在，但已不如氏族社会那样重要。正是从这个意义上说，《乌布西奔妈妈》所反映的东海女真人的社会生活更具古老形态，是一部古老的英雄史诗。

2. 创世神话绚丽多彩

创世史诗与神话有着密切的关系。史诗产生于民族形成的时期，民族幼年时期神话繁盛，因此，在史诗中现实总是与神话密切地交织在一起，古代希腊史诗如此，晚近的芬兰史诗《卡勒瓦拉》亦如此。如史诗《玛纳斯》在叙述玛纳斯家族众英雄事迹的过程中也穿插进许多优美动人的神话传说，这些神话传说是柯尔克孜民间文学中的瑰宝，其中有些已失传，然而，它们却在《玛纳斯》中得以保留下来。这些神话内容古老，内涵丰富，它们交织在史诗中，使史诗更富于神奇、浪漫的色彩，增强了史诗的艺术魅力。①这是就史诗与神话的总体关系而论的。

就我国南北方史诗而论，以往学术界通常认为南方民族的英雄史诗内容更为古老，其中一个重要因素即南方民族史诗中蕴含许多创世神话，一些民族史诗本身就是该民族的创世纪，史诗与神话相互交织，成为南方史诗的一

---

① 郎樱：《〈玛纳斯〉论》，内蒙古大学出版社1999年版，第338页。

大特点，这方面的实例不胜枚举。例如，纳西族的《崇般图》、《创世纪》，白族的《创世纪》，傈僳族的《创世纪》，毛南族的《创世纪》，苦聪人的《创世纪》，彝族的《梅葛》，拉祜族的《牡帕密帕》，苗族的《苗族古歌》、《亚鲁王》，瑶族的《密洛陀》，壮族的《布洛陀》等。这些史诗以开天辟地、人类起源、万物创造、民族形成、民族迁徙为主要内容，与创世神话一脉相承。

《乌布西奔妈妈》虽以乌布西奔一生在人间建立的丰功伟绩为主线，其中创世神话的内容却异常丰富多彩，既有宇宙生成神话，又有东海形成神话、系列太阳神话，也有古德家族族源神话。有的神话看似与创世神话关系不大，如天落宝石神话、乌鸦神话，但实际上都与创世神话有关，或本身即是创世神话的组成部分。从结构上看，史诗以创世神话开篇，在史诗的最后部分，乌布西奔临终教诲爱徒，也是通过讲述创世神话的形式进行的。可以说，神话贯穿史诗之始终。从神话在史诗中存在的形式看，既有史诗创作者讲述的神话，又有史诗主人公乌布西奔对众萨满讲述的神话。前者是史诗结构的需要，后者则体现了萨满传讲神谕的思想内涵，使史诗的情节更为生动、丰富，富有艺术感染力，为史诗增添了神话思维的色彩。《乌布西奔妈妈》丰富的创世神话内容，多样的表现形式，都是北方英雄史诗中不多见的。

3. 原始文化内涵丰富

《乌布西奔妈妈》反映了东海女真人部落时代的社会生活。从史诗的内容上看，保留了诸多古老的社会制度、风俗、观念、仪式和文化形式等，蕴涵着丰富的原始文化内涵。如双酋制、禅让制等政治制度；女权制、族长多偶、从杂婚至氏族外婚等婚姻习俗；神判制等法律制度；人殉、人祭、裸体、文身、佩饰等原始习俗；刻木为号、裂革记事、物候历法、花鸟鱼纪年，图画文字、裸舞、长调等民间知识和民间文艺形式以及图腾崇拜、血祭、神验、征兆、占卜、脱魂、附体等古老的萨满教观念、仪式，无不反映出原始文化的意蕴，形象地展现了原始文化的内涵，揭示了原始文明的发轫及其发展轨迹。这种古代东海特定区域的原始文明也为史诗增添了野性、古朴的色彩。

综上三个方面的论述，我们认为《乌布西奔妈妈》是一部古老的英雄史诗，它不仅具有英雄史诗的特征，还因其产生于特殊的时代和地域，特别是文本所体现出的原始性、古老性，使其具有与典型英雄史诗不同的特质，成为英雄史诗中最具古老特质的史诗之一。

二 《乌布西奔妈妈》具有鲜明的渔猎文化特色

众所周知，我国少数民族英雄史诗大多分布于我国北方阿尔泰语系蒙古族语、突厥语族、满—通古斯语族诸民族和汉藏语系的藏族等民族中。在草原游牧民族中，英雄史诗的蕴藏量尤为宏富，分布尤为广泛，具有鲜明的游牧文化特征。这无疑与生活在这一地域内的少数民族的生产生活方式及文化传统有密切的关系。叶舒宪据此考察了我国少数民族英雄史诗与文化生态的关系，认为“英雄史诗的产生主要以游牧文化为现实土壤，游动的生活方式所导致的民族、部落社会的大迁徙和由此引发的民族冲突与战争，构成了史诗叙述的基本题材，而战争所必需的勇武精神和英雄品格，则自然成为这一类英雄史诗的共有主题。相形之下，大凡在社会呈稳定形态，千百年间提倡安土重迁、父母在不远游一类农业文化定居生活价值观的地域中，反战的和平主义精神占据着主导地位，尚武精神受到意识形态的某种抑制，英雄史诗的产生有如无源之水、无本之木，呈现为不发达的状态”。[①] 应该说，这一论断一定程度上反映了我国少数民族英雄史诗生成与流布的基本特征和一般规律，但对我国渔猎民族的英雄史诗缺乏应有的关注。

事实上，在我国东北地区，以渔猎为生的满—通古斯诸世居民族中，也曾经历过渔猎民族的英雄时代，英雄史诗、英雄神话和英雄故事广为流传。自 20 世纪 80 年代以来，黑龙江省民间文艺工作者对三江水域（黑龙江、松花江、乌苏里江）赫哲人中流传的“伊玛堪”、小兴安岭山地原毕拉尔部落鄂伦春人中传承的“摩苏昆”等东北民族英雄史诗进行科学采集和系统考察，论证了“伊玛堪”、“摩苏昆”的英雄史诗性和渔猎文化特色。然而，由于学术界对“伊玛堪”、“摩苏昆”的史诗性质至今尚未形成定论，其作品的数量、规模以及成熟程度与典型的英雄史诗相比，还有一定的差距，致使学术界在考察英雄史诗生成的生态环境和文化生态等问题时，对渔猎文化生态下英雄史诗的生存形态重视不够。

---

① 叶舒宪：《中国少数民族英雄史诗的类型及文化生态》，《敦煌》诗刊 2003 年卷，第 127 页。

《乌布西奔妈妈》内容十分丰富，涉及东海女真原始社会的诸多方面。但其最核心的部分是渔猎文化和萨满文化，贯穿作品的始终。作品展现的东海女真人活动区域是一个典型的渔猎生态文化场：河川密布，森林茂密，生物种类繁多，不啻于一个巨大的野生动植物繁衍生息的天然乐园。史诗中记述的东海女真人的活动，正是在这种生态场景下展开的。因此，史诗充满浓厚纯然的渔猎文化特色。

作品描绘的东海女真诸部早期渔猎生产生活方式，与渔猎民族的实际生活浑然一体，相互印证。渔猎生活方式的方方面面在作品中都有体现，衣食住行自不待言，各种生产生活用品也无一不来自渔猎产品。如制作、使用独特的油浸避水鱼鳞衣、兽皮缝制的避水通气具等生产生活用具；从大自然中采自各种天然材料制作原始乐器：

> 无边的山岭，无边的海洋，无边的白云彩耶依耶——
> 无边的林丛，无边的石岩，无边的浪涛耶依耶——
> 我用洁白的桦树嫩皮，做了嘹亮无比的口哨，
> 我用洁白的海螺嫩壳，做了震耳无比的口笛，
> 我用洁白的翎羽嫩毛，做了清脆无比的口琴，
> 我用洁白的海石水晶皮，做了悠美无比的口铃。[①]

渔猎民族在长期的生产实践和适应自然的过程中，逐渐形成了一些特有的价值观念，在史诗中得以独到的表达。如尊重自然、敬畏自然的理念，通贯全篇，并以突出的自然崇拜和生物崇拜的形式加以体现。在《乌布西奔妈妈》中，山川森林、江河湖海都充满灵性，人与自然的初始和谐尽显无遗。崇尚勇敢、机智的品格，对猎手、勇士及熟悉水性、山情的民事通特别敬重，乌布逊部落的老酋长古德罕王身边三位得力助手都是好猎手，黄獐子部落的首领法吉妈妈是来自其他部落的野猎人。显然，在《乌布西奔妈妈》中，猎手和捕鱼能手成为勇士的标准之一，体现了渔猎民族的价值观。乌布西奔率族众进行的探海活动，更集中体现了渔猎民族勇于探险，不怕牺牲的

① 鲁连坤讲述，富育光译注整理：《乌布西奔妈妈》，吉林人民出版社 2007 年版，第 16 页。

大无畏精神。

此外，在《乌布西奔妈妈》中，有关山、海、鱼、兽等形态状貌的词语丰富繁多，表述细腻生动。不必说农耕群体不会有如此精微的生活体察，即便是兼营狩猎的游牧群体，恐怕也难以产生出如此细致而又充满表现力的语汇。这一点，正体现出东海女真作为一个渔猎民族有别于游牧或农耕民族在认知与文化建构上的主要特征。[①]

总之，《乌布西奔妈妈》反映了典型的渔猎文化形态，具有鲜明的渔猎生态文化特色。整个作品宛如一幅幅画卷，描绘了古代东海区域的自然生态景观，生动形象地再现了渔猎民族生产生活的画面。这种纯然的渔猎风情在世界各民族英雄史诗中实不多见。它不仅使《乌布西奔妈妈》以一种独特的精神风貌呈现在世人面前，也使之成为满—通古斯民族英雄史诗的典型代表，体现了它们的共性特征。作品洋溢着浓厚的渔猎文化气息，展现了东海女真人的渔猎生活景观和独具特色的渔猎文化风情，不愧为一部典型的渔猎民族的英雄史诗。

三 《乌布西奔妈妈》阐扬了集体英雄主义的核心价值观

集体英雄主义即把集体利益看得高于一切，为了集体的利益和荣誉，不怕困难，不畏艰险，勇于牺牲个人利益和生命。《乌布西奔妈妈》的主人公及其众女英雄形象表现了这种集体英雄主义的精神品质，使之成为史诗作品的核心价值观，赋予其深刻的思想内涵，也因此使作品具有迥异于西方英雄史诗的特质。西方英雄史诗的主人公固然具有英勇、无畏、不怕牺牲这些英雄史诗共同的品质，但在他们身上也同样表现出个人主义倾向，这是《乌布西奔妈妈》与之大相径庭的。

《乌布西奔妈妈》中的英雄形象不仅具有英勇、顽强、执著、百折不挠的优秀品质，更为可贵的是，她们总是与人民站在一起，代表人民的利益，为了部落的群体利益和荣誉不惜牺牲生命。这一点在主人公乌布西奔及其众弟子身上表现得最为突出，当瘟疫突发，灾难降临东海，人们纷纷逃难之

① 江帆：《东海女真文化的认知人类学阐释——以满族萨满史诗〈乌布西奔妈妈〉为例》，《满族研究》2009 年第 4 期。

时，乌布西奔勇敢地站出来，亲自进山采药，发明适于疫症的验方，亲自走进疫区，将自制药汤送到东海各部落民众的手中，全然不顾个人的生命安危；当部落战争发生时，她们总是身先士卒，冲锋陷阵，主人公乌布西奔则既是指军员，又是一名战士；为了实现寻找太阳之宫的执著追求和理想，乌布西奔及其三位弟子先后牺牲，当危险来临时，她们首先想到的是集体和他人。乌布西奔一生奔波、操劳，统一东海诸部，结束了战乱的年代，使人民得以安居乐业，这既是东海女真先民的集体意识，也是她毕生的追求，可以说，乌布西奔的思想与行为代表了东海女真人的普遍利益和愿望。集体英雄主义精神在乌布西奔等众女英雄身上得到集中的展现。

《乌布西奔妈妈》阐扬的集体英雄主义精神，在其塑造的女神形象上也有突破的体现，不仅与作品中的人物形象相映生辉，更为主人公集体英雄主义形象提供了思想源泉。其中以乌鸦神最具代表性。乌鸦本是来自天界的古尔苔女神，是天宫大战时期的一位古老的创世神，“天地初开的时候，恶魔耶鲁里猖獗寰宇，风暴、冰河、恶浪弥天，万物不能活命。阿布卡赫赫是宇宙万物之母，将太阳带到大地，将月光送到宇内，让身边的众神女捏泥造万物，让身边的众神女用露气造谷物，让身边的众神女用岩粉造山川，让身边的众神女用云水造溪河，才有了宇宙和世界。耶鲁里不甘失败，喷吐冰雪覆盖宇宙，万物冻僵，遍地冰河流淌，阿布卡赫赫的忠实侍女古尔苔，受命取太阳光坠落冰山，千辛万苦钻出冰山，取回神火温暖了土地。宇宙复苏，万物生机，古尔苔神女因在冰山中，饥饿难耐，误吃耶鲁里吐出的乌草穗，含恨死去，化做黑鸟，周身变成没有太阳的颜色，黑爪、壮嘴、号叫不息，奋飞世间山寨，巡夜传警，千年不惰，万年忠职”。[①] 古尔苔女神为了给人间取太阳火，误食黑草，变成乌鸦，即使如此，仍终日为人间“巡夜传警”。乌鸦被满族先民奉为灵禽。满族灵禽崇拜悠久而突出，灵禽天性机敏，对瘟疫、烟火、野兽的出没有着极强的反应力。如遇伏兵、野兽、僵尸、烟火时，乌鸦群鸣报警。如发生山火，乌鸦能辨别火势，朝着与火蔓延相反的方向振翅高飞。史诗中赋予乌鸦为人类“巡夜传警”的伟大职能，体现了东海女真先民对乌鸦习性细微观察和认识。这是对群体忠诚的极致，寓含着对

① 鲁连坤讲述，富育光译注整理：《乌布西奔妈妈》，吉林人民出版社2007年版，第190—191页。

人类多么深沉、炽热的爱，实际上乌鸦女神是乌布西奔妈妈英雄主义的象征，这种精神是萨满教中所寓含的人类文化的积极基因，是萨满教有悠长文化生命的根本原因。[①] 乌布西奔以此教育弟子，要学乌鸦格格，"为难而死，为难而生。勿贪勿妒，勿惰勿骄"，[②] 表现了乌布西奔集体英雄主义的情怀和神话对主人公的深刻影响。

应该说，《乌布西奔妈妈》体现的集体英雄主义精神反映了满族及其先民的价值观念和精神追求，有着深厚的社会基础。渔猎民族的集体意识和集体主义精神是适应维系群体生存发展需要而形成的，与其生存环境和生产生活方式密切相关，与渔猎民族的坚韧性格、尚武精神相结合，构成了集体英雄主义的思想内涵，体现了满族及其先民的心理特质。萨满教作为氏族文化的精神内核，弘扬和体现的恰是这种氏族至上的集体主义精神和生生不息的顽强生存意识以及以集体的力量抗衡大自然的精神实质，对于满族先民心理素质、个性品格以及由此决定的民族性的陶冶与铸造具有重要的作用。正是这种独特的文化基质铸就了史诗作品的精髓，使之有别于其他英雄史诗而独具风韵。

四 《乌布西奔妈妈》体现了浓郁的女性崇拜意识

英雄史诗的主人公均为男性，高扬男性的阳刚之美和英雄气概。《乌布西奔妈妈》独辟蹊径，不仅成功塑造了女主人公乌布西奔的英雄形象，展现独具的英雄品质，而且创造了一批勇敢、智慧、富有创造性和牺牲精神的多姿多彩的女性形象群，包括女神群体、女酋长群体和女萨满群体，构建了一个庞大的女性王国。这种浓郁的女性崇拜色调与内涵，不仅使其在英雄史诗的百花园中绽放异彩，即使在世界各民族民间文学作品中，亦实属少见，反映了满族及其先世突出的女性崇拜意识和独特的文化价值。

女性崇拜源于多方面因素，初民社会，妇女在生育方面的独特作用，妇女从事的采集和原始农业具有相对稳定性，易形成以女性为中心的民俗

---

① 王宏刚：《萨满教英雄崇拜与北方民族的崛起》，载郭淑云主编《萨满文化研究》第 1 辑，吉林大学出版社 2007 年版，第 59 页。

② 鲁连坤讲述，富育光译注整理：《乌布西奔妈妈》，吉林人民出版社 2007 年版，第 190—191 页

心理；女性崇拜还与最早的萨满是女性有关。满—通古斯语民族认为世间第一位萨满为女性，由鹰魂转化而成。布里亚特人认为，人类最初的祭司应是主管灶火并为之祭献的妇女。突厥语称女萨满为“乌特甘”，即祭火女人。

满族及其先世女性崇拜悠远绵长，蕴藏着丰富的文化内涵，既有对生育和生殖能力的崇拜，也有对女酋长、女萨满、女英雄的尊崇，昭示着女性在满族先世早期社会发展历程中曾经发挥过重要作用。“女神崇拜是人类文化起源阶段的重要形态，是北方古人类的自由能动的社会本质——追求集体生命‘增殖’的表现，是人类母性的升华。众多的英雄女神如同日月星辰一样，高悬于天宇，照亮了历史，照亮了未来，也照亮了北方先民的心。这是萨满教有如此强盛的生命活力之所在。”①

满族诸姓萨满教女神及其神话丰富多彩，这方面已有大量的资料披露，学术界已有较深入的研究，② 此不赘述。近期笔者参与整理、研究的东海女真人后裔吉林乌苏瓜尔佳氏萨满文本中，计有一百多位神灵，其中女性神占有很大比重。女神主要分为妈妈神（奶奶神）、德德神（姨娘神）和格赫神（姑娘神）三种类型。此外，满族对女神的祭祀习俗久盛不衰。20 世纪 30 年代，吴纪贤在《吴氏我射库祭谱》中曾记载：“吾族公祭，均祭至高无尚之母亲神灵，神名之重之多，譬如兴安之树，不可数指也。”至今吉林省九台地区满族杨氏家族、珲春库雅喇等原东海女真后裔仍保留祭祀“妈妈神”的习俗。《乌布西奔妈妈》及其他满族民间文学作品体现的女性崇拜意识，正是以这种文化传统为土壤的。

《乌布西奔妈妈》的女性崇拜意识通贯作品的全篇，并全方位地渗透神界、人间和萨满界，使女性成为作品的绝对主角，也成为其所表现的东海女真社会的主体。首先，作品以惊人的想象力和卓越的创造力建构了一个庞大的女神神系。此神系由三个层级若干女神神群组成，200 余位职司明确的女神分属于不同的神群，各有统领，行使各自的职责。《乌布西奔妈妈》虽是

---

① 王宏刚：《萨满教英雄崇拜与北方民族的崛起》，载郭淑云主编《萨满文化研究》第 1 辑，吉林大学出版社 2007 年版，第 54 页。

② 参见富育光《萨满教与神话》，辽宁大学出版 1990 年版；富育光、王宏刚《萨满教女神》，辽宁人民出版社 1995 年版。

一部史诗作品，以世俗英雄的业绩为主线，但其对女神神系的构建可与创世神话《天宫大战》相媲美，二者交相辉映，呈现了既相互关联又自成一体的女神系列，蔚为壮观。神系中的三位主神天母阿布卡赫赫、地母巴那吉额姆和星神卧勒多赫赫均为女性，所有善神也全都是女性，树立了女性的绝对权威和至高无上的地位。

其次，作品成功地塑造了乌布西奔的人物形象，散发着人性与神性交融、神圣与人本结合的璀璨光辉。作品着力塑造了乌布西奔这样一位超凡的英雄人物，集各种优秀品质和多重社会角色于一身。她以安天下、济苍生为使命，施德政，恤百姓，广教化，福泽东海诸部，是一位殚精竭虑，勤政爱民的政治首领；她精谋略，长智取，创战法，善攻心，以德降敌，以智克敌，常常以少胜多，不战而胜，是一位运筹帷幄，足智多谋的军事统帅；她胸怀天下，广施仁德与教化，通过经济、文化、医疗等多方面的交流，促进与周边部落与东海诸岛人民的友好往来，将乌布逊的势力和影响扩向四方，是一位深谋远虑，胆略过人的外交首领；她发明文字，创编舞蹈，定历法，创年号，废陋习，建制度，是一位智慧过人、才华出众的文化英雄；她尝百草，制药汤，创验方，发明瘟疫隔离法和医疗方术，悬壶济世于东海一方，是一位医德高尚，医术高超的良医。

乌布西奔的形象无疑是史诗作品理想化、艺术化的结晶，但也有其历史文化基础。在世界各民族早期发展史上，巫师和酋长都是各族群德才兼具、智勇双全的智者。《国语·楚语下》有一段关于楚巫的论述："民之精爽不携贰者，而又能齐肃衷正，其智能上下比义，其圣能光远宣朗，其明能光照之，其聪能听彻之，如是则明神降之，在男曰觋，在女曰巫。"在远古楚人的心目中，无论是男巫之"觋"，还是女巫之"巫"，他们都是民众之中，品行最好、智能最高、才学最博、威望最重的人。这样的人，其圣能光大远方，宣化明朗；其明敏能普照万物，无所不包；而其聪颖则能听彻八方，降至明神。因此，楚人又习称巫为"灵"或"灵子"。[1] 古代巫师在当时人们心目中的形象和地位由此可见一斑，东海女真萨满亦应如此，只是缺乏史料

① 刘铁峰：《论梅山宗教文化中的巫觋崇信现象》，载李东升、李德仁主编《娄底优秀文艺作品选1990—2005年民间文化研究卷》，湖南文艺出版社2006年版，第83页。

记载罢了。

在满族民间文学中，反映女性崇拜主题的作品可谓俯拾皆是。《尼山萨满》以一位舍己救人的女萨满为主人公；《天宫大战》以五彩缤纷的色调描绘了三百女神的神奇世界，她们开辟宇宙，造人造物，建立宇宙秩序，开天地万物之始。《恩切布库》不仅以主人公恩切布库酋长兼萨满的身份，凸显了作品崇尊女性的思想倾向，还在作品中明言："女人是生命之源，女人是生命之本。艾曼最敬重女人，形成良风，世代沿袭。"[①]《东海窝集传》中的某些风俗更体现了女尊男卑观念，如丹楚要先向自己的妻子请安，才能双双出来拜天。他嫁给女方后，必听候女方的安排，履行一定义务，还必须忠于妻子。这些女性英雄形象的塑造和尊崇女性观念的表达，使乌布西奔人物形象的典型性得以彰显。

毋庸置疑，《乌布西奔妈妈》以一种理想主义的表现手法，将东海女真人各种优秀品质集于主人公一身，将她塑造成一位尽善尽美的"完人"。如果说乌布西奔的非凡身世和萨满身份使其具有与生俱来的神性，那么，她降临人间后建树的一系列卓著功勋，则进一步强化了她的神性。可以说，作品的叙事过程就是对主人公神化过程，是一个创造人间真神的过程。乌布西奔逝世后也果然被封为部落英雄神，事迹被刻在德烟山洞中，世代接受祭拜。不难看出，作品对乌布西奔形象的神化和圣化，凸显了女性崇拜的思想内涵，强化了女性崇拜意识。

应该指出的是，乌布西奔只是作品中东海女真女酋长、女萨满、女英雄的典型代表。作品创造了多位女酋长、女萨满形象，如黄獐子部法吉凌的慈爱、勤政，乌布逊已故老酋长多罗锦的宽厚、平和，乌布西奔萨满弟子乌布勒恩的聪明智慧，都尔根的沉着冷静，都尔沁三姐妹的重情重义、富于牺牲等个性鲜明、光彩灼灼的角色，她们的精神追求、个性、气质，在史诗中也得以展示。乌布西奔及这些与之并行不悖、相映生辉的女性群体艺术形象，昭示了《乌布西奔妈妈》尊崇女性，以女性为本位的思想内涵，在英雄史诗中具有独特的韵味和风采。

以上仅在与中国三大英雄相比较的基础上，就《乌布西奔妈妈》的主

① 富育光讲述、王慧新整理：《恩切布库》，吉林人民出版社 2009 年版，第 113 页。

要特点作一初步的探讨。英雄史诗《乌布西奔妈妈》构成我国北方英雄史诗带的重要一环，在满—通古斯民族英雄史诗中尤其具有代表性。因此，当我们考察《乌布西奔妈妈》的特点时，必须关注与其同属阿尔泰语系满—通古斯语族诸民族史诗作品的基本情况，以便更准确地把握《乌布西奔妈妈》的特点。

长期以来，人们对中国英雄史诗的认识与研究，主要集中在阿尔泰语系蒙古语族、突厥语族和汉藏语系诸民族的史诗作品，满—通古斯民族的史诗作品尚未引起学术界的足够重视。自2006年以来，随着被国务院列入国家级首批非物质文化遗产名录的满族传统说部的挖掘抢救并公之于世，传统说部中一些濒临消逝作品的文学体裁问题已引起了多学科学者的关注。著名满学家、国家级非物质文化遗产传承人富育光先生根据满族说部内容和文本形式，将说部分为四种类型，即窝车库乌勒本、包衣乌勒本①、巴图鲁乌勒本、② 给孙乌春乌勒本。③ 其中"窝车库乌勒本"俗称"神龛上的故事"，即"由满族一些姓氏萨满讲述并世代传承下来的萨满教神话与历世萨满祖师们的非凡神迹与伟业"。④ 目前已面世的作品主要有《天宫大战》、《乌布西奔妈妈》、《恩切布库》、《西林安班玛发》等。除《乌布西奔妈妈》外，上述作品也都程度不同地具有史诗性，《天宫大战》虽被公认为创世神话，但其文体却为满族世代萨满以口耳相传的散韵诵唱形式保留下来。《恩切布库》以天神阿布卡赫赫的侍女恩切布库女神重返人间拯救生民的辉煌业绩为主线，虽具有明显的神话色彩，但从作品的形式与内容综合考察，仍不失为一部英雄史诗。至于《西林安班玛发》的英雄史诗性，有学者已做过专门探讨。⑤

探讨东北少数民族英雄史诗的性质和类型，不能回避赫哲族《伊玛堪》、鄂伦春族《摩苏昆》的史诗性问题。目前学术界主要有三种观点。一是否认其史诗性，如以徐昌翰为首的黑龙江学者主张《伊玛堪》、《摩苏昆》

---

① 包衣乌勒本：即家传、家史。

② 巴图鲁乌勒本：即英雄传。

③ 给孙乌春乌勒本：即说唱故事。

④ 富育光：《满族传统说部艺术——"乌勒本"研考》，《民族文学研究》1999年第3期。

⑤ 参见谷颖《满族说部〈西林安班玛发〉史诗性辨析》，《中南大学学报》2010年第4期。

为“说唱文学”。[①] 认为其内容虽然具有强烈的英雄性，“但却十分缺乏历史性，更缺乏行动的民族规模”，其中的英雄更多地带有浓厚的神话色彩，缺乏个性化的个体，因而不能认为是英雄史诗，只能是说唱文学。他指出：“在赫哲族文学中，尽管许多长篇说唱叙事作品充满了强烈的英雄性，但最终却并未出现已经由集体中分离出来的、具有自己独特经历和独特性格的、高度个性化的史诗英雄形象，也未产生出集中的完整的神话故事体系。赫哲族中最终尚未诞生自己民族的英雄史诗。”[②] 第二种观点认为，《伊玛堪》、《摩苏昆》具有英雄性，但尚未发展为成熟的英雄史诗。潜明兹据此将《伊玛堪》、《摩苏昆》定性为属于英雄史诗范畴的英雄复仇故事。[③] 也有学者认为《伊玛堪》、《摩苏昆》属于尚未发展为成熟的英雄史诗的英雄叙事诗。第三种观点即主张《伊玛堪》、《摩苏昆》具有史诗性。马名超认为《伊玛堪》、《摩苏昆》属于在传播过程中形成的英雄史诗的亚种，即兼有诗体韵文和散文讲述体两种语言成分的讲唱类型（或称说唱类型）。[④] 孟慧英则认为赫哲族《伊玛堪》不仅具备了英雄史诗的基本性质，而且还创造了相当出色的艺术成就。[⑤] 针对关于伊玛堪体裁的讨论，刘锡诚指出：“这种讨论是十分有益的。与已经定型的一些世界著名民族史诗相比较，赫哲族的《伊玛堪》确也有着与其不同的独特性，最明显的就是神话色彩和巫术色彩的浓重。但《伊玛堪》毕竟具备了英雄史诗的某些重要特征，似乎也是无可辩驳的事实。”从而肯定了《伊玛堪》、《摩苏昆》的英雄史诗的性质。

上述满—通古斯民族的英雄史诗作品，具有一些共同的特征。就文化构成而言，这些史诗作品均以满—通古斯民族的渔猎文化为主体，刻下了深深的渔猎文化印迹，具有鲜明的地域特色。但在赫哲族《伊玛堪》和鄂伦春族《摩苏昆》作品中，外来文化的影响也显而易见，特别是在发展的过程

---

① 参见徐昌翰、黄任远《赫哲族文学》，北方文艺出版社 1991 年版；徐昌翰、隋书今、庞玉田《鄂伦春族文学》，北方文艺出版社 1993 年版。

② 徐昌翰、黄任远：《赫哲族文学》，北方文艺出版社 1991 年版，第 430 页。

③ 参见潜明兹《中国少数民族英雄史诗》，天津教育出版社 1991 年版，第 168 页。

④ 马名超：《论东北冰缘区少数民族英雄史诗类型及其文化联系》，载黑龙江省民族研究会、黑龙江省民族研究所编《黑龙江民族研究论文集》第一辑，黑龙江省出版总社 1986 年批号，1987 年印刷，第 399 页。

⑤ 孟慧英：《萨满英雄之歌——伊玛堪研究》，社会科学文献出版社 1998 年版，第 8 页。

中受草原游牧文化的影响较大。在《伊玛堪》作品中，故事展开的背景更像草原地区，并出现了马、牛、羊、猪等家畜。在《英雄格帕欠》等《摩苏昆》作品中，突厥蒙古民族英雄复仇母题、结拜母题以及宝马形象有着突出的反映。相形之下，《乌布西奔妈妈》体现的渔猎文化具有较高的纯度，古朴的渔猎风情贯穿作品的始终，再现了东海女真人渔猎生产生活的原生形态，为了解满—通古斯民族早期社会生活提供了鲜活的资料。

满—通古斯民族自古信仰萨满教，时至今日，这些民族精神文化和物质生活仍深受萨满文化的影响。自然，在这些民族英雄史诗作品中，从作品人物形象的雕塑、表层与深层结构到作品的精神内核都带有清晰而深刻的萨满信仰烙印。萨满信仰为史诗作品奠定了思想基础，并构成史诗作品之魂。但相比赫哲族《伊玛堪》和鄂伦春族《摩苏昆》作品主人公为英雄莫日根、民间歌手的传承方式及萨满信仰对作品内容的影响度，《乌布西奔妈妈》不仅突出地体现萨满教思想观念，为人们呈现了一幅东海女真人萨满教时代的全景图画，更从其产生、萨满传承模式、主人公的萨满身份等诸多方面，显示了萨满教文学的基本特质。《乌布西奔妈妈》是一部由萨满集体创作，在仪式上演唱并传承的史诗。这种传承方式使《乌布西奔妈妈》具有突出的宗教性，体现了史诗的神圣性和本质特征。可以说，《乌布西奔妈妈》是一部典型的萨满史诗。

英雄史诗的永恒魅力在于塑造一个个具有英雄气概、个性鲜明的英雄人物，体现一种崇高美与庄严美。就史诗作品主人公的英雄性而言，《乌布西奔妈妈》主人公乌布西奔的英雄形象更为鲜明，作品饱蘸深情地塑造了一个勇敢、坚定、无私无畏又充满爱心的女英雄形象，表现了乌布西奔为部族利益和东海地区的和平统一及社会理想自我牺牲的英雄品质和大无畏精神，并因此而凸显了作品的英雄史诗性质。就史诗性而言，《乌布西奔妈妈》较满—通古斯其他史诗作品更为成熟，是一部较为成熟的萨满英雄史诗。

五 《乌布西奔妈妈》的产生与传承方式独具一格

史诗传承不外乎口头传承、文本传承或两者兼备等形式。世界一些著名史诗大体都经历了口头文本—书面文本—口头、书面文本并存的传承轨迹。因此，与民间文学其他体裁相比，史诗的口头传承与文本传承的关系更为密切，二者相辅相成，并经过不断加工和修订，才能形成一部完整的艺术作品。我国少数民族史诗多为活态史诗，许多史诗至今保持口头演唱的传统，书面文本的形成较为晚些。

《乌布西奔妈妈》的产生与传承具有独特的轨迹，并呈现出鲜明的传承特点，即图画符号本与口承文本相结合；萨满讲唱与文人参与整理、传承相接续。这种特殊的传承方式，独具特色。

据史诗文本记载，《乌布西奔妈妈》得以流传于世，功归乌布西奔的三位萨满弟子特尔沁、特尔滨和都尔芹及其弟子们。在三位萨满的倡导和主持下，用乌布西奔生前创下的图画符号文字，将其事迹镌刻在锡霍特山德烟山洞窟中，创造了史诗最初的图画符号文本形式，并开启了依图讲唱史诗的传统，使《乌布西奔妈妈》的传承方式别具一格。

从传承的途径、主体和听众等因素考察，《乌布西奔妈妈》的传承可分为两个时期，并呈现出不同的传承特点。前期指东海女真人在现俄罗斯滨海边疆区锡霍特山区原住地生活时代，是《乌布西奔妈妈》形成与部落内部萨满传承时期。

这一时期，《乌布西奔妈妈》的流传形式既非完全保持口头传承的传统，亦非以文字形式流传于世，而是以图画符号本为依据，以萨满讲唱的口传形式为传承方式，在族群内部传承，从而形成图画符号本与口头传承相结合的模式，二者相得益彰。作品的流传以及不断丰富，也是在部落内部由萨满实现的，即在定期祭奠乌布西奔的仪式上，由萨满依镌刻在德烟山洞中的图画符号唱诵，图画符号为萨满口头传承提供了讲唱提纲，起到帮助记忆的目的；口头传承则在图画符号文本的基础上不断丰富与完善。当时作品传承的语言只能是东海女真人的土著语言。

由此可见，锡霍特山时期的《乌布西奔妈妈》实质上是东海女真人祭祀祖先英雄的祭文，主祭者萨满是以萨满教巫师的身份讲述部族英雄的业绩，受众则是部族族众，为祭祀仪式的参祭者。这种传承特点彰显了在特殊的历史文化环境下作品的生成、传承特色及本质特征。从中不难看出，宗教性是《乌布西奔妈妈》的本质属性，至于文学性等皆为派生的属性。正是从这个意义上说，《乌布西奔妈妈》是一部典型的萨满教文学作品，当之无愧为一部萨满英雄史诗。

《乌布西奔妈妈》流传的后期，其传承途径、传承主体及受众、传承语言与载体都发生了根本的变化，形成与前期迥异的鲜明的传承特色。这种变化与特色的成因完全是由外部力量导致的东海女真人后裔巨大的社会历史变迁引发的，从而人为地中断了史诗传承的传统，改变了史诗传承的轨迹。这种情况在世界各民族史诗传承中也不多见。

19世纪中叶以后，沙俄军队入侵中国东北，染指东海女真人世代生息的故地，并最终于1860年强迫清政府签订中俄《北京条约》，割占乌苏里江以东包括库页岛在内的40万平方公里的中国领土，使中俄两国疆域及被割占地区的居民发生重大变迁。随着中俄两国疆域发生的剧变，东海女真人后裔原住地锡霍特山一带被划入俄境，使得经过漫长的发展历程，几成定制的《乌布西奔妈妈》传承传统被迫中断，从而使其进入了一个新的传承时期。东海女真后裔内迁绥芬河、东宁等地后，远离了原始洞穴的岩画母体，脱离了原有的史诗传承环境，《乌布西奔妈妈》的传承模式和传承轨迹也随之发生了根本的改变，并表现出突出的特征：由原来的部族内向传承，渐为外向性传承，并逐渐完成了由部落内部传承向满族民间区域传承的演变，与此相适应，史诗的流传范围也突破了原有的地域，扩大到东北相关满族地区；由萨满传承为主，转变为萨满传承与民间传承并行，并以满族文人传承为主的局面；由原来的女真语、满语传唱，后因通晓满语的老萨满谢世和满语的渐次废弃，渐用汉语讲唱；由原来的依洞穴符号讲唱，后因远离洞穴的岩画母体，造成记忆不详或有误，在传承中形成一些变异故事，从体裁上看，既有说唱体，也有叙述体；从篇幅看，既有鸿篇巨制，也有短篇故事。

部落内迁与分离导致的史诗传播环境的改变，也使东海女真后裔固有的社会基础以及史诗的传承人、受众发生了一系列变化。满族及其先世女真人均以血缘关系为纽带的社会组织为社会基础，在相当长的历史时期保持聚族而居的社会结构，并形成特定的组织系统。然而，内迁后，作为东海女真人“神圣经典”赖以存在的血缘组织和聚族而居的传统生活方式一定程度上被打破，内迁部分形成“大分散，小聚居”的分布格局，使《乌布西奔妈妈》自身发展的社会基础受到破坏，传承人和受众也发生了一系列变化。这种状态促使族群的文化记忆日渐走向衰落，史诗传播的活态语境已不复存在。美国学者特里斯特拉姆·普·科芬在论及美国民间文学时说：“民间文学好似树上的绿叶，海岸边的贝壳，把它从生长的自然环境中采撷来，它就会枯萎，失掉原来的美。只有在口耳相传的环境中，人们拿它交换着说和听，没有把它记录下来置于凝固不变的形式中时，民间文学才繁荣昌盛。”这说明民间文学是活的文学，它和一切活的生命物质一样，都生长在特定的环境里。山野里的鲜花，如果离开了它赖以生存的生态环境，它就失去原来的美，甚至枯萎。民间文学如果离开它赖以生存的生态环境——自然环境、文化环境，它也会枯萎，也会失去原来的美。[①]《乌布西奔妈妈》活态语境的渐趋丧失，是满族社会历史变迁和现代文明带来的结果，遗憾而无奈。从这个意义上说，《乌布西奔妈妈》文本化不能不说是近代以来满族知识分子的一大贡献。

一般而言，民间文学作品大多有一个较为集中的流传地区，构成其传播的基地。《乌布西奔妈妈》随着东海女真人后裔内迁传入东北地区后，虽一度受到满汉文人和满族族众的关注和热爱，史诗的传承被置于一个以汉文化为主流文化的新的社会环境中。但从作品传承与传播规律看，这种社会历史变迁使作品的传承远离了流传的中心区域，使其原有的活态传承语境遭到破坏，自身发展的轨迹被迫突然中断，形成一个与传统隔离的状态。随着满族汉化进程的加快，满语的逐渐废弃，《乌布西奔妈妈》在后期传承中，已经逐渐由原来的以民族语言为基础转变为以汉语为主，间杂满语的新的传承机制。

19世纪下半叶和20世纪上半叶，国土被沙俄鲸吞，故地丧失之痛，激发了内迁东北各地东海女真后裔、满族族众以及包括汉族在内的诸民族的爱国情怀，这种特殊的社会历史环境使史诗作品被赋予更多的功能。对于东海女真后裔而言，《乌布西奔妈妈》成为他们寄托对故乡、对祖先怀念之情，唤起与守护族群集体记忆的有效途径；对于满族族众来说，《乌布西奔妈妈》成为凝聚族众，维系民族情感的重要方式；倾听、整理与讲唱史诗也成为东北各民族爱国人士抒发痛失国土悲愤心情的渠道。这些无不彰显出《乌布西奔妈妈》在满族先民精神生活中的重要地位及在特定历史条件下发挥的特殊作用。正因如此，《乌布西奔妈妈》一度备受满汉文人的重视。文人参与作品的修订、整理，成为史诗后期传承的重要特征，对史诗文本的最后定型发挥了重要作用，对于史诗流传范围的扩大具有不可替代的作用。

---

① 潘定智：《民间文学生态简论》，《思想战线》1989年第1期。

《乌布西奔妈妈》现有文本的形成，即是在上述背景下实现的。作品前后期传承特点的形成，从根本上说是东海女真人社会发展及近代以来社会历史变迁的结果。这种独特的发展道路也决定其所呈现的特色迥别于其他英雄史诗。

六 《乌布西奔妈妈》艺术表现形式别具特色

与我国其他少数民族英雄史诗一样，《乌布西奔妈妈》的叙事模式也是顺时结构。但作品在情节结构、故事结局、主人公乌布西奔及其弟子的人生命运等方面，与其他英雄史诗不尽相同，具有鲜明的特色，取得了特殊的艺术效果。

在阿尔泰语系诸民族英雄史诗中，大多以主人公成功凯旋，欢庆胜利的"大团圆"结局，使英雄人物的命运带有喜剧色彩。如《江格尔》中的英雄百战不死，最终保卫了宝木巴的安宁；格萨尔从天界下凡，在人间建功立业，完成使命后被众神接回天界；在伊玛堪《香叟莫日根》中，也是以英雄凯旋、娶妻，率众归故乡为结局，一片欢乐祥和的景象。

在三大英雄史诗中，只有《玛纳斯》是一部悲剧史诗。正如郎樱所指出："无论是它的英雄人物的命运还是故事冲突，都充满了令人叹惋的悲剧性和悲剧的基本特征。英雄的悲剧性，主要表现在玛纳斯及其子孙、勇士等充满悲剧性的命运方面。一生英武过人的玛纳斯，没有死在沙场，而是在欢庆宴上被偷袭的敌人杀害，这是一场由喜剧衍生的悲剧；失去了父汗玛纳斯庇护的赛麦台依，险些被篡权的祖父和叔叔谋害。在巴卡依老人的协助下，他果敢地惩罚了篡权者并报了杀父之仇，杀死了卡勒玛克人的首领吾昆尔。但是，这位盖世英雄却被他的亲如手足的勇士坎巧绕阴谋杀害。"《玛纳斯》以其浓郁的悲剧色彩独立于英雄史诗的舞台。[①]

《乌布西奔妈妈》虽不同于《玛纳斯》具有典型的悲剧性，但作品对主人公乌布西奔命运的安排，也带有浓厚的悲剧色彩。综观乌布西奔的一生可谓悲喜交织。她既是一位成功者，一生征战无数，降服诸部，统一了东海女真诸部，受到族众的钦敬和爱戴；同时，乌布西奔的一生也充满悲剧色彩，这一切主要来自她的非凡出身，她一生对信仰的恪守和对理想的追求。《乌

---

① 丁帆主编：《中国西部现代文学史》，人民文学出版社2004年版，第499页。

布西奔妈妈》生下来即是一位哑女，其失声的原因，是在她作为天界神灵被派至人间前，将喉咙声音留给了送日女神和托日女神，以便她们能够准确报时。她的童年也充满苦难，生为哑女，“跟海鲤鼠出世一样呆傻”，受尽折磨。

乌布西奔一生虽取得巨大的成就，但个人生活并不美满。乌布西奔是一位情感极为丰富的女性，重情重义。她一生得到几位男子的爱慕，对他们倾注了一腔深情。其中她与一位来自外海的英俊男子琪尔扬考的感情至深至切。该男子是在一个风雨交加的夜晚，被海潮冲到乌布逊部落所在的海边。因其自幼无依无靠，相貌伟岸俊朗，加上来自遥远的外海，见多识广，深得乌布西奔的疼爱，视为“海宝”。两人情投意合，深深相爱。为安抚琪尔扬考思乡之情，并完成寻找太阳出升地的夙愿，乌布西奔派亲信弟子随琪尔扬考探海远航。在离别的日子里，乌布西奔思念与焦虑相伴随，特举行隆重的海祭为之祈福。当得知琪尔扬考一行在海上失事的噩耗，更是悲痛万分，“梦寐以求要找回心上人”。[①] 作品生动地刻画了乌布西奔重情痴情的一面。然而，对于这样一位具有炽热情爱的女性来说，虽曾经历了刻骨铭心的爱情，却“都未能入身而长逝，孑身一生”，[②] 不能不令人叹息。

乌布西奔最终的命运也是以悲剧告终。出于虔诚的宗教信仰，为了寻找太阳出升的地方，乌布西奔一生执著于探海事业，渡海逐日是她后半生的主要追求和终极目标。为此，乌布西奔的爱人琪尔扬考和她的几位爱徒都先后葬身于探海途中，乌布西奔本人一生经过无数次战争，为部族的生存与发展殚精竭虑，呕心沥血，但最后并不是死于战场，而是死于旨在寻找日出之地的探海活动。可见，《乌布西奔妈妈》的悲剧性更多地表现出一种理想主义和宗教色彩，彰显了主人公乌布西奔一生富于牺牲、甘于奉献的高尚情怀，展现了她与众不同的精神追求，体现一种悲壮之美，取得了感人至深的艺术效果。

---

① 鲁连坤讲述，富育光译注整理：《乌布西奔妈妈》，吉林人民出版社 2007 年版，第 142 页。

② 同上书，第 190 页。

第二章
《乌布西奔妈妈》的传承、采录、整理与研究

第一节 《乌布西奔妈妈》的传承

《乌布西奔妈妈》的传承富有传奇性和鲜明的特色。根据《乌布西奔妈妈》文本及其讲述者鲁连坤老人介绍，《乌布西奔妈妈》的诞生地和最初传播区及核心传播区，当在今俄罗斯境内乌苏里江上游、锡霍特山一带原东海女真人世居的山林地带。作品主人公乌布西奔所在乌布逊部落活动的区域，即锡霍特山所属的德烟山一带，当在乌苏里江上流锡霍特山南段中麓。[①] 锡霍特山，满语称“希霍特阿林”，意为“牲畜稀少的地方”。中国古籍称之为“西河大岭”。位于现俄罗斯滨海边疆区的南部，临鞑靼海和日本海。这里自古以来即是肃慎系先民的祖居地，是东海女真人赖以繁衍生息的渔猎场。

《乌布西奔妈妈》开篇即深情地记述了史诗产生与流传的特殊轨迹：乌布西奔逝世后，其弟子特尔沁、特尔滨、都尔芹三人遵其遗嘱，联合执掌乌布逊部和东海九部联盟，因感念先师恩德，对乌布西奔的思念如饥似渴，“夜夜总是梦见妈妈的笑容，日日总是听到妈妈的慈音”。为了缅怀乌布西奔的丰功伟绩，寄托她们的思念之情，三人不约而同地提出，为乌布西奔妈妈立碑亭、碑楼，以铭记妈妈的事迹，使之永久流传于后世。她们在神灵的启发下，

① 富育光：《〈乌布西奔妈妈〉的流传及采录始末》，载鲁连坤讲述，富育光译注整理《乌布西奔妈妈》，吉林人民出版社2007年版，第1页。

突启智慧之海，决定用乌布西奔生前创造并传承下来的画图符号——东海绘形字将其事迹镌刻下来。她们秘密商议，在德烟阿林选一山地洞穴，将乌布西奔的故事，用图画符号的形式刻在洞窟中，让子孙后代永世不忘妈妈的功德，世代祭祀，以此教育族人，凝聚族众。经与部族商议后，开始付诸实施。五年夜以继日的劳作，特尔滨、都尔芹二人终因劳累过度，相继病逝在洞窟边。在特尔沁的主持下，这一神圣的工程得以继续进行，并在她“长发披肩如稀雪”的人生暮年，终告竣工。长年的劳累致使特尔沁“驼背躬腰”，老态龙钟。从德烟山返回故乡后，特尔沁萨满在德烟山洞图画符号文本的基础上，“精编万句长经，依图颂唱”，形成了图画文本的雏形，并开启了口头传讲史诗的传统。数年后，特尔沁与世长辞，她和特尔滨、都尔芹萨满的弟子秉承师训，一年四时拜祭德烟阿林乌布西奔妈妈神圣的洞窟，代代盛祭不衰，“永世传颂妈妈功绩”。[①] 其镌刻在德烟山洞中的图画符号，便成为东海诸部一年四时祭祀乌布西奔，主祭萨满讲唱时遵循的提纲。《乌布西奔妈妈》文本形成过程催人泪下，感天动地。史诗文本不仅是乌布逊部萨满集体智慧的结晶，而且是用她们青春和生命铸就的，功垂千古，光耀山河。

根据《乌布西奔妈妈》文本记述，镌刻乌布西奔事迹的山洞乃天然形成，形如丘，成拱形，圆顶之高手不可及。凿刻的符号图画由洞顶始，螺旋式地由上而下环刻在岩壁上。所刻均为圆形符号和表意图形，是东海女真人用于日常记事和相互联络的独特的象形符号，如虫蠕鸟啄，大小不等，刻痕深浅不一，显然是出自众人之手。其中有些符号重重叠叠，可能为后世萨满谒洞后补刻。只有乌布西奔生前所在部落的萨满能够识读并解释这些符号文字，并成为萨满传讲史诗的主要依据和提纲。每逢举行乌布西奔祭典，众萨满便据此用民族语言演述，族众焚香静听。在萨满长期的口承流传中，作品不断得到丰富，艺术表现力不断提高。随着部落的发展，氏族分支的增多，祭奠仪式和史诗讲唱传统的传袭不衰，《乌布西奔妈妈》传承的范围和影响均日益广泛和扩大。在相当一段历史时期，以符号的形式刻记着女英雄乌布西奔事迹的山洞甚至成为圣地，族众四季至此祭拜乌布西奔妈妈，这里因此

---

① 参见鲁连坤讲述，富育光译注整理《乌布西奔妈妈》，吉林人民出版社 2007 年版，第 204—205 页。

而成为神圣的祭坛，具有至高的神圣性，史诗文本给予极高的赞誉：

右葬三千哈哈白骨，
左葬三千赫赫[1]香躯，
龟蟒兽冢罗陈四野，
牲血沃岩隙，
泉汩哀泣。
焚茅为香，
流瀑代酒。
四时诚祀，
鼓号可闻。[2]

《乌布西奔妈妈》最初是由萨满传承的，这在史诗文本中也有明确的表述：

我弹着鱼皮神鼓，
伴随着兽骨灵佩的声响，
吹着深海里采来的银螺。[3]

短短数语，已将讲唱者的萨满身份交代得清晰明了：弹着鱼皮神鼓，身上戴着用兽骨制成的佩饰，随着击鼓声，身上的灵佩相互撞击，发出悦耳的响声。这是典型的萨满装扮。正由于演唱者的萨满身份，其演唱的神力皆来自神灵，表现出突出的神力崇拜和神圣性：

是阿布卡赫赫给我清脆的歌喉，
是德里给奥姆妈妈给我广阔的胸怀，

---

① 赫赫：满语，女人。本书的部分满语词汇注释，引自富育光先生译注整理《乌布西奔妈妈》一书，谨此致谢。

② 鲁连坤讲述，富育光译注整理：《乌布西奔妈妈》，吉林人民出版社2007年版，第4页。

③ 同上书，第2页。

是巴那吉额姆给我无穷的精力，
是昊天的飓风给我通天的声音。[①]

在东海女真人的心目中，刻有《乌布西奔妈妈》符号和图画的洞穴是一个神圣的场所，具有突出的神圣性。通往圣坛的小路也只有萨满才能寻觅到：

一条天女彩带般的蜿蜒小路，
从天母海葬的崖边，
光闪闪的，
绵绵不断的，
像蛇虬盘曲，
钻进太阳歇脚的德烟阿林。
这是条神祇的无形之路，
只有纯粹的萨玛，才能寻觅。[②]

史诗文本对萨满传承的描述，为我们探讨《乌布西奔妈妈》的传承特征和性质提供了重要的依据。

史诗是庄严神圣的史书和经典。史诗歌咏的不是凡人琐事，而是氏族的起源、重大历史事件和杰出英雄人物，其内容决定它的庄严性和神圣性。它的演唱形式也是极其庄重严肃的，一般都是在民族的重大活动、盛大庆典与祭祀仪式上才演唱。古代美洲印第安人的易洛魁部落联盟中有世袭酋长制。老酋长逝世后，新酋长继位前要举行四天隆重的哀悼和授职仪式。在这个仪式上，专门安排一名巫师讲诵史诗，对一条记事贝壳珠带进行解释。“按照印第安人的观念，这些贝珠带通过一位讲解人就能把当年传述给它的章程、条规和事例原原本本复述出来，只有贝珠带是这些章程等等的唯一记录。他们把紫贝珠串和白贝珠串合股编成一条绳，或者用各种颜色不同的贝珠织成有图案的带子，其运用的原则就是把某一件特殊的事情同某一串特殊的贝珠

① 鲁连坤讲述，富育光译注整理：《乌布西奔妈妈》，吉林人民出版社 2007 年版，第 2 页。
② 同上书，第 3 页。

或某一个特殊的图案联系起来；这样，就能对事件作出有系统的排列，也能记得准确了。这种贝珠绳和贝珠带是易洛魁人唯一可以目睹的史册；但是，它们需要一些训练有素的讲解人，那些讲解人能够根据各串或各种图案将其所隐含的记录表白出来。”① 通过这种方式，使人们铭记历史和已故老酋长的功业，以强加强族群认同，传承民族精神。这与《乌布西奔妈妈》以洞窟镌刻乌布西奔的英雄事迹，定期向族人传讲的方式如出一辙。

《乌布西奔妈妈》在东海女真故地一直依传统方式传承着，并广泛流传。直至19世纪中叶，由于东北亚地缘政治格局的巨大变迁，《乌布西奔妈妈》传统的传承方式才随之发生变异。

从19世纪三四十年代起，沙皇俄国即觊觎中国东北，将目光投向富饶的黑龙江流域。并加紧对中国黑龙江沿岸的侵略。第二次鸦片战争爆发后，沙俄借机趁火打劫，用武力胁迫清政府重新划界，签订《瑷珲条约》，将黑龙江以北、外兴安岭以南60多万平方公里的中国领土割让给沙俄，还把乌苏里江以东的中国领土划为中俄共管。1860年，又借口“调停有功”，迫使清政府签订不平等的中俄《北京条约》，其中一条款即为“中俄东段边界以黑龙江、乌苏里江为界，黑龙江以北、乌苏里江以东划归俄国。原住这一地区的中国人，仍准留住”。通过此条约，俄国将中国乌苏里江以东包括库页岛在内的40万平方公里的领土强行划入俄国版图。这种巨大的社会历史变迁改变了原居住在乌苏里江以东广大领土上中国各族人民的历史命运。东海女真后裔一部分随故土划入俄境，一部分随原住地的中国各族难民纷纷逃难，在炮火枪击中内迁到乌苏里江、瑚图里河、绥芬河以西并深入珲春河、布尔哈通河、穆棱河、嘎牙河等内河流域。目前尚生活在中国东北境内东海女真直系后裔者，主要有赫舍里氏（何姓）、勒穆赫氏（鲁姓、贺姓）、那穆都鲁氏（那姓）、尼玛察氏（杨姓）、乌苏瓜尔佳氏（乌苏关姓）、郜塔喇氏（郜姓）、纽祜禄氏（郎姓）等。《乌布西奔妈妈》的传承也随之远离了原始洞穴的岩画母体，以口承的形式在原流散氏族和原东海女真诸部后裔中承继着、传讲着。史诗的口头讲唱传统随之在中国东北一些满族聚居区延

① ［美］路易斯·亨利·摩尔根：《古代社会》（上），杨东莼、马雍、马巨译，商务印书馆1981年版，第138页。

续，史诗的传承也发生了相应的变化。

对于内迁至东北地区的东海女真后裔而言，原有聚族格局的被打破，作品传承方式的被迫中断，使其原有的族群色彩日益淡化。在此后作品流传过程及作品文本化的过程中，一些满汉知识分子的参与，在清末民初的特殊历史时期，作品成为以满族为主体的东北诸民族借以表达失土之恨的一种独特途径，使其成为满族民族意志的体现和民间文学的代表作。

事实上19世纪中叶以来，乌苏里江东西两岸虽然发生了历史性巨变，疆域重划，国族变迁，然而，血缘关系的纽带却紧紧联系着被分割成两个国度的族人。在乌苏里江以东的俄国境内，无数满族先民的氏族公共墓地，萨满教祭址、祭坛，遍布锡霍特山的无际莽林中和滨海的岩崖之上，这些神圣的遗址更是牵动着远离故土的东海女真后裔的心，无法祭奠祖先，谒拜先人的圣迹，成为他们心中的剧痛。事实上，自1860年以后的数十年间，满族民间自发的“索原故土”的呐喊与斗争始终没有中止。正是在这种民族情绪空前高涨，民间政治活动此起彼伏的历史背景下，各种形式的民间文学作品如雨后春笋，记实故事、诗词、长歌等民间作品层出不穷，成为人们表达胸臆，寄托情思，抒发情怀的一种方式。只是这些作品来自民间，流传于民间，渐渐地就销声匿迹了。即使在150余年后的今天，中华大地上，仍有一批热血志士难忘这段历史的伤痛，以各种不同的方式表达自己的情怀。网易博主“海参崴老乡”亲赴俄罗斯滨海边疆区考察，收集、整理、撰写了大量与1860年之变有关的资料和文章，激发很多人的共鸣，[①] 令人感慨万千。

---

① 见海参崴老乡博客：http：//haishenwai. blog. 163. com/。以下为部分留言：

“元某顿首再拜。幸得览先生博客，涕泗横流，不胜悲怆。某本吉林人士，自幼闻祖辈论及沙俄，无不切齿顿足、长叹涕零，至今历历在目！无路请缨，等终军之弱冠；有怀投笔，慕宗悫之长风。今既见先生拳拳赤心，当与共勉，以昭万代！先生之博文，某已行将悉尽拜读，然尚有数文，非博主不能查看，甚憾。乃留言以求，望先生可将其发送至邮箱，不胜感激！丈夫未可轻年少，社稷兴亡只肩挑！中华生生不息，只待志士来复兴！元某谨再拜。”（网名：元凯）

“看了您的博客。热血沸腾！想我大片领土被俄罗斯利用坚船利炮占为己有。真是心痛啊……

今年夏天我去了饶河县（黑龙江省双鸭山市）站在江心岛，俯视对岸，眼前就是我们赫哲、鄂伦春、满族等千古不惜（息）的乐土。既是眼前又是那么的遥远！真是心痛啊！博主博客里有永宁碑的图片，我看后真是受益匪浅啊。因为张笑天所著的《永宁碑》真是我国民族抗争俄匪的血泪史诗啊！但愿有朝一日海东青盘旋在库页岛！伊玛堪响遍东西伯利亚！十分愿意与博主交流学习黑龙江抗俄的历史。（网名：网易博友57）

由此可以想象清末民初东北民间的爱国爱族热潮。

清末民初以来，满族知识分子参与整理、传承《乌布西奔妈妈》，应该说是与这种整体氛围和政治形势密切相关的。据富育光讲述："满族世代为啥最喜欢多讲东海，失土之恨是族人最觉对不起祖先的。""1860 年至今，风云变幻，山河依旧。背井离乡到中国境内的原居东海莽林中的东海女真族后裔，每届忌日，东拜遥祭锡霍特阿林。企冀能有机会到黑龙江以北，乌苏里江以东，甚至外兴安岭以北寻根。"[①] 期间，个别汉族文人受当地满族文人和同僚的影响，也参与了作品的整理和修订。近代以来，在《乌布西奔妈妈》的传承中，得益于满族文人基于对史诗文本的热爱和对民族与国家历史的追怀。史诗功能在于表达族群认同，记录、翻译和整理工作与传承史诗同样体现了这一功能。而一些满族官宦子弟和文化人的参与对史诗的传播、升华和提高作出了重要的贡献。这部分人的参与，主要有两方面原因，一是远离祖居地、痛失故地的愤慨之情激发了他们对故乡的眷恋和强烈的民族感情，而传讲萨满英雄史诗恰是他们表达情怀宣泄情感的一种最佳方式；一是史诗以女真语、满语传承为传统，其传入东北绥芬河、东宁、珲春等沿边地域后，为满族一些通晓满语文的官员和文化人参与史诗的传承创造了条件。他们将对祖先的思念之情、对部族英雄乌布西奔的崇敬之情和对本民族文化的挚爱之情相融合，以极大的热情投入于史诗的采录、整理与传播。可以说，史诗得以传承至今经历了火与血的磨砺。现当代满族民间知识分子和学者对史诗文本的讲述、抢救与整理，也饱含着爱国爱族的深切情怀。

据《乌布西奔妈妈》的主要传承人鲁连坤老人介绍，《乌布西奔妈妈》得以流传至今，得力于清末在依兰副都统衙门供职的依兰三老刘锡禓、关正海、勒穆赫氏及其后代。

1840 年中俄《北京条约》签订后，乌苏里江以东的锡霍特山一带虽被强行划归俄国，但边境居民仍往来不断。清末民初，是珲春对外贸易最繁荣的时期，除了与欧亚各国的商业贸易外，珲春与俄国、朝鲜、日本的边境贸易也十分活跃。这种边贸多以民间贸易形式出现，因此，当时的贸易主要还是民间贸易。

---

① 富育光口述，笔者 2012 年 1 月 8 日采录于富育光先生家中。

1991年9月笔者曾在珲春满族地区进行为期近一个月的调查，采访满族关作田、郎天云、关凤云、顾平志、郈电文、关瑞清、郎跃祖等人，据他们讲述，直至民国年间，原东海库雅拉后裔仍时常到海参崴、毛口崴、双城子、苏昌河等地从事打猎、捕鱼、贸易、做劳工和走亲戚、扫墓等活动。当时，清政府置三姓副都统、珲春副都统衙门经略东疆。一些满汉兼通的满汉官员得以有机会接触到史诗《乌布西奔妈妈》，对《乌布西奔妈妈》的收集、整理、提高与传承发挥了重要的作用。

依兰三老均满汉兼通，具有较高的文化水平，他们对史诗的整理，奠定了现存《乌布西奔妈妈》文本的基础。但每位讲唱者讲唱的内容侧重点有所不同，长短也不尽一致。刘锡祸，字真文，汉族，江西人，清光绪年间三姓副都统衙门二等笔贴式，管粮师爷。因罪被贬至三姓。此人精通俄文，故多代表清廷或衙门与俄国人打交道。在与俄争议珲春时，刘大人力争，但力陈不允，遂悬梁自尽，爱国之情令人肃然起敬。其妻携婆母、女儿以抗旨罪被流放。刘锡祸长于古体诗，尤以咏珲春为主。刘秉文，为刘锡祸之孙，“满洲国”东宁村小学教员。刘家三代传讲《乌布西奔妈妈》。因其家几代居于苏昌沟东，靠近东海，故讲述乌布西奔跨海东征故事和神话多些。

关正海，满族长白讷殷瓜尔佳氏，为东宁老户，会满文、俄语。清光绪年间三姓副都统衙门中的重要幕僚，也曾传讲过《乌布西奔妈妈》。关氏后人后从东宁迁走，情况不详。

勒穆赫氏，鲁连坤祖父，名不详，祖居兴凯湖南支窝稽岭，其祖先是“东片荒子”（指乌苏里江以东一带）土著女真人后裔，自称赫哲后裔。该姓汉译后多用“鲁”或“贺”姓。该家族于清康熙朝编入新满洲，隶属宁古塔副都统衙门（后归依兰），满洲镶红旗籍，乾隆十九年分拨珲春一带。连坤祖父在同治朝依兰副都统衙门内任管贡差，后任门军武卫，巡察界碑时遇害。连坤父满汉齐通，为人耿正，光绪末年分掌开垦田庄要任，民国间为重要的地方乡董。

鲁连坤，字雨亭。清光绪三十二年（1906）八月初三生，勒穆赫氏孙，民国末年在穆棱县中学读书，伪满牡丹江师道卒业，受家庭熏染粗晓满文，以教书为业，曾在大肚川、红庙子、三岔河等地任教师、校长等职，后调供销社工作。新中国成立后，因为历史问题，由供销社解职，始终在家务农，开过豆腐坊。他性格豪爽，喜交朋友，爱酒嗜烟，好歌善舞，闲来咏歌自娱，在民间甚有声誉和人缘，人称“连坤先生”、“坤爷”、“老校长”。他一生坎坷，晚年更是连遭打击，照顾他的爱女不幸早逝，女婿也遭车祸身亡，与过继子关系不甚融洽。鲁老晚年患有陈年气管哮喘病，冬日不能出舍。1976 年春节后，鲁老因肺心病突发辞世，享年 70 岁。[①]

据鲁连坤介绍，勒穆赫家族传讲《乌布西奔妈妈》已有四代传人。其中上两代传承人并非来自勒穆赫家族，而是来自勒穆赫家族的姻亲孔氏家族。最早由勒穆赫氏的母亲（即鲁连坤太奶奶）传讲。勒穆赫氏及其子皆受其熏陶和影响而擅讲唱《乌布西奔妈妈》。鲁连坤的太奶奶所属的孔氏家族，为东海库雅喇氏。先祖于清前期降努尔哈赤，曾任盛京副都统，参加平定三藩之乱和大小金川之战。后有一支系奉调回宁古塔，在副都统衙门当差。家中有一人曾任外交代办和驻海参崴俄罗斯国通事。据说《乌布西奔妈妈》最初是由他从当地土著祭祀部族中采集后带过来的。鲁连坤的父亲是一个讲唱《乌布西奔妈妈》的能手，精通满汉文，具有较高的文化素养，在《乌布西奔妈妈》整理方面贡献较大。鲁连坤正是在其父的耳濡目染下逐渐了解、热爱并学会讲唱《乌布西奔妈妈》的。

除了家族传统的影响外，鲁老生活地域的文化氛围，也对他产生了深远的影响。他长期生活的东宁一带，具有浓厚的民俗文化氛围。东宁旧名三岔口，为交通要衢，是东海“林中人”到三姓和吉林乌拉从事商贸往来和往送贡差的通道之一。据鲁连坤先生讲，清末民初，三岔口一带社会稳定，商旅繁荣，客店鳞次栉比，饭馆、烧锅、肉铺、绸缎庄等应有尽有，街上叫卖山货、海鲜、兽皮的生意人随处可见。商贸的繁荣带动了民间文化和民俗活动的兴盛，当时茶楼书社甚为火爆，唱讲民剧、野戏、古歌者皆充满激情，尤招徕游人。听众有瓦尔喀人、恰喀喇人、满洲人、蒙古人、高丽人、赫哲人等，各操本民族语言，东宁一带一度成为各民族文化和习俗交会的地方。以至于教私塾的先生和一些商贩须通晓多民族口语，否则难以授业和交易。

① 上述有关依兰三老及鲁连坤个人信息，根据富育光 2001 年 1 月讲述，笔者据此撰文《满族萨满英雄史诗〈乌布西奔妈妈〉初探》，《黑龙江民族丛刊》2001 年第 1 期。

进入日伪时期，东宁成为防御苏联的“前哨”，军警宪特如云，清乡并屯，许多老户远避内地，固有习俗整肃殆尽。

鲁连坤即深受这种文化氛围的熏陶。他本人聪慧伶俐，文化素养较高，通晓多民族语言，擅长歌舞。此外，他性癖追根求源，喜好在民间搜求古俗民谚，故大半生掌握了绥芬、东宁、珲春一带大量满俗史话、掌故、满族古歌古曲，成为一方民事通。闲暇时，他曾秉笔撰写过《东海传》、《东疆民谭录》、《东海古诗钞》、《我所知道的“跑东海”、“跑南海”》、《奕山罪责录》、《秋亭先生莅宁草记》、《东海长歌杂汇》等。[①]

应该说，在依兰三老及其后人中，勒穆赫家族对史诗的传承贡献更大些。其家族祖居东海地区，有着强烈的爱国爱乡情结，这也是他们几代人热衷于传讲《乌布西奔妈妈》的一个重要的情感基础。现采录的《乌布西奔妈妈》文本即是由鲁连坤老人传承下来的鲁氏家传本。刘氏家族对史诗的翻译、整理，也做了许多工作。

《乌布西奔妈妈》曾在东海女真人后裔中广泛流传。具体在民间的流传情况，鲁连坤曾做过介绍：《乌布西奔妈妈》“是祖上早先年从‘东荒片子’带过来的。俗语说得好，故土难离啊！长辈们一腔思乡离怨，常好三五成群凑到一块儿，没早没晚地唱着跳着《乌布西奔妈妈》中的歌舞，才感到安慰舒畅。时光如梭，后代人耳濡目染，也能跟随大人们顺口讲上几段儿。现在几代人过去了，《乌布西奔妈妈》也传开了。在绥芬河、东宁、穆陵、珲春一带满汉老户人家，都知道乌布西奔妈妈，很敬重她。早年在萨满祭祀、婚寿、节庆时，偶尔有老辈人给大家讲唱。不过近十几年来，这样的举动早没处见喽”。[②]“乌布西奔妈妈唱段带过来后，并在北方满洲人生活的地方传讲，影响还是挺广的。从我了解中得知，早年在穆陵、绥芬河、珲春一带满人老户中都零零散散听到过，有长有短，大同小异。”[③]

近几十年来，随着满族现代化进程的加快，民族融合的发展，民族语言的濒危失传，民间文学口头传统语境的丧失，了解、掌握《乌布西奔妈妈》

① 富育光：《“满族说部”调查（一）〈乌布西奔妈妈〉采录始末》，《社会科学战线》2007年第3期。

② 同上

③ 同上。

文本的满族老人先后谢世，史诗口头传承的传统已呈式微之势，史诗文本在民间的影响亦已逐渐衰弱。这种状况使满族历史文化遭受无法弥补的损失。当然，这种状况并非仅限于《乌布西奔妈妈》，有学者在讨论赫哲族民间文学时指出："现在的赫哲民歌、故事、传统已经完全抛开原来的民族语言而建立在一个新的基础——汉语的基础之上。从某种意义来说，这是赫哲民族为民族文化现代化付出的沉重代价。"①

第二节 《乌布西奔妈妈》的采录

《乌布西奔妈妈》由满族学者富育光采录。富育光，1933 年 5 月生，先祖为正黄旗满洲，祖籍黑龙江宁古塔（今宁安市），清康熙二十二年（1683），为抵御沙俄东侵，奉旨北戍瑷珲（即爱辉），至今已有三百余年。富育光自幼生长在故乡爱辉县大五家子满族聚居村，父母并家族长辈均操满语，因此从小受满族文化熏陶，每逢年节、寿庆之日或农闲时节，常聆听族中长辈讲述家族历史、民间传说、民俗掌故，种下了他热爱民族文化的种子。同时，富育光深得家传，其父富希陆先生是一位满族文化的重要传承人，20 世纪二三十年代与瑷珲地区一些志同道合的满汉文化人士，采集民风民情，整理手抄资料、调查笔记《瑷珲祖风遗拾》、《吴氏我射库祭谱》、《瑷珲十里长江俗记》等珍贵资料。这种精神、情结和做法，对富育光日后几十年执著于本民族文化挖掘、抢救与研究工作，产生了深远的影响。正是基于这种深厚的民族感情，富育光终生致力于满族文化的调查与研究，与满族文化结下了不解之缘，对满族文化的传承作出了卓越的贡献。采录、翻译和整理《乌布西奔妈妈》，是他对国际满学界、史诗学界、萨满教学界的又一新贡献。

富育光对《乌布西奔妈妈》的采录，可谓历尽艰辛，经历了几个阶段：

1. 1959 年春—8 月，获得线索，了解信息阶段

在这一阶段，富育光以中国科学院吉林省分院文学所科研人员的身份，参与《吉林省民间故事选》、《吉林民歌集》的征集和编辑工作。先后三次

① 徐昌翰、黄任远：《赫哲族文学》，北方文艺出版社 1991 年版，第 431 页。

赴延边，在州文联副主席、朝鲜族著名民间文艺家郑吉云先生等帮助下，访问了春化乡的赵福昌等人。这一阶段的主要收获是获得了相关线索和信息，并采录了《妈妈坟的传说》（《乌布西奔妈妈》在民间流传的一种变体）之梗概。

为迎接国庆十周年庆典，刚刚走出大学校门、被分配到中国科学院吉林省分院文学研究所的富育光，参与了由吉林省委宣传部、省文联等单位组织的《吉林民间故事选》、《吉林民歌集》的征集与编辑任务。1959 年 5 月，在赴延边组织民间故事和民歌入选工作期间，他有幸结识州文联副主席、朝鲜族著名民间文艺家郑吉云先生。郑先生不仅推荐了《百日红》等朝鲜族优秀民间传说，还提供了他采风时曾在珲春县春化乡搜集到满族神话故事的信息，其中即有《妈妈坟的传说》和满族“悠孩子调”歌谣。

春化乡地处珲春县北去东宁县的公路上，属于吉林省与黑龙江省两省交界处，虽为朝鲜族聚居区，却也散居着从黑山头、红旗等地迁移来的满族村民。郑吉云就是从这些满族村民中搜集到满族故事和歌谣的。当时，满族民间故事尚不受重视，更少有作品面世，这个线索使身为满族的富育光备感欣喜。返回长春后，他便向时任吉林省文联副主席的马琰同志汇报了延吉方面的情况，特别提及在春化发现的满族民间故事线索。马琰同志支持并鼓励富育光再访延吉，希望进一步了解满族民间故事的内容和深入调查的线索。当时珲春地属中俄边境，没有特殊通行证不得进入，而办理通行证需较长时间，故富先生的第二次重访计划没能实现。直到当年 8 月，他得以再赴延吉，并在州文联的帮助下来到春化乡，找到故事讲述者赵文友师傅，并通过赵师傅认识了他年届七旬的老父亲赵福昌老人。他们是两年前从黑山头搬迁过来的。赵福昌老人概略地讲述了早年由其父传讲的《妈妈坟的传说》，但不尽详细。因编务繁忙，富育光当晚即搭军车返延吉回长春。

2. 1962—1968 年，查阅史料，多方寻访讲述人阶段

这一阶段，富育光已调至《吉林日报》，任记者。他多次利用赴延边采访的机会，多方寻访和了解调查线索，采访多位满族民间文化传承人，对《白姑姑》、《妈妈坟的传说》（《乌布西奔妈妈》在民间流传的变体）等传说的价值有了进一步的认识。期间，他还利用业余时间，到图书馆查阅东北史地资料，为深入调查和采录满族民间文学做了多方面的准备。

3. 1973—1975 年，转赴东宁采录、整理《乌布西奔妈妈》阶段

1971 年夏，富育光被抽调到东北输油管线吉林省建设工程指挥部（当年为保密，国务院批准对外均以“八三”工程名义），协助创办工程报纸。期间，他有幸结识黑龙江省军政领导、大庆石油管道的工程师和成都来的工人朋友们，常与他们摆“龙门阵”，了解到东宁地区满族的一些风土人情。当从黑龙江省“八三”工程指挥部副政委李树铮同志处了解到《白姑姑》传说在东宁的重要线索后，再一次激发了富育光搜集这个故事的决心，并于春节放假期间，自费赴黑龙江省东宁县考察。先后在狼洞沟、小鸟蛇沟、祁家沟，采访了满族诸遗老和世代居于东宁一带的汉人，主要有祁满昌、赵树臣、刘纯、关淑琴、那振山、关祁氏等人。又根据那振山提供的线索，到大肚川、闹枝子沟等地寻访，幸运地访到了依兰三老刘锡禓之孙刘秉文老师等人。

刘锡禓祖上曾在三姓（依兰）副都统衙门做过管粮师爷，是依兰三老之一，也是《乌布西奔妈妈》的重要传承人。据刘秉文介绍，东宁、珲春一带，有关《妈妈坟的传说》有多种名称，讲述《白姑姑》的传人更有多位，其中伪满时在村小教书的鲁校长讲得较好，除讲《白姑姑》外，还会唱《乌布西奔乌春》，建议富育光去访问鲁老，并嘱其子骑自行车一路相送，辗转至转角楼、泡子沿等地，终于见到了“乌布西奔妈妈”的重要传承人鲁连坤老人。这阶段收获最大，通过采集众人讲唱的《白姑姑》片段，了解到其流传的普遍性及其价值；采录了鲁连坤讲述的《白姑姑》传说的主要内容。此后富育光又分别于 1972 年 6 月、1972 年 10 月和 1975 年 11 月，先后三次赴东宁，记录了《乌布西奔妈妈》鲁氏家传文本。[①]

① 上述关于富育光采录《乌布西奔妈妈》的情况，参见富育光《“满族说部”调查（一）〈乌布西奔妈妈〉采录始末》，《社会科学战线》2007 年第 3 期；据富育光先生口述资料，笔者所撰《满族萨满英雄史诗〈乌布西奔妈妈〉初探》，《黑龙江民族丛刊》2001 年第 1 期。在本书付梓前，又请富先生进行了认真核实。

第三节 《乌布西奔妈妈》整理与研究

20世纪70年代，富育光完成了《乌布西奔妈妈》鲁氏家传本的采录工作，并对其相关内容及其历史根据等问题，与鲁连坤老人一起进行了考证和探讨。鲁老以其渊博的知识和满汉文化素养，对史诗名称的确定及其历史性问题提出一些见解，其中不乏灼见。

鲁老对《乌布西奔妈妈》的定名作出了自己的贡献。《乌布西奔妈妈》在民间有一些变体，长短不同，有《白姑姑》或《白老太太的故事》等名称。在为史诗定名时，富育光曾试依当时的民间传统，称之为《白姑姑》。但鲁老建议："《白姑姑》的叫法，是民国年间来闯大荒片子刨参打貂的'关里家'汉人起的名称。我们是旗人，还按老样子用满语原词，更亲近些。在早，我阿玛讲唱时就叫'乌布西奔妈妈'，当时就是这么听的。""'乌布西奔'按满洲话解释，就是最聪明最有本事的人。她是一位很了不起的女萨满，后来成了一方女罕王，治理东海有方，后人齐声称赞她。"富育光欣然接受了鲁老的建议，遂将史诗定名为《乌布西奔妈妈》。

关于《乌布西奔妈妈》传说的历史根据问题，鲁连坤列举了《珲春县志·艺文》中的诗文说："珲春编志是在民国十六年（1927），县志编纂人士曾几度访问东宁故老，我阿玛也在被造访者之列。孟瑞棠诗作便是由东宁推荐的。孟瑞棠先生是满洲瓜尔佳氏，祖籍珲春，其先人清代在珲春副都统衙门任过笔贴式。孟瑞棠民国十四年调绥芬厅教育局任职。孟瑞棠的《仙峰立笠》收入《珲春县志》中。《仙峰立笠》诗云：'群山南向似朝宗，通肯分支第一峰。绝顶云浮疑笠戴，悬崖石印认仙踪。芒鞋遍踏临危岫，絮帽遥披隐亦松。想望丹霄天日追，古今不改大罗容。'"鲁老认为，孟瑞棠这首七言绝句，正是反映东海女真后裔讴歌东海女王乌布西奔妈妈的情怀。诗中深情表述乌布西奔功绩被后世镌刻在山洞之中，"群山南向似朝宗"，缅怀"仙踪"，崇仰勋业，"古今不改大罗容"，寓意纵然故土易帜，后世不会更改祭拜的情怀，抒发了诗人对故土的眷恋和激情。

鲁老还吟起一首早年流传在民间的无名氏古歌："旭阳东起照海红，天柱东西埋冤骨。峰峦常绿妈妈谷，白云千载奠神窟。”古诗形象生动，情感深沉真挚，表达了东海女真后裔对乌苏里江以东祖先魂骨的梦魂萦绕和失去故地的悲愤心情。“只留下旭日每天去照料和抚慰。锡霍特阿林英魂不朽。高山如天柱，白云如卫士，护卫着乌布西奔妈妈墓地神窟。”[①] 从东宁地区满族文人的诗文可见，直至近代，满族民间对安葬乌布西奔妈妈的圣地仍充满神圣的情感。

孟瑞棠的《仙峰立笠》是一首典型的写景诗，但作者借景抒怀，以诗表达自己内心的感受，在品味和分析本诗后，亦能深深感受作者的情感。仙峰立笠是著名的珲春八景之首。珲春地处东北边陲，位于中、朝、俄三国交界的地方，是一个富饶的“鱼米之乡”，其奇特、秀美的自然景观尤令人倾倒。据《珲春乡土志》记载：“珲邑负山抱海，其冈峦起伏，为长白北出之尾脉，故山水秀美，风景宜人。春夏之交，野花怒放，时鸟弄音，到处有清游胜地，邑人士举其最著者分为八景，相传已久。”珲春八景即仙峰云笠、古渡涛声、星泡珠光、龙泉灵境、柳岸春晴、莲塘九曲、林鹿微霜、层峦积雪。此八景多为天然景观。虽“实则佳景无常在，会心人随时体认耳”。此语形象地描绘了这些自然景致的特点，即多受自然气候的影响而形成，随自然条件的变化而变化，并非四季常在的自然景观，只有善于观察的有心人才能领略它们的魅力和大自然的鬼斧神工。

据《珲春地理志》记载：“仙峰立笠，城东南二十余里，有山巍然杰出群峰之表者，神仙顶也。虽晴明日，远视山顶，白云笼罩，如覆笠然，则雨将至矣。”[②] 笔者认为，孟瑞棠的诗作《仙峰立笠》主要描述的是自然景观的面貌。“群山南向似朝宗，通肯分支第一峰。”指此山坐北南向，恰似向南朝拜。鲁老理解为是向满族先世东海女真人祖居地锡霍特山所在的方向朝拜。从珲春八景之一“仙峰立笠”所在的山峰南望，即是东海女真人世居的祖居地，那里有祖先的墓地、祭祀的祭坛，是令远离故地，又无法前往祭拜的东海地区原住民后裔梦萦魂绕的地方。从作者孟瑞棠先生的身份看，后者的可能性更大。孟瑞棠的先人及其本人都是在地方任职的满族文人，地方

① 富育光：《“满族说部”调查（一）〈乌布西奔妈妈〉采录始末》，《社会科学战线》2007年第3期。
② 李澍田编，安龙桢等整理：《珲春史志》，吉林文史出版社1990年版，第766页。

官兼文人的身份，显然使他们对疆土的沦丧，祖居地的痛失有着切肤之痛。满族是一个素有“慎终追远”传统的民族，祖先崇拜观念在民众心中有着根深蒂固的影响。史载：“祭祀典礼，满洲最重，一祭星，一祭祖。”[①] 对于这样一个民族，不能归故乡扫墓祭祖，可以说是最令人痛心的事。况且，孟瑞棠生活的时代离中俄边界的变迁相去不久，以诗言志，借诗抒怀，宣泄胸中的愤慨和感伤，是完全可能的，也是完全可以理解的。当时他们可能不便直抒胸臆，以免有诽谤朝政之嫌。

自1972年至1975年，富育光先后四次赴东宁访问鲁连坤老人，并记录《乌布西奔妈妈》鲁氏讲唱本，此后，因忙于其他方面的工作，一直没有来得及整理。1990年，富先生在其代表作《萨满教与神话》一书中，首次公布了《乌布西奔妈妈》的片段；[②] 1993年，在匈牙利召开的国际萨满教研究会第二次研讨会上，富先生发表了题为《满族史诗〈乌布西奔妈妈〉的传承与价值》的论文，在国外学术界产生了极大的反响，令国内外学术界震撼并期待文本的早日面世。国际著名满学家、意大利威尼斯大学乔·斯达理教授即曾多次给笔者写信，询问《乌布西奔妈妈》的调查、整理与出版情况。国内外学界对《乌布西奔妈妈》整理情况的关注和期待，使我们深感整理《乌布西奔妈妈》的工作应该提上日程。在这种情况下，自2000年始，富育光在承担繁忙的科研任务的同时，抽出时间开始翻译、整理《乌布西奔妈妈》。最初由富先生讲述，笔者记录，初步整理成初稿后，请打字社将整理稿录入电脑，形成电子稿。在此基础上，富先生又进行了多次修改、润色。

笔者曾参与协助富育光先生《乌布西奔妈妈》整理稿的修润与讨论，亦曾赴黑龙江省乌苏里江沿岸饶河、宁安、珲春等地，从当地耆老口中调查东海古窝稽部民风民情和民间文学传承情况，并在对史诗进行初步整理的基础上，撰写了《满族萨满史诗〈乌布西奔妈妈〉初探》一文，[③] 就《乌布西奔妈妈》的一些基本问题，做了初步的探讨。拙文发表后，引起了史诗界和民间文艺界的关注，《中国民间文艺学年鉴》2001年卷对拙文作了全文转

① 《吉林通志》卷27，吉林文史出版社1986年版，第475页。

② 富育光：《萨满教与神话》，辽宁大学出版社1990年版，第279—286页。

③ 郭淑云：《满族萨满英雄史诗〈乌布西奔妈妈〉初探》，《黑龙江民族丛刊》2001年第1期。

载。在该年鉴同期刊登的华中师范大学文学院贾平先生的综述文章《2001年史诗研究概述》一文中，对该文作了简要评述：“（《满族萨满英雄史诗〈乌布西奔妈妈〉初探》）首次对《乌布西奔妈妈》的传承、主要内容和人文学价值进行了阐述，从而揭示其所具有的多学科的研究价值。”[①]《满族传统说部〈乌布西奔妈妈〉的文学性解读》[②]一文，从文学的视角，探讨了《乌布西奔妈妈》的人物形象、叙事结构和文本特色等问题，被人大报刊复印资料《中国古代近代文学研究》2011 年第 6 期全文转载。

值得提及的是，长期以来王宏刚积极协助富育光抄写长诗的汉文文本，并与富育光合著出版《萨满教女神》一书，为《乌布西奔妈妈》的整理和问世做了大量调查与研究工作。2000 年 7 月，他曾与在哈尔滨师范大学任教的美国学者詹姆斯等人，赴俄罗斯滨海边疆区锡霍特山区考察，寻找《乌布西奔妈妈》洞穴遗址。据王宏刚回忆：“2000 年 7 月，我和美国詹姆斯教授一起考察过俄罗斯锡霍特山洞（名字叫马鲁申斯尔）。记得这个山洞很大，足以记刻乌布西奔故事，可惜的是我们的手电筒的亮度不足，看不清我们头上或四周的山洞壁。”[③]王宏刚还在相关论文和著作中，对《乌布西奔妈妈》作过专门的讨论。[④]近年来，一些学者怀着极大的热情，开始涉足《乌布西奔妈妈》的研究。江帆《东海女真文化的认知人类学阐释——以满族萨满史诗〈乌布西奔妈妈〉为例》，[⑤]从认知人类学的视角，聚焦《乌布西奔妈妈》中东海女真社会的“生态场”，对东海女真文化进行认知人类学的解读。戴光宇的《〈乌布西奔妈妈〉满语采记稿译注》、[⑥]《〈乌布西奔妈妈〉满语文本及其文学价值》，[⑦]从语言学的视角研究《乌布西奔妈妈》，并

① 刘守华、白庚胜：《中国民间文艺学年鉴》2001 年卷，华中师范大学出版社 2003 年版，第 149 页。

② 郭淑云、谷颖：《满族传统说部〈乌布西奔妈妈〉的文学性解读》，《民族文学研究》2011 年第 1 期。

③ 引自 2013 年 3 月 1 日王宏刚发给笔者的电子邮件，谨此致谢。

④ 王宏刚：《论通古斯萨满教的文化史价值》，《满语研究》2005 年第 2 期；富育光、王宏刚：《萨满教女神》，辽宁人民出版社 1995 年版，第 271—282 页。

⑤ 江帆：《东海女真文化的认知人类学阐释——以满族萨满史诗〈乌布西奔妈妈〉为例》，《满族研究》2009 年第 4 期。

⑥ 戴光宇：《〈乌布西奔妈妈〉满语采记稿译注》，《满语研究》2008 年第 1 期。

⑦ 戴光宇：《〈乌布西奔妈妈〉满语文本及其文学价值》，《民族文学研究》2009 年第 1 期。

对富育光先生在珲春板石乡征集的《洞窟乌春》（满语汉字记音本）作了拉丁转写，作出了应有的贡献。谷颖的《满族说部〈恩切布库〉与〈乌布西奔妈妈〉比较研究》[①] 一文，从体裁、表现手法、情节和人物形象的塑造等方面，对《恩切布库》和《乌布西奔妈妈》两部作品作了比较研究，提出了一些自己独到的见解。李晓黎的《〈乌布西奔妈妈〉中舞蹈的原始文化意蕴》，[②] 从艺术学的视角，对《乌布西奔妈妈》的舞蹈形态及其特征进行解析。高荷红从满族说部的视角，将《乌布西奔妈妈》、《天宫大战》、《恩切布库》和《西林安班玛发》作为说部的一种类型"窝车库乌勒本"加以研究，阐发了一系列独到的见解。[③] 从上述研究可见，《乌布西奔妈妈》研究的领域不断得以拓展。相信在不久的将来，《乌布西奔妈妈》研究不仅会成为满学研究的热点，也将成为我国史诗学研究的新的增长点。

① 谷颖：《满族说部〈恩切布库〉与〈乌布西奔妈妈〉比较研究》，《古籍整理研究学刊》2009 年第 6 期。

② 李晓黎：《〈乌布西奔妈妈〉中舞蹈的原始文化意蕴》，《社会科学战线》2009 年第 9 期。

③ 参见高荷红《满族说部"窝车库乌勒本"研究——从天庭秩序到人间秩序的确立》，《东北史地》2012 年第 3 期；高荷红《"窝车库乌勒本"叙事特征研究》，《民族文学研究》2012 年第 4 期。

第三章
《乌布西奔妈妈》与东海女真人的历史文化渊源

一部史诗作品的产生从根本上说是一个民族或族群特定生态环境、独特的历史文化以及社会生活的产物。它既与该民族的历史发展轨迹密切相关，也与该民族的生存空间紧密相联。“是一个民族的历史、宗教、信仰、伦理、民俗等等留有先民的心理痕迹和经验残余的语言符号，是一个区域民众的心理生活和现实生活在历史的进程中不断演化的记载。”① 但史诗作为一种文学体裁，对历史文化有着独特的反映方式，每部史诗作品与历史的关联度亦有别。因此，对史诗作品与特定民族历史文化关系的探讨，应从史诗作品的实际出发，进行客观的、历史的、具体的分析。

第一节 史诗与历史

史诗与历史的关系问题，一直是研究者关注和讨论的史诗理论问题之一。处于不同时代和不同社会思潮下的思想家们，对这一问题思考的出发点不同，结论亦迥异。主要以希腊史诗为研究对象的西方早期经典史诗学家，基于《伊利亚特》和《奥德赛》两部作品取材于公元前 13 世纪末希腊人远征小亚细亚特洛伊城的历史故事，较早地关注史诗与历史事实的联系，并多从历史的视角研究史诗。在西方学术界久盛不衰，流派纷呈的“荷马问

① 万建中：《民间文学引论》，北京大学出版社 2006 年版，第 41 页。

题”，即考究“荷马”其人的历史真实性及其相关问题，从一个侧面反映了西方早期史诗研究的倾向。

关于史诗与历史关系问题，多有学者涉猎，其中古希腊哲学家亚里士多德和意大利历史哲学家维柯有过系统的论述，对后世产生了深远的影响。亚里士多德最早从美学的角度研究史诗。在《诗学》一书中，系统地阐述了他的史诗理论，其中对史诗与历史关系的认识，精辟深刻，他明确指出史诗与历史不同，诗人与历史学家的职责不同，（历史学家）“记述已经发生的事”，（诗人）“描述可能发生的事。所以，诗是一种比历史更富哲学性、更严肃的艺术，因为诗倾向于表现带普遍性的事，而历史却倾向于记载具体事件。”[①] 在亚里士多德看来，不能把史诗写成编年史，史诗诗人也不是编年史史学家，而是“应编制戏剧化的情节，即着意于一个完整划一、有起始、中段和结尾的行动……史诗不应像历史那样编排事件。历史必须记载的不是一个行动，而是发生在某一时期内的、涉及一个或一些人的所有事件——尽管一件事情和其它事情之间只有偶然的关连”。[②]

亚里士多德的史诗学理论具有突出的时代性和针对性，其抑史扬文的文史观，对于突破传统的史诗研究模式，正确认识艺术的认识功能，具有重要的意义。他对史诗与历史区别的阐述，“自成一家，开辟文学与历史关系探讨的先河”。[③] 然而，宥于静观世界观，亚里士多德强调形式的重要性，更关注艺术审美的形式，忽视了史诗及其他文艺作品与其反映的历史文化的关系，对文艺形式的发展变化缺乏动态的考察。

维柯对史诗与历史的考察是以其核心思想“诗性智慧”为出发点的。自古希腊始，理性主义一直是西方文化的主流，表现在对诗歌与哲学这一古老问题的认识上，柏拉图以来贬抑诗歌、抬高哲学的文化传统相沿不衰。至维柯时代，以笛卡儿为代表的理性主义思潮尤为盛行。在其影响下，思想家们视诗歌为无理性，将其与哲学相对立，并坚持认为，只有理性本身才指向更崇高、更高贵的东西，因此他们主张废黜荷马，因为荷马生活在蒙昧无知

① ［希］亚里士多德：《诗学》第9章，陈中梅译注，商务印书馆1996年版，第81页。

② 同上书，第23章，第163页。

③ 杨元：《从亚里士多德的〈诗学〉看文学与历史的关系》，《安徽商贸职业技术学院学报》2004年第4期。

的年代，而且作为“诗人的君王”，荷马的美德和品质看起来并非完美无缺和永恒不变。①

正是在这种背景下，维柯以超越时代的才智和敢于质疑传统的学术勇气，提出了以“诗性智慧”为核心的思想体系，充分肯定了史诗的功能，认为史诗是人类初始的智慧。他的历史哲学即是建立在这一基础之上的。他通过寻找“真正的荷马”，试图解决由来已久的诗歌与哲学的关系问题。

维柯通过考察古希腊社会，探讨荷马史诗及其作者，认为在人类的原始时代，史诗是历史的史诗，历史是史诗的历史。他指出：“由于诗人们当然出生在村俗史学家们之前，最初的历史必然是诗性的历史。”“诗人们必然是各民族的最初的历史学家。”② 维柯不仅提出了“诗性历史”的论断，而且认为史诗中的神话故事叙述的都是真实的历史，没有虚构和杜撰。这类出自史诗诗人之手的神话故事是人民群众通过想象创作出来的，反映了全民族的共同意识，都是在真实而严肃地叙述历史。③ 而他找到的“真正的荷马”，并不是一个具体的人，而是希腊早期文明的创造者。

维柯将史诗置于特定时代、社会历史、文化习俗等历史背景中加以考察，开创了把文学作品与时代背景、社会生活相结合的研究方法，并因此而成为社会学文学批评的创始人，具有划时代的意义，对后世产生了深远的影响。诚如朱光潜所说：“我们不敢说德国的赫尔德、歌德和黑格尔，美国的《古代社会》的作者摩尔根乃至马克思和恩格斯都直接受到过维柯的影响。但是现在世界已公认，这些大师都沿着维柯所开创的社会科学中历史学派的路线而前进。”④ 许多大师在此基础上阐发的一系列深刻的见解，建立了博大精深的理论体系。如黑格尔曾指出：史诗叙事与一个民族和一个时代完整的世界密切相关。“所以一种民族精神的全部世界观和客观存在，经过由它本身所对象化成的具体形象，即实际发生的事迹，就形成了正式史诗的内容

① 吕立群：《维柯：发现真正的荷马》，《浙江学刊》2010 年第 4 期。

② ［意］维柯：《新科学》，朱光潜译，人民文学出版社 1986 年版，第 425 页。

③ 赵秉理：《西方经典史诗学家》，载赵秉理编《格萨尔学集成》第五卷，甘肃民族出版社 1998 年版，第 1337 页。

④ 朱光潜：《朱光潜全集》第 10 卷，安徽教育出版社 1993 年版，第 627 页。

与形式。"[①] 丹纳提出了著名的"三因素"说，即艺术创作取决于"种族、环境、时代"三因素，认为"作品的产生取决于时代精神和周围的风俗"，[②]"作品与环境必然完全相符"，[③] 建立了以历史主义为基础的美学理论。

维柯等人开启的艺术与时代、社会相结合的方法，旨在揭示史诗与社会的联系及其所具有的时代性、民族性，在当时的历史条件和社会思潮下，具有振聋发聩的作用。他们论及的历史背景，包括自然生态、风土人情、宗教伦理、政治法律、思想感情等，不仅达到了其所处时代的最高水平，甚至具有超越时代的价值，产生了深远的影响。但他们忽略人类最基本的经济生活和社会结构对史诗产生、演变影响的局限性，使之与马克思主义史诗学形成根本分野。马克思主义以辩证唯物主义与历史唯物主义为基石，从考察荷马史诗产生的时代背景入手，阐释了史诗的产生与消亡及其发展规律，揭示了史诗的基本特征。同时，强调经济形态、社会结构对史诗产生、发展、演变的作用。

应该指出的是，维柯将史诗及神话传说与真实的历史相等同的观点，认为"寓言（神话）就是些最古的希腊各民族习俗的真实可靠的历史"，[④] 在当时旨在突出史诗、诗人及诗性智慧的重要性，回应一直以来盛行的理性主义思潮，可谓独树一帜。但这种观点和结论显然是不符合历史实际的，其偏颇之处显而易见，在史诗研究领域也曾产生负面影响。

19 世纪末至 20 世纪初，在欧洲史诗研究领域，曾形成"历史主义学派"，即将史诗作为历史来研究。他们研究史诗、传说、历史歌时，刻意寻找具体作品产生的时间、地点，力图核对作品中的主人公与历史人物原型。他们在研究中不顾史诗中描写的人物和历史事件时间前后的不符，依据历史人物生活的时间来划分史诗产生的年代；不顾史诗虚构的情节非凡化的主人公，在史诗情节和历史事件中间、在主人公和历史人物中间画等号。[⑤]"历史主义学派"在欧洲和俄国曾产生较为广泛的影响，某些俄国和苏联学者，

① ［德］黑格尔：《美学》第三卷下，朱光潜译，商务印书馆 1981 年版，第 107 页。
② ［法］丹纳：《艺术哲学》，傅雷译，人民文学社 1993 年版，第 32 页。
③ 同上书，第 71 页。
④ ［意］维柯：《新科学》，朱光潜译，人民文学出版社 1986 年版，第 8 页。
⑤ 宝音和西格：《关于〈江格尔〉研究中的几个理论问题》，《内蒙古大学学报》1999 年第 7 期。

基于“历史主义学派”的理论和方法，将蒙古史诗中的人物和事件与真实的历史“对号入座”，硬性联系，偏离了史诗研究作为一种文学体裁的基本规律，也因此而受到欧洲和苏联学者的深刻批判，并退出史诗研究领域。

在我国史诗研究历程中，西方经典史诗学家的理论、方法及其卓有成效的研究实践，为我国少数民族史诗研究提供了理论指导和方法论。“历史主义学派”对我国史诗研究也产生过不同程度的影响。这些都为笔者考察《乌布西奔妈妈》提供了借鉴意义。当代国际史诗学界流派纷呈，史诗理论林林总总，但传统的社会历史分析法仍不失为解读《乌布西奔妈妈》的一种切实可行的方法。

通过考察《乌布西奔妈妈》与东海女真史的关系，笔者认为，史诗作为一种文学体裁，与民族生态环境和历史文化密切相关，以生动优美的形式反映特定时期特定民族的历史发展轨迹。史诗与历史的关联度因作品而异，有的紧密些，有的疏离些，有的则关系不大。有的作品在流传过程中产生“历史化”的倾向，附加一些历史信息，其实与历史事实无关。因此，史诗不是信史，不应在史诗与历史事实之间建立对应联系，史诗对历史的反映有其特有的方式。此外，史诗作品多非出自一人之手，是人民群众集体创作和传承的。在漫长的历史进程中，史诗文本凝聚着历代讲唱者的集体智慧和创作天赋，打上了不同历史时期的印迹。从这个意义上说，史诗对历史的体现，具有较大的时间跨度。因此，依据史诗作品的实际情况，进行具体的实事求是分析，应是我们遵循的原则。

《乌布西奔妈妈》如同东海先民部落社会的一部长卷，展示了东海女真诸部落荣辱兴衰的历史和社会生活的画面。因此，从时间和空间两个维度，对女真社会，特别是对东海女真人的自然社会环境和历史文化变迁进行一番梳理和考察，才能期待对《乌布西奔妈妈》有一个全面的认识和解读，亦使我们对史诗文本的解读建立在一个特定历史文化背景的基础上。

《乌布西奔妈妈》作为满族先世东海女真人的一部英雄史诗，某些历史事实在作品中确实留有痕迹。如史诗文本中出现了“成化甲辰年”这一明代年号和明代海西女真扈伦四部之一“乌喇部”的名号，即表明《乌布西奔妈妈》具有一定的史实性。但是，《乌布西奔妈妈》是一部来自民间的古老的史诗作品，它的产生和流传凝聚着东海女真人集体智慧，是萨满群体创作的结晶；后期的传承，则是满族民间艺人和满汉文人对作品进行集体加工的再创作过程，发挥了不同历史时期众人的创作才能，因此，作品附加一些不同时代的历史信息，亦属自然，有些是在世代流传的过程中，由演讲者或整理者不断加工润色所致。应该说，作品对东海女真人历史进程和社会生活的反映，主要是一种概貌式和趋势性的，如东海女真人的部落分立及其社会形态、部落战争及区域统一等，反映了当时人们的愿望和理想。从某种意义上说，这正是史诗作品体现历史文化的基本特征。

在东北历史上，《乌布西奔妈妈》所属的东海女真人是一个特殊的族群。作为女真族的组成部分，东海女真人和女真族其他部族一样经历了共同的历史命运，历经唐宋辽金元明诸朝，部落分立，战争频仍，兴衰存亡，多有变迁。同时，东海女真人经历了独特的发展历程。他们历来处于偏远地区，远离政治中心，历代对其统治多因鞭长莫及而采取羁縻政策；社会发展相对滞后，多处于氏族部落社会的不同历史阶段；经济生活长期以渔猎为主，辅之以采集和原始农业；部落众多，此消彼长，不断分化、融合，形成血缘与文化多元的结构，其族群的历史走向也具有多元化，当代我国满—通古斯一些民族和俄罗斯远东地区土著民族即有若干族群属于东海女真人后裔。

此外，由于东海女真人所处的地理位置，相对封闭的社会环境，与历代王朝关系较为疏离，历代史书记载非常简略，相关史料匮乏。此外，《乌布西奔妈妈》最初产生和流传的核心区域的锡霍特山区现属俄罗斯滨海边疆区，随着该地区被沙俄割占，土著民族或迁至内地，或被沙俄政府遣散各地，原有的生态环境和人文环境已经发生了根本性的改变，难以进行民族学的田野调查。

鉴于上述情况和《乌布西奔妈妈》文本的实际，本书拟从以下几个方面对《乌布西奔妈妈》与东海女真历史文化加以观照：通过对女真社会演进历程的梳理，考察东海女真人的生态环境、社会结构、社会生活、风土人情、宗教信仰等，揭示《乌布西奔妈妈》得以产生、流传的社会历史背景；侧重对史诗作品反映的社会生活、民俗、宗教、文化等现象进行解读，但不作过多的历史勾连；对作品涉及历史事件、族群、山川水系、岛屿的地理位置和航海途经地点等不作具体考究，重在从整体历史文化背景对《乌布西奔妈妈》进行系统解读。

第二节 东海女真人的历史文化变迁

东北地区是一个多民族聚居区域，其特殊的地理位置、生态环境以及渔猎、游牧经济形态，使东北大地上出现过数量众多、族系复杂的诸多民族，形成多民族分布的格局。

东北古代民族大体可分为四大族系，即肃慎、东胡、秽貊和华夏（汉）。在长期的历史发展中，肃慎系民族形成了鲜明的族系发展特点。肃慎系诸民族世代生息繁衍于白山黑水之间，与中原内地各族人民保持着十分密切的关系。先秦的肃慎、汉魏的挹娄、南北朝的勿吉、隋唐的靺鞨、宋辽金元明的女真、清代的满洲等一脉相承，绵延不绝。当代东北满—通古斯语系的满族、赫哲、鄂温克、鄂伦春以及俄罗斯土著居民那乃（剃发黑斤）、乌尔奇、埃文、埃文基、乌德盖等民族，在血缘、语言和文化等方面，也都与之有着密切的渊源关系。

据《三朝北盟会编》载："女真，古肃慎国也。本名朱理真，番语。讹为女真。"[①] "女真"一词，始见于唐代初年。据《宋会要辑稿》记载："唐贞观（627—649）中，靺鞨来朝，中国始闻女真之名。契丹谓之虑真。"[②] 唐太宗向靺鞨人问俗，始知有"女真"之称谓。辽朝时，为避辽兴宗的名讳，官方改"女真"为"女直"。此后，女真这一称谓在辽、金、元、明时期一直沿用。

在中国古代民族中，女真族走过了一条独特的发展道路。从最早见诸史乘的唐初，到1635年，后金统治者皇太极下诏废除"女真"族号，改称"满洲"，女真族活跃在东北亚历史舞台达10个世纪之久，先后建立金、东夏和后金，创造了辉煌的历史成就，在中国历史上占有重要地位。

在长达千年的发展历程中，女真社会跌宕起伏，呈间歇式跃进。经历了从被辽代契丹人分而治之，到经过顽强拼搏，统一诸部，形成统一的女

① 徐梦莘：《三朝北盟会编》卷三，上海古籍出版社2008年版，第16页。

② 《宋会要辑稿·蕃夷三》。

真民族；从元代重新沦为被统治民族，至后金立国，再度崛起，实现区域统一。如此曲折的发展历程和巨大的社会变革，对女真族政治、经济、文化、外交、民族融合、社会发展，均产生了深远的影响。《乌布西奔妈妈》所属的东海女真人的社会发展和历史命运，也必然随之发生诸多变化。东海女真是女真族的一个支系，从女真人发展历程中可以洞见其社会发展的基本脉络。

“女真”由唐代黑水靺鞨发展而来。辽灭渤海后，把大批渤海人南徙，编入契丹籍，黑水靺鞨趁机南迁。“其在南者籍契丹，号熟女直；其在北者不在契丹籍，号生女直。”①

辽金时期是女真人的一个重要发展阶段。契丹、女真两个东北古代民族相继崛起，建立政权，为女真人的社会发展创造了条件。但辽金两代，女真人的社会地位显然不同，辽对女真人采取分而治之的政策，力求对女真人实施控制。辽代女真人尚未形成一个统一的民族，而是由多个部落或部落联盟形成的民族共同体。② 关于辽代女真人，有多种不同的划分。高丽人以地区为标准，把女真人划分为东女真和西女真。宋人把女真人划分为熟女真、回跋、生女真、东海女真、黄头女真。契丹人将女真人分为：南女真、北女真、曷苏馆女真、黄龙府女真、顺化国女真、鸭绿江女真、长白山女真、生女真、滨海女真、乙典女真、奥衍女真等。女真部落之多由此可见一斑。辽兴，既吞诸藩，并在女真地区设属管辖。

辽代女真各部社会发展不平衡，经济、文化很大程度上依赖于辽。其中“东海女真”，辽代亦称“濒海女直”、“滨海女直”。宋人《女真纪事》云“极边远而近东海者，则谓之东海女真”③。这里所说的“东海”及屡见我国史籍的“东濒海”、“东滨大海”，即指日本海。辽代东海女真主要分布在今俄罗斯锡霍特山以东至日本海地区，社会发展相对滞后，社会组织主要是以血缘关系组成氏族部落或部落联盟，经济形态一如其他生女真，以渔猎为生，“善骑射，喜耕种，好渔猎。每见野兽之踪，蹑而求之，能得其潜藏之

① 《金史》卷1《世纪》。

② 孙进己、张璇如、蒋秀松、干志耿、庄严：《女真史》，吉林文史出版社1987年版，第90页。

③ 徐梦莘编：《三朝北盟会编》卷3《政宣上秩三》，上海古籍出版社1987年版，第16页。

所。又以桦皮为角，吹［作］呦呦之声，呼麋鹿而射之”。[①] 辽圣宗统和六年（988）八月，《辽史》中始有其贡辽记事。辽代，东海女真人不入辽籍，由辽廷委各部落酋长管理，辽在其地设濒海女直国大王府，行使管辖。

12 世纪初，生女真的完颜部崛起，联合女真各部，起兵反辽，公元 1115 年，完颜阿骨打建国称帝，国号“大金”。金代统治者有效地经略北疆，开拓了祖国的北部边疆，女真族的民族成分也随之不断扩大，吸收大量非女真人如兀惹、铁骊、达卢古、胡里改等族，[②] 促进了北方民族的融合。

有金一代，女真人的政治、经济、文化获得了长足的发展，但社会发展不平衡进一步加剧，成为金代女真社会的一个显著特点。随着女真人入主中原，大批女真人从东北肇兴之地迁入中原地区，“自本部族徙居中土，与百姓杂处”。[③] 使得金代女真人的分布格局发生了很大变化，既不同于宋辽，亦有别于元明。经过不断迁徙，金代女真人遍及金统治下的各路。其主体部分在南部地区，绝大部分与汉族共居于农耕条件较好、经济较发达的东京、咸平以及上京等路；北部及东部的蒲与、合懒、恤品等路虽以女真居民为主，但是总的人口数量却比较少。[④] 在这一历史进程中，进入中原的女真人先后完成了封建化的过程，也加速了女真人的汉化过程。

然而，由于特定的地域环境和渔猎经济形态，东海女真人始终处于缓慢发展的状态。金代在其地设路实施行政管辖，其中上京路所辖蒲与，胡里改和恤品三路，管辖今黑龙江和乌苏里江流域广大地区，恤品路辖域包括乌苏里江、绥芬河流域及以东沿海一带。

13 世纪初，金元鼎革，女真人的社会地位一落千丈，社会发展进入一个低潮时期。与金代相比，人口的数量从急剧膨胀转向严重锐减；人口的流动从迅速扩散转入暂时停滞；人口的分布从广布东北、中原转为退向东北地

① 宇文懋昭撰、崔文印校证：《大金国志校证》卷 39《初兴风土》，中华书局 1986 年版，第 551 页。

② 参见罗贤佑《元代民族史》，四川人民出版社 1996 年版，第 285—286 页。

③ 宇文懋昭撰、崔文印校证：《大金国志校证》卷 36《屯田》，中华书局 1986 年版，第 520 页。

④ 参见丛佩远《金末元初东北地区女真人口变化略析》，载干志耿、王可宾主编《辽金史论集》第八辑，吉林文史出版社 1994 年版，第 304 页。

区的东北隅。[①] 这种分布格局的明显变化，使女真人的重心北移，北部和东部的开元、水达达两路成了女真族主体所在区域。

元朝对沿海沿江而居、以渔为主兼营狩猎之女真人，统称之为女直水达达。据《元史》记载：水达达、女直之人“各仍旧俗，无市井城郭，逐水草为居，以射猎为业”。[②] 由于滨水而居，女直水达达主要“以渔自给”，有时又被称为“打渔水达达女直”。同时，他们也善于造船，不仅会造行驶于江河上的小船，而且会造海上战船。渔业而外，也“以狩猎为业”。[③] 这一地区的女真人，大部分仍停留在氏族社会阶段。

元代设开元路和水达达路，管理女真等少数民族，所谓“设官牧民，随俗而治，有合兰府水达达等路，以相统摄焉”。[④] 其体制与其他诸路不同，路下不设州县，而设军政合一的总管府、万户府、千户所等。这些地方军政机构属羁縻府州性质。如失怜、鲸海、木答哈、牙兰等千户所的设置，反映滨日本海地区分布着众多的女真部落。[⑤]

明代女真族经过艰苦努力，从元代的低谷中走出，迎来一个新的发展时期。经过有明一代三百多年的发展，女真人逐渐形成了建州女真、海西女真和东海女真三大系统，其下各有若干大小不等的部落，分居东北诸地，占地颇广，“其地东濒海，西接兀良哈，南邻朝鲜，北至奴儿干、北海”。[⑥] 明廷沿袭历代的羁縻政策，加强对东北女真人的经营，对散处东北各地的女真各部设卫所，委任各部首领，依照旧俗，各统其属，通过女真人的自我管理，实现明王朝对该少数民族的统辖。

明代女真社会发展不平衡的特点仍然持续。东海女真分布地域最广，社会组织涣散，社会发展水平相对低下。因此，在明朝的文献中，东海女真被

① 从佩远：《中国东北史》第三卷，吉林文史出版社 2006 年版，第 224 页。

② 《元史》卷 59《地理志》二。

③ 罗贤佑：《元代民族史》，四川人民出版社 1996 年版，第 221 页。

④ 《元史》卷 59《地理志》二。

⑤ 参见蒋秀松《元代东北女真族的分布》，载蒋秀松《东北亚研究：东北民族史研究》（三），中州古籍出版社 1997 年版，第 115 页。

⑥ 《寰宇通志》卷 116《女直》。

蔑称为“野人女真”。[①] 据《明会典》记载，“盖女真三种……其极东为野人女真，野人女真去中国远甚，朝贡不常，海西、建州岁一遣人朝贡。”[②] 野人女真主要分布在外兴安岭、锡霍特山脉，日本海和鄂霍次克海岸，以及库页岛等地，包括这些地区相同相近语系和血统和某些不同语系的若干氏族、部落、部落联盟和部族。明末清初，随着女真人的崛起，女真人感到“野人女真”带有贬义，遂渐以地望代之，“东海女真”再次见诸史乘。

明代东海女真分呼尔答部、瓦尔喀、窝集三部。境域南至吉林敦化、汪清等地，北达乌札拉（即苏联阿枪斯克村），西连依兰，东抵日本海及鄂霍次克海包括库页岛在内的广大地区。多以捕猎为生，生活水平低下。各部的经济类型和社会发展水平也不尽一致。一般来说，游猎于山岭森林者，以狩猎为主；依河滨海而居者，则以捕鱼为主。从社会形态看，一般来说，他们已进入原始社会末期，父系氏族制开始解体，出现了一夫一妻的个体家庭，已有贫富分化。[③] 就社会组织形式而言，明代野人女真相互之间缺乏血缘和地缘的联系，更谈不上是一个统一的民族。[④]

16 世纪末，建州女真崛起，社会经济迅速发展，军事实力日益强盛。1616 年，建州女真首领努尔哈赤在赫图阿拉（今辽宁省新宾满族自治县境内）称汗，国号大金，史称后金。努尔哈赤采取“恩威并行，顺者以德服，逆者以兵临”的方针，继统一建州女真、海西女真后，先后对东海女真用兵达 30 年，基本上统一了东海女真诸部。《御制清文鉴》将东海女真分为主动“来投”和武力“征服”的两类。主动“来投”的居民来自窝集部、虎尔哈、瓦尔喀、斐优，武力“征服”的居民来自安楚拉库、赫什赫、鄂摩和索罗、佛讷赫、瑚叶、那木都鲁、绥芬、宁古塔、尼马察、乌干固宸、穆棱、扎库塔、雅兰、锡林、额和库伦、古那哈库伦、萨哈连部、使犬路、诺罗、锡拉忻、乌苏里、兴凯、珲春、库雅拉等处。[⑤]

---

① 参见刘小萌《努尔哈赤对女真诸部的征服》，载抚顺市社会科学界联合会、抚顺市社会科学院编著《抚顺清前史暨满族文化国际学术研讨会论文集》，辽宁民族出版社 1999 年版，第 29 页。

② 申时行等：万历《明会典》卷 107《朝贡三 · 东北夷》，中华书局 1989 年版，第 579 页。

③ 孙进己、张璇如、蒋秀松、干志耿、庄严：《女真史》，吉林文史出版社 1987 年版，第 160 页。

④ 蒋秀松：《明代的野人女真》，《黑河学刊》1986 年第 4 期。

⑤ 刘小萌：《努尔哈赤对女真诸部的征服》，载抚顺市社会科学界联合会、抚顺市社会科学院编著《抚顺清前史暨满族文化国际学术研讨会论文集》，辽宁民族出版社 1999 年版，第 29 页。

后金对东海女真的征服，结束了东海女真诸部长期分裂、相互战杀的局面，拓展了后金的地域，“自东北海滨，迄西北海滨，其间使犬、使鹿之邦，及产黑狐、黑貂之地，不事耕种、渔猎为生之俗，厄鲁特部落，以至斡难河源，远迩诸国，在在臣服。”[①] 同时，为后金补充了兵源，增加了财富，为统一全国，奠定了重要基础。16 世纪末期至 17 世纪初期，东海女真诸部大多先后归附清太祖努尔哈赤和太宗皇太极后，部众被编入八旗满洲，成为满族组成部分。

1635 年，努尔哈赤的继任者皇太极下诏废“女真”、“诸申”旧称，改族称为“满洲”。次年，定国号为“大清”。从此，女真族结束了它的历史使命，满族作为一个新的民族共同体出现在中国历史舞台上，满族的政治、经济、文化进入了一个新发展的时期，完成了肃慎族系民族历史上的第三次崛起与辉煌。

总之，东海女真人在历史各个阶段中有迁徙有变化有发展，但仍居住在原地的居民，处于边塞地区，社会经济文化发展相对滞后，这是东海女真人发展的一个特点。

第三节 《乌布西奔妈妈》的族属

《乌布西奔妈妈》主要是在满族先世东海女真人中产生、流传的一部史诗作品。东海女真人作为一个东北古代族群，涉及族系众多，在近千年的发展历程中，其构成既一脉相承，又多有变异，形成内部结构错综复杂，处于动态流变中的历史局面。东海女真人的历史命运也不尽相同，具有多元化的特点，这使得对《乌布西奔妈妈》族属的考察成为必要，并与其产生社会历史背景的考察相互关联。

《乌布西奔妈妈》所属的东海女真部位于乌苏里江以东，今俄罗斯滨海边疆区的锡霍特山区。这里一直是女真先民肃慎族系的原居地，自先秦始即留下了先民的活动足迹。《后汉书·东夷传·挹娄》记载：挹娄人“在夫馀

① 《清太宗实录》卷 61“崇德七年六月至七月”。

东北千余里，东滨大海，南与北沃沮接，不知其北所极”[①]。此后，肃慎系民族活动区域不断拓展，但始终有其后裔在此繁衍生息。

唐宋以降直至清代，生活在这一地区的居民是女真族的一个族群东海女真人。所谓“族群是一个有一定规模的群体，意识到自己或被意识到其与周围不同，‘我们不像他们，他们不像我们’，并具有一定的特征以与其他族群相区别。这些特征有共同的地理来源、迁移情况、种族、语言或方言、宗教信仰，以及超越亲属、邻里和社区界限的联系，并具有共有的传统、价值和象征，文字、民间创作和音乐，饮食习惯，居住和职业模式，对群体内外不同的感觉”。[②] 东海女真作为一个族群名称，是东海地区若干语言、种族、文化相近的氏族、部落集合体。“东海女真”最初是他称，是辽代汉、契丹等族对居于乌苏里江以东，以渔猎为主要生计方式的女真诸部落的统称，以与其他女真族群相区别。在此后的历史时期，东海女真的内涵、族称、族属均发生变异，经部落战争、迁徙等社会变迁，相互融合，此消彼长，但作为一个族群的基本特质却始终保持着，以渔猎经济为主的生产方式、氏族部落的社会组织形式和萨满教信仰仍世代沿袭。《乌布西奔妈妈》反映的正是这个族群的历史风云和社会生活。有史以来，东海女真人即形成了分支众多、氏族部落林立的格局，《乌布西奔妈妈》反映了这种部落分立的格局，号称东海“九部”，七百噶珊，形象地再现了东海女真诸部分立的格局；史诗作品交代主人公乌布西奔所属的乌布逊部位于锡霍特山区，作品形成与流传的核心区域也在这一地区，直到1860年后，才随内迁的东海女真人后裔传入黑龙江、吉林等地。正因如此，我们将《乌布西奔妈妈》界定为东海女真人的一部古老的英雄史诗。

东海女真人源自黑水靺鞨，上溯至先秦的肃慎，源头清晰。但在漫长的历史发展中，东海女真人不断融合周边族群，形成多元构成，其族源复杂，流向多元，变化多端。此外，东海女真人居住地区十分广阔，并不限于锡霍特山区。不同历史时期，东海女真人内部族群构成又十分复杂，如明代野人女真即分布在松花江下游与黑龙江流域，东至鄂霍次克海、日本海和库页

① 范晔：《后汉书》卷85《东夷传》，中华书局1973年版，第2812页。

② 转引自周大鸣主编《中国的族群与族群关系》，广西民族出版社2002年版，第4页。

岛，北至外兴安岭，包括吉列迷人、苦兀人在内的社会发展较为落后的女真部落。[①] 与他们发生往来的部族则更为广泛。至于当时居住在《乌布西奔妈妈》流传地区，即今俄罗斯滨海边疆区的土著居民，不仅有女真人，还有其他与女真人语言、文化相异的族群。在朝鲜记录李氏王朝太祖李成桂兴起事迹的文献《龙飞御天歌》引《异域志》曰："小野人国在女真之北，性狠戾，不畏生死，父子相杀以为常，种类以黥面为号。"有学者研究，"这种'以黥面为号'的小野人，当是清代居住在乌苏里江以东、锡霍特山脉的恰克拉（奇雅喀拉），也就是奥罗奇人和乌德赫人"。[②] 可见，东海女真人的流向也具有多元性。明代锡霍特山区一带东海女真人的后裔就有满族（含恰克拉人）、赫哲族、乌德赫等诸多民族。这一点与《乌布西奔妈妈》恰相印证。史诗中东海九部联盟的主体是东海女真人，但有些部落则不属于女真族系，如居于窝尔浑岛的部落女儿国，语言和风俗与乌布逊皆不相同。这也从一个侧面反映出《乌布西奔妈妈》关注的族群不仅限于本部族，同时也反映出古代东海诸民族之间的往来。

东海女真人涉及诸多民族或族群，那么，如何在现代民族框架下界定《乌布西奔妈妈》的族属呢？这实质上涉及《乌布西奔妈妈》是由东海女真人中哪一个族群创造的；在满族诞生后，这个族群去向如何；是融入了满族共同体，还是成为一个新的民族？

现有的史料、民族学材料和史诗文本及传承人提供的资料都不足以解决这方面的问题，实地考察尤困难重重。一方面史诗流传核心区域的人文环境已发生根本的改变。随着锡霍特山区被沙俄鲸吞，沙俄对这一地区采取一系列有力措施，如大规模移民，将原住民迁移他处，迁入大量斯拉夫人；对山川江河城镇村重新命名，否定既往的历史；修建西伯利亚大铁道，向远东边疆派遣军队，建设港口和城镇等，以加强对这一地区的控制。曾参加乌苏里地区探险考察的俄国学者阿尔谢尼耶夫在《在乌苏里的莽林中》一书的序言中无奈地写道："我的书里，读者将会看到对这个地区的大自然和居民的描绘。其中许多记述已经成为过去的事情，只具有历

① 程妮娜主编：《中国地方史纲》，吉林大学出版社2007年版，第533页。

② 孙进己、张璇如、蒋秀松、干志耿、庄严：《女真史》，吉林文史出版社1987年版，第160页。

史的意义了。近15年来，乌苏里地区发生了巨大变化。这个地区的大部分原始处女林已经烧光，代之而起的是一片片落叶松、白桦和白杨树林。过去老虎吼叫的地方，如今机车轰鸣；从前有中国猎人小房子的地方，而今出现了一座座俄国大村庄；异族人都已离开，到北方去了，泰加林里的野兽数量锐减。这个地区开始失去其特色，正经历着不可避免的文明所带来的变迁。”[①] 可见，早在20世纪初，锡霍特山区已是面目全非。显然，这种历史性巨变的成因并非仅是现代文明带来的结果那么简单，而是沙皇俄国为了混淆视听，颠倒黑白，将当地原居民与其历史文化传统加以屏蔽。因而，赴史诗作品流传地的实地考察殊难实现；因语言等方面的限制，系统掌握俄罗斯远东地区考古学、民族学、民间文学等方面的资料也十分困难。另一方面，对于内迁至东北地区的东海女真后裔而言，原有聚族而居的格局被打破，作品传统的传承方式被迫中断，使原有的族群色彩日益淡化。在此后作品流传文本化的过程中，一些满汉知识分子和学者的参与，使其成为清末民初特殊历史时期，以满族为主体的东北诸民族借以表达失土之恨的一种独特途径，成为满族民族意志的体现和民间文学的代表作。随着满族社会的变迁，民间口头文学传承语境的丧失，使得对史诗作品族属的考究难有进展。

考察一部民间文学作品的族属，应兼顾其来源、采集的文化空间和传承等要素。从来源看，《乌布西奔妈妈》无疑是东海女真人创作的，因此，我们将其界定为东海女真史诗。从族群演变、作品近现代传承、文本化过程及其所在文化空间看，则将其界定为满族史诗。此外，东海女真大部分加入了满族共同体，满族是女真民族及其文化遗产的主要“继承者”。《乌布西奔妈妈》传入内地后，主要流传于东宁、珲春等满族地区的满族民众中，近代以来的重要传承人勒穆赫及其后裔鲁连坤和关正海等人均为满族，作品在满族族众中有着广泛影响。从而使《乌布西奔妈妈》族属问题的解决既以其历史渊源为基础，又置于现代民族的框架下。

---

① ［苏］弗·克·阿尔谢尼耶夫：《在乌苏里的莽林中——乌苏里山区历险记：1902—1906年锡霍特山区考察记》，王士燮、沈曼丽、黄树南等译，人民文学出版社2005年版，第285页。

第四节 《乌布西奔妈妈》产生的社会历史背景

史诗作品的产生，自有其赖以生成的特定土壤，离不开其所属民族特定的生存环境和社会历史条件。综观东海女真人社会历史发展进程，《乌布西奔妈妈》产生的历史背景主要有以下三方面。

一 渔猎文化是《乌布西奔妈妈》产生的土壤

民间文学通常都是在一定的地域产生的，该地域独特的自然生态环境、文化传统、宗教、信仰、日常生产、生活习俗都从各个方面决定了其特点和传承。[①]《乌布西奔妈妈》体现了鲜明的渔猎文化特色，是一部渔猎民族的英雄史诗。这种风格与特色的形成，是有其生态文化基础的。正如有学者指出："如果把各民族、各国度有声有色的文化表现比喻为一幕接一幕的悲喜剧，那么，这些民族、国度所处的地理环境便是这些戏剧得以演出的舞台和背景。"[②]

《乌布西奔妈妈》产生于东海女真人世代栖息的锡霍特山区。该地区独特的生态环境和东海女真人形态丰富、特色鲜明的渔猎文化形态，是史诗得以产生和传播的沃土，对作品的产生与演变、内容与风格均有重要影响。

锡霍特山区渔猎资源异常丰富，堪称世界上最具资源优势和生态特色的渔猎文化区。有史以来，锡霍特山区就是我国肃慎系先民的渔猎场和栖息生存的家园。这里丰富的自然资源为肃慎先民提供了丰厚的衣食之源和发展渔猎经济的广阔空间。东海女真人在继承先民文化传统的基础上，不断认识、适应和利用锡霍特山区的生态环境，创造并传承着古老的渔猎文化。

渔猎生产是人类早期发展阶段的重要谋生手段。东海女真人自古即以捕鱼、狩猎为维持生计的主要方式，辽金元三代，女真社会总体上是以渔猎经济为主要形态，东海女真人更以近海而享有独特的资源。迨至明代，建州女真和海西女真渐事农业，史载，建州女真"乐住种，善缉纺，饮食服用，皆

---

① 冉茂平等：《贵州非物质文化遗产研究》，知识产权出版社 2009 年版，第 43 页。

② 安介生：《历史民族地理》（下册），山东教育出版社 2007 年版，第 69 页。

如华人”，海西女真“俗尚耕稼”。只有东海野女真人仍保持传统的生产方式，“不事耕稼，惟以捕猎为生”。[①] 至于东海女真各部，又互有差异。居松花江和黑龙江两岸的剃发黑金喀喇（即七姓）产貂，专以猎为生。而居乌苏里江、松花江和黑龙江汇流左右的不剃发黑金喀喇（即赫哲），则“衣鱼兽皮”，以捕鱼为生。东海女真人这种渔猎生活至清初有所发展。康熙五十三年（1714），清廷在三姓设协领衙门，雍正十年（1732）改设副都统衙门，管辖黑龙江中下游直至库页岛及乌苏里江流域广大地区的赫哲费雅喀人，库页费雅喀人，实行着贡貂赏乌林（财帛）的制度。[②]

东海女真人长期从事渔猎生产，使这一地区的渔猎文明连绵不断，这首先得益于他们地处渔猎资源丰饶的生态环境。此外，由于地处边陲，使东海女真人处于较为封闭的状态，具有较大的独立性，经济与社会大体沿着自身的轨迹发展，从而形成在东海地区渔猎经济相沿不绝的局面，积淀了深厚的渔猎文化，为《乌布西奔妈妈》的生成提供了肥沃的土壤和广阔的舞台。

首先，渔猎文化构成《乌布西奔妈妈》的内容与风格。

在《乌布西奔妈妈》中，渔猎生活和渔猎文化是作品表现的主要内容，涉及渔猎民族社会生活的诸多方面。如以捕捞、狩猎和采集为主要形式的渔猎经济形式，抓海蟹、叉海参、捕捞海鱼和捕获海洋动物是人们的主要生产方式，也是获得衣食之源的重要途径。饮食结构主要以野生动物肉和鱼、海参、海蟹等海产品为主，辅之以野菜、野果，作为日常生活中不可缺少的副食。御寒衣服则以茅蓑、羽服与皮裘为主。这些正是东海女真等渔猎民族实际生活的真实写照。《乌布西奔妈妈》中描述的形制不等、材质不同的木筏、皮筏、木制槽盆船等，也是渔猎民族在长期的生产实践中，为了满足日常生产生活需要而发明、创造的水上交通工具。如果没有渔猎生活为基础，作品是难以如此详尽、鲜活、逼真地描绘出一幅幅渔猎生活画卷的。因此，东海女真人的渔猎文化为作品奠定了坚实的基础。

此外，渔猎文化铸就了《乌布西奔妈妈》的总体风格。《乌布西奔妈

---

① 魏焕：《皇明九边考》卷二《辽东镇·边夷考》。

② 参见赵铎《清开国经济发展史》，辽宁人民出版社 1992 年版，第 3—4 页。

妈》通篇弥漫着一种渔猎风情和原始质朴美，锡霍特山区的风光、地貌、生物、物产和多姿多彩的渔猎生产生活方式构成了史诗的背景，融入作品全篇，使《乌布西奔妈妈》的整体风格迥别于其他英雄史诗作品，独具一格。宛若一缕来自山林的清风，一股渔猎文化的气息，开卷便扑面而来。

其次，渔猎民族的英雄主义精神成就了《乌布西奔妈妈》的品质。

思想性是衡量文学作品品质高下的重要标准之一。一部优秀的民间文学作品，不仅应具有鲜明的特色和审美价值，还要有崇高的思想美学价值，才能获得震撼人心的永久魅力。"每一个伟大的作家都能够全身心地、热情地、有时甚至是天真地歌颂现实生活的美好的事物和攻击丑恶的事物，'明确的是非，热烈的好恶'，'是其所是，非其所非'，正是这种战斗的热情，这种崇高战斗热情，直到现在还深刻地激动我们。""高尔基认为每一部好的作品都使他在人生的阶梯上高升一步……便得要求作者有很高的美的理想，美的感情。"①

应该说，《乌布西奔妈妈》是一部具有较高思想性的英雄史诗作品。最催人泪下、感人至深的是作品对主人公英雄性的塑造及其所弘扬的集体英雄主义精神。以乌布西奔为代表的东海女真人，在与自然和社会的斗争中，表现出集体利益之上的理念和不屈不挠、英勇顽强、不怕牺牲的英雄品质。无论是开拓日本海海域，还是在统一女真诸部的战争中，这种英雄品质都得以淋漓尽致的彰显。作品热情地讴歌了乌布西奔等英雄人物，高度礼赞主人公的英雄气概及其创造的英雄业绩，弘扬了集体英雄主义精神，从而奠定了作品崇高的思想性基调。

《乌布西奔妈妈》所体现的东海女真人的集体英雄主义品质，对于氏族部落时代以集体的力量抗衡大自然的渔猎民族来说，是维系群体的团结与生存发展的重要因素，也因此成为女真族系具有遗传基因属性的精神素质。俄国民族学家史禄国在对女真族后裔通古斯民族特性考察研究的基础上指出："通古斯人被认为是一个具有高尚精神力量的民族。"他们"生活在氏族之中，离开了氏族就不可能生存。因此，从幼儿时代就同氏族紧密地联系在一

① 冯牧主编：《中国新文学大系 1949—1976》第一集《文学理论卷一》，上海文艺出版社 1997 年版，第 455 页。

起的通古斯人，不可能具有独立生存的观念……为了单位的整体利益必须将个人的利害置之度外”。[①]

渔猎生产方式练就了渔猎民族勇敢、坚韧的性格和尚武精神。金代女真族，“耐饥渴苦辛，（善）骑，上下崖如飞，济江河不用舟楫，浮马而渡”。[②]“性能耐饥渴，行军出入，以米末少许调水而饮，六七月间，不过吃四五升。虽大风雨寒冽，达夜露处。马性则五六昼夜绝不吃草，亦能驰走。女人之执鞭驰马，不异于男。十余岁儿童，亦能佩弓箭驰逐……战斗则甲骑成列，冲突击射，隐伏山谷，出人不意，掩袭撕杀，乃其长技，不尚首级，只以敢进者为功，退缩者为罪。有功则尝之以军兵，或奴婢、牛马财物。”[③]

女真人这种吃苦耐劳、在战斗中英勇无畏的精神品质，既得益于遗传、继承和文化心理积淀，更是在长期的渔猎生产实践中磨炼和战斗洗礼的结果。《金史》卷44《兵志》载：“金初之年，诸部之民无他徭役，壮者皆兵。平居则听以佃渔射猎习为劳事，有警则下令部内，及遣使诣诸孛堇征兵”。又说：“女真俗本鸷劲，人多沉雄。加之地狭产薄，无事苦耕，可结衣食；有事苦战，可致俘获，劳其筋骨，以耐寒暑，征发调遣事同一家。是故将勇而志一，兵精而力齐。”“可以说，没有渔猎经济，女真族的尚武精神将无以诞生，无从体现，也无以发展。”[④] 女真人在辽代分而治之的统治下迅速崛起，与这种精神品质有着密切的关系。以至于中原汉族士大夫都感到震惊不已：“自古戎狄之兴，未有若女真如此之速，辽东、辽西已为奄有，前年取上京，今年取中京，遂破云中，如摧枯拉朽。”[⑤]

女真人的尚武精神和集体英雄主义为《乌布西奔妈妈》提供了取之不尽的营养，奠定了《乌布西奔妈妈》的思想基调，成就了作品的集体英雄主义的主

---

① ［俄］史禄国：《北方通古斯的社会组织》，吴有刚、赵复兴、孟克译，内蒙古人民出版社1984年版，第484—487页。

② 宇文懋昭撰、崔文印校证：《大金国志校证》卷39《初兴风土》，中华书局1986年版，第551页。

③ ［朝］李民寏：《建州闻见录》，《清初史料丛刊第八、九种：栅中日录校释·建州闻见录校释》，辽宁大学历史系1978年编印，第44页。

④ 栾凡：《一种文化边缘地带的特有经济类型剖析：明代女真族的多元经济研究》，东北师范大学出版社1999年版，第159页。

⑤ 徐梦莘：《三朝北盟会编》卷八，引赵良嗣与李处温书，上海古籍出版社2008年版，第57页。

旋律和英雄史诗的品格。史诗作品则以鲜活的群体形象诠释了女真人的民族性和民族精神气质，讴歌并传播了这种精神，二者水乳交融，相得益彰：

男女个个体魄悍俊如虎熊，
相遇必以“布库”[①] 争雄。
尊者所求，卑者必应，
背负尊者上下岩崖若飞，
常缚鹿擒隼不言重。
……
东海人理念尚美，
遮裸为羞，遮阳为懦，
赤裸健肌，阳壮猛男。
常为赛美竞雄长，
伙聚海滨沙滩，
肉搏血拼，
凶顽无双者的“珊音哈哈”，[②]
推当东海人生涯的靠山。
三载再搏，
循环往复，
代代辈有英雄观。[③]

史诗中以乌布西奔为代表的东海乌布逊人奔放、豪爽的性格，互助、友爱的精神，对外部落人甚至敌对部落表现出来的宽厚、友善等优秀品质，也是与女真人的精神气质息息相关的。

二　部落分立与部落战争为《乌布西奔妈妈》提供了广阔的历史舞台

首先，部落战争构成《乌布西奔妈妈》的战争主题及其特色。

① 布库：满语，摔跤。
② 珊音哈哈：满语，好男儿。珊音，满语，好。
③ 鲁连坤讲述，富育光译注整理：《乌布西奔妈妈》，吉林人民出版社2007年版，第14—15页。

聚族而居，氏族部落分立是肃慎系先民的基本社会状态。《旧唐书·靺鞨传》："靺鞨……其国凡为数十部，各有酋帅……而黑水靺鞨最处北方，尤称劲健，每恃其勇，恒为邻境之患…父子相承，世为君长。"女真人大体维系了这种状态，俗尚聚族而居，"依山做寨，聚其所亲居之"，[①] 氏族部落分立，互不统属。辽代女真"七十二部落，不相统制"。[②] 其中生女真社会更为松散"地方千余里，人户十余万，无大君长，亦无国名，止是族帐，散居山谷间，自推豪杰为酋长，小者千户，大者数千户"。[③]

这种氏族部落分立的局面必然会因各种利益之争导致相互残伤和战争，"种类虽一，不相统属，自相残杀，各争雄长"。至明朝末年，这种状况愈演愈烈，女真诸部正陷于血腥残杀之中，"各部蜂起，皆称王争长，互相战杀，甚且骨肉相残，强凌弱，众暴寡"，[④]"争夺无已时"。[⑤] 这种社会动荡和频繁的部落的战争，为《乌布西奔妈妈》提供了难得的素材，构成《乌布西奔妈妈》的重要主题之一。

《乌布西奔妈妈》展现的正是这样一个混乱、动荡的年代。作品以沉重的笔调描述了战乱不休的东海，形象地记述了"强凌弱"的社会："像蛇蟒总要吞食怜弱的蛙蜥，像贪嘴的豺狼总是狞对奔驰的麋鹿……"弱肉强食是部落战争的法则，也是动荡社会的写照。作品中描写的部落战争仅限于东海地域，具有典型的部落战争性质。战争最初的起因多因争夺资源、势力，掠夺财产和人口，战争规模不大，最初主要是部落之间的战争，逐渐演变为部落联盟间的战争，最后则转为乌布西奔统一东海诸部的战争。这种战争规模与范围与女真人的部落战争有相似之处。

历史上，东海女真人处于一个相对封闭的区域，与外界联系较少，东海各部落之间战事时有发生。《乌布西奔妈妈》对这些毫无涉猎，记述的即是东海诸部之间的部落战争。在完颜氏统一金代女真、努尔哈赤统一女真诸部以及明代经略边疆的过程中，也曾对东海女真用兵多年。《李朝实录》对此

① 魏焕：《皇明九边考》卷二《辽东镇·边夷考》。
② 宇文懋昭撰，崔文印校证：《大金国志校证》附录一，中华书局1986年版，第584页。
③ 同上书，第3页。
④ 《满洲实录》卷1。
⑤ 《清太祖高皇帝实录》卷1。

多有记载，可见作品更多地关注东海女真之间及东海女真与和东海区域其他族群部落之间势力的此消彼长及战争发展趋势。作品中的部落战争还具有鲜明的地域特色，如鹰战术的使用，战斗运输工具的运用等，与他们的生产生活方式密切相关。

其次，氏族部落组织形式为《乌布西奔妈妈》建构东海女真社会提供了模式。

肃慎族系先民的基本社会组织是以血缘为纽带的组织形式。女真人在此基础上，逐渐形成一套比较完备的体系，从而构成女真人的社会基础。至明代，女真人的社会组织有了很大的发展，形成血缘组织与地缘组织相互交错的格局。女真人的血缘组织有哈拉、穆昆、乌克孙等几种类型，地缘组织噶栅是在原有氏族组织基础上产生的，最初由住地同一氏族或不同氏族的成员组成。

据刘小萌研究，明代的血缘组织哈拉在建州、女真中已经瓦解，但在长期留居东北边疆的“野人女真”及其后裔中大体保留了原貌。《八旗满洲氏族通谱》中载有克伊克勒（又称葛依克勒）、禄叶勒（努业勒）、瑚锡哈理（怙什哈礼）三哈拉，原是世代居住黑龙江中游“混同江”一带的传统渔猎民，其中一部分迟至清康熙年间才被编入满洲旗籍。当时的官方档案为后人留下了关于哈拉组织的宝贵资料……这三个哈拉“一向捕鱼为生”“不谙农耕”，尚未脱离渔猎经济的窠臼，南迁以前共组为一个“固伦”（部落），以人丁众多的葛姓哈拉达（氏族长）世代承袭固伦达（部长）。时人记其“随意行止，不知法度”，“无文字，刻木记事”，乃至“不知岁月不知生辰”，“赐以官爵亦不知贵”，种种落后愚昧现象，说明因居地偏远，罕有濡染文明社会先进文化的机缘，长期停滞在氏族社会末期阶段，从而保留了哈拉组织比较古朴的面貌。①

东海女真人以血缘为主的社会组织形式为《乌布西奔妈妈》建构东海女真社会提供了模式。在《乌布西奔妈妈》中，血缘组织是东海女真诸部的主要社会组织形式，并构成女真社会的基础，从作品涉及的主体部落乌布逊部看，该部源自古老的古德家族，传承着古老而神圣的家族神话。该部几

① 刘小萌：《满族从部落到国家的发展》，中国社会科学出版社2007年版，第19—20页。

代酋长血缘世袭清晰，多罗锦传位给妹妹南罗锦，南罗锦传给外甥古德贝子，乌布西奔受天神之命降临该部，拯救黎民苍生。史诗主要是以血缘组织部落为基础展开叙事，无论是生产还是战争，也无论是婚姻还是文化与制度改革，都是在部落内部实现的。

作品对血缘组织的分化与重组也有涉及。如黄獐子和珠鲁罕原为同祖，后分为两个部落，经过几代的分和，最终建立了较为稳定的部落联盟，血缘关系成为构建东海部落联盟的基础。沐肯部内部分两个支系，血缘关系是维系内部联系的基础。可见，构成作品中东海女真人社会基础是血缘来组织部落，并形成了部落构成体系和一系列部落制度。

史诗对地域组织“噶珊”虽未作交代，但从乌布西奔统领“七百噶珊”看，史诗所反映的东海女真社会已出现村屯这种以地域联系为基础的地缘组织。史诗常将“九部”联盟和七百噶珊并提，表明《乌布西奔妈妈》中的社会结构是以血缘组织为主，血缘组织与地缘组织并存的模式，这也恰是明代以后女真社会的缩影。

再次，对和平与统一的向往，构成了东海女真人的集体意识。

连年战乱，战争频发，使人们怨声载道，《乌布西奔妈妈》不仅强烈地表达了人们对因战乱导致的流离失所的怨恨，更直接传达了族众对战争的反感和憎恶：

> 乌布林的乌布逊部众，
> 憎恶南罗锦妈妈昏庸，
> 怒遣古德罕騃武穷兵，
> 冲进古德罕雪狐海燕林，
> 烧毁古德罕鹰阁紫貂庭，
> 烈狗咬死古德罕妃嫔，
> 病榻上的南罗锦也遭乌头箭穿身。①

从乌布逊族众对老酋长四处征讨，连年战争给部落带来的灾祸连连所表

① 鲁连坤讲述，富育光译注整理：《乌布西奔妈妈》，吉林人民出版社 2007 年版，第 48—49 页。

达的愤怒之情，可以看出人们对和平统一的向往和渴望，已成为族众的共同愿望和集体意识。部落集体意识的作用具有历史性，在一个民族形成和发展的不同历史过程中，发挥着不同的作用。在氏族分立的历史阶段，逐渐形成的部落意识对于部落间的战争和区域统一，具有积极的意义。然而，在民族共同体形成的过程中，这种部落意识的作用则走向反面，“产生了排他性、分裂性和掠夺性，是部落集团之间爆发战争的思想根源，对民族团结和统一产生离心作用和破坏作用”。[①]

《乌布西奔妈妈》传达的东海女真人向往和平与统一的强烈愿望，体现的部落意识，在当时既顺人心，亦合神意，正如作品在乌布西奔降临人间时所交代：

> 她自称是东海太阳之女，
> 选中了熟鱼皮的哑女，
> 奉谕来乌布逊执管，
> 身领东海七百噶珊萨玛神位，
> 便可使乌布逊永世宁安，
> 会像旭日东升，祥光永年，
> 平定盗寇，四海升平。
> 如果不准领受萨玛神主，
> 乌布逊老幼必遭罪咎！[②]

可以说，这种集体意识代表着社会的进步和族群发展方向，是历史发展的必然趋势，应具有进步意义。

三　萨满教文化为《乌布西奔妈妈》注入了灵魂

满族先世萨满教信仰具有悠久的历史和源远流长的传承。根据文献研究，女真人萨满教具有鲜明的特征。较其他北方古代民族，女真族的萨满教观念形

---

① 赵秉理：《从〈格萨尔〉看古代藏族部落战争的作用》，《青海民族学院学报》1996年第4期。

② 鲁连坤讲述，富育光译注整理：《乌布西奔妈妈》，吉林人民出版社2007年版，第65页。

成相对系统的观念体系，主要反映在女真人萨满教灵魂观上。灵魂观是宗教信仰的基石。无论是原始宗教，还是人为宗教，都笃信灵魂存在并影响人世。因此，对灵魂的崇拜成为宗教信仰的出发点。正如拉法格所说：“灵魂……这是野蛮人所发明而为文明人所完成的。”① 灵魂能脱离肉体独立存在和活动、人死而魂不灭，是萨满教灵魂观的主要内容。女真人的灵魂观也主要反映了这方面的内容，并突出地表现出对亡魂的重视及透过丧葬习俗反映出来的亡魂观。据《松漠纪闻》载：凡从春水秋山的士卒死于外者，“由中丞掌其骸骼，至国则归其家”。女真人强调亡魂归故土的观念，反映了他们有着很强的氏族观念和血缘情结。魂归故里，按特定的习俗和程序安葬，使死者的灵魂得以在本氏族内安息，与原氏族的人在一起，并保佑他们。“抛盏”之俗反映的基本思想是灵魂不死的观念，“人们相信无生命力的东西也都有一个灵魂，如果要随葬物的灵魂受死者灵魂的驱使，就需要把器物打破，否则死者不能享用”。② 女真人的萨满教不仅形成了相对完备的萨满教观念体系，特色突出，同时也显示出与东北其他民族文化相互影响的痕迹。

从大量传承至今的东海女真后裔萨满神谕、谱碟和萨满口传资料看，东海女真先民保留了较为古老的萨满教形态，包括女性崇拜、野神祭祀、创世神话、庞大的神系和古老的祭祀仪式等，具有独特的认知价值。

宗教对民间文学的影响是客观存在的，“民间传承的神话、传说、故事，常从人们的宗教生活中吸取素材，将宗教文化中的正反面人物形象纳入自己的艺术世界，两者互相渗透、彼此融合，甚至达到‘你中有我，我中有你’的地步。这种密切联系显而易见”。③ 宗教对民间文学的影响具有复杂性，形式、内容、影响的深度和广度都各不相同。

在人类早期社会，萨满教不仅是特定群体的精神核心，而且是一种社会化、全民化的意识形态。《乌布西奔妈妈》产生于萨满教繁盛时期的氏族部落时代，史诗作品正是在萨满教文化这片沃土上产生与传承的，从中汲取精神养料。因此，作品虽不是通过萨满教体系直接传承下来，但萨满教的思想

---

① ［法］拉法格：《思想起源论》，生活·读书·新知三联书店 1978 年版，第 120—121 页。

② 中国科学院考古研究所、陕西省西安半坡博物馆：《西安半坡——原始氏族公社聚落遗址》，文物出版社 1963 年版，第 220 页。

③ 刘守华、陈建宪主编：《民间文学教程》，华中师范大学出版社 2009 年版，第 245 页。

观念贯穿作品的始终，古老的萨满神话，典型的萨满产生和出神方式，突出的自然崇拜观念及其原始祭祀仪式等具有原生态特征的萨满教内涵，在史诗中都得以充分发挥和展示，这实质是东海女真人及其先民世代信仰的萨满教在史诗中的全方位渗透和水乳交融，从而成为英雄史诗的灵魂。此外，主人公萨满的身份、萨满神事活动的形式无不来自东海女真人信仰的萨满教。正从这个意义上说，《乌布西奔妈妈》是一部典型的萨满史诗。

首先，萨满教英雄崇拜观念是作品核心价值观的源头之一。

东海女真人长期以渔猎生产为主要生产方式，这种生产方式具有较强的集体性；其社会发展迟缓，氏族部落制度得到较为完整的保持，这就为以氏族为本位的萨满教的传承创造了条件。在满族及其先世萨满教观念体系中，英雄崇拜占有突出的地位，对该民族的精神、性格和心理素质影响巨大。满族萨满教英雄崇拜蕴含着突出的集体英雄主义思想内涵，高扬一种为群体利益勇于牺牲的精神。满族库伦七姓火祭仪式中，盗火女神拖亚拉哈备受尊崇，为了给人间带来天火，让人类和万物得以生长，她从天上盗来天火，不惜使自己变成一个怪兽。满族诸姓普遍敬奉和祭祀的巴图鲁神是一类群体战神，各姓祭祀的神灵不同。吉林永吉满族乌苏瓜尔佳氏萨满神谕中，有多位战斗英雄神，如色尔嘎泰巴图鲁（selgatai baturu），“手攥着铁榔头，金榔头，来抵挡仇敌道路的色尔嘎泰巴图鲁”，神歌形象地歌颂了一位英勇杀敌的战斗英雄神，刻画了一位一夫当关，万夫莫敌的英雄形象。朱嘎阿代夫妈妈（jugangga daifu mama），是一位抗击敌人的杰出的战斗英雄，在战场上所向披靡，无往不胜。[①] 满族石氏家族敬奉的奥都妈妈是一位骑双马，日行千里、夜行八百的女战神。满族及其先民悠久古老的英雄崇拜观念对该民族心理素质、价值观念、伦理道德和民族精神产生了潜移默化又广泛深远的影响，从靺鞨人“三男如一虎”，“女真过万不可敌”到清代“八旗子弟，一闻行师出猎，皆踊跃争先”，形成了满族族系的优秀品质和文化传统，为《乌布西奔妈妈》提供了丰厚的营养。史诗作品正是东海女真人这种特有的精神品质的集中再现。

其次，作品弘扬和体现的真、善、美的思想与行为多以神的意志加以表

① 满族乌苏瓜尔佳氏萨满神谕，由宋和平先生翻译，谨此致谢。

达，神意至高无上，成为主人公决定行止，做出决策，管理部落军政事宜的指南，也成为指导人们的行为准则。乌布西奔奉谕降生东海乌布逊部，老酋长古德罕王虽心有不悦，“摇头难信，只好照谕奉迎”。在《乌布西奔妈妈》中，乌布西奔为氏族建神坛，设神位，以萨满教思想观念教化族众，统一思想，都是遵神意而为。一些军政重大决策也多在神灵的指点和启示下进行。如乌布西奔收复内海双岛十三礁即是依东海女神德里给奥姆女神之神谕，包括内海双岛十三礁的位置、岛民的来历：“海盗多历世被歼之后裔，远徙外岛谋生之浪子，降服的方式应以情求友，以义济众泯恶。”改革婚制婚俗，实行外婚制也是东海女神的旨意。

这种神意至上的萨满教观念是原生态萨满教世界的真实写照，它使作品具有的神圣性、权威性和影响力非比寻常。萨满教的多神崇拜及其倡导真、善、美观念通过作品的神话母题和主人公行为加以表达，使萨满教观念成为具有生动情节的宗教教义。

再次，巫王合一的政体为《乌布西奔妈妈》提供了部落管理模式。

《乌布西奔妈妈》主人公的萨满与部落酋长双重身份，在英雄史诗中并不多见。该作品赋予主人公特殊的身份，将原始社会血缘组织中具有至关重要作用的两个角色：萨满和酋长集于一身，是有着民族历史文化传统和历史渊源的。

金朝建立后，女真人作为金王朝的统治者，对萨满的态度具有两面性，既有基于民族信仰和心理而信奉的一面，也有利用萨满的影响和地位为其服务的一面。萨满群体因此而出现了分化，在原有的民间萨满的基础上，出现了一些以服务于金王朝廷的政治、军事为主要职能的萨满。其中有的帝王和权臣本身就是萨满，或具有萨满禀赋。世祖劾里钵、太祖阿骨打、昭祖石鲁都是这样的人物。萨满具有预见未来的能力，能够为人们预测吉凶，这既是萨满的职能，也是萨满受崇拜、被神化的重要原因之一。对此，研究者多有论述。匈牙利著名萨满教专家 V. 迪欧塞吉认为：“萨满的义务是了解人们在日常生活中想知道而又无力知道的一切事情。他经常去预见未来和远方的事情，发现失去的动物在何处，预报渔猎的收获。”① “珊蛮者，其幼稚宗教之教师也。兼幻

① 《不列颠百科全书》1980 年版“萨满教”辞条，于锦绣译，《世界宗教资料》1983 年第 3 期。

人、解梦人、卜人、星者、医师于一身，此辈自以各有其亲狎之神灵，告彼在过去现在未来之秘密……人生大事皆询此辈巫师，信之甚切。”[①]

女真人的部落时代应经历了一个巫王并存的时代。据《金史》载，女真族的历代酋长多擅预言，并常据此决策军政大事。萨满未卜先知，神机妙算的品格在世祖劾里钵身上有着充分的体现，“初，金之兴，平定诸部，屡有祯异，故世祖每与敌战，尝以梦寐卜胜负”。[②] 世祖与斡勒部杯乃等战于苏素海甸之前，“世祖曰：‘予昔有异梦，今不可亲战。若左军中有力战者，则大功成矣！’命肃宗及斜列、辞不失与之战。”[③] 史料记载中的金太祖阿骨打也具有巫师的特异禀赋。康宗四年（1106），“斡塞伐高丽，太祖卧而得梦，急起曰：‘今时捷音必至。’乃为具于球场以待。有二獐渡水而至，获之，太祖曰：‘此休征也。’言未既，捷书至，众大异之。”[④]

有些国王或酋长兼行巫师之职，如金世祖、金太祖等金代奠基者被视为“知天意有神力”，常用梦验、预言等手段作为军政决策之依据。至于他们的巫师身份问题，有学者认为，“看来世宗既是酋长，又是个萨满，经常用一些异梦、预言来辅佐自己的统治”。也有的学者指出：“虽然根据现有资料，我们还难以断定他们的身份就是巫，但是他们在处理政事时兼行巫的职务，并且利用宗教的手段为自己的政治目的服务。”[⑤]

从金代王权与巫师之间的特殊关系可以推断，酋长与萨满合一的管理模式在女真人早期社会不应少见。《乌布西奔妈妈》中的主体部落乌布逊部在乌布西奔及其后继者执政时实行的政教合一的管理模式，是有深厚的历史基础的。

乌布西奔最初是乌布逊部的总祀萨满，任职期间，推行了一系列萨满教改革，推动了乌布逊部的社会发展，深受族众拥戴。该部老酋长古德罕王基于对乌布西奔的信任和自己的身体状况，委托乌布西奔代管部落日常事务，并最终将部落联盟首领之职禅让给乌布西奔，使她走上了部落社会的权力之

---

① 《多桑蒙古史》（上）中华书局 1962 年版，第 30 页。

② 《金史》卷 23《五行志》。

③ 《金史》卷 1《世纪》。

④ 《金史》卷 23《五行志》。

⑤ 童恩正：《中国古代的巫》，《中国社会科学》1995 年第 5 期。

巅。她在位50年，身兼乌布逊部总祀萨满和部落酋长，东海九部联盟建立后，又兼任九部联盟总祀萨满和部落联盟长，实行政权合一的管理，取得了巨大的成功，实现了东海地区的统一，使这种模式在后乌布西奔时代依然得以延续。

事实上，在乌布西奔执掌乌布逊部落酋长和东海九部联盟期间，先后辅佐她的九位女萨满，均程度不同地参与部落管理，兼族权与神权于一身。在这九位女萨满中，前期辅佐她的有四位，即突其肯、突其奔、突其春、突其金，后期辅佐她的有五位，即都尔芹、都尔根、特尔沁、特尔滨和乌布勒恩。其中乌布勒恩备受乌布西奔的重视，在乌布西奔率船队航海期间，授权由她代行部落酋长之职，主持乌布逊部的各项事宜。乌布西奔逝世前，立下遗嘱，由她的三位萨满弟子特尔沁、特尔滨、都尔芹联合执掌乌布逊部，同时兼任东海九部联盟盟长，开启了新一任政权与教权、酋长与萨满结合的时期。

第五节 《乌布西奔妈妈》产生的时代

一部史诗的形成总是经历长期的过程，因此，考察史诗产生的时代是一件非常困难的事情，往往构成一部史诗作品歧说纷纭的焦点问题。正因如此，美国江格尔学家A. 保尔曼什诺夫指出："传统的口头文学作品并非是一蹴而就的，正因为如此，要考证它的年代—即使是大致的年代—也几乎是不可能的，这种努力甚至是劳而无功的。比如说，最古老的民间传说或谚语早在远古时代便已存在，由口头形式才得以世世代代流传至今。我们所能考证的只是有年代可循的有文字记载的东西。"①

然而，探讨一部史诗产生的年代，对于认识史诗作品的思想内涵和社会意义，深入开展文本研究，又很有必要，并成为史诗研究中一个无法逾越的难点。由于学者们对史诗形成时代的界定标准不同，有的以作品内容所反映的社会制度及其发展形态为标准，有的将作品内容与历史人物和历史事件相

① ［美］A. 保尔曼什诺夫：《鄂利扬·奥夫拉的演唱艺术》，唐光庭译，载中国社会科学院少数民族文学研究所编《民族文学译丛》第二集《史诗专辑》（二），1984年版，第146页。

联系，有的以特定的宗教、文化形态作为判断标准。这就使得史诗生成时代的讨论呈现纷纭复杂的局面。从《格萨尔》、《江格尔》和《玛纳斯》三大史诗来看，学者们对每部史诗产成时代的认识至今没有达成共识。

随着史诗研究的深入开展，人们越来越认同将史诗置于一个民族广阔的社会历史背景下进行综合考察的整体观，而不囿于对某一具体的人物或事件进行考证。正如降边嘉措所指出："在文学史上看，任何一个篇幅浩繁、结构宏伟的优秀的民间文学作品，都不可能在一个时代、由一两个或者少数几个艺人创作出来，它必然要经过长期的酝酿阶段，由广大人民群众和他们当中的优秀的民间艺人集体创作，逐渐形成。产生之后，在漫长的流传过程中，还会不断加工、充实、丰富和发展。荷马史诗是这样，印度史诗是这样，芬兰的《卡勒瓦拉》是这样，《格萨尔》也是这样。"① 正因如此，"把史诗放置在藏族文化的大背景中，尤其是藏族民间文化的氛围中，分阶段地从整体上考察它的产生年代问题，才是较为合理的方法。"② 这种方法为考察《乌布西奔妈妈》产生的时代提供了思路。

由于东海女真人的相关史料匮乏，文本中提供的历史信息又十分有限，许多内容与历史事实关联不大。因而，考察《乌布西奔妈妈》产生的时代尤为困难。富育光根据史诗中的主体部落"乌布逊"，即《黑龙江乡土录·金姓表》中提到女真白号姓的"温都逊"或称"温都孙"的音转，认为《乌布西奔妈妈》当为金元时代（1115～1271）古文化遗存。③ 全诗生动感人地记载了东海广袤地区氏族部落母系时代以及从母系社会进入父系时代门槛漫长时代的社会历史，记述原始社会人类走向文明进程中众多社会历史文化形态实况、祭礼、信仰、观念、古俗，淋漓尽致，像一幅斑驳陆离、栩栩如生的历史生活画卷。④

笔者基本认同富育光先生对《乌布西奔妈妈》产生时代的考证。在此

① 降边嘉措：《关于〈格萨尔〉的产生时代》，《青海社会科学》1985年第6期。

② 李连荣：《中国史诗历史研究法初探——以〈格萨尔〉的产生年代论为例》，《民族文学研究》2003年第4期。

③ 富育光：《〈乌布西奔妈妈〉的流传及采录始末》，载鲁连坤讲述，富育光译注整理《乌布西奔妈妈》，吉林人民出版社2007年版，第11页。

④ 同上。

基础上，通过对史诗文本的系统解读，就《乌布西奔妈妈》产生时代问题形成以下初步认识。

首先，如同其他史诗作品一样，《乌布西奔妈妈》的产生、完善与定型，经历了漫长的历史阶段，最初由萨满群体创作，形成了作品的雏形；在萨满长期的传承中不断完善，最后由满汉文人加工、润色，形成现有规模。在这样一个漫长的历史过程中，作品积淀了不同历史时期的内容，保留了大量古老的文化内涵，包括制度、习俗、经济与文化形态等多方面，本书一些章节对此多有论述，此不赘述。据此，我们认为《乌布西奔妈妈》反映了东海女真人古老的文化内涵，具有古老英雄史诗的风貌。这也是我们认为其产生时代较早的依据之一。

其次，在考察《乌布西奔妈妈》产生时代时，应充分考虑东海女真人社会发展的特殊性。历史上，世居乌苏里江以东地区的东海女真人，由于特殊的地理位置，较为封闭的社会环境，受外来文化影响较小，从而使之在相当长的历史时期得以保持相对独立的发展道路及其历史进程，即长期以渔猎经济为主要经济形态，社会发展较为缓慢，氏族部落的社会组织形式和以氏族为本位的萨满教信仰长期沿袭，传袭至今，保留了较为完备的氏族制度，长期处于氏族部落社会发展阶段。辽金以降直至清代，居住在这一地区的女真人虽几经变化，族属有所变异，但以渔猎经济为主的生产方式、氏族部落的社会组织形式和萨满教信仰大体沿袭着。这从赫哲族直至新中国成立后仍处于原始社会末期，尼夫赫人直至现代还保留诸多原始文化形态等方面可见一斑。如果不受外部力量的影响，他们这种社会发展形态还将延续下去，依据自身发展轨迹发生缓慢的变化。正因如此，依据东海女真人古老的社会文化形态考察史诗作品产生的时代只能是一个要素，并且只是划分一个大致的历史阶段。

再次，作品提供的一些较为晚近的信息，有的明显是后人所加。如“物换星移，江山易主，欢乐、喧闹的群山久已沉寂无声，长鼓已经是古昔的回忆。”[①]。这应指1860年后中俄之间重大历史变迁而言的，显然是作品在流传过程中被附加的内容。

① 鲁连坤讲述，富育光译注整理：《乌布西奔妈妈》，吉林人民出版社2007年版，第205页。

值得提及的是，文本提供的明代信息较多，应予以具体的分析。如文本中出现了“成化甲辰年”，成化是明宪宗朱见深的年号（1447 年—1487 年），明代使用这个年号计 23 年，成化甲辰年即成化二十年，公元 1484 年。《乌布西奔妈妈》中使用的纪年是主人公创造的花鸟鱼纪年，此处出现中原王朝的纪年，应为后世传承者所加。

有些历史信息则具有史学价值，为考察作品产生时代提供了依据。如作品多次提及乌布逊部与乌拉部的关系。随着乌布西奔与彻沐肯部的交好，打通了西部与乌拉部交往的通道，此后乌布逊部与乌拉部一直保持友好往来，“皮革鱼货直入松阿里霍通[①]。中原布帛、珠宝、茅纸、釜器，输入东海众部和乌布逊”[②] 乌拉部也曾派人到访乌拉部，盛赞乌拉部为“君子圣人”。乌布西奔逝世时，乌拉部派使节参加其葬礼。

乌拉部是明代女真人建立的地方政权，其前身是明永乐四年（1406 年）建的塔山卫。[③] 乌拉部与哈达，辉发，叶赫构成扈伦四部，为海西女真。在扈伦四部中，乌拉部疆域最广，势力最强大。历史上，东海女真人与乌拉部关系较为密切，东海女真人曾臣服乌拉部。建州部崛起后，乌拉部与建州部争夺东海女真瓦尔喀等部。随着建州女真努尔哈赤逐渐征服女真各部，万历三十五年（1607 年）正月，一向归属于乌拉部的东海瓦尔喀部，以乌拉贝勒布占泰暴虐，向建州女真努尔哈赤请求归附，努尔哈赤许之。[④]

此外，《乌布西奔妈妈》将成化年间发生的“担民[⑤]涌落东海滩，稀稀落落的刨参尼亚玛[⑥]，白衣翩翩的索罗阔尼亚玛[⑦]，黑衫裹腿的尼堪尼亚玛[⑧]”等诸事视为“天道紊乱非吉兆”。这里涉及到山东、河北等地汉人到东北采参及从事其他生计的历史。

东北地区是人参的故乡，采集人参是东北女真人赖以为生的重要经济来

① 松阿里霍通：泛指松花江流域而言。

② 鲁连坤讲述，富育光译注整理：《乌布西奔妈妈》，吉林人民出版社 2007 年版，第 98—99 页。

③ 李健才：《明代东北》，辽宁人民出版社 1986 年版，第 158 页。

④ 同上书，第 159 页。

⑤ 担民：系指从河北、山东挑担来东海一带谋生的难民。

⑥ 刨参尼亚玛：挖山参的人。

⑦ 索落阔尼亚玛：从朝鲜半岛来谋生的李氏王朝的难民。

⑧ 尼堪尼亚玛：汉人。

源，人参既是向朝廷纳贡的贡品，也是女真人对外贸易的重要商品。女真地区“地饶山林，田宜麻谷，土产人参……”[①] 等特产。早在辽代，盛行采参的女真部落，主要有属于鸭绿江至长白山之间的五节度女真、其西北的熟女真及松花江中下游的生女真。他们皆以“边上买卖”人参著称。[②]

东北人参的名贵与多产，使东北成了采参者云集的地方。关内各省的失业农民，大量流入关外，一部分人从事垦荒农耕，另一部分人则从事采参贸易。采参，又叫“走山”，也叫“放山”，还称“挖棒棰”。[③] 根据史料记载和史学研究成果，关内移民东北在明代只是零星现象，大规模的移民活动是在清入关后，但开采人参一直由清代官方管理，严禁汉人偷采，“采参处如遇汉人，一概缉捕。”尽管如此，山东、河北等地汉人，冲破重重关卡，来东北地区采参。“凡走山者，山东山西人居多，大半皆偷（采人参）者也。每岁三、四月间，趋之若鹜，至九、十月间尽回，而死于饥寒者不知凡几矣，而走山者日益众，岁不下万余人。”[④]

史诗是人民生活的记忆。综合上述分析，我们认为《乌布西奔妈妈》产生于金元之间，至明末清初最后定型。它是满族共同体形成之前，东海女真人的一部史诗作品。

---

① 《契丹国志》卷26《诸番记》。

② 衣保中:《中国东北农业史》，吉林文史出版社1993年版，第110页。

③ 李兴盛:《塞月边风录》，黑龙江人民出版社2008年版，第219页。

④ 杨宾《柳边纪略》卷3。

第四章
《乌布西奔妈妈》与部落社会

探析《乌布西奔妈妈》中东海女真人的社会形态及特点，是解读史诗作品的一个重要视角。从某种意义上说，构成解读《乌布西奔妈妈》的前提条件。只有对东海诸部的社会组织及内在结构有一个清晰的认识，才能更好地理解史诗所反映的东海社会及其物质文化与精神文化。

综观《乌布西奔妈妈》所反映的东海女真社会，处于氏族部落向部落联盟过渡时期，最后形成的九部联盟具有地缘部落联盟的性质。东海女真人这一重大社会发展主要是通过一系列部落战争和乌布逊部的和平外交政策实现的，是建立在乌布逊部及东海女真诸部自身社会发展基础之上的。伴随这一社会变革，东海女真社会也发生了一系列的变化，总体趋势为逐渐摆脱蒙昧，走向文明；由分裂逐步走向统一。这种变化体现了社会的进步，代表着东海女真人的社会发展方向，反映了东海女真人的集体意志，并逐渐成为一种部落意识。史诗以动人心魄的部落战争，感人肺腑的故事情节再现了这一历史过程，描述了一幅东海女真人社会发展演变的图景。

第一节　部落构成

社会组织和社会结构是社会的基本构成要素，是综合考察一个社会的基础。摩尔根在《古代社会》一书中，系统地阐述了原始社会的理论，其中包括人类最古老的社会组织为氏族、胞族和部落。认为“氏族是一个由共同祖先传下来的血亲所组成的团体，这个团体有氏族的专名，它是按血缘关系结合起来的”。[1] 马克思、恩格斯对此给予高度评价，并接受了他的观点。马克思指出：“氏族是以血缘为基础的人类社会的自然形成的原始形式”[2]。恩格斯在《家庭、私有制和国家的起源》一书中，进一步阐释了这一观点，指出：“氏族作为社会单位出现以后，氏族、胞族和部落这整个社会组织就怎样以几乎不可抗拒的必然性（因为是天然性）从这种单位中发展出来。[3]

历史学和民族志表明，氏族组织在满族及其先民社会中长期存在。俄国民族学家史禄国于1915—1918年在黑河地区做过长期的人类学调查，在《满族的社会组织——满族氏族组织研究》一书中阐明了满族氏族组织的古老性及其历史渊源：“满族现存的氏族组织从如此久远的年代以来就一直存在，以致满族人都说不出任何其他的社会组织，并认为它既是非常古老的，又是最早的。现有的几个氏族的名称在金朝时期即十二至十三世纪就已著名了，而当时存在的有些氏族现已湮没无闻。汉语书面文献也告诉我们，满族先祖的氏族组织史不绝书。”[4] 有学者研究，史氏所概括的满族的氏族定义，类似于明代女真人的氏族组织。辽代女真氏族组织从继嗣群的角度来看，接近一般经典著作及人类学上所描述的氏族组织。[5] 也有学者认为，女真人的氏族组织发展不尽平衡，早在明代，氏族组织在建州、海西女真中已经瓦解，但在长期留居东北边疆的东海女真及其后裔中却大体保留了原貌。[6]

满族先民以血缘为基础的社会组织历史悠久，并得到较为充分的发展，对满族及其先民的历史和社会生活产生过深远的影响。这也是《乌布西奔妈妈》表现氏族部落林立的历史基础。根据笔者二十多年在东北满族地区的田野调查，近代以来，满族血缘组织虽已式微，其功能日益弱化，但在东北一些地区仍在延续，并在萨满传承、族祭活动及与现代社会的适应等方面发挥着重要的作用。这也为我们解析《乌布西奔妈妈》中的氏族部落构成提供了佐证。

---

① ［美］摩尔根：《古代社会》，杨东莼等译，商务印书馆1997年版，第62页。

② 《马克思恩格斯全集》第23卷，人民出版社1972年版，第389—390页。

③ ［德］恩格斯：《家庭、私有制和国家的起源》，《马克思恩格斯选集》第4卷，人民出版社1995年版，第94页。

④ ［俄］史禄国：《满族的社会组织——满族氏族组织研究》，高丙中译，刘小萌校，商务印书馆1997年版，第23页。

⑤ 韩世明：《明代女真家庭形态研究》，中国社会科学出版社2006年版，第45页。

⑥ 刘小萌：《明代女真血缘组织哈拉穆昆的动态分析》，《社会科学战线》1990年第4期。

一 部落分立的神话解说

在前乌布西奔时代和乌布西奔妈妈早期，东海女真诸部是一个氏族部落分立的社会，各部互无统属，战争不断，纷争不已，这是部落时代的典型特征。恩格斯曾经指出，部落时代，部落战争是“经常的职业”。[①] 耐人寻味的是，史诗对各部落分立的现状予以神话的解说。《乌布西奔妈妈》开篇即以神话的形式，交代了东海诸部形成的原因，即受天母阿布卡赫赫之命，天母的侍女日神化作火燕，降临原本一片冰川的东海地域为民造海，临行前，天母阿布卡赫赫曾对她“百般叮言”：

“你降世送福，
融暖冰山、冰川，
苏醒万生，
掘地造海，
务要紧束发髻
切不可让光发篷松零乱。
若忘谬吾谕，
必将难返我的九霄神楼，
遗恨成深渊般的灾难！”[②]

但在融冰川，化冰山，掘地造海的过程中，因女神心系造海大业，日夜忙碌，竟忘记将自己的发髻束起，结果这些原为日神的耀眼光发飞落东海的四面八方，互不服气，彼此争雄，征战不息，使千载海滨成了掩埋白骨的墓地。累累白骨滋生了东海特有的植物——“迎日莲”，[③] 莲瓣九杈为神女光发所化，形成东海九大部落。

---

① ［德］恩格斯：《家庭、私有制和国家的起源》，《马克思恩格斯选集》第4卷，人民出版社1995年版，第94页。

② 鲁连坤讲述，富育光译注整理：《乌布西奔妈妈》，吉林人民出版社2007年版，第9页。

③ 迎日莲俗称“野红花”，又叫“九叶莲”，喜生海滩岩石缝隙中，丛生，矮秧，开红花，茎长色红，入水如血，为补血奇药。

表 1 **“莲瓣幻化部落”神话示意**

莲瓣形状	瓣数	落地方位	所化部落名称
方舟	1	东方	红毛身形部落
长形	2	南方	白毛身形部落
圆形	3	西方	黄毛身形部落
椭圆形	4	北方	蓝毛身形部落
锯形	5	东北	矮人部落
蛇形	6	东南	长足人部落
波纹形	7	西南	独眼人部落
鳞形	8	西北	跳鼠人部落
柳叶形	9	天宇中央	生育万物之阴

《乌布西奔妈妈》具有浓厚的神话色彩，这一点我们已在前面做过论述。那么，史诗开篇即以神话的表现形式形象地描绘了东海地区部族分立的状态。这种对部落分立的社会现象给予神话的解说，体现了东海女真人丰富的想象力和神话思维。

“莲瓣幻化部落”中的方位和依次递增的瓣数以及部落的数量，皆以“九”表示，体现的是北方民族萨满教的数字观念和吉数崇拜。

在信仰萨满教的北方民族中，数字“九”代表事物的极数、尽数，被视为吉祥数，寓意深刻。这种观念在满—通古斯民族萨满教观念和仪式中都有体现。20 世纪 30 年代使鹿通古斯人（鄂温克人）萨满教祭祀仪式场地的布置即形象地展现了该部族对数字“九”的崇拜：在祭场中央竖立三根萨满柱，萨满柱两侧对称地立起两排桦树，每排九棵，计四个九（三十六）棵桦树。其东南向也依次排列九棵桦树，摆九张供桌，上供九只动物的肉和骨头，桌前竖九根木杆，上挂动物的皮和内脏。① 祭场的这种排列格局，蕴含着丰富的思想内涵，即视“九”为吉数。

满族创世神话《天宫大战》对“九”的信俗作出如下解释：宇宙大神阿布卡赫赫与恶魔耶鲁里搏斗时，天边出现一排魔洞，谁掉进洞里就永不能再返天上。阿布卡赫赫抓住几根天鹅翎一口气蹦过了九个黑洞，登上最高的

① ［俄］B. B. 包诺索夫：《使鹿通古斯的萨满教祭祀仪式》，胡秀杰译，载吴文衔主编《黑龙江考古民族资料译文集》第 1 辑，黑龙江省博物馆 1991 年编印，第 139—140 页。

天上，耶鲁里骄横跋扈，一连跳过五个黑洞后，被几只乌鸦遮住了眼睛，掉进了第七个地洞里，坠入地下，再不能返回天穹。所以，萨满跳神要转九个“迷溜”，才能躲过灾祸，顺利登上“九天神楼”，可与神交。①

由此可见，《乌布西奔妈妈》中的“九”并非实数，而是一个概数，以喻其多，而以莲瓣形状和数量标示部落，也有喻其多之义，形象地表明宇宙九个方位各部落的分布，传达这样一个信息：在广袤的东海地域，众多的氏族部落遍布四面八方，互无统属，构成当时社会的一个基本结构和特征。“莲瓣幻化部落”神话旨在说明部落分立的成因，从而揭示这种现象的合理性和必然性；以神话为权威根据，强调各部落所在方位和领地的神圣性，并以此强化本共同体的认同；九部皆来自日神光发所化，具有共同的根脉，亦为日后实现九部联盟奠定了基础。此外，在神话思维中，花瓣也是女阴的象征物，寓意生育与繁殖，旨在以生命的繁衍预设着部落的产生，“体现了人类童年时期艺术和科学之间某种幼稚的主观的自然结合”。②

如果说“莲瓣幻化部落”神话是以神话的形式和思维绘就的一幅神话世界里的东海诸部分布图，那么《乌布西奔妈妈》文本则以叙事的手法，运用大量篇幅，描绘了东海诸部落分布及相互关系图谱，再现了部落时代的战争风云和分久必合、合久必分的历史轨迹及其最后由分立走向统一的历史命运。

《乌布西奔妈妈》记述的部落社会主要是围绕乌布逊部展开描述的。但通过乌布逊部与其他部落的关系，我们得以了解其他部落的情况。对这些部落进行综合考察，使我们对《乌布西奔妈妈》中东海女真人的部落社会有一个较为全面的认识。

二　部落分布

《乌布西奔妈妈》记述的东海女真人氏族部落众多，号称“七百嘎珊”。但实有其名的部落有 9 个，即乌布逊部、黄獐子部、珠鲁罕部、辉罕部、彻沐肯部（都沐肯）、女儿国、内海双岛十三礁、扶尼和窝尔浑。另外两个没有部落名称，只有所居岛屿名称，即绿岛和安班岛，我们以地命名为绿岛部

① 郭淑云：《萨满教天穹层次构想与吉数崇拜》，《西域研究》2004 年第 3 期。

② 段宝林：《神话与史诗（上篇）：中国神话博览》，民族出版社 2010 年版，第 24 页。

和安班岛部。

1. 乌布逊部

乌布逊部落自古繁衍、生息于锡霍特阿林的南麓，乌布逊河的支流布鲁沙尔的流域。此区域是一个水肥地广、河网纵横的地区。该部落在多罗锦女罕执政时曾经盛极一时，与周围部落建立起友好的关系，成为当时一个实力雄厚、势力强盛的大部落。多罗锦女罕逝世后，先后执掌乌布逊部落的南罗锦女罕不理族务，贪图享乐；古德罕王肆无忌惮，专横跋扈，自恃部落人多兵强，欺凌周围一些弱小部落，从而使乌布逊部落陷入内忧外患的地步，战乱频仍，生灵涂炭。

正是在这种情况下，乌布西奔受天神之命降临人间，执掌乌布逊50余年，对内整肃内政，废除陋习，建立制度，对外恩威并施，通过部落战争和和平外交，逐步与东海其他部落建立联盟，实现区域统一，拯救了乌布逊及东海女真诸部。在此基础上，举行五次航海活动，开拓了东海海域，扩大了与周边部落的联系。

2. 黄獐子部

黄獐子部位于乌布逊部东南，居于类似鹅头脖子的地方，是东海诸部下海捕鱼、探海远航的咽喉要冲。因其地处战略要地，出海便捷，其他部落纷纷向其讨好献殷，希望与之交好，以求获得出海权。该部也据此战略要地获得渔猎生产优势和丰富的海洋资源，世代以捞捕鱼蟹、海鸟为业，渔业发达，衣食丰盛。夏住巢屋，冬宿崖穴，以兽皮、羽褥、茅葛为席枕，冬暖如春。

黄獐子部以渔猎为主要生产方式，擅养狗、驯狗，部落有专门的驯狗师。族人待犬如子，狗可与人同席共枕。这些经过驯化的狗懂人情，通人语。族人利用狗发明了简单实用的交通工具，夏季用狗棚车，冬季用爬犁，在部落长途迁徙的过程中，发挥着重要的作用。相较其他部落，史诗作品对该部描述较多。一方面，该部地处东海诸部出海的咽喉要地，历来是东海诸部争夺的战略高地，是东海地区一个古老的部落；另一方面，《乌布西奔妈妈》的主体部落乌布逊部与黄獐子部的关系微妙而密切，围绕争夺出海通道、争夺乌布西奔，两个部落展开过多次交战和交涉，最后两个部落建立了相对稳定的联盟关系。

3. 珠鲁罕部

珠鲁罕部位于乌布逊部东部。在东海女真诸部中，珠鲁罕部与黄獐子部血缘关系最近，两部同祖同源，先祖发端于安查干水系。百年前，分别执掌珠鲁罕部和黄獐子部的安查干珠鲁罕和突里吉兄妹反目成仇，突里吉拜奠黄獐子神坛后，远离兄长而去，从此两部无往来。百年后，经过四世女罕的惨淡经营，到班棋、法吉妈妈两代时，经历分分合合，最终两部落重归旧好。两个部落联守鹅头脖子岛入海天堑，训练了一支神速无敌的狗军，联合抵御乌布逊古德罕的侵犯。珠鲁罕部依山傍水，衣食丰盈。该部俗尚穿鹿皮，披发至臀部，擅制乌头箭。

4. 辉罕部

辉罕部位于乌布逊部南部，居山洞中，被称为“辉罕洞人”。与东海诸部相比，该部已出现家奴，奴隶主要来源于战俘。该部生性野蛮，好战，蛮荒不开，素无礼节，盛行诸多恶俗，骇人听闻，其中首推食人之俗最为残忍。主人不仅可互卖奴婢，而且习于嗜杀奴婢食其肉，尤以女吃男奴，男食女婢成俗，主人食之坦然，奴婢视为平常。如异族异部人被辉罕部所掠，则直取其牙为饰物，燧人骨为耳环，磨人骨为器匣。辉罕部另一陋俗是贱老：“老死不号悲，弃野饱狼豺。”使老者不得其养，不得善终。辉罕部长期与乌布逊部为敌，多次发动战争，最后被乌布西奔降服。

5. 彻沐肯部（都沐肯）

彻沐肯部，又称都沐肯部，因女真语音变化而致族称有异。该部在老酋长彻沐肯玛法执政时，因乌布西奔帮助该部控制了传染病而与乌布逊部交好。在其逝世后，后继者常恃势强无敌，与辉罕部联合骚掠乌布逊、珠鲁罕等部，掠男为奴掠女为妻，抢劫宝物，霸占窖藏，为非作歹。乌布西奔率部征服两部，立新主统治，后新主反叛，再次被征服，又立新主，始与乌布逊部同心。然而，该部老罕王的弟弟彻沐肯罕弟及其侄女侄子兄妹自立为罕，霸占南海，与乌布逊部分廷抗礼，最后被征服，献上蟹岛。东海部落战争主要反映古老的乌布逊、黄獐子部与新兴起强大势力的南邻辉罕部和西邻彻沐肯部之间的势力消长。

6. 女儿国

女儿国位于乌布逊部南部的东海莲花岛。此岛因重女轻男而有“女窟之岛”之称。传岛民均由魔女喝岛上池水而成，重女之风世代相沿，生女为仆，降男弃野，鸭鹊怜爱，哺养成人，故男多为盗寇，常秘袭乌布逊。魔女擅舞，诡疑难解，克敌必胜，无人得入岛上，号称“鬼魂难渡”，故又俗称“死亡魔窟”。乌布西奔亲创精美舞蹈，以舞制敌，并最终降服了女儿国国王。

7. 内海双岛十三礁

内海双岛十三礁，原为地名，以地为氏，成为部落名称。部民多为历世被歼海盗之后裔，远徙外岛谋生之浪子。该部女酋巴特恩图虽年届八旬，仍不改嗜杀成性的本性，常食人肉、禽肉等。在她遭毒箭伤身，生命危在旦夕时，乌布西奔亲自熬药，为其诊治、调养，使巴特恩图女罕深受感动，遂降服乌布逊部，成为部落联盟的一员。

8. 扶尼

扶尼部位于鹅脖子岛，族人以渔猎捕捞为生，以海洋生物为衣食之源。俗尚披发裸身，女以鸟羽遮体，男以兽皮缠腰，族众强悍、直爽。因熟悉水性，掌握航海规律，对乌布西奔的探海活动给予诸多指导和帮助。乌布西奔在探海途经该岛时，给他们带来了谷种，并留下随船而来的族人，向他们传授种植方法和经验，深得该部酋长套洛甘玛发及其小女儿霄霄的感激，成为部落联盟的一员。

9. 窝尔浑

窝尔浑部是居于东海窝尔浑岛的一个小部落，由男女两位酋长伯单玛发和苦杰妈妈同时执政。岛民以长毛为主要体征，人人能歌善舞。岛上盛产乌头，居民擅制毒箭射猎。生计以渔猎、采集为主，已出现原始农业。

该部居民谙熟东海海流、气候和航海技术。乌布逊船队两次抵达此岛，受到热情欢迎和盛情款待，并派熟悉水性的水手协助乌布逊的航海活动，发挥了重要作用。乌布逊部也多方帮助岛民，与之建立了友好往来，共结联盟，使窝尔浑部成为九部联盟成员之一。

10. 绿岛部：位于东海绿岛，部落名不详。岛民长发披身，袒胸露肌，唯腰间鱼皮围捆，男女皆佩环饰，习水性，被乌布逊部称为“水鬼”。该部以女性为尊，由女首领管理，男子为仆，掠海上往来者为奴。乌布逊部第三次航海时，船员不幸遭遇水鬼，被掠至该岛为该部成员，后逃脱。绿岛应是一个小部落。

11. 安班岛部：该部多为海盗，以寇抄往来船只为业。乌布逊部船队第一次航行抵此，遭遇海盗，船员全部遇难。其社会组织结构不详。

以上是《乌布西奔妈妈》中记述的东海女真人及其征服的主要部落，为了便于本书的论述，列下表以示。

表 2　**东海诸部基本情况示意表**

名称	徽号	位置	管理模式	生产方式	主要风俗
乌布逊	雕	北	女酋长	江海渔猎	女权，风俗改革前后迥异
黄獐子	棕熊	东南	女酋长	海洋捕捞	养犬、犬祭、女权
珠鲁罕	麋	东	男酋长	渔猎	养犬、驯狗军、披发
辉罕	/	南	男酋长	掠夺	食人、贱老
彻沐肯（都沐肯）	/	西	男女双长	海洋捕捞、掠夺	好战
女儿国	/	南	女双长	女舞男盗	女权、魔舞迷敌
内海双岛十三礁	/	东海岛屿	女酋长	海盗	海盗
扶尼	/	东南	男女双长	渔猎捕捞	披发、裸体、长于海上航行
窝尔浑	/	东海岛屿	男女双长	渔猎、采集	以长毛为美、能歌善舞
绿岛	/	东海岛屿	女酋长	海盗、掠夺	女尊男卑、重环饰
安班岛	/	东海岛屿	/	海盗	海盗

《乌布西奔妈妈》主要以乌布逊部的社会发展为主线，叙述了乌布逊部与其他东海诸部之间的战争与联盟及经济、文化交往，呈现了一幅东海地区早期社会的历史与社会生活长卷。

三　部落社会解析

《乌布西奔妈妈》中涉及东海 11 个部落，他们的内在社会结构与相互关系错综复杂，丰富多元，具有鲜明的地域特色，为文化人类学研究提供了难得的个案资料。

百余年来，随着世界各地人类学调查领域的不断扩展，调查资料的日益丰富，文化人类学理论与方法的渐趋完善，学术视野更加开阔，当代文化人类学对摩尔根时代所提出的一些观点提出了质疑，对摩尔根、马克思和恩格斯的有关思想提出了一系列需要进一步研究的新问题。“当文化人类学开始从孤立地研究各族文化转向在联系中、在相互作用中，把文化作为一个整体来研究：从简单的、单向的进化转向复杂的、多线的发展：从抽象地笼统地用进化阶段来标志文化发展的各阶段转向具体地研究不同阶段、不同地区的文化的具体情况及其背景和根源。”① 这种研究理念和方法是符合世界各民族社会发展实际的，具有客观性和可操作性，为我们考察《乌布西奔妈妈》的社会形态和社会结构提供了方法指导。

《乌布西奔妈妈》呈现的是一个多元化的东海部落社会，具有文化多样性和社会发展多元化特征。文化和社会发展多样性是人类社会的基本形态。世界上不同的民族处于不同的生态环境，自身发展的主客观条件有别，直接影响了文化的多元和社会发展的多元趋势。文化多元现象和社会多元发展并非现代社会独有，古已有之。

近几十年来，多元文化主义（multiculturalism）的社会理论和社会思潮在美国勃然兴起，即是以文化多元现象为基点的。而有关社会发展多样性的思想在马克思晚年所著《人类学笔记》和他提出的“卡夫丁峡谷”理论中，即已蕴含。正如有学者指出：“文化人类学带给晚年马克思的，是对古典社会进化理论的超越。马克思已经认识到：不同国家和民族的起源、地域环境和历史过程各不相同，它们的历史发展道路也不可能完全一致。从这个意义上说，马克思在一百多年前，就已有了‘文化相对论’的思想。”②

诚然，《乌布西奔妈妈》既不是信史，也不是民族志，它对特定族群社会发展形态的反映，只是一个缩影和折射。因此，本章主要依据史诗文本提供的信息，对东海部落社会的主要问题进行具体的解读，力求呈现其独特的景观。

（一）东海诸部生态环境、生计方式和族系构成具有多样性

在东海诸部中，尽管都处于东海地区，均以渔猎生产为主要生计方式，

① 参见陈胜华、刘鸿辉《马克思与文化人类学》，《中国社会科学》1987 年第 5 期。

② 陈建宪：《马克思、恩格斯与文化人类学——马克思〈人类学笔记〉和恩格斯〈家庭、私有制和国家的起源〉札记》，《西北民族研究》2008 年第 2 期。

但东海诸部的政治制度、风俗习惯、社会发展水平均不尽相同，社会发展不平衡。这一点恰与满族先世女真人的社会历史发展状况相契合。

从东海诸部的地域分布来看，乌布逊、黄獐子、珠鲁罕、辉罕、彻沐肯五部居锡霍特山区，主要依锡霍特山区密布的江河和山林从事渔猎生产，也入东海捕猎海兽。乌布逊部祖先主要以闯海、驾筏入海，捕猎海鲸、海狮、海豹等海兽为业，后来主要依托江河进行渔猎生产，经过五次航海，完成了向海洋渔猎民族的转变。黄獐子、珠鲁罕部位于东海诸部的出海要冲，具有得天独厚的海洋资源，世代以捞捕鱼蟹、海鸟为业，应为海洋渔猎民族。扶尼、窝尔浑、女儿国、内海双岛十三礁、绿岛和安班岛均为东海岛屿，依托海洋资源为生，除扶尼、窝尔浑两部，其余部落兼行或专事海盗业。

生态学是文化多样性最为直接的学理基础。生态多样性直接影响了文化多样性。东海诸部生活方式、社会发展、文明程度和风俗习惯都不尽相同，甚至迥然有别，与生态的多样性有直接关系。

从东海诸部的族系构成看，居于锡霍特山区的乌布逊、黄獐子、珠鲁罕、辉罕、彻沐肯等部落语言相通应属东海女真族系。女儿国、窝尔浑、绿岛部、安班岛等海岛部落语言“迥异大陆”，风俗各异，其族属应与女真族系不同。至于内海双岛十三礁和扶尼部的族属不甚清晰。这说明，《乌布西奔妈妈》中的古代东海部落族系是多元的。这些部落同处东海区域，统称为东海诸部。从东海地区地域联盟的构成看，乌布西奔逝世后，东海九部联盟成员“乌布逊、黄獐子、彻沐肯、辉罕、珠鲁罕、安查干、外海石窟、扶尼、窝尔浑……九部共祭乌布西奔妈妈英魂”。这里，“安查干水系”为彻沐肯残部所居，不构成一个独立部落，“外海石窟”即“内海双岛十三礁”，加上女儿国共九部，构成东海部落联盟的核心成员。此外，还有众多来自内海和外海的无名归顺者。但安班岛部和绿岛部则不在联盟范围内，此二部在乌布逊部探海途中使其船队罹难。

不难看出，东海诸部虽总的来说均地处东海地区，但各部的生态环境、生产生活方式、族系构成以及相互之间的关系都相当复杂，充分体现了文化和社会发展多样性特点。

（二）东海诸部的政权形式丰富多样

东海诸部的政权形式可分为以下几种类型：

1. 世为女酋长

《乌布西奔妈妈》中的黄獐子部落是东海诸部中一个重要部落。该部落的酋长已传四世，均为女性，即突里吉、班尔金、班棋和法吉凌。突里吉、班尔金和班棋之间的关系如何，史诗未作交代，但班棋和法吉凌之间没有血缘关系，法吉凌甚至不是黄獐子部人。她本为鹰崖野猎人，在一个风雪交加的冬夜，老罕王班琪妈妈遇见生命危在旦夕的法吉凌，遂冒着风雪将她救起，用狗爬犁将其拉回部落，调养好她的身体，并待如亲女，传授技艺。在班琪逝世后，法吉凌不仅受到该部落的承认，而且受到族众的爱戴，被黄獐子部民公推为女罕，继承了班琪妈妈的罕位。

女儿国是一个纯粹的女性世界，一个充满神话色彩的女性社会该岛国不仅历来由女性执政，而且族众也皆为女性。女罕俗称比干女魔（野魔），组织舞女以舞诱敌、以舞迷敌、以舞制敌，无往而不胜，并以此降服邻国，令各部贡献本地特产。在乌布西奔妈妈执掌乌布逊部之时，女儿国由两位女罕波其吉、波其西共同执掌岛国事务。她们沿袭以往的传统，使包括乌布逊部在内的东海诸部莫不深受魔女和男盗之侵扰。此外，内海双岛十三礁的酋长巴特恩图首领和东海绿岛部酋长也都为女性。

2. 男女酋长相继

这种类型以乌布逊部最为典型。乌布逊部的酋长之位至乌布西奔已传至四代，即多罗锦妈妈、南罗锦妈妈、古德贝子和乌布西奔。除古德贝子外，其他三位酋长均为女性。古德贝子继承的是母亲部落的酋长之位，即他是以外甥的身份接替其姨妈南罗锦妈妈成为乌布逊部的酋长，最后又以禅让的形式，将酋长之位交于乌布西奔。

3. 男女酋长同时执政

徊沐肯部落的酋长世袭很有特点，已经历两任男酋长，即徊沐肯大玛发和姆尔吉。前者与乌布逊部友好，后者则反叛乌布逊部，乌布西奔征服该部后，两次立新主，以加强对该部的统治。但该部老酋长的弟弟徊沐肯弟罕与他的侄女侄子依尔哈娜兄妹霸占南海，自立为王，依尔哈娜兄妹号称“徊沐肯兄妹霸主”。男女两位酋长同时执政，他们之间是兄妹关系。

窝尔浑岛也是男女两位酋长同时主政，即伯单大玛发和苦杰大妈妈，应为夫妻关系。

扶尼部落的酋长制亦为男女两位酋长同时执政，即套洛甘玛发和霄霄，他们之间是父女关系。

4. 世为男酋长

珠鲁罕部落是一个世为男罕的部落，已传四代，即珠鲁罕、安罕斡、图耶玛法和班金玛发。世为男罕的部落还有辉罕部，辉罕部的酋长也历四代，即第一代辉罕王、巴音和由乌布西奔在平定判乱后先后确立的两位辉罕新主。

为了便于叙述和读者了解，特制下表加以说明。

表 3　　**东海诸部酋长世袭表**

（1）乌布逊部

姓名	性别	代际关系	性格特征	主要事迹
多罗锦	女	/	平和	内部稳定，四邻和睦
南罗锦	女	多罗锦姐	自大、好战	四邻不睦；不理族政，大权旁落
古德贝子	男	南罗锦外甥	专横、贪财、好战、好色	盲目侵犯黄獐子部落，不接受乌布西奔，怕死、狭隘，后改变
乌布西奔	女	奉命降世	仁慈、智慧、勤政、信念执著	统一东海诸部，创立各项制度、开拓日本海域

（2）黄獐子部

姓名	性别	代际关系	性格特征	主要事迹
突里吉	女	/	个性独立	与珠鲁罕兄长决裂
班尔金	女	/	/	/
班琪	女	/	仁慈	救回法吉凌
法吉凌	女	班琪义女	慈爱、勤政	恭迎乌布西奔、与珠鲁罕修好

（3）女儿国

姓名	性别	代际关系	性格特征	主要事迹
波其吉、波其西	女	/	善迷幻舞，并以舞制敌，有魔女之称	与乌布逊部比舞失败，诚降乌布逊部，献传世神裙

续表

（4）内海双岛十三礁

姓名	性别	代际关系	性格特征	主要事迹
巴特恩图	女	/	嗜杀成性	中毒箭，接受乌布西奔救治，诚服乌布逊

（5）绿岛

姓名	性别	代际关系	性格特征	主要事迹
/	女	/	威严、慈善	部下将乌布逊部航海船员掠至岛上，以族规和特定仪式，为他们行入族礼

（6）珠鲁罕部

姓名	性别	代际关系	性格特征	主要事迹
珠鲁罕	男	/	气盛	与黄獐子部决裂
安罕	男	/	/	/
图耶玛法	男	/	暴躁、狭隘	进攻黄獐子，后和好
班金玛发	男	/	/	与乌布逊建立友好联盟

（7）辉罕部

姓名	性别	代际关系	性格特征	主要事迹
辉罕玛发	男	/	接受新事物，破除部落陋习	接受乌布西奔传授破陋习之法，与乌布逊部交好，共举乌布西奔为锡霍特地区萨玛
巴音	男	/	力大、好战、反复无常	反叛、骚掠乌布逊部，被乌布西奔的鹰、兽战术所败
新主	男	/	反复无常	乌布西奔所立，管理本部，初与乌布逊部交好，后反叛
新主	男	/	/	与乌布逊部友好

（8）彻沐肯部（都沐肯）①

姓名	性别	代际关系	性格特征	主要事迹
彻沐肯玛发	男	/	爱民、友好	部落突发传染病，请求乌布西奔帮助，与乌布逊部结盟，使之打通西路
姆尔吉	男	/	力大、好战	反叛、骚掠乌布逊部，被乌布西奔的鹰、兽战术所败
新主	男	/	反复无常	乌布西奔所立，管理本部，初与乌布逊部交好，后叛

续表

（8）彻沐肯部②

姓名	性别	代际关系	性格特征	主要事迹
彻沐肯弟罕	男	叔	诡计多端	搬弄是非，挑拨新主与乌布逊部的关系，被乌布逊征服
依尔哈娜及其兄	女、男	侄女、侄子	号称彻沐肯兄妹霸主	依靠叔叔彻沐肯弟罕霸占南海，被乌布逊部征服，献出蟹岛

（9）窝尔浑部

姓名	性别	关系	性格特征	主要事迹
伯单大玛发和苦杰大妈妈	男、女	夫妻	好客、助人	协助乌布逊部探海

（10）扶尼部

姓名	性别	关系	性格特征	主要事迹
套洛甘玛发和霄霄	男、女	父女	好客 助人	协助乌布逊部探海

东海诸部政权形式的丰富多样，从一个侧面体现了东海诸部社会发展的多样性，在东海地区应具有普遍性，但也体现出鲜明的特点。

1. 双酋制盛行

所谓双酋制，即由两位部落酋长共同执掌氏族部落的权柄。在《乌布西奔妈妈》中，双酋现象在东海诸部中盛行，其中女儿国由两位女酋长同时执政，彻沐肯、窝尔浑、扶尼三部同时由男女双酋长主持部落事务，二者均具有亲缘关系，有兄妹、父女和夫妻三种关系。乌布西奔逝世前，立遗嘱，由乌布逊部的三位女萨满特尔沁、特尔滨、都尔芹联合担任该部酋长，并联合执掌九部联盟，形成多酋管理的模式。东海诸部的双酋与多酋政治形式，虽然总体上是这一地区氏族部落时代酋长产生原则的体现，但二者性质不尽相同。双酋制是东海诸部根据自身社会发展需要自主选择的一种政权形式，多酋联合执政则更多地体现了乌布西奔的意志。

两名酋长同时执政的现象在历史上并非鲜见，但两位酋长的分工和权力结合模式不尽相同。西非一些地区，执掌神权和执掌政权的两个国王同时统治着一个地区，其中执掌神权之王实际上是至高的，他掌管着天气等等，并有权制止一切活动。在东印度岛屿、帝汶岛的某些地方，也有类似西非掌握行政权的国王与掌握宗教事务的国王那样权力分开的情况。帝汶岛上一些部落承认两位土王：普通的或行政的土王，专管民事；当作神灵崇拜的或禁忌的土王，主管有关大地及其一切产品之事。在英属新几内亚的墨科地区实行双酋长制。当地土人按照家族系统的情况分为两类，各有自己的酋长：一位是作战的酋长，一位是执行神职的酋长。[①] 这种类型的双酋制实质上是在人类早期社会巫王合一政权模式的基础上，实现巫王分离，分别掌管政务和宗教事务的一次变革，说明宗教神职人员具有崇高的社会地位。

与上述地区双酋长分掌政权、神权的权力结合模式不同，古代阿尔泰语系各民族通用的“双王制”，共同管理军政事务，但二者并非完全等权，分正、副王。如喀喇汗王朝统治机构的组织形式，采用汗族长支为大汗，称阿尔斯兰汗（意为狮子汗），治巴拉沙衮；幼支为副汗，称博格拉汗（意为公驼汗），先治怛逻斯，后迁喀什噶尔，以后又迁回怛逻斯。[②]

这种双长制在女真社会也曾盛行。金代女真先世完颜部乌古乃为部落联盟长时，以同部别一家族的族长雅达为副。以后部落联盟日益壮大，乌古乃子劾里钵与弟颇刺淑，乌古乃子盈哥与侄撒改，劾里钵子阿骨打（即金太祖）与堂兄撒改，均为相辅相成的两头政长。《金史》卷70《撒改传》，“太祖（阿骨打）称都勃极烈（即部落联盟长），与撒改分治诸部：匹脱水以北，太祖统之；来流水人民，撒改统之”[③]。有学者将这种政体称之为“两头政长”，认为阿骨打以前，女真人尚未进入国家的门槛。除最初的雅达外，并立的酋长或为叔侄，或为兄弟，均是同一家族的成员，从而体现着部落酋长推举原则和由血统决定的继承原则的结合。地位仅次于联盟的酋长，在《金史》中被称作“国相”，实即联盟长处理联盟事务的主要辅佐。明初女真部落内，二三酋长的并立，是习以为常的现象。[④] 明代叶赫部也存在这种双长制，清佳砮和杨吉砮都是该部首领。史载：“长，清佳砮；次即

① 参见［英］詹·乔·弗雷泽：《金枝》，徐育新、汪培基、张泽石译，大众文艺出版社 1998 年版，第 269—270 页。

② 马大正、冯锡时：《中亚五国史纲》，新疆人民出版社 2005 年版，第 34 页。

③ 《金史》卷 70《撒改传》。

④ 刘小萌：《满族的社会与生活》，北京图书馆出版社 1998 年版，第 98 页。

杨吉砮。能抚诸部，依险筑二城，相距可数里，清佳砮居西城，杨吉砮居东城，皆称贝勒。”①

可见，《乌布西奔妈妈》中的双酋制和多酋制是有其历史基础的，两位酋长同为家族成员的模式一如女真社会的“两头政长。”。但其权力结合模式既不同于政权、神权两立的双酋制，也不同于女真先民一正一副的双王政体，而是政权与神权统一和双酋并立，并无主副之分，表明史诗作品反映的氏族部落的政权形式更为古老。

2. 女权男权并存，女权尤重

民族志调查表明，在世界许多地区，经常出现一种现象，即相邻的部落，在同一地理条件下，经济形态相同，生产力的发展水平也相近，但社会组织形式却大相径庭。这种实例在澳洲、美洲和世界许多地区比比皆是。如在亚马孙河流域，在同一个历史同一民族地区的范围内，许多部落的生产力发展水平相似，但社会组织形式各异。我们从中发现维托托人，库别奥人、图卡诺人和亚马孙河流域西北部的其他一些部落是纯父系氏族，圭亚那的洛到诺人是母系氏族，帕利库尔人是非纯父系氏族，兴古河上游的一些部落在其未与欧洲人实际交往以前，没有氏族组织，是由母系家庭经济组成的地域公社。H. A. 布季诺夫和 B. P. 卡博在其著作中指出了社会组织形式的这种多样性，特别是新几内亚和澳大利亚的许多部落的多种氏族形式。②

《乌布西奔妈妈》没有提供东海诸部世系的相关信息，尽管从作品中透露的一些蛛丝马迹，诸如世代因袭杂婚，“只知其母，不知其父”的结果自然以母系计算世系，以及东海诸部女权盛行、女性地位较高和舅权突出等现象推测，东海十一部中一些部落尚处于母系社会阶段，其中以女儿国最为典型。但对东海诸部的社会性质很难做出全面的正确的判断。因此，这里仅就东海诸部政权结构中女权和男权的地位问题，作一初步讨论。

由于生态环境、思维方式、族群心理、文化传统以及社会发展历程等因

① 《清史稿》卷 223《列传 · 杨吉砮》。

② 参见恩 · 阿 · 布季诺夫《新几内亚的巴布亚人（经济、社会制度）》，弗 · 勒 · 卡博《采集狩猎者的原始社会》（根据澳大利亚的资料），转引自［苏］A. И. 别尔什茨主编《原始社会》，中央民族学院出版社 1987 年版，第 62 页。

素，东海诸部各自选择了适合自己发展的政权形式，从而呈现出丰富多样的权力构成：女权、男权并存，既有男性独掌大权的部落，如珠鲁罕、辉罕和彻沐肯一部，世为男酋长，从没出现过女首领；也有男女同时执政的部落，如彻沐肯二部、扶尼和窝尔浑三部。但从总体情况看，女权较为突出，女性的社会地位较高，应为东海部落社会的基本特点。

首先，女权在东海大多数部落政权结构中占据主导地位。

在东海十一部中，女性参与管理的有八个部落，其中世为女酋的部落，有黄獐子部、女儿国；时为女酋的部落，有内海双岛十三礁和绿岛部；历任酋长中以女性为多的部落，有乌布逊部，此外还有三个部落男女同为酋长，表明女性执政在东海氏族部落时代具有普遍意义。在这种权力构成模式中，女权占据主导地位。特别是在东海联盟中居核心地位的乌布逊部及其早期盟友黄獐子部，女权得到充分的保障，在部落管理方面发挥了重要的作用。黄獐子部四代酋长皆为女性，其中第四任酋长法吉凌并非来自该部落。她本为外族人，被老罕王班琪妈妈收养为义女，与收养人和该氏族的某些成员发生了亲属关系，接受该部落的教育，也因此享有该氏族的一切权利，最终被推举为部落的女酋长，这从一个侧面体现了黄獐子部女性具有较高的社会地位和女权突出的传统。

其次，女酋长权力集中，拥有崇高的权威。

在身兼萨满、部落酋长和部落联盟首脑的乌布西奔及其继任者身上，体现了女权的高度集中。萨满与酋长合一现象是人类社会特定历史时期的产物。这是一个适应社会的需要而产生的酋长兼萨满或兼行萨满职务的政教合一时代，他们将各种宗教手段运用于政治、军事、外交等事务之中，政权与神权二者相辅相成，对当时的社会发展以及文明的起源，产生了深远的影响。

乌布西奔一生立下了不朽的丰功伟绩，与她集政权与神权于一身有着密切的关系，她的萨满身份及其宗教职能的实现，为她主政乌布逊部和九部联盟奠定了权威基础。她既是一位政治首领，实行了一系列社会改革和原始文化建设，同时又是一位军事统帅，运筹帷幄，通过一系列部落战争，完成了统一东海地区的大业，并被推举为部落联盟首领和总祀萨满，成为东海地区集政治、军事和宗教权力于一身的最高领袖，拥有崇高的权威，从某种意义上说，她的意志极具权威性。如在航海寻找太阳之宫一事上，也有船员表现出顾虑，但只要她一声令下，如同圣旨下达，即使付出生命，也在所不辞。乌布西奔对接班人的安排，即由她的三位萨满弟子联合兼任乌布逊部酋长和九部联盟首领的遗嘱，九部落酋长无不恭谨遵从，体现其权力与意志的统一和高度集中。这种集权实质上有违于氏族部落社会的民主制，但在乌布西奔身上体现得如此完美，只能归功于史诗作品对乌布西奔人物形象近乎"完人"的塑造。

当然，东海诸部女权的发展也是参差不齐的，其中以乌布逊部和女儿国的社会发展形态最具代表性。乌布逊部已经出现家长奴隶制，并有着较为发达的长老制，女酋长的兄长在部落事务中发挥着较为重要的作用。女儿国则处于相对初级的母系氏族社会，女性至上是该部落的法则。这种社会发展的不平衡性和社会组织形式的多样性，亦非特例。正如英国著名学者卡纳博士所指出："在不同的时期，在不同的具体社会中间，母权制的发展是互相参差、而且很不平衡的。上述情况也反映在整个氏族制的发展上。因此，有些母权制氏族社会只能停滞在，也必然停滞在十分不发展的形态中，另外的一些则会走向高度发展的形态。"[①]《乌布西奔妈妈》以恢弘的社会图景，为我们展示了部落社会丰富多样的组织形式和社会结构。

就男女社会地位而言，因不同的部落和不同的历史条件而各异。女儿国是一个极致的女性至上的部落，生男弃之于野，任其成长，多为盗。绿岛部男子为女罕的仆人。但在部落战争中，女性多沦为奴隶，甚至被掠为性奴，亦属常见。在和平时期的部落生活中，男性、女性基本上能够和睦相处，即使在黄獐子和乌布逊等女权部落，男性被奴役的现象并不多见。那些掌握生产技术的猎手，掌握航海技术的水手、舵手，谙熟海洋变化的"海事通"等"技术型"男子颇受尊重。在这些部落女性地位较高，主要表现在她们参与管理，行使职权方面，这从女酋长和女萨满群体的出现可见一斑，另一方面，"妇女是家里的主人"，[②] 直至近代，这种观念在我国北方民族中仍然沿袭不衰。

---

① ［英］Harry Cutner：《性崇拜》，方智弘译，湖南文艺出版社 1988 年版，第 142 页。

② ［德］恩格斯：《家庭、私有制和国家的起源》，《马克思恩格斯选集》（第四卷），人民出版社 1995 年版，第 159 页。

3. 甥舅地位特殊

《乌布西奔妈妈》塑造了两个特殊的男性人物形象，一是乌布逊部的老酋长古德贝子，一是乌布逊部的长老齐齐尔德，在乌布逊部占有重要地位。古德贝子继承其姨妈南罗锦的酋长之位，治理乌布逊部多年。齐齐尔德是已故酋长南罗锦的长兄，古德贝子的舅舅，在前乌布西奔时代，每当乌布逊面临生死存亡的重大时刻，齐齐尔德总是挺身而出，英明决断，如力主迎请乌布西奔回乌布逊部执掌神坛；对古德罕执行族规惩罚等，对乌布逊部的社会发展发挥了重要作用。

古德贝子继承罕王和齐齐尔德舅权作用的凸显，体现了母系社会的某些制度与习俗和东海女真社会的特点。古德贝子是酋长南罗锦的外甥，又是该部首任酋长多罗锦的儿子。无论是子承母职，还是甥继姨位，古德贝子担任该部的酋长，都符合母系社会的原则，反映了外甥在母系氏族中的特殊地位。兄弟担任姐妹氏族的酋长，外甥担任姨母氏族的酋长，儿子担任母亲氏族的酋长，在母系氏族社会是非常普遍的现象。从根本上说，这是母系社会继承制度的体现。这种继承制在国外一些原始部落和我国的一些少数民族中，都保留着某些遗迹。如曾处于母权制下的北美印第安人，有许多氏族部落的财产继承制都是母亲的财产传给子女，如无子女，则传给她的嫡系或旁系的姊妹。永宁纳西族的财产继承制也大体遵循着这种规律，即祖母死后，财产由子女集体继承；舅舅的财产由甥男继承。正是在这种财产分配制度和婚姻制度下，形成了外甥在母系氏族中特殊的地位。“在以母系氏族为基础组成的部族中，通常是前任者的幼弟或母方的外甥被选为新领袖。”[①] 从这种现象引起人类学家广泛关注这一点，足见其具有一定的普遍意义。

在母系社会结构下，“家族的首领不是女子而是妻的兄弟，儿童们都在舅父手下生长，而不是在父亲手下生长”。[②] 从而使舅权显得尤为重要。齐齐尔德的舅权在史诗作品中得到充分发挥。当乌布逊部因古德罕王的贪婪和

---

① ［英］爱德华·B. 泰勒：《人类学——人及其文化研究》，广西师范大学出版社 2004 年版，第 403 页。

② 陈国钧：《文化人类学》，三民书局 1977 年版，第 156 页。

征战，陷入内忧外患的困境时，齐齐尔德深知只有乌布西奔能够拯救乌布逊部，他苦口婆心劝说古德罕将被黄獐子部请为萨满的乌布西奔迎请回本部，语重心长："额真，要顺大家的心，还是请乌布西奔萨玛，主持神坛，助我乌布逊。除了她，哦咧咧，谁还能有这样心肠和威信?"[①] 为了重新给古德罕一个改正错误的机会，重树威信，齐齐尔德力主对古德罕按祖制举行神验，并对他循循善诱，爱护之情溢于言表："黑熊从高树上掉下，照样还要爬树，皮肉挨打，伤疤好了就能忘记痛吗？谁能还敢相信你的誓言？按照乌布逊古老的祖训，只有让祖先和神明裁决你的心迹，是真，是假，是虚，是实，我们众人才敢奉你为罕，听你的安排!"[②] 古德罕和齐齐尔德这对甥舅在乌布逊部的特殊地位，为史诗作品增添了独特的意韵。

第二节 部落联盟

《乌布西奔妈妈》描述的东海诸部从分立走向统一的过程经历了一个漫长的过程，仅乌布西奔担任酋长，治理东海的时间即长达50年。这是一个动荡和变革的历史岁月，社会经济的发展，部落之间频繁的战争和联系的加强，极大地促进了东海诸部社会的发展，在社会组织形式方面，也发生了诸多变化。

一 部落联盟的形成

随着部落之间联系的加强，特别是部落之间战争的日益频繁，部落联盟应运而生。在北美印第安人中："一个部落一旦分化为几个部落之后，这几个部落各自独占一块领土而其领土互相邻接，于是它们便以同宗氏族为基础，以方言接近为基础，重新结合成更高一级的组织，这就是联盟。氏族所体现的亲属感情、各氏族的同宗关系，以及他们的方言仍能相互理解，这三者为联盟提供了重要的因素。因此，联盟以氏族为基础和核心，以共同语系为范围。所以从来没有人发现一个联盟，其范围超出共同语系各方言之外

① 鲁连坤讲述，富育光译注整理：《乌布西奔妈妈》，吉林人民出版社 2007 年版，第 56 页。

② 同上书，第 59 页。

者。倘若越出这种自然的范围，那是不同族类的分子被迫加入其组织所造成的。”①

事实上，部落联盟并不仅以血缘为基础，由地域相邻、利害一致的非血缘部落组成的部落联盟历史上比比皆是。《乌布西奔妈妈》反映的部落联盟即包括这两种类型。

《乌布西奔妈妈》中，先后缔结部落联盟的九部有乌布逊、黄獐子、珠鲁罕、辉罕部、彻沐肯部、女儿国、内海双岛十三礁、扶尼、窝尔浑岛，称“九部联盟”。这些部落原本各自分立，经过乌布西奔半个多世纪的经营和治理，最后实现了统一。

从《乌布西奔妈妈》中反映的整个东海诸部社会变迁的历程看，东海诸部正经历由氏族部落向部落联盟过渡，史诗描写的恰是这样一个历史进程。东海诸部经历长期的战乱、动荡的生活和部落战争，各部落的社会组织发生了诸多的变化，部落与部落之间的关系也发生了诸多的变迁，几经分合，最终形成一个统一的部落联盟。由部落分立逐渐走向联盟，形成一个以政治、军事为主的共同体，实现了区域的统一，推动了社会的进步。

史诗开篇描写的东海地区是一个灾难深重的社会。其苦难主要源于战乱和诸部之间的战争：

世道，不言天理、人情、公正，
世道，不讲正义、友助、共荣。
只有强者吞噬弱者，弱者沦为奴仆，
只有少者吞噬老者，老者沦为骸骨，
只有邪恶代替美善，美善沦为低贱，
只有大族征服小寨，小寨沦为附庸。
东海夜夜悲歌——悲歌不息，
东海日日厮杀——厮杀不息，

① ［美］路易斯·亨利·摩尔根：《古代社会》（上），杨东莼、马雍、马巨译，商务印书馆 1981 年版，第 121—122 页。

东海月月腥风、血雨，
东海岁岁苦泪、暴戾，
海水本是银的、金的、甜的、香的，
海水今是红的、黑的、苦的、臭的，
浪涛白鸥，
往日翩写东海福寿永享，
浪涛白鸥，
今日翩写东海患祸连绵。[①]

造成这种战乱局面的主要原因是当时部落分立的格局。由于各种利益和矛盾的冲突，导致各部落之间战事不断。在东海诸部分立的总体格局中，由于血缘、地域及利益等方面的因素，特别是为了适应军事和政治形势的需要，诸部落之间逐渐形成小的部落联盟。这种联盟多为暂时的，并以血缘为基础者居多，尚没有形成以共同文化和共同心理为基础的统一体。

珠鲁罕与黄獐子原为同祖，是血缘关系密切的两个部落。一百年前，两部来自同一条水系，原为同一个氏族，因故发生分歧后，突吉里与珠鲁罕兄长分裂，拜祭黄獐子神坛，新立黄獐子部落。经过近百年的沧桑变化，两个部落几度分合。它们之间的联合在于同根同源，有着血缘上的联系，因而即使发生矛盾，也较容易和解。它们之间的争执和矛盾主要表现在争夺势力和权威方面。黄獐子部试图改换部落徽号，弃黄獐子旧徽号，新立棕熊徽号之举，引起珠鲁罕部酋长图耶玛发的勃然大怒，视之为黄獐子部“得势张狂”、“傲慢逞强”的表现，并派出七百名驯鹰的奴隶出征黄獐子部。黄獐子部慑其势强，遂暂时放弃了更换徽号的念头。由此可见，在人类早期社会，部落之间不仅有利益之争，亦有势力之争。两部落最终和好也是基于血缘的联系和共同的利益。当日渐强大的乌布逊部对两部落构成威胁时，联合起来，共对强敌，是他们最好的选择，两部落的根脉相连则为他们的联合提供了基础。乌布西奔对两个部落酋长的谆谆教诲

① 鲁连坤讲述，富育光译注整理：《乌布西奔妈妈》，吉林人民出版社2007年版，第22页。

也是基于这一点：

黄獐子与珠鲁本属
亲手足、同根藤，
就该和睦相集，心心相印。
忌恋干戈，永抛积怨，
兄弟常依依，携手退顽敌……[①]

乌布西奔的话如“拨云见日”，“一石击响千层浪，一语顿消百世恨。萧墙频祸化玉帛”，[②] 珠鲁罕部和黄獐子部从此结成长期、友好的联盟。乌布西奔也因劝诫两部落和解有功备受推崇，不仅黄獐子部的首领法吉凌妈妈对她言听计从，奉为本部大萨满，即使是强悍暴躁的珠鲁罕部酋长图耶玛发也对乌布西奔感佩有加，从此两个血缘部落结成了牢固的联盟，也为后来乌布逊部与其建立联盟关系奠定了基础。

彻沐肯部情况较为复杂，内部支系较多，继承老酋王的一支恃强经常骚扰乌布逊部，被乌布逊部战败，立新主管理。另一支系原由彻沐肯弟罕掌权，后由其侄子、侄女共同主政，依靠其叔叔霸占南海，寻求欢乐，成为一方霸主，构成对乌布逊部的巨大威胁。彻沐肯部两个支系内部虽有矛盾，但当面对共同敌人时，血缘关系的纽带不容低估。彻沐肯弟罕挑拨由乌布西奔所立新主与乌布逊部的关系，促使其反叛，与之站在同一立场，从中可以看出血缘的重要性。

这种以血缘关系为纽带建立起来的部落联盟模式是人类早期社会最初始的、最普遍的联盟形式，也是当时社会的一个基本法则，即血缘关系至高无上。这表明在当时的社会结构中，血缘关系具有非常重要的意义，它不仅是人与人之间联系的主要纽带，而且是部落之间联系的重要媒介，在社会生活中，发挥着重要的作用。据摩尔根的发现和研究，易洛魁人的部落联盟即是以血缘亲属关系为基础的。“大多数的美洲印第安人，都没有

① 鲁连坤讲述，富育光译注整理：《乌布西奔妈妈》，吉林人民出版社2007年版，第47页。
② 同上书，第48页。

超过联合为部落的阶段，他们的人数不多的部落，彼此由广大的边境地带隔离开来，而且为不绝的战争所削弱，这样他们就以少数的人口占有辽阔的地区，亲属部落间的联盟，常因暂时的紧急需要而结成，随着这一需要的消失即告解散。但在个别地方，最初本是亲属部落的一些部落从分散状态中又重新团结为永久的联盟，这样就朝民族［Nation］的形式跨出了第一步。在合众国，我们在易洛魁人中间，便可以见到这种联盟的最发达的形式。”①

血缘关系所以在社会组织构成中具有如此重要的地位，源自人们对血缘的依赖。从根本上说，生产力的低下，生产规模的狭小，使人们与外界的联系较少，人与人之间的联系主要在氏族和部落内部。此外，血缘部落联盟的出现也缘于氏族与部落社会组织的长期存在，人类最早最基本的组织形式氏族是以血缘为纽带而产生的，所以最初的部落联盟顺理成章地要以血缘为基础。正因如此，人与人之间的相互依赖和信任关系也自然建立在血缘关系的基础上，这是人类的一种共同心理。我国周初有一位史佚，著有《志》，后人称为《史佚之志》，其中即表达了“非我族类，其心必异”的思想，这种排斥异族的思想意识，从一个侧面反映了先民对非血缘群体不信任的心理。

摩尔根在《古代社会》一书中详细地记述了易洛魁人部落联盟制度的团结原则，并不仅仅基于相互保卫结成同盟之共利益，其根深蒂固的基础更存在于血缘关系的纽带之中：“联盟在表面是建立在部落的基础上，而推原溯始，其基础是在于共同的氏族。同一个氏族的成员，无论他们分属于摩霍克部、鄂奈达部、鄂农达加部、卡尤加部或塞内卡部，彼此都是兄弟姊妹，因为他们是从一位祖先传下来的子孙；他们是以十分诚笃的态度来承认这种关系的。”②《乌布西奔妈妈》中的部落联盟最初的形式，与易洛魁人的部落相类似，即是以血缘为纽带的血缘部落。

在《乌布西奔妈妈》中，不仅有血缘联盟，还出现了以共同利益为基

① ［德］恩格斯：《家庭、私有制和国家的起源》，《马克思恩格斯选集》第4卷，人民出版社1995年版，第92页。

② ［美］路易斯·亨利·摩尔根：《古代社会》（上），杨东莼、马雍、马巨译，商务印书馆1981年版，第130页。

础的非血缘部落联盟。辉罕部和彻沐肯部即是两个以共同利益为基础的地缘联盟。辉罕部的酋长巴音和彻沐肯部的酋长姆尔吉均为力大无穷的勇士，“能力挽铁弩八百石，万夫莫挡”，并因此自恃强势无敌，常常联合起来骚扰乌布逊、珠鲁罕等部，掠夺人口、财产，使乌布逊、珠鲁罕等部族人闻风丧胆，四处逃散。辉罕部和彻沐肯部的共同利益就是一同对付乌布逊等部，这种战争态势既强化了辉罕部和彻沐肯部两部落之间的结盟，也进一步加强了乌布逊、珠鲁罕、黄獐子等部落之间的联合，形成东海地区最初的两大部落联盟势均力敌，相互抗衡。从其类型看，辉罕部和彻沐肯部的联盟是非血缘部落联盟，乌布逊、珠鲁罕、黄獐子三部联盟则兼具血缘和地缘结合的特点。珠鲁罕和黄獐子部是两个具有血缘关系的部落，建立了相对稳固的联盟。乌布西奔幼年曾被黄獐子部酋长法吉凌妈妈收养，奉为萨满，备受礼遇。按照部落社会的收养原则，乌布西奔具有与被收养部落族人同样的权益，从这个意义上说，乌布西奔与黄獐子部有一种特殊的机缘。因她成功促成黄獐子部与珠鲁罕部重归于好，受到两个部落的尊崇和拥戴。她被乌布逊部恭迎本部后，与黄獐子部与珠鲁罕两个部落续写友好的篇章，建立了较为牢固的联盟关系。史诗详细记述了三部落联盟的盛况：

“乌布林今天降临喜讯啦，
黄獐子部、珠鲁罕部
兄弟来同贺，
并愿与乌布逊结伙相联，
做乌布逊旗纛下
英雄一员！”
……
欢乐啊，兄弟相聚，乌咧哩，
再没有了厮杀、猜忌，乌咧哩，
各部拥戴乌布西奔为总祀萨玛，
各部推拥乌布林古德罕为盟长玛发。
歌舞，欢宴，
连连两个通宵，

众部落男女忘掉了疲劳。[①]

从史诗文本可以看出，三部落是在自愿、友好的气氛下缔结联盟的。联盟暂时避免了争战，给人们带来了安定，故如盛大的节日，备受人们欢迎，人们载歌载舞，把酒庆祝，一派欢乐祥和的景象。从中可看出人们对和平和安定生活的渴望。从三部联盟的内在结构看，三部落中以乌布逊部为主，其他两部虽各有自己的酋长，但共举乌布逊部的旗帜，共同拥戴乌布逊部的古德罕王为部落联盟酋长、乌布西奔为总祀萨满，从而实现以共同的信仰为基础的政治、军事联盟。联盟缔结后，各部仍由自己的酋长管理，黄獐子部的法吉凌妈妈、珠鲁罕部的班金玛发和乌布逊部古德罕王各自管理本部落的事务。遇有战事或重大事情，三部落方共同行动。

缔结联盟时要举行隆重的祭祀仪式，通过宗教仪式，使联盟获得神圣性和权威性。这种联盟多因领土接壤，具有共同的军事、经济利益，建立联盟的目的主要是为了共同从事某种军事活动，如袭击敌对部落或抵御外来侵略者时采取一致行动。这是古今中外部落联盟的共性特征。有学者将部落联盟时代的社会特征概括为以下几个方面："日趋严重的贫富分化，频繁不息的掠夺战争，象征权威的礼乐仪仗，以及大量出现的'人祭'、'人殉'，应该是部落联盟阶段区别于以前原始社会各阶段的重要标志。"[②]

二　部落联盟的发展

恩格斯在《家庭、私有制和国家的起源》一书中指出：地缘部落是继血缘部落后，国家产生前，在一些民族中出现的一种社会组织。应该说，在原始社会的发展中，这种地缘性质的部落代替血缘部落，实现一个较大的区域内的联盟是原始社会发展的必然规律。有史以来，人类社会始终是逐步扩大的。随着经济的发展，交往的增多，狭隘的血缘关系逐渐被破坏，部落与

① 鲁连坤讲述，富育光译注整理：《乌布西奔妈妈》，吉林人民出版社2007年版，第71—72页。
② 侯毅：《论我国古代的氏族部落联盟》，《文博》1989年第3期。

部落在共同的利益下，也会形成某种暂时的联合，并在交往的过程中，建立相互依赖关系，彼此接受对方的风俗习惯，形成越来越多的共同性，从而形成永久性的联盟。

在《乌布西奔妈妈》中，我们既可以清晰地看到部落联盟不断发展、壮大的轨迹，也可以看到部落联盟形成过程的反复性。

东海部落联盟最后形成的规模为九部联盟、七百噶珊。这样一个部落联盟的形成，经历了几十年的过程。可以说，乌布西奔穷尽毕生的心血和精力，致力于东海的统一。在统一的过程中，乌布西奔恩威并施，降服和征伐并举。史诗以纪年体记述了这一过程。在乌布西奔女罕一年，通过创编独具一格的舞蹈，征服了以魔舞无敌于天下的东海女魔之岛；在彻沐肯部突遭天花之疫时，运用躲灾法和神奇的药方，乌布西奔挽救了一个部落，也因此而降服了一个部落。乌布西奔女罕三年，辉罕和彻沐肯罕两部落新罕上任，凭借武力，常常骚扰乌布逊和珠鲁罕等部，掠夺财产和人口，乌布西奔通过驯鹰、驯兽，将经过特殊驯养的猛禽、猛兽作为攻击敌人的利器，最后征服了辉罕和彻沐肯两个部落，使部落联盟得以壮大。乌布西奔女罕四至五年，乌布西奔平定了辉罕和彻沐肯罕的联军，平定了南海，获得了彻沐肯罕进献的蟹岛，使南海恢复了宁静。乌布西奔女罕六年，彻沐肯余党逃至安查干山寨，据险霸占、固守东南入海口，掠夺渔船，抢劫海产，堵塞通海要道，乌布西奔详察安查干山寨的地理位置，根据其堡垒重围，拥挤狭窄的地势和秋风强劲的风势，采用火攻法，不费一兵一卒，一举攻克安查干古寨，夺得了通海要隘。乌布西奔女罕九年，乌布西奔亲自研制疗毒药汁，烹制营养佳肴，为内岛女罕巴特恩图医好了毒箭伤，巴特恩图深受感动，诚服乌布逊，内岛从此降服。散居外岛三百石窟之海盗们，感念乌布西奔的恩德，纷纷降服乌布逊部。随着乌布逊部出征日本海，东海部落联盟的范围不断扩大，氏族不断增加，使部落联盟逐渐由小至大，最终成为九部联合，统辖七百噶珊的部落联盟。

这种部落联盟形成的模式，已突破了血缘的畛域，形成一个以地缘和利益关系为纽带的部落联盟。这是随着经济的发展、各部落之间联系的加强，地缘关系逐渐增强的结果。在九大部落中，联系较密切的、联盟较稳固的部落，多数是有血缘关系的部落。有的部落血缘联系渐被地域联系所取代。这种部落联盟形成的模式与藏族史诗《格萨尔》中的部落联盟有所不同。《格萨尔》中的岭部落为血缘联盟的典型。在岭曲潘那布时代，岭部落还只是一个小部落。后来曲潘那布王娶塞措玛，生塞巴八兄弟；娶沃措玛，生文布六族；娶姜措玛，生穆姜四族。这三族各自发展，分成岭长、仲、幼三系部落。到格萨尔成王前，这三系已有各自的首领，即长系首领为塞巴·尼奔达雅、仲系首领为奥木·阿怒华桑、幼系头领为木绛·仁钦达尔鲁，外加由察香丹玛江查为首领的丹玛部落和由嘉洛顿巴尖参为首领的嘉洛部落等，形成了以三支部落为中心的部落联盟。这些小部落相互结成联盟，归戎察叉根、桑伦、超同“三王”管理，其联盟具有相对的独立性和自由性，不能成为完全统一的“国”。格萨尔赛马成王，加紧了各部落间的联系。有若干个首领或“王”管理的部落联盟，逐渐变成由一人统一管理，具有较高的概括化、具体化的部落联盟集团。①

部落联盟的形成往往是若干部落为了防御的目的建立起来的，共同的利益和军事、政治目的是结成联盟的基础。由于缺乏共同的经济基础和政治、军事、政治利益的变化，部落联盟也具有复杂性和多变性。如辉罕、彻沐肯两部与布逊部的联盟几经反复，其中人为的因素较多，有的部落酋长与乌布逊部较为友好，便与之结成了友好的联盟，有的酋长不甘心居于乌布逊部的领导下，便与之交恶。乌布西奔重新征服他们之后，通过更换部落酋长与他们重新建立新的联盟关系。黄獐子和珠鲁罕两部落虽有血缘关系，但他们之间的联合也是分分合合，反映出分久必合，合久必分的趋势。这既表明在部落联盟时代，部落与部落之间的联合并不是牢不可破的，而是处于一种动态的变化过程中，同时表明部落之间利益永远是至高无上的，体现了部落联盟的复杂性和多变性。

随着乌布逊部声望的提高，部落联盟迎来了一些主动参加的新成员。这些成员或许并无更多实质上的联盟意义，而是旨在表明一种隶属关系。如乌布西奔降服女儿国后，声威大震，不少岛民主动前来归顺：

① 参见仁欠卓玛《浅析〈格萨尔王传〉中的部落联盟现象》，《西藏大学学报》2005年第3期。

从此，乌布逊的英名，
益加声传百里。
附近其他无名岛屿，
在乌布逊盛名下，
恩威兼施，
乌布逊海疆跨跃三百里，
不少无名鬼岛海民，
成为乌布逊部落盛宴上
一群新姊妹和手足伴侣。①

从本质上看，部落联盟是一种民主的、平等的、无个人特权的制度。《乌布西奔妈妈》所反映的部落联盟也基本上符合这一特征。但从部落联盟的内部构成看，显而易见是以乌布逊部为主体、为核心，不断扩大，逐渐形成的，其中乌布逊部落的地位得以凸显，利益得到照顾，形成诸多部落围绕一个部落为核心的联盟模式。

第三节 部落战争

纵观世界各民族英雄史诗可见，史诗与战争题材似有天然之缘。宏大叙事、英雄业绩和勇武精神等英雄史诗的特质，均通过战争的描述得以体现。史诗产生的时代多为战争频繁的时代，世界古代氏族、部落或民族之间的战争，为英雄史诗提供了重要的题材。战争的悲壮惨烈、宏大场面和体现的英雄气概成就了史诗的鸿篇巨制；史诗这种文学形式和叙事模式对描绘战争画面，塑造英雄形象，歌颂尚武精神具有独特的优势，使战争题材得以充分地展现和发挥。正如黑格尔所指出："在战争中主要兴趣在于英勇，而英勇这种心灵状态和活动既不宜于抒情诗的表现，也不宜于用作戏剧的情节，但特别宜于史诗的描绘。"②

① 鲁连坤讲述，富育光译注整理：《乌布西奔妈妈》，吉林人民出版社 2007 年版，第 97 页。
② ［德］黑格尔：《美学》第三卷下册，朱光潜译，商务印书馆 1981 年版，第 127 页。

我国藏族史诗《格萨尔》反映了古代藏族吐蕃王朝由氏族社会向奴隶社会过渡时期的部落战争，这些战争多为吐蕃历史上发生过的部落战争，在古藏文历史文书中都有记载。因此可以说，古代藏族部落战争是《格萨尔》的创作源泉；《格萨尔》是古代藏族部落社会战争的艺术再现，一部《格萨尔》，就是一部形象化的古代藏族部落社会的战争史。①

《乌布西奔妈妈》反映的东海女真社会处于一个群雄逐鹿、部落纷争的历史阶段，通过部落战争，东海女真诸部由部落分立走向统一。尽管史诗作品对部落战争的描述着墨不多，描写的战争也远不及其他英雄史诗战争场面波澜壮阔、规模宏大，但部落战争仍是其主线之一，作品对战争的描写仍然是引人入胜，惊心动魄的，体现了鲜明的特色：以德降敌，不战而胜；以智克敌，无往不胜；宗教征服，制胜法宝，从而彰显了有别于其他英雄史诗推崇勇武和暴力特质的鲜明特色；我们仍得以洞悉东海女真部落战争的形式、规模与特色，以及通过部落战争，东海女真诸部由部落分立走向统一的历史趋势和结局。《乌布西奔妈妈》以部落分立走向统一为背景，表现的东海女真人的部落战争，具有鲜明的特色，既反映出一般英雄史诗描写战争的一般性问题，又体现了东海女真人独特的地域文化和萨满文化特质。

一　部落战争起因

人类早期社会部落之间的战争常常一触即发，其成因是多方面的。财产、资源、宗教信仰、婚姻、血亲复仇等都可能成为诱因。总之“战争一直与人们的求生图存密切相关”。② 中外部落战争的历史事实充分说明了这一点，反映部落战争的史诗作品对此也多有揭示。本节在对《乌布西奔妈妈》大小战役系统梳理的基础上，对部落战争的起因条陈数端。

1. 争夺资源

对于特别依赖自然环境及其资源的部落，尤其是资源匮乏的部落来说，争夺资源的战争尤为激烈。由于部落之间的资源划分是约定俗成的，

---

① 赵秉理：《〈格萨尔〉映出古代部落战争的四个特点》，《青海民族学院学报》1997 年第 6 期。

② ［美］小戴维·佐克：《简明战争史》，商务印书馆 1982 年版，第 1 页。

《乌布西奔妈妈》还以神话的形式强化了各部落领地及其资源占有的神圣性。因而，一旦发生抢夺、侵占对方资源的事情发生，部落战争则不可避免。中国上古时代的共工和蚩尤之战就是炎帝部落联盟中东方部落为了各自的发展，扩大土地，扩展疆域而发生的战争，结果以蚩尤部落的胜利而结束。

因争夺资源而产生的部落战争是史诗叙事的重要题材。藏族史诗《格萨尔》中的《姜岭大战》描写的是岭和姜国为争夺盐海而爆发的战争。姜部落首领萨旦王认为，本部落缺乏食盐资源，而盐湖却由岭部落独自占有，造成资源的严重不平衡，遂举兵争夺盐湖，爆发了姜岭大战。《雪山水晶宗》叙述的是一场争夺草原的战争。

与《格萨尔》、《江格尔》等反映草原文化的史诗不同，《乌布西奔妈妈》体现出一种渔猎文化特质。对于渔猎民族来说，出海捕鱼的海域是他们赖以生存的衣食之源，也因此而成为部落之间相互争夺的目标，争夺出海口则成了几次部落战争的焦点。《乌布西奔妈妈》中多次提及东海出海口“鹅头脖子”，是东海的咽喉要冲：

数百里鹅头脖子峭壁峻岭，
成为东海南域的咽喉要冲。
闯海、探海的大窝稽人，
都要从鹅头脖子造筏、扬帆坐船，
这是世代最便捷的“朝海觉昆”。①

惟有黄獐子部鹅头脖子，
居高临下的犬牙般悬崖，
紧紧卡着这道生死关，
一夫兀立，万夫休犯，

① 鲁连坤讲述，富育光译注整理：《乌布西奔妈妈》，吉林人民出版社2007年版，第37页。朝海觉昆，满汉合璧词。觉昆，满语，意为道路，满汉含意即通海的海道。

成了众部落岁岁争杀的祸端。[1]

由于黄獐子部扼据鹅头脖子，掌控出海口，成为该部得天独厚的资源，使该部“渔产充盈，衣食丰盛”，为其他部落所嫉。其他部落要想从此入海，只好与黄獐子部主动交好，向其献媚，否则只能绕布鲁沙尔河下游主流进海。那里山路坎坷，怪石林立，给出海带来诸多不便。所以，鹅头脖子成了东海诸部出海的必争之地。为了争夺此出海口，曾经发生过几次战争。一次是乌布逊部与黄獐子部之间的战争。在古德罕王时期，古德自恃乌布逊部兵强人众，不可一世，迫切希望获得出海通道，以实现多年的制海梦想。他蔑视黄獐子部人单力薄，轻敌冒进，夜袭黄獐子部，梦想一举夺下鹅头脖子，将“乌木林的钢矛，就插在鹅头脖子上”。[2] 但战争的结局是以乌布逊部落败在黄獐子部特养的狗群之下而告终。

乌布逊部同都姆肯和辉罕等部落的战争也主要是围绕资源进行的。都姆肯和辉罕两部均为乌布逊部的近邻，都姆肯部拥有百里熊山鹿苑，辉罕则据有外海三百石岛穴窟富源，他们拥有的丰富的海陆宝藏，令各部落艳羡，分外眼红。乌布逊部在古德罕王执政时，争掠成性，穷兵黩武，总是窥视四邻部落的资源，并由此而引发多次部落战争。克劳塞维茨顷对战争的本质曾有过精辟论述：“战争是一种巨大的利害关系的冲突，这种冲突是用流血方式进行的，它与其他冲突不同之处也正在于此。”[3] 东海女真诸部围绕争夺资源展开的部落战争表明这一论断入木三分。

2. 争夺财富和人口

在部落时代，部落之间发生掠夺和反掠夺财产的战争，是习以为常的事情。这既与生产力低下，社会财富积累十分困难有关，也与当时社会崇尚勇武，以掠夺其他部落的财产为荣耀的风俗有关，“掠夺在他们看来是比劳动

---

① 鲁连坤讲述，富育光译注整理：《乌布西奔妈妈》，吉林人民出版社 2007 年版，第 45 页。

② 同上书，第 40 页。

③ ［普鲁士］卡尔·冯·克劳塞维茨：《战争论》第 1 卷，中国人民解放军军事科学院译，解放军出版社 2005 年版，第 124 页。

更容易甚至更光荣”。[①] 史诗《格萨尔》中的《征服大食》描述的是岭部落和大食部落由于财产而引起的一场战争。为了掠夺大食部落的宝马，岭部落派出一支武装精良的小分队，潜入大食部落，盗来宝马，由此引发了两大部落旷日持久的战争。

掠夺与反掠夺财产的战争，在《乌布西奔妈妈》中也有多处描写。在乌布西奔女罕执政第三年，辉罕、彻沐肯两部落联盟与乌布逊部的战争即是围绕争夺财产和人口而展开的。辉罕和彻沐肯部的两位新酋长巴音和姆尔吉，自恃势力强大，常常联合出兵，侵扰乌布逊、珠鲁罕等部，掠夺财产、宝物和食品，肆意抢劫，据为己有。

从部落战争的结果看，财产和人口也与部落战争有着密切的关系。《乌布西奔妈妈》所述及的战例虽不尽因争夺财产而引起，但多以财产被掠夺而告终。如古德罕执掌乌布逊部时，为夺出海口，实现制海梦，夜袭黄獐子部，结果被黄獐子部训练有素的“狗军”战败，黄獐子部首领法吉罕下令：“所俘乌布林人作我黄獐子部奴丁，所有马匹、军刃全收我所有。”[②] 辉罕、彻沐肯对乌布逊和珠鲁罕用兵，肆意劫夺乌布逊、珠鲁罕的“肉仓、鱼窖、宝器”，致使乌布逊、珠鲁罕等部惶恐不安，怨声载道。

在部落战争中，掠夺财富和人口总是相互关联的。辉罕、彻沐肯部落联盟与乌布逊部的战争亦如此。辉罕、彻沐肯部落联盟将从乌布逊部掠夺来的人口带回本部，“夺男女为奴为妻”。应该指出的是，部落战争对女性的掠夺，一方面是为了充当劳动力，另一方面则是为了性需求。如乌布逊部的古德罕王征伐黄獐子部时即梦想：

> 让美丽的黄獐子罕——法吉妈妈，
> 今夜睡进古德罕的香獭衿；
> 将美丽的黄獐子部女人啊
> ——东海美女们，

① ［德］恩格斯：《家庭、私有制和国家的起源》，《马克思恩格斯选集》第 4 卷，人民出版社 1995 年版，第 164 页。

② 鲁连坤讲述，富育光译注整理：《乌布西奔妈妈》，吉林人民出版社 2007 年版，第 42 页。

今夜犒赏给乌布林每个征人……①

古德罕觊觎黄獐子部落的女人，西部的都姆肯寨同南部的辉罕部则窥视乌布逊部的女子。由于乌布逊部首领古德罕穷兵黩武，导致乌布逊部伤亡惨重，元气大伤，社会动荡，民不聊生。在这种情况下，都姆肯寨和辉罕部甚至“乘难来乌布林争掠女婴”。

以掠夺财产和人口为目的的战争频繁发生，反映了当时社会已经出现私有制的萌芽。恩格斯曾经指出：在氏族社会瓦解向奴隶制转变过程中，“古代部落对部落的战争，已经开始蜕变为在陆上和海上为攫夺牲畜、奴隶和财宝而不断进行抢劫，变为一种正常的营生，一句话，财富被当作最高的价值而受到赞美和崇敬，古代氏族制度被滥用来替暴力掠夺财富的行为辩护”。②《乌布西奔妈妈》中的部落战争虽与恩格斯的论述不尽相符，但已出现这方面的倾向，东海一些部落已经出现家奴，其中一个重要来源即是战俘。

3. 争夺势力

在人类早期社会，氏族与氏族之间、部落与部落之间的战争不仅因争夺资源和生存空间而进行，有时为了争夺势力和名气，彼此之间互不服气，也会引发分歧和战争。据《乌布西奔妈妈》传讲，东海诸部落，自古即有一种相因成习的俗约，即部落的强弱和声名的显微，全凭彼此相互认同的徽号召告各部落。通过徽号，人们便知部落的系统及部落势力的大小，史诗中记载的徽号主要有鼠号、狐号、狼号、麋号、豹号、蟒号，徽号的最高级别即是鹰隼，并形成各自的序列：

鼠—狐—狼—麋—豹—棕熊—鹰隼
锦雉—海鸥—白雁—天鹅—鹰隼
白鱼—鲨鱼—海蟒—海龟—长鲸与海鹰③

① 鲁连坤讲述，富育光译注整理：《乌布西奔妈妈》，吉林人民出版社2007年版，第40页。

② 恩格斯：《家庭、私有制和国家的起源》，《马克思恩格斯选集》第4卷，人民出版社1995年版，第107页。

③ 鲁连坤讲述，富育光译注整理：《乌布西奔妈妈》，吉林人民出版社2007年版，第34页。

这种以动物名号为氏族或部落的标志，学术界称为图腾标志或图腾徽号、图腾族徽等。图腾标志是人类最早的社会组织的象征和区分群体的标记。在东海女真诸部中，图腾又被赋予氏族和部落势力强弱的标志，使其具有特殊的内涵和意义。从中可见，在东海女真人看来，徽号的稳定代表着社会的秩序，徽号的变化则意味着打破了原有的平衡，形成新的势力格局，这固然是“几家欢乐几家愁”，由此而引发的战争是势力和地位的争夺。

珠鲁罕和黄獐子本为同祖，百余年来，经过反复分合，他们之间的分歧和冲突多因彼此的势力消长而引发。其中最后一次战役是由于黄獐子部随着山林的扩展，部族的强悍，其在地区称霸的野心也日益膨胀，并企图废掉黄獐子旧徽号，更换棕熊新徽号。这种动意激起了同祖同域的珠鲁罕部的强烈不满，珠鲁罕部的三世罕王图耶玛发被气得暴跳如雷，七窍生烟，将此举视为黄獐子部得势张狂，法吉女罕傲慢逞强，无视同祖长兄部落珠鲁罕部存在的表现，遂派七百架鹰奴[①]攻伐黄獐子部。这种“鹰战”极具杀伤力，使黄獐子部闻风丧胆，被迫放弃棕熊徽号，保持原有的徽号不变。但两部落却因此而结怨。

4. 抵抗暴强

在《乌布西奔妈妈》中，关于部落战争的描写，以乌布西奔执政为转折点，发生了性质不同的变化。此前，乌布逊部与其他部落的战争，多为掠夺性的或以争夺资源为目的的战争。乌布西奔执政后的一系列战争，则多为抵抗暴强、平定动乱、促进区域统一的战争。史诗赋予这类战争以正义的性质，满腔热忱地讴歌和赞美这类战争。

乌布逊部对辉罕、彻沐肯两部落联盟发动的战役就具有反暴强的性质。辉罕、彻沐肯二部长期恃强凌弱，侵扰乌布逊部，给乌布逊部的生命财产带来巨大的损失，闻之则“胆寒心悸”，“如见豺狼虎豹”，战之则必败无疑，“尸横狼藉”，人们被迫“四处逃难”，灾祸连连。面对强大的敌人，乌布西奔创造性地发明和运用了兽战战术。所谓兽战战术，即乌布西奔与众萨满在

---

① 鹰奴，即专门驯化鹰，使之成为战争利器的特种奴隶。一架鹰奴指一个驯鹰奴和一只鹰。因驯鹰时，驯鹰手需将鹰架在胳膊上，故称一架鹰。

山洞中秘密驯养百只雄鹰、百只黑熊、百只花狸，用木、石削刻辉罕、彻沐肯罕的像，并定时在像前投活鹿，“无人柱无鹿饿瘪，有人柱则现活鹿”。当战机来临时，即将这些已形成特殊条件反射、训练有素的鹰、熊、狸放入敌营，使之如闻“争食信号”，猛扑而上，辉罕、彻沐肯首领和族众受到重创，惨不忍睹，战争惊心动魄，乌布逊部一举征服两大强部，创造了以少胜多，以弱克强的战例。

乌布西奔征服莲花岛之役也是为了反抗阿里魔女的压迫而进行的。莲花岛，又称东海女窟之岛，是一个重女轻男的世界，自称女儿国，其他部落则称其为“魔女世界”。她们所居之地为莲花岛，因魔女擅以舞制敌，诡疑难解，无人能破，亦无人得入，史诗谓“鬼魂难渡”，被称为“死亡魔窟”。因重女轻男是女儿国的“国俗”，魔女生男均弃之于野，据传由鸭鹊等生物哺养长大。长大后多成盗寇，常秘袭乌布逊部，致使乌布逊部灾祸连连。古德罕时代因无力征讨，只好年年贡献美女和果品。乌布西奔执掌乌布逊部后，力排众议，出师海征。最后出奇制胜，以舞克敌，取得了莲花岛之役的胜利。

5. 血亲复仇

血亲复仇是人类早期社会生活的一个重要方面，从部落战争的视角看，也是部落战争的诱因之一。所谓血亲复仇是指氏族或部落成员遭受外来伤害时，其所属氏族或部落成员集体向伤害者方进行报复的一种行为。这种行为基于原始社会氏族至上、血亲至上的原则而产生，既反映了原始社会对外关系的发展水平，也折射出原始社会内部结构的特点。

从根本上说，血亲复仇是氏族制度的产物。摩尔根在《古代社会》一书中，详尽地论述了易洛魁人氏族成员的权利、特权和义务，其中，在互相支援、保卫和代偿损害的义务一项中，即包括血亲复仇：“为血亲报仇这种古老的习俗在人类各部落中流行得非常广，其渊源即出自氏族制度。氏族的一个成员被杀害，就要由氏族去为他报仇。”① 大规模的血亲复仇是引发部落战争的重要因素。

---

① ［美］路易斯·亨利·摩尔根：《古代社会》（上），杨东莼、马雍、马巨译，商务印书馆 1981 年版，第 75 页。

血亲复仇是英雄时代叙事作品中的常见主题，也是部落战争最合理的理由。以血亲复仇为题材和背景的史诗作品和叙事作品，不胜枚举。在赫哲族伊玛堪中，英雄莫日根复仇的情节在多部作品中都有描写，有学者据此将伊玛堪称为“英雄复仇故事”。作品《香叟莫日根》的主人公香叟莫日根“为了替阿爸阿妈报仇”，进行西征。[1] 血亲复仇及部落战争也是《格萨尔》最常见的母题。门岭之战的导火索系因抢婚而引发，但实际上两部落之间有着更深层次的原因——仇恨，据说门部落曾经杀过岭人，抢劫过岭部落财产，因此，门岭战争一触即发。岭部落和果部落之间持续多年的战争也起于双方的仇恨。

《乌布西奔妈妈》中典型的复仇战争是乌布逊部与辉罕、彻沐肯两部联盟的战争。辉罕和彻沐肯部是两个好战的部落，在巴音和姆尔吉分别执掌两部落大权时，常联合起来骚掠乌布逊等部，掠夺人口，抢劫宝物，为非作歹。乌布西奔巧妙地运用鹰兽战术，使两个部落迅速被征服。乌布西奔在两个部落另立新主，使他们进行自我管理，成为乌布逊部落联盟的两个新盟员。然而，三年后，辉罕、彻沐肯罕的新主再次反叛乌布逊部，依靠岛屿天堑，派三千飞虎兵频频危害东海诸部和乌布逊。最后以乌布逊联盟的胜利告终。史诗对辉罕、彻沐肯罕新主的反叛原因虽没作具体的交代，但他们离心离德的原因显然与两部落的被征服和被迫加入乌布逊部落联盟有关，其中具有血亲复仇的意义。只不过不像赫哲族伊玛堪那样具有明确的表达和突出的复仇意识，从而构成《乌布西奔妈妈》的特点之一。

复仇及战争的合理性，渗透在多部史诗作品中。这实际是史前社会的习俗和习惯法在史诗中的反映。藏族谚语说：“有仇不报是狐狸，问话不答是哑巴。”孟慧英在《萨满英雄之歌——伊玛堪研究》一书中曾经指出：“多数伊玛堪把复仇作为一个受到肯定的暴力方式，尽管它的伦理价值包含被动而非自由的性质，但它确代表着某些约定俗成的公道观念。”[2]

① 参见黑龙江省民间文艺家协会编《伊玛堪》，黑龙江人民出版社1998年版，第173—174页。

② 孟慧英：《萨满英雄之歌——伊玛堪研究》，社会科学文献出版社1998年版，第89页。

二 部落战争特点

《乌布西奔妈妈》所描述的东海女真人的部落战争，具有鲜明的特点，主要表现在以下几方面：

1. 以德降敌

“不战而屈人之兵”素为中国古代兵家所推崇。《孙子兵法》云：“是故百战百胜，非善之善也；不战而屈人之兵，善之善者也。”不战而屈人之兵更需要战争指挥者具有超人的智慧、极强的感召力和人格魅力。在《乌布西奔妈妈》中，这种智慧和品质主要表现为主人公乌布西奔的仁德之心和宽厚之性。许多部落为乌布西奔的恩德感召，主动归降，加入乌布逊联盟，有的部落在战场上临阵而降，不战而合。

乌布西奔以舞制舞，征服莲花岛女魔后，一向无敌天下的魔岛女魔将传世之宝——翡翠珊瑚神裙献给乌布西奔，以示诚服乌布逊部。此事件使乌布西奔声威大震，英名远播。附近其他无名岛屿，均在乌布逊部恩威兼施的感召下纷纷归顺，乌布逊海域得以扩大，安查干哨卡重归乌布逊掌管，打开了直通东南海域的要道。在彻沐肯部突发天花瘟疫，随时面临灭族之灾的部落危亡之际，彻沐肯大玛发向乌布西奔紧急求救，乌布西奔带领侍女多名，进锡霍特山，亲自采集、研制草药，并创深山躲灾之法，有效地遏制了天花的蔓延。乌布西奔的仁德之举感动了彻沐肯族众，也赢得了彻沐肯大玛发的信任。两部落从此结为联盟，彻沐肯大玛发与乌布逊部的古德罕王剌额鉴心，结为兄弟。乌布逊部的西路从此打通。

内海双岛十三礁的降服也是受乌布西奔恩德感召的结果。该部女酋长巴特恩图嗜杀成性，素与乌布逊部不睦。但当巴特恩图遭毒箭伤身，命悬一线时，乌布西奔亲赴该岛配方、熬药，多方诊治，呵护有加，从死亡线上将女酋长抢救过来，使巴特恩图女罕深受感动，遂降服于乌布逊部，成为乌布逊部落联盟的一员。此举还产生了连锁反应，散居于外岛三百石窟以抢劫为营生的盗贼，感念乌布西奔妈妈之恩，纷纷降服。

乌布西奔以善行和仁德降服周边部落，赢得了东海诸部的崇敬和信赖，使其成为东海诸部的精神领袖、宗教首领和部落联盟酋长。这种政治格局有效地避免了战乱，有利于人民的休养生息和社会经济的发展，促进了区域的统一。史诗热情地讴歌了乌布西奔以仁德降天下的业绩，树立了一个宽厚、慈爱酋长的光辉形象。

乌布西奔在对外关系上主张实施仁德和教化，在可能的情况下，尽量采取非武力的方式，解决与周边部落的矛盾和冲突，扶弱助困，除暴安良，甚至连吃人脑的野人部落，也受其教化，安居乐业，成为他们生产生活的伙伴。这种外交方针和战争原则，是乌布西奔以德治世的主张在外交方面的体现。从史诗中随处可见，乌布西奔一向主张德政，反对暴力，无论是内政管理，还是对外交往，无不贯彻这种主张。

主人公乌布西奔德政思想渊源主要来自两个方面。一是天神的训诫，乌布西奔以天神阿布卡赫赫战胜耶鲁里，结束了天宫大战后，阿布卡赫赫以仁德抚育大地，以自然众神的威力和助弱扶微的诚心，惠济海宇的惠世善行作为良训，教化族众，尽量采取非武力的形式降服周边部落。乌布西奔本人自诩受天神之命，降临人间，自应将天神在天界的主张和做法运用于人间。二是乌布逊部的德政传统。乌布逊部的第一任酋长多罗锦妈妈在世时，与周边部落保持着较好的关系，她为人平和，从不张显“大寨之风”，周围的部落也对她敬重有加。乌布西奔始终将这种作风视为本部外交的传统，她在训导、教化族众，反对武力征服莲花岛时说道：

动辄就施暴，踏平，
狭隘胸襟不该算是乌布逊人。
乌布逊自古怜悯四邻异族，
收养过“它里卡古洞”三百啼饥号寒的男女老幼，
躲避“山塔哈”厄运，
拯救过啼泪的兄弟们。[①]

《乌布西奔妈妈》的德政理念贯穿整个作品。它始终以满腔的热情歌颂这种类型的领袖，鞭挞残暴的统治者。除乌布西奔外，作品也成功塑造了黄

① 鲁连坤讲述，富育光译注整理：《乌布西奔妈妈》，吉林人民出版社 2007 年版，第 91 页。山塔哈，满语，对“天花”的畏称。谙达西：满语，朋友们。

獐子部酋长法吉凌的仁爱形象。她任酋长后，以慈爱、忠勤、奋黾的形象感召族众，使阖族同甘共苦，相助相亲，部落虽小，却团结一心，对外则以诚相待，从不轻视和怠慢其他部落，成为一代英明的女酋长。这一点突出体现了《乌布西奔妈妈》的思想价值和鲜明的特色。

一般说来，英雄史诗的时代是英雄的时代。英雄时代是一个崇拜武力的时代，这一点在史诗作品中有着突出的表现。尽管战争是“可怕的”、“可恨的”，“屠人的”，壮士们却嗜战如命，“渴望着”冲战杀敌，品味“战斗的喜悦”，勇敢战斗是祖传的古训。这方面内容在世界诸多英雄史诗作品中得到了淋漓尽致的渲染。[①]

应该说，《乌布西奔妈妈》所体现的战争价值观，虽有崇尚勇武的一面，更多地表现为以德降敌，以智取胜，这是与作品阐扬的德政治世思想相一致的。既表现在作品高度赞扬乌布西奔德政降敌的政治智慧，也表现为族众对战争的厌倦和恐怖，即使是正义的战争，也必然会给社会带来重创。《乌布西奔妈妈》对战争场面、规模和惨烈程度的描写远不及其他英雄史诗，也与其所体现的战争价值观不无关系，这一点无疑是难能可贵的。

2. 以智克敌

《乌布西奔妈妈》中塑造的主人公是一位宽厚仁慈、智慧过人的领袖形象，既是一位广布恩泽的部落首脑，又是一位智勇双全的智慧型的战略决策者和军事统帅。史诗中所描写的几次大的战役，多以智慧取胜，少有仅凭武力取胜的战例。

以舞制舞，降服莲花岛女魔，是典型的以智取胜的战役。战斗双方进行的不是武力和勇气的比拼，而是智力和艺术的竞技，具体而言是舞蹈的比赛。之所以将舞蹈作为一种克敌、制敌的方式，主要缘于魔女舞具有超凡的魔力，成为莲花岛女魔战无不胜的克敌武器。

具有迷敌之功的女魔舞是一种由三十位秀女表演的歌舞，表演形式为载歌载舞。歌声宛如安昌鱼四季吐生小鱼之音，调为祭歌号子，其义他人不解，唯魔女互通，成为魔女之间沟通感情、交流信息的特殊语言。从舞蹈内容看是一种性舞。舞女们基本是以裸体诱敌，赤脚、裸肌、长发披腰、身上涂有九彩岛

① 参见《荷马史诗——伊利亚特》，陈中梅译，中国戏剧出版社 2005 年版，第 13—14 页。

泥，色彩斑斓，五光十色，性感十足。每当遇敌时，舞女齐出，哑然起舞：

忽似独枝摇曳，
忽似海葵吐蕊，
忽似海鲜染地，
忽似海岛花莲。
纷彩斑驳，
其姿陆离。
忽伸忽缩，
忽晃忽移。
外敌情痴动色，
头晕目眩。
酥迷成虏，
心悦就擒。[①]

性舞蹈所表达的女性魅力极具诱惑力，常常使入境者为色所迷，迷于心窍，自动缴械投降。魔女的性舞及其传达的性诱惑成了迷敌、制敌的有效方式。魔女舞形式多样，变幻无穷，她们或罩“玛虎”（面具），如海象皮、鲸鱼骨彩绘怪异形象，跳起饿兽舞、缠蟒舞、蛙跃舞，引客好奇关注；或以襁中婴儿之声音，惑人生恻隐之心，诱人登岸，魔女们以色情和致幻植物迷之，使之突生幻境：

浓香舒体，昏醉呆痴，
忽现丽人，载歌载舞，
忽升树巅，忽坠花簇，
忽仰海面，忽停叶端，
轻若彩蝶，捷若小鱼，

① 鲁连坤讲述，富育光译注整理：《乌布西奔妈妈》，吉林人民出版社2007年版，第88—89页。

美若神霞，灵若海鸢。[1]

在女色诱惑和致幻药物的作用下，凡与魔女遭遇者，无人能逃脱她们的魔掌和被劫掠为奴的命运。这些魔女既有守岛待敌的时候，也有出海诱敌的时候。待他们出海时，或以美食引诱海上捕鱼、过往者，使之自投罗网，成为“瓮中之鳖”；或以变幻多姿的裸体女色诱敌深入，使之追逐魔女而误入深海，自取灭亡。魔岛石窟因此成为内海的一大公害，为乌布西奔久久挂怀。

为了降服魔女，又不至于大动干戈，造成双方人员伤亡，乌布西奔颇费苦心，派出自己的四个心腹女萨满，潜入敌岛，秘习魔女舞。在此基础上，闻自然之天籁，仿百鸟、百兽之音，创编了形式多样的舞蹈，并同四位爱徒一起跳起独具一格的群舞。舞蹈之神奇、迷幻，令以能歌善舞著称的魔女们如迷如痴，陶醉不已，情不自禁地加入到欢乐的海洋中。这场以舞相搏的争斗结局是如此美好，双方携手共舞，其乐融融，谱写了中外战争史上独树一帜的篇章。乌布西奔以舞制舞，以情感人，化敌为友的思想与实践，具有诸多有益的价值，充满了智慧的光芒。

史诗中多次提及的鹰战，亦充分表现了乌布西奔高超的智慧。满族先人素有崇鹰习俗。鹰所具有的非凡的捕捉动物和觅食能力，目光锐利，勇不可挡，深为以狩猎为生的满族先民所崇奉。在长期的狩猎生产中，满族先民逐渐掌握了鹰的习性，摸索出由蹲鹰、熬鹰、过拳、跑绳等内容组成的驯鹰过程，最后达到鹰只要听到猎人的呼唤，即能飞回猎人手臂，这时野生鹰就成为经过驯养的鹰，成为猎人的狩猎助手。放鹰时，只要猎手将猎物哄喝起飞，野鸡、河鸡、山兔等便会立即被鹰擒获，成为狩猎生产的得力助手和工具。在此基础上，满族先民还根据鹰的上述特点，对它们进行特殊的驯化，使之成为部落战争武器。这种训练方式非常特殊，即平时用与敌方服装、旗帜颜色一致的布包裹肉食，带着布包哺喂饿鹰，久之使鹰形成条件反射。打仗时，将战鹰放出，一见敌方的服装颜色，便猛冲入阵，利嘴尖爪，常使敌人遍体鳞伤，溃不成军。史诗《乌布西奔妈妈》记述的珠鲁罕部以鹰奴及

① 鲁连坤讲述，富育光译注整理：《乌布西奔妈妈》，吉林人民出版社 2007 年版，第 90 页。

其所驯化的鹰作为攻伐黄獐子部战主力的“鹰战”，即是狩猎民族的一个创造，在战争史上具有独特的意义。

此外，在历次战役中，交战双方也多运用技巧和谋略。如乌布逊部与黄獐子部为争夺出海口而引发的战争，乌布逊部以偷袭的方式，趁夜间深入敌区。乌布西奔平定都沐肯新主、辉罕部新主的战争则采取了“明修栈道，暗度陈仓”的战术，表面上“诡以偃旗息鼓之策”，实际上派人“攀山疾奔五百里，将睡梦中的都沐肯新主立斩。迅又擒服辉罕部新主，再立两部新主治政”，既避免了因战争而引起的社会动荡，也大大减少了战争的成本。在乌布西奔平定东海诸部的过程中，一部分残部远远逃至安查干陡崖，凭据海中险峻的山势，独占海洋资源。乌布西奔详察该地地形，据当地积有千年荒草干柴，遂采用火攻之术，趁东海秋高气爽、秋风强劲的大好时机，“轻骑暗近密林，纵火速燃古树燥柴”，结果，乌布逊部“不费一兵一卒”消灭了盘踞在安查干的都沐肯余党，在东海诸部统一的征程上又迈进了一大步。这些充满睿智的战略战术为史诗增添了浓郁的智慧色彩。

3. 宗教征服

部落战争常与宗教斗争和宗教征服相伴随。在氏族部落时代，宗教在当时的社会生活中占有重要地位。正如伏尔泰所说：“在比较强盛的初民部落中，甚至除神权政治外，不可能有别的统治形式，因为一个民族选择了守护神后，这个神便有了祭司。这些祭司在精神上支配着该民族。他们只能以神的名义进行统治，因此他们总是让这个神来说话，而他们则传达神谕。这样，一切所作所为便都是执行神的命令了。”[①] 这种自成神系的宗教信仰是维系本氏族、部落团结和激发被征服者反抗意识的强大精神力量。因而，部落战争历来重视对异部落的宗教征服。从某种意义上说，对一个氏族、部落或民族宗教信仰的体系的破坏，是对一个群体最残酷、最致命的打击，也是最有效的征服。

满族先民自古崇信萨满教。萨满教的氏族性使各氏族的神系自成系统，具有严格的排他性。在努尔哈赤父子进行统一女真诸部的战争中，各部落各祀其祖的局面成为统一战争中巨大的离心力所在。努尔哈赤深深感到，泯灭

---

① ［法］伏尔泰：《风俗论》（上册），蒋守锵译，商务印书馆 1997 年版，第 39 页。

各氏族对祖先神的虔诚信仰，并逐渐使其淡忘本氏族的族源，是统一战争中至关重要的问题。据满族说部《两世罕王传》传讲，努尔哈赤起兵攻占哈达、朱舍里、长白山、辉发、叶赫、董鄂、乌拉、斐攸等部众，兵马先废该地“堂色”，“掠祖像神谍于贝勒马前”，等等。[①] 对各部世代崇奉的守护神和祖先神之圣地先行破坏，从而从精神信仰层面打击被征服者。

宗教冲突与斗争在史诗中也多有反映。如《格萨尔》中就真实地反映了佛苯斗争的史实，即佛苯斗争引发部落战争，部落战争解决佛苯矛盾，除苯兴佛。《格萨尔》中对萨满教和喇嘛教之间的斗争也多有描述，并揭示了一个规律：部落之间的战争结局与宗教的征服有着密切的联系，宗教的征服是信仰和人心的征服。从某种意义上说，宗教征服是一种彻底的征服。

《乌布西奔妈妈》带有鲜明的萨满教特征，这一点在部落战争中也有突出的表现，即一个部落对另一个部落的胜利，总是伴随着对该部落萨满及萨满教信仰的征服。其形式主要有以下几个方面：一是战败部落奉战胜部落的萨满为自己部落的萨满，使该部落丧失独立的神权和宗教祭祀主持权。在莲花岛女魔受降仪式上，波其吉和波其西两女魁，拜倒在仁慈的乌布西奔神裙下，连连恳求：

情愿永做您的仆随，
诚恳遵从您的吩咐，
我们身随的萨玛色夫，
都做您的仆奴。
若能允许我们恳求，
让她们到陆上重学神术，
如愚钝不才，
甘听发落。[②]

---

① 富育光：《清宫堂子祭祀辨考》，《社会科学战线》1989 年第 3 期。“唐涩”、“唐舍”、“堂色”等称都是“堂子”的音转，为奉祀本部守护神和祖先神之所。

② 鲁连坤讲述，富育光译注整理：《乌布西奔妈妈》，吉林人民出版社 2007 年版，第 97 页。

乌布西奔在统一东海诸部后，被奉为总祀萨满，拥有神圣的神权。二是命本部萨满对被征服部落进行教化。在乌布逊征服辉罕部后，乌布西奔一方面派出心腹女子与辉罕部的男子成婚，另一方面派本部萨满对其族众进行教化，目的都是为了从宗教信仰和精神心理等方面对被征服部落的族众施加影响，予以控制。三是占有被征服部落最具代表性和象征性的萨满神器，作为宗教臣服的象征。如乌布西奔降服莲花岛女魔后，接受了阿里女罕跪献的该部宝物——翡翠珊瑚神裙，以此作为臣服的标志。

克劳塞维茨在《战争论》中，强调人的精神因素在战争中的突出地位。他指出："军事活动绝对不是仅涉及物质因素，它总是同时还涉及物质具有生命力的精神力量，因此，把两者分开是不可能的。"[①] 法国军事理论家福煦在无情地批判独重战争中物质因素的理论之基础上，提出了别具一格的等式："战争—精神力的领域"；"胜利—胜利者的精神优势"；"战斗——两个意志之间的斗争"。[②] 精神力量具有丰富的内涵，表现在战争方面，包括士气、坚忍和勇敢精神，战争中的聪明才智和创造力、统帅的才能、军队的武德和民族精神等等，是战争中最重要的因素。

以上三个特点，无不彰显人的精神因素在战争中的作用，乌布西奔不愧为一位军事统帅，她善于谋略，长于智取，独创鹰战、兽战之法和以舞克敌之术，表现了卓越的创造力。在乌布西奔领导的东海统一战争中，战争的性质决定了战士的意志品质和战斗力。乌布逊及其联盟军所到之处，常常是所向披靡，战无不胜，充分显现了部落战争中人的精神因素的重要性。

三 部落战争性质

"战争就是武装的暴力，就是在不同的阶级之间、国家之间、国家集团之间、民族之间为了达到一定的政治目的而进行的有组织的武装斗争。"[③] 部落战争既有特殊的一面，也体现战争所具有的共性。在人类早期社会，人

---

① ［德］克劳塞维茨：《战争论》第一卷，中国人民解放军军事科学院译，商务印书馆 1978 年版，第 116 页。

② Ferdinund Foch, *The Principles War*, p. 287. 转引自钮先钟《西方战略思想史》，广西师范大学出版社 2003 年版，第 329—330 页。

③ ［苏］索科洛夫斯基：《军事战略》，战士出版社 1980 年版，第 375 页。

们生产生活赖以依托的社会组织是氏族、部落等血缘组织。“部落始终是人们的界限，无论对别一部落的人来说或者对他们自己来说都是如此：部落、氏族及其制度，都是神圣不可侵犯的，都是自然所赋予的最高权力，个人在感情、思想和行动上始终是无条件服从的。”① 在这种社会结构中，人们的一切行为规范、伦理道德的有效实施都是在血缘组织内部约定并且实现的。至于氏族与氏族之间，部落与部落之间，在发生冲突的情况下，战争便成为解决冲突的一个重要途径。正因如此，战争也是部落之间经常发生的事情，是原始社会部落与部落、部落联盟与部落集团之间矛盾斗争的重要形式之一。正如恩格斯所指出：“在没有明确的和平条约的地方，部落与部落之间便存在着战争，而且这种战争进行得很残酷，使别的动物无法与人类相比，只是到了后来，才因物质利益的影响而缓和一些。”② 可见，部落战争是人类社会特定发展阶段的一种社会现象，具有普遍意义。

部落战争具有特殊性，从某种意义上说，部落战争是特定血缘或地缘组织集体意识的体现。部落成员之间以共同血缘、共同信仰和经济共同体为纽带，结成休戚相关、生死与共的集团，从而产生强烈的部落意识。

《乌布西奔妈妈》以东海女真人从部落分立走向统一的历史进程为背景，从部落战争的起因和结局来看，战争的性质和作用可分两个阶段，前期以掠夺性或争夺资源的战争为主。乌布西奔执政后的部落战争则被赋予统一东海诸部，促进区域和平的正义性质，并为史诗作品所讴歌。史诗描写战乱使人们流离失所的凄凉感：“长长的大轮车，装走离心的人，长长的木筏排，装走逃亡的人。”③

因此，史诗对部落战争的描述和结局的交代，表达了东海女真人渴望和平，希望安定统一，向往太平盛世的理想和愿望，成为东海女真诸部的集体意识。部落意识具有历史性，在不同的历史时期发挥着不同的作用。因此，对部落战争性质、作用的研究，应进行具体的分析，对历史上的部落战争如此，对史诗中的部落战争亦如是。

---

① ［德］恩格斯：《家庭、私有制和国家的起源》，《马克思恩格斯选集》第 4 卷，人民出版社 1995 年版，第 96 页。

② 同上。

③ 鲁连坤讲述，富育光译注整理：《乌布西奔妈妈》，吉林人民出版社 2007 年版，第 49 页。

战争是政治的继续，是政治的另一种表现形式，用以解决不同社会集团之间的矛盾和冲突，最终实现一定的政治目的。东海女真诸部之间的战争从根本上说是服从于东海诸部统一这一政治需要的。史诗将乌布西奔领导的乌布逊部塑造为一支实现统一的正义之师，并以一系列战例和结局提示了得道多助、失道寡助的真理。在乌布西奔完成统一东海女真大业的历史进程中，部落战争发挥了重要作用，“暴力是每一个孕育着新社会的旧社会的助产婆。暴力本身就是一种经济力”。[①] 东海区域统一是历史的方向、人民的愿望和社会发展的趋势，而部落战争成为实现这一过程的催化剂。正如苏联军事理论家沙波什尼科夫所说：“历史经验表明，即使规模最大的世界大战，无论它在外表看来是如何席卷一切，也只不过是社会发展的一个方面，而且完全依赖于社会发展的进程，依赖于阶级之间和国家之间在政治上的相互关系。”[②]

第四节　部落制度

社会制度是人类文化的重要组成部分，是一个社会经济、政治、思想、文化等制度的总称，按其性质和作用可分为婚姻家庭制度、政治制度、宗教制度、科学制度、教育制度等等，社会制度对人类社会有重大的影响。从某种意义上说，一个社会的文明程度是与社会制度的确立与完善程度相辅相成的。社会制度的发轫是人类社会生存与发展的需要。在氏族部落社会，人们的生产活动和社会活动主要是群体的活动，“我们越往前追溯历史，个人，从而也是进行生产的个人，就越表现为不独立，从属于一个较大的整体……”[③] 人类在进行物质的和精神的生产的过程中，需要协调人们的关系，规范人们的行为，社会制度由此产生。氏族部落时代是人类社会制度滥觞期，从整个人类历史的长河来考察，各项社会制度尚处于萌芽阶段。正因

① ［德］马克思：《资本论》卷1第24章《所谓原始积累》，《马克思恩格斯全集》23卷，人民出版社1972年版，第819页。

② ［苏］沙波什尼科夫：《军队大脑》，解放军出版社1987年版，第139页。

③ ［德］马克思：《〈政治经济学批判〉导言》，《马克思恩格斯全集》第46卷，人民出版社1972年版，第21页。

如此，氏族部落社会中每一项制度的产生都是人类文明的一个标志，是社会进步的一个尺度。在《乌布西奔妈妈》中，人类社会的一些制度可见端倪。

一 图腾制度

图腾制是人类历史上最早出现的一种宗教制度，以图腾崇拜为信仰基础。图腾崇拜是原始人宗教观念的有机组成部分，其外在的表现形式是一个特定群体以某种动植物为自己的祖先，崇奉有加。实质上图腾是特定的群体借以实现群体认同与凝聚的符号。关于图腾的起源、内涵和特征，中外许多著名的人类学家、民族学家、宗教学家曾提出众多的理论和看法，卓有见树。

苏联学者 Д. Е. 海通在《图腾崇拜》一书中，将图腾崇拜的内容概括为以下几点：

1. 相信群体起源于图腾或与图腾结合的祖先。

2. 具有共同的群体图腾名称。

3. 图腾群体成员相信自己与图腾存在血缘亲属关系，因而崇敬图腾，完全或部分地禁止给图腾物带来灾害。

4. 相信图腾群体成员能够化身为图腾或图腾化身为人。

5. 同一图腾群体成员之间禁止通婚。

6. 图腾群体成员要共同举行与图腾有关的重要仪式（繁殖仪式和成年仪式）。①

金泽在重点对雷纳克与冯特关于图腾崇拜诸特征的基本观点进行梳理的基础上，指出：在我们看来，图腾崇拜作为一种宗教和社会制度，至少是四个子系统的总和。

首先，图腾崇拜是一个信仰系统。人们深信在某一社会群体（氏族）或个人与某一特殊物种（如牛、袋鼠等）之间，有一种神秘的“同质”关系或“交感”联系。二者之间休戚与共，一损俱损，一荣俱荣。人们借助一定的仪式（丰产仪式、巫术等）与一定的禁忌（如禁猎或禁食等），促使这一物种繁荣昌盛，并由此带来氏族或部落的兴旺发达。

其次，图腾崇拜是一种象征系统。这种象征系统具有多方面的功能。它

---

① ［苏］Д. Е. 海通：《图腾崇拜》，何星亮译，上海文艺出版社 1993 年版，第 39—40 页。

的神话传说不仅解释了图腾动物的起源（论证了它的神圣性），而且也解释了人的起源（如图腾动物与人结合而产生某某氏族或民族）。与此同时，图腾的符号作用一方面将动物界区分为图腾动物与非图腾动物，另一方面在人类内部也划分出自我、性伙伴、亲戚、朋友、敌人等不同的人际关系圈。其结果，许多隐含在社会生活中的结构观念变得具体化了，成为人们直观的可以直接把握的东西。

第三，图腾崇拜是一个禁忌系统。图腾禁忌划分了或说代表着许多文化的界限，而其功能就在于保护这些文化的界限不受侵犯，从而保护了与这些文化界限密切相关的人或物。禁忌能够保护氏族以及氏族成员与图腾祖先的神秘联系免遭破坏；禁忌能够保证图腾动物（植物）与氏族共同繁荣；禁忌能够强化旨在维系氏族生存（主要在食物与婚姻这两个方面）的社会秩序。

第四，图腾崇拜还是一个社会结构系统。它在性关系上实行外婚制，信奉同一图腾的氏族成员禁忌有任何性关系。由于在饮食结构上实行禁食某些动物或植物，使不同的氏族相互间在饮食范围上划定了各自独享的领域（A禁食者为B之食物，B禁食者为C之食物，C禁食者为A之食物），从而在有限的生存环境中有效地维护了各个氏族的生存基础。不同的氏族按照动物或植物支系组成程度不同、利益不等的社会网络，并组成氏族、胞族、部落之金字塔结构的复杂社会。[①]

不难看出，图腾崇拜及在此基础上建立起来的图腾制度有着丰富的内涵和诸多层次，深入、系统地讨论图腾制度，既非本书的宗旨，亦非本节篇幅所能完成。笔者在这里主要就《乌布西奔妈妈》反映出来的图腾崇拜观念和图腾制度作一初步考察。

根据《乌布西奔妈妈》传讲，东海诸部落各自拥有自己的徽号，这些徽号是由各种动物组成的，并分为不同的系统：

鼠号—地鼠、灰鼠、飞鼠，
狐号—黄狐、白狐、飞狐，

① 金泽：《宗教禁忌》，社会科学文献出版社1998年版，第106—107页。

狼号—白狼、黑狼、海狼，
麋号—草麋、山麋、江麋，
豹号—火豹、海豹、飞豹，
蟒号—九文蟒、飞蟒、海蟒，
德乌咧哩，哲乌咧，
众号中凶狠无双，
最高升阶便是鹰隼：
鼠—狐—狼—麋—豹—棕熊—鹰隼
锦雉—海鸥—白雁—天鹅—鹰隼
白鱼—鲨鱼—海蟒—海龟—长鲸与海鹰。①

这些徽号即是部落图腾，从图腾动物的类别看，有灵兽、猛兽、禽鸟和鱼类，其特征主要表现在以下几个方面：

1. 以一类动物为一个图腾系列，有鼠、狐、狼、麋、豹、棕熊、鹰隼等系列。

2. 每个图腾系列之间又有数个图腾徽号，每一个徽号代表一个部落，同一徽号之间的部落血缘或地缘关系或可更近。东海地区自古就有互认称谓的俗约，图腾徽号是重要标志。

3. 图腾是按特定的序列排列的，由前至后代表部落势力的强弱和声名的显微，彼此相互认同，并相沿成俗。“在锡霍特山阿林的旗号，是否可蔽云遮日，是否仅踞巴掌大小山岳，全凭旗徽称谓谕晓”，诸徽号中以鹰隼为东海大小部落最高级别的图腾。

4. 随着部落之间势力的消长，可按图腾的序列晋级。如黄獐子部本属麋号系统，经过班尔金、班棋和法吉凌几代经营，至法吉凌时代，随着该部经济的发展，势力的强大，野心日益膨胀，便萌生出废掉黄獐子旧徽号，更换棕熊新徽号的想法。最后，因珠鲁罕部的坚决反对而作罢。

5. 图腾形象主要是以部落旗帜的形式出现的。当图腾形象以图腾柱的形式出现时，图腾的意蕴已然淡薄，神灵的性质更为突出。关于图腾与神的

① 鲁连坤讲述，富育光译注整理：《乌布西奔妈妈》，吉林人民出版社 2007 年版，第 34 页。

区别，涂尔干曾指出：“图腾通常都不是一个个体，而是一个物种或变种；它不是这只袋鼠或这只乌鸦，而是所有的袋鼠或所有的乌鸦。不过图腾有时是一种独特的对象。”①

《乌布西奔妈妈》中的图腾制度反映了以下两方面的功能：一是图腾标志是东海诸部落的象征和区分群体的标记；二是图腾标志是东海诸部落势力强弱的标识。这种以动物名号为氏族或部落的标志，学术界称之为图腾标志或图腾徽号、图腾族徽等。图腾标志是人类最早的社会组织的象征和区分群体的标记。所谓图腾标志，就是以图腾形象作为标志。例如，蛇氏族以蛇的形象作为标志，狼氏族以狼的形象作为族徽。通过徽号，人们便知该氏族或部落的图腾系统。在东海女真诸部中，图腾还被赋予了氏族和部落势力强弱的标志，使其具有特殊的内涵和意义。在东海女真人看来，徽号的稳定代表着社会的秩序，徽号的变化则意味着打破了原有的平衡，形成新的势力格局，由此引发的部落之间的冲突和战争，既具宗教性，又具社会性。

图腾标志在原始社会中起着重要作用，它具有团结群体、密切血缘联系、维系社会组织和互相区别的职能，即使在现代文明社会中依然具有重要的社会文化作用。从《乌布西奔妈妈》中，我们不难看出，图腾制度具有突出的社会性。它与特定群体的社会组织密切相关。在社会组织内部，以图腾为标志，成员之间建立了特有的亲密关系，体现了社会成员之间生死相依的神秘情感和共同命运，并通过恪守图腾禁忌和规则，维持着社会的相对和谐与稳定，通过图腾仪式、神话等宗教内涵，不断强化社会成员之间的内聚力和神圣的情感。在社会外部，以图腾为标志，使不同的社会集团得以相互区别，《乌布西奔妈妈》为我们探讨图腾制度及其功能提供了宝贵的资料。

二 婚姻制度

婚姻制度是人类社会的重要制度之一，它直接决定人口的繁衍与优化，并影响社会的整体发展与和谐稳定。原始婚姻制度与婚姻习俗有一个发展、演变的过程，并大体上与社会发展相适应。

① ［法］爱弥尔·涂尔干：《宗教生活的基本形式》，渠东、汲喆译，上海人民出版社 1999 年版，第 134 页。

《乌布西奔妈妈》展现的东海诸部处于不同的历史发展阶段，加之婚姻制度与婚姻习俗具有一定的滞后性，以及口耳相传的史诗作品，难免有历代传承者加工的痕迹，表现为婚制婚俗的多元并存和跨越性演进。

1. 从杂婚到族外婚

恩格斯在《家庭、私有制和国家的起源》一书中，将人类的婚姻形态分为血缘婚、多偶婚（普那路亚婚）、对偶婚和专偶婚四种类型，并据此将婚姻发展历史划分为四个阶段。其实，人类初始阶段的婚姻形式是杂婚。所谓杂婚，指性行为随意、杂乱没有固定配偶的婚姻形式，不排斥不同辈份，在这种婚姻形式下，尚未形成任何规范性的婚姻制度。这种杂婚制使“子嗣唯知母，孕子视为天。亘古不识父，代代成自然”。[①] 从而导致只能从母亲一方确定世系。

在《乌布西奔妈妈》中，直至乌布西奔执政第十个年头，这种世代相传的杂婚形式在乌布逊部和其他东海诸部仍然沿袭着：

不分男女长幼，
祖宗传下来的古俗，
每到春天，百兽发情，林谷鼎沸，
人啊，男女相抱，不分部族亲疏，随意相处。
老鹿可以爬小鹿，
小母獾子可为五个公獾追逐。[②]

杂婚的实行直接导致部落人口素质下降，“残脚、无肚脐妖怪，聋哑呆痴”等畸形儿频频出现。乌布西奔逐渐认识到这种婚姻形式的弊端和对部落的危害，决定进行婚制改革。她改革婚制的思想来源有两点：一方面，她蒙受神谕，获得天启。主政乌布逊部以来，东海女神德里给奥姆妈妈曾降神警示她，乌布逊部沿袭传统的杂婚习俗是一种罪孽。告诫她“要痛改前非，改

① 富育光讲述，王慧新整理：《恩切布库》，吉林人民出版社 2009 年版，第 108 页。
② 鲁连坤讲述，富育光译注整理：《乌布西奔妈妈》，吉林人民出版社 2007 年版，第 115 页。

弦辟新路，留下体魄聪健的儿孙，东海青春永驻”。[①] 另一方面，她从早年海盗抢部落之女生育的孩子，个个聪明伶俐的事例中获得启发，认识到“远亲相交，儿孙健如虎。近亲相交，儿孙弱如鼠”。[②] 遂采取了一系列措施，推行婚制婚俗改革，创部落外婚制。每年春秋两季，各部落萨满为本部青年发放羽翎、牌位为标记，作为不同部落之间的标志物，然后，部落与部落成员之间相互交往，建立性关系。经过六年的努力，一方面严谕力导，另一方面对违者焚杀不恕，使氏族外婚在东海诸部成为制度。这种婚姻制度因其符合自然选择的客观规律，有助于提高人类身体素质，促进各部落之间的联系，推动社会进步。“在当时是具有重要意义的，是决定民族命运的深刻的、历史性的变革。在满族说部的多个神话传说中，都鲜活生动地记载了这一历史性婚制变革的具体过程。”[③]

外婚制是人类社会婚姻制度的一次重大进步。恩格斯指出：“在氏族内部，严格禁止通婚”。[④] 但在史诗《乌布西奔妈妈》中，在氏族部落阶段，仍存在着杂婚的遗俗，一方面反映了风俗习惯和制度文化对于社会发展具有一定的滞后性，另一方面则表明，史诗虽以叙事为主要表现形式，但体现的是一种神话思维。在神话思维领域中，创世神先创造宇宙和世界，随后才有文化英雄神创造制度和文化。所以作为一种社会制度的族外婚势必要在部落形成并开始稳定发展后产生，再由创立部落的乌布西奔规范婚制，这完全符合神话思维对历史的认知。中原神话中关于女娲的传说也体现了这一点。女娲造人、补天是较早的创世神话，而当人们将女娲视为无所不能的大神后，她又被赋予一系列文化英雄身份。[⑤] 此外，史诗作品描写的婚姻制度在短期内实现如此大跨度的跳跃性变革，是基于作品对表彰乌布西奔卓越功勋的需要。因为这一贡献，乌布逊与众部落，为乌布西奔冠带献上了第八颗睛珠，象征她的重要功勋。

① 鲁连坤讲述，富育光译注整理：《乌布西奔妈妈》，吉林人民出版社 2007 年版，第 115 页。

② 同上。

③ 杨春风：《满族说部中的肃慎族系婚俗》，《社会科学战线》2010 年第 5 期。

④ 恩格斯：《家庭、私有制和国家的起源》，《马克思恩格斯选集》第 4 卷，人民出版社 1995 年版，第 14 页。

⑤ 参见谷颖《满族史诗〈恩切布库〉的文化解读》，《满族研究》2008 年第 3 期。

2. 酋长多偶制

典型的多偶婚即是摩尔根在《古代社会》一书中所说的普那路亚家族。它是建立在几个兄弟及其妻子之间或几个姊妹及其丈夫之间的群婚基础上，过着一夫多妻或一妻多夫的生活，较之血缘群婚有较大的进步。

《乌布西奔妈妈》中的多偶制，与典型意义的多偶婚制性质不同。它并非指在血族群婚的基础上出现的，而是指主要发生在部落酋长们身上的多偶制，即一夫多妻或一妻多夫。如乌布逊部的古德罕王以好色著称，身边有多位美女，有的是从其他部落抢劫而来的。他发动的对黄獐子部的战争，目的之一就是为了掠夺美女。不仅男酋长如此，女酋长亦然，“东海古习女罕拥有众男侍”，乌布西奔身边也有三个心爱的侍男。酋长多偶制是酋长特权的一种反映。尽管当时社会尚处于氏族部落时代，但酋长的权利高于普通人是显而易见的。其标志一方面表现在财富上，另一方面则表现在配偶上。

马林诺夫斯基对此曾做过专门的研究，他以特罗布来恩人为例，说明“只有那些等级地位高的人，以及某些重要人士，比如有名的巫师等才允许有‘维拉亚瓦’（vihaowa，一夫多妻制）的权利。事实上，在某些情况下，一个男人由于他所处的身份地位而使他有义务拥有很多妻子。那就是说，每一位酋长，即能在某个或大或小的区域内行使统治权的头人都应该有很多妻子。为了行使他的权力，履行他的职责，他必须拥有财富；而在特罗布来恩群岛的特定社会条件下，只有通过多妻制才能获得大量财富。”①《乌布西奔妈妈》中反映的酋长多偶主要意义不在于据此获得更多的财富，而是为了满足性需求和彰显酋长的地位。

三　神判制度

神判是一种特殊的原始文化现象。它熔原始宗教和原始法律于一炉，在人类早期社会，神判依凭着原始宗教的神圣性和至高无上的权威性，对调解氏族之间、人与人之间的争端，约定人们的行为规范，发挥了一定的积极作用。神判从一个侧面反映了人类早期的社会关系、社会结构和社会生活，也

---

① ［英］马林诺夫斯基：《原始的性爱》，王启龙、邓小咏译，中国社会出版社2000年版，第135—136页。

记录着人类思维与心理意识的发展轨迹。

神判是一种世界性的现象，具有普遍性。从古代印度、埃及、希腊、罗马、伊朗以及中世纪日耳曼等国家和民族的历史文献、法典、民俗中都能找到关于神判的记载。我国上古五帝时代有皋陶治狱、神兽断案的“触角神判”传说；夏代有启的臣子孟涂行巫断狱的“血迹神判”记载；商代卜辞中存在着以“占卜神判”治狱的卜文；西周有盟诅神判的记载；以致到了春秋时期仍可隐约窥见其遗迹。《梁书》中载有扶南国食人裁判之俗，称“有罪者，辄以喂猛兽及鳄鱼，鱼兽不食为无罪，三日放之”。可以说，神判为我们考察原始法律和民间习俗提供了难得的视角和途径。

在我国北方民族中，神判既包括以解决财产纠纷为主要内容的神判，也包括原始氏族神判。原始氏族神判有氏族盟誓神判和选酋神判等形式。所谓氏族盟誓神判，系指氏族或部落时代，氏族与氏族之间、部落与部落之间，因相遇、会盟、分支、合兵等原因，祈祝神灵进行公正的裁判，以圆满地解决争端，考验诚心，顺利实现祈愿目的。这种神判神圣而隆重，在氏族和部落中颇有影响。

会盟盟誓是氏族间、部落间较普遍的一种神判方式。据《清太祖武皇帝实录》记载，清太祖努尔哈赤在统一女真诸部的过程中，主动与明通好，“遂会明辽东副将及抚顺所备御同勒誓辞于碑，刑白马祭天”,[①] 并立盟约。努尔哈赤与海西女真四部建立的短暂且只是表面现象的会盟，也要行“刑马歃血，祭天盟誓”之仪式,[②] 似乎这样才能表示彼此的诚心。

《乌布西奔妈妈》反映的时代是一个部落战争的时代，部落之间结盟是平常之事。届时，结盟双方要举行盟誓仪式。在彻沐肯部落突发天花瘟疫时，乌布西奔亲自采药、诊治，挽救了彻沐肯部。彻沐肯部的酋长万谢千恩乌布逊的救命之恩，遂与乌布逊部结为联盟，彻沐肯大玛发和乌布逊的古德罕王举行了刺额鉴心仪式。刺额鉴心仪式是东海人古代铭誓鉴心的古礼，即相互刺额头，滴血至水或酒中共饮，余酒大地敬天，同申忠心之志，以为铭誓。

---

① 《清实录》,《太祖实录》卷 3，中华书局 1986 年版，第 50 页。

② 同上书，第 46 页。

这种会盟神判旨在检验会盟各方是否诚心，以便进行政治、军事联盟。会盟各方要竞相献上鹿、野猪、巨蟒、虎、熊等巨兽，祭奠神灵，并痛饮牲血。火验神判是会盟时普遍采用的方法。届时，先由萨满择定圣地，并杀牲祭地，布设神判地点。参加会盟的各氏族首领一齐跪地盟誓。当星斗满天时，由萨满将象征神明的篝火点燃。待大火熊熊燃烧后，各氏族首领相互跪抱，跪地祈祷，并竞相往火中敬献血肉，然后进行跨火神验。各氏族首领依次从燃烧的火堆上飞越而过。凡在大火前毫无惧色，并能顺利跳过篝火者，表明其经受了圣火的洗礼和考验，诚心会盟；如在烈火前却步不前或不能跨过火堆，即表明没有会盟的诚意。据满族说部《两世罕王传》传讲，建州女真首领王杲曾向土默罕求兵，土默罕王使用火验神判法验其诚心。面对熊熊燃烧的火堆和火堆前插着枪尖的场地，王杲坦然地跪地洒酒，一步步接近火堆，飞跨而过，须发被火苗烧卷，皮毛斗篷上火舌翻滚，王杲大笑着走向土默罕，跪地施礼，遂与土默罕会盟。①

神判还用于对个人忠诚的验判，这类神判亦称神验。乌布逊的古德罕王原是一位贪得无厌、嗜杀成性的酋长，征伐无度，四处结怨。一次战败后羞愧不已，隐藏不出。但部落不可一日无首领。族众多方努力将其找回后，为了验证他对本部的诚心和忠心，按照乌布逊古老的祖训，举行了庄严的神验仪式。神验由乌布西奔萨满任公判人。她闭目坐在神坛前的花床上，敲击着神鼓，族众虔诚默求乌布逊众神降临，验证古德罕王的诚心，使他痛改前非，重走正路，拯救乌布逊，成为乌布逊部优秀的酋长。

古德罕王赤裸上身跪在神坛前，身上抹满献牲的鹿血、鹅血和鱼血。乌布西奔祈告神灵，今天神坛前要经神验的人——就是满身抹着献牲血的罪人，请神明明断，神明明示，神明明裁。

乌布西奔按祖规，举行了神圣的神验仪式。神验包括三种形式：即火裁，设火坛，走九杆长、二杆深的火堆，让火神验示古德罕的诚心；水裁，设水坛，走九杆长、三杆深的水塘，让水神验示古德罕的真心；鹰裁，设鹰坛，走在五只凶隼、四只凶雕之间，鹰雕饥饿三日，让鹰神验示古德罕的忠心。举行仪式时，要杀三只梅鹿、三只天鹅、三尾两杆长的红翅鲨鱼，血洒

① 郭淑云：《原始活态文化——萨满教透视》，上海人民出版社2001年版，第396页。

四野，围众捧上九色野花，插满祭坛，有勇有谋有斗志，平安穿过雕阵。乌布西奔在降身附体后，跳起哑女舞。她边敲鼓边飞翔一般跳到祭坛中央的古德罕面前，轻轻把鼓顶在头上，双手一举把古德罕举了起来，轻轻一扔，古德罕不知不觉却站到了火塘前边。乌布西奔，气不长吁，面不改色，头顶的神鼓平稳如常。众人皆屏声暗叹，敬佩乌布西奔的神技。在奶奶神主佛伦丹珠其妈妈附体后，乌布西奔命古德罕速过火海、水潭、鹰窝，古德罕匍匐在地，泣不成声。众族人聆听神训，各个热泪盈盈。古德罕无所畏惧，犹如祖神在身，跳过火塘，穿过水潭，安然与鹰雕搏斗，最后将其吓走，大步走到神坛前，喝干一坛血酒，跪地叩头，听众裁断。最后，神与族众裁定，古德罕与族众一心，族众矢志跟随他，重建乌布逊。

> 乌布逊沸腾了！
> 所有的猜忌，仇视，嫉恨，
> 抛到九霄云外，
> 古德罕被族众抱起来，抱头哽咽，
> 惊飞云雀群群，
> 哄跑起松鼠匿洞。[1]

经过神验，古德罕王重新获得执掌乌布逊部的权力，整个部落重新凝聚在他的旗帜下。

如果说《乌布西奔妈妈》的神判观念较多地具有人本主义色彩，族众的意志具有一定的作用的话，那么，满族神话史诗《恩切布库》中表达的神判观念和意识，更具有突出的神圣性。只有经过神灵的验判，才被视为神圣和权威性。如女神曾对被测试者说：

> 你们要是真心悔过，
> 就把你们的头伸向虎口
> 用猛虎来验证你们的诚心，

① 鲁连坤讲述，富育光译注整理：《乌布西奔妈妈》，吉林人民出版社2007年版，第63页。

如果你们虚情假意，
口是心非，
欺骗天母，
天母会照见你们的心田，
天母会洞悉你们的诡诈，
你们必遭猛虎的惩罚，
你们休逃天母的降罪。[①]

神判的产生与原始宗教、原始先民的生活习俗密切相关。北方先民自古信仰萨满教。在北方先民的观念中，他们赖以生存的自然界充满神灵，主宰着人类与万物。神栖于九天，对人间的善恶曲直洞彻些微，惩恶扬善，伟大公正。然而，神高高在上，普通人难以与之沟通与交往，只有通过萨满的一系列神事活动，才能代达庶望，传达神意。在萨满教世界中，人们将萨满视为直接通神者、神的化身与代表，凡事无所不知，无所不能，无所不解，在族中享有很高的威望。萨满正是凭借这种威望，为氏族排难解纷，维系着氏族内部的和睦与安宁。偶有争执，萨满则是当然的调解和裁判者，这正是萨满充当神判执行者的思想基础和特殊条件。

史诗中，人们深信阿布卡赫赫等众神的存在，认为只有神才能给他们最公正的判决。北方民族神判的实现还要通过一定的仪式，而这些仪式与萨满教观念密不可分。仪式由部落萨满主持，最终裁判也是神借助萨满之口告知众人。史诗讲述的过火海、入鹰雕之围等神验仪式，与后世萨满教祭祀仪式有惊人的相似之处。如吉林省九台市满族石氏家族保留下来的“跑火池”仪式，萨满即率族众赤脚在熊熊燃烧的烈火上跑过。就仪式本质而言，二者都是人向神灵表达虔诚之意，祈请神的验证。

四　选酋制度

选酋制度是氏族部落社会的重要政治制度之一，因其事关一个氏族、部落的生死存亡，在当时社会生活中占有重要的地位。作为原始氏族部落时代

① 富育光讲述，王慧新整理：《恩切布库》，吉林人民出版社 2009 年版，第 128 页。

权力交替的方式，选酋制度具有世界性的意义。从人类早期社会发展的历史轨迹看，各民族的选酋制度有许多相同的地方。如选举制曾是许多民族共同经历的一种政治模式。我国古代历史文献中，对此多有记述。乌桓人“有勇健能理决争讼者，推为大人，无世业相继。邑落各有小帅，数百千落自为一部。”[①] 在汉代，乌桓社会已经发展到了氏族社会的末期，[②] 统治阶级正在逐渐形成，但仍保留首领选举的传统。

在我国北方民族中，这种选举制不仅用于选举酋长，氏族或部落中的勇士、猎达等的产生，也采用选举制。满族创世史诗《恩切布库》即记述了这方面的内容。恩切布库广纳贤才，曾在堪扎阿林举办了一次选拔“山音赊夫”[③] 的盛会，通过竞比技艺，发现和选拔贤能之士：

舒克都哩艾曼所有分枝的族众，
有的步行，
有的划船，
有的骑马，
有的跨鹿，
三三两两，
五五成群，
从四面八方
奔向竞赛场地。
盛会上，
不分亲疏，
不分远近，
不分老幼，
谁都可以凭着自己的本事，
凭着自己的能耐报号上阵，

① 《后汉书 》卷90《乌桓鲜卑列传》。
② 韩世明：《这方水土好甜美——辽河流域民族风俗》，辽海出版社2000年版，第49页。
③ 山音，满语“好”之意。赊夫，满语“师父”之意。

竞比奇迹，
竞比奇功，
竞比奇能，
竞比奇艺。[①]

这是一场盛大的、颇具神圣性的盛会。夹昆妈妈（鸟神）、塔思哈（虎神）、木克妈妈（海神）等都是天宫大战中阿布卡赫赫的英勇卫士，经过战斗洗礼，是身经百战的战神。赛场上他们各显神通，夺得阵阵欢呼声与掌声，最终成为各部落的首领、萨满。

在《乌布西奔妈妈》中，东海诸部的选酋制具有多元性，可分四种形式，即民主选举制、禅让制、强行立酋制和酋长任命制，四种形式所体现的原始民主色彩也迥然不同。从一个侧面折射了东海诸部社会发展不平衡性和社会发展的多样性。

在《乌布西奔妈妈》中，选举制既用于部落酋长的产生，亦用于部落联盟长的产生。黄獐子部老酋长班琪妈妈去世后，族众共同推举法法吉凌承袭酋长之位。乌布西奔九年，已缔结联盟的乌布逊、黄獐子等部落共同商议，推举乌布西奔为部落联盟长。这种公民选举制反映了当时社会生活的民主化程度。与其他选酋制相较，民主选举更具平等和民主性。恩格斯特别指出："酋长在氏族内部的权力，是父亲般的、纯粹道义性质的；他手里没有强制的手段。"[②]

《乌布西奔妈妈》的选酋制与金代女真人的酋长选举类似。从下面记载中我们可以看出女真部落或部落联盟的大酋长也是由推选而来的。《金史·石显传》："石显，孩懒水乌林答部人。昭祖以条教约束诸部，石显陆梁不可制。及昭祖没于逼剌纪村，部人以柩归，至孩懒水，石显与完颜部窝忽窝出邀于路，攻而夺之柩，扬言曰：'汝辈以石鲁为能而推尊之，吾今得之矣。'昭祖之徒……追及之，与战，复得柩。众推景祖为诸部长。"[③] 通过石

① 富育光讲述，王慧新整理：《恩切布库》，吉林人民出版社 2009 年版，第 69—70 页。

② ［德］恩格斯：《家庭、私有制和国家的起源》，《马克思恩格斯选集》第四卷，人民出版社 1995 年版，第 84 页。

③ 《金史》卷 67。

鲁和乌古乃推选担任部长或诸部长，可以看出酋长选举制在女真部落中也存在。

禅让制是一种具有特殊意义的民主推选首领的制度。乌布西奔即是通过这种形式登上酋长之位的。史诗描写了这一具有传奇色彩的政治制度。禅让制发生在乌布逊部的古德罕王和乌布西奔之间。当初结联盟的诸酋长黄獐子部的法吉凌、彻沐肯玛发、辉罕玛发与乌布逊部的老酋长古德罕王商议，由乌布西奔统锡霍特阿林萨满祭祀事宜时，古德罕王同时提出将乌布逊罕王位置让给深孚众望的乌布西奔继承，得到诸酋的认同。此后，东海女真诸部开启了乌布西奔时代。古德罕王虽不再担任罕王，但一直在背后支持并考察乌布西奔的执政情况。

这种禅让制的实现是有一定基础的。乌布西奔担任部落总祀萨满时，时任部落酋长的古德罕王基于对乌布西奔的信任和自己的身体状况，委托乌布西奔代管部落日常事务，使乌布西奔的才干得以显露和发挥，并获得族众的拥护，为顺利实现权力过渡奠定了基础。这一方面反映了当时的社会原始民主风尚犹在，同时也说明乌布西奔集政权与神权于一身的特殊身份是女真族政教合一政权形式的一种早期形态。

史诗中的"禅让制"与中原传说时代——尧、舜时的"禅让制"有某些相似之处。"在程序上，任用者必须是德才兼备，然后由酋长会议推荐，最后由最高酋长任命，这种'授贤与能'的推荐任命法，便是所谓的'禅让制'。""在这两位最高酋长中，前任的一位有更多的话语权力，如舜之被选拔，虽然首先是由四岳之推荐，而最后的任用决定在于尧。禹之被选拔，亦由四岳推荐，但最后由舜来作终决。"① 尧、舜时期的"禅让制"与史诗中的禅让制，都是由酋长会议推荐和商议，最后由最高酋长任命。两种禅让制还有一个相似点，就是都要选举德才兼备的人，尧曾以各种方式考验舜，就说明老酋长并非仅凭个人臆断和情感因素推举新酋长，而是在对其进行德、能综合考察的基础上，提出新酋长人选。只不过前者个人的意志发挥着更重要的作用。就"民主选举制"和禅让制相比，前者更具原始民主的性质。

---

① 江林昌：《中国上古文明考论》，上海教育出版社 2005 年版，第 44—45 页。

酋长任命制发生在乌布西奔逝世前。她立下遗嘱，在她逝世后，由其三位萨满弟子特尔沁、特尔滨、都尔芹联合执掌乌布逊部，同时为东海九部联盟盟长，“同掌九虎九鹰九云樽”。日后如有彼此相争，可在萨满主持下，采用骑仔鲸巡海、潜游、缚熊、搏虎、戏蟒等陆地和海上竞技方式加以神断。九部联盟遵循乌布西奔的遗志遗训，确立特尔沁、特尔滨、都尔芹三位女萨满为部落联盟长。

这种形式原则上是与氏族部落的民主制相违背的。作品赋予这种选酋形式理想化色彩，主要基于对乌布西奔人品和人格魅力的盛赞以及其确立的集体领导形式。

强行立酋制是部落战争的产物，乌布逊部在征服彻沐肯、辉罕两部后，两次选立新主管理该部，立酋标准以忠诚为首要条件，表现了征服部落对被征服部落的强制统治和羁縻政策。这种酋长产生形式自然毫无民主可言。

综上所述，《乌布西奔妈妈》反映了东海地区由部落分立走向部落联盟的过程。从原本的“七百噶珊，遍地狼烟”[①] “日夜争吵叽叽，互不和睦团聚，厮拼着征掠同伙，希冀着独树雄旗”[②] 的部落分立的战乱局面到“东海没有欺诈、懒怠、凌弱、恃强，夜不闭户，日无殴斗，岛岛相敬，歌舞融亲”的一派太平盛世的和平景象，以至于受到西邻乌拉部和东海远岛毛民的盛赞，被他们誉为“君子野人”、“人间神境”。[③] 从“东海人世代披皮为服，不晓缝连，茅草为巢，不知筑室，生咽肉糜，不习火食”的荒蛮生活方式到“冬凿地室，夏栖树屋，习用踏板雪行飞驰，生火、留火，熏肉烤吃”和“刻木为号，凿削石、革记事，以雁阵、达麻哈汛、野花开败记时。乌布逊纲纪传世，各部仿学”[④] 的原始文明曙光出现在东海上空，女真社会发生了深刻的变化。

---

① 鲁连坤讲述，富育光译注整理：《乌布西奔妈妈》，吉林人民出版社 2007 年版，第 13 页。

② 同上书，第 10 页。

③ 同上书，第 199 页。

④ 同上书，第 100 页。

第五章
《乌布西奔妈妈》与萨满

萨满是萨满教巫师。“萨满”源自满—通古斯语，被认为是以所属的血缘和地缘群体的利益为出发点，充当人和神之间的中介，代达庶望，传达神意，并在神灵的帮助下完成各种神事活动的宗教职能者，在特定的群体中享有很高的社会威望。萨满教的产生和发展是以氏族社会的氏族制度为社会基础的，氏族组织即是萨满教赖以依托的组织形式。因此，在萨满教早期发展阶段，氏族萨满的地位更高，声望更大，氏族对萨满的依赖性也更强，可以说萨满的命运与氏族息息相关，他们的神圣使命、崇高地位、神奇力量均由其所属的氏族所赋予，即使其萨满的身份也必须得到氏族成员的承认方可获得。因而，萨满的天然职责就是为氏族排忧解难，祈福禳灾。《乌布西奔妈妈》昭示了萨满教繁盛时期萨满的精神世界、社会地位及与氏族部落的关系。

萨满研究是萨满教研究的重要组成部分。在国际萨满教研究史上，有关“萨满其人”的话题历久弥新，几乎与萨满教研究的历史相始终。与“何为萨满教”一样，是每一位萨满教研究者都必须回答的问题，因而成为萨满教研究中超越民族、地域、语言和学派畛域的经常性的主题。但国外学术界关于“萨满其人”的讨论有着特定的内涵，讨论的焦点主要是围绕萨满的生理、心理特点等问题展开的，包括萨满是精神方面患有疾病的人，还是一个健康的人；萨满脱魂与附体何者是萨满通神的主要方式，萨满医疗的机理等方面。半个世纪以来，实验及心理学的研究方法在欧美等国被引入萨满研究中，使萨满研究的领域大为拓展，构成萨满研究的新视角和新方向。

在解读史诗《乌布西奔妈妈》时，我们欣喜地看到，史诗中涉及诸多有关萨满的内容。运用国内外萨满研究的理论和成果，有助于我们对史诗的认识；通过对史诗中有关萨满资料和涉及问题的梳理和探讨，也有助于我们对萨满问题的认识。

第一节 “萨满”词义“晓彻”说

“萨满”一词最早是由到西伯利亚的旅行探险者引入学术界的。17 世纪后半叶后，俄国和欧洲的旅行家、探险家与民族学家纷至西伯利亚旅行和考察，发现当地通古斯人的宗教信仰及其宗教巫师萨满迥别于西方的宗教体系，难以用已有的宗教术语表述他们的宗教形态，便因袭土著民族的传统，称其宗教巫师为“萨满”，并依此称其宗教信仰为“萨满教”。在此后三百多年的时间里，旅行家、探险家、民族学家和宗教学家们先后在北美、南美、北欧、北极、东南亚、澳大利亚和大洋洲等地发现了在类型与功能上与通古斯萨满教相似的宗教现象，遂将这一带有普遍性的宗教现象统称为“萨满教”。“萨满”也由原来通古斯人的民俗用语上升为学术用语。在长达几个世纪的时间里，“萨满”一词所具有的双重含义始终并行不悖：在通古斯语族社会，人们使用它仍主要指本民族的宗教巫师；在学术界，“萨满”一词则成为意义广泛的学术用语。

对于“萨满”这样语源明确的词汇的词源与词义，富于学术批判精神的西方学术界，展开了相当长时间的学术论争。有关“萨满”词源外来说在萨满教早期研究史上曾经占有重要地位，具体又有“萨满”一词源于印度巴利语和突厥——蒙古语系两种学说，持这些学说者不乏通古斯专家史禄国和东方语言学家波普等权威人士，因而，这些学说在当时的萨满教学术界产生过相当大的影响。

И. Э. 费舍尔最早提出“萨满”词源通古斯语说。该学说一经提出便引起国外学者的广泛关注，分别从语言学、民族学、历史学的视角进行考证，系统地论证了“萨满”一词源于通古斯语说，为“萨满”一词源于通古斯语的观点成为学术定说奠定了基础。

如果说“萨满”词源问题虽经长期学术论争，但较早地获得了学术共识的话，那么，关于“萨满”词义的解析，则在相当长的时期内存在歧义。

《乌布西奔妈妈》释“萨满”为“晓彻”的解说，为考察“萨满”词义提供了新的佐证和史诗学资料。

在长达几个世纪的时间里，国外萨满教学界一个几成定论的“萨满”词义说为萨满系满语 samarambi 或 samdambi，意为“兴奋”、“不安”、“跳舞”之意。一些著名学者诸如苏联宗教学家谢·亚·托卡列夫等民族学家也持这种学说。我国学者自涉足萨满教研究领域后，即全盘接受了国外萨满教学界对“萨满”词义的解释，直至20世纪90年代，几乎成为众口一词的通说。《中国大百科辞典·宗教卷》（1988）和《辞海》（1988）“萨满”词条分别将“萨满”释为“激动不安和疯狂乱舞者”和“因兴奋而狂舞的人”。

对于“萨满”词义的解析，已故匈牙利著名萨满教专家V. 迪欧塞吉可谓独树一帜，他从构成 saman 的词根入手，认为“萨满”（saman）一词，“由动词‘萨’（sa）（知道）构成，这样，‘萨满’照字面讲意为‘无所不知的人’”。[①] 根据我国满—通古斯民族语言志，saman 一词都是由意为“知道”、“通晓”、“知觉”等动词的词根构成。如鄂伦春、鄂温克语的 saa（知觉、感觉），锡伯语的 sar（知道、知晓、通晓、明晓），满语、赫哲语的 sa 或 sam（使知道）。由此可见，V. 迪欧塞吉的解释更切合“萨满”一词的原意。

这种解释与《乌布西奔妈妈》的释义恰相符合：“‘萨满’为‘晓彻’之意，其含义为最能通达、了解神意。”[②] 富育光最早运用史诗学的资料诠释“萨满”一词，给予恰当的解说，给迪欧塞吉学说以极大的支撑，在国内学术界产生了较大的影响。

《乌布西奔妈妈》以史诗特有的风格和语言，阐发了“萨满”意为晓彻的内涵：

圣明的乌布西奔萨玛，
昨日哑女今朝展新姿，

---

① ［匈］V. 迪欧塞吉：《不列颠百科全书》（1980年版）“萨满教”辞条，于锦绣译，《世界宗教资料》1983年第3期。

② 参见富育光《萨满教与神话》，辽宁大学出版社1990年版，第3页。

慧目天聪非凡质，
沙延安班夹昆，[①]
是她叱咤风云的得心神祇，
唤来四宇众神齐相集。
卜占遥远的吉凶，
测卜人物的影迹，
马上迅悉千里，
晓彻细微秘事。[②]

乌布林的鼓声和古德罕的祝愿，
乌布西奔梦里知端详：
晓知德里给奥姆妈妈传来下谕言。
乌布西奔是乌布逊萨玛，
就是乌布逊的人。
乌布林的儿女，
乌布林的孩子，
神光惠照……[③]

萨满能够在宇宙中晓彻万物，在于他们来自神界，得诸神襄助。他们成为人间无所不知者是顺理成章之事。《乌布西奔妈妈》是在萨满教沃土上生成的奇葩，萨满教世界观是其生存的土壤。在萨满教观念中，只有萨满能够晓彻宇宙万物的根源，这是萨满实现沟通人神，代达庶望的人神中介之神圣职能的根源。

第二节　沟通人神

在萨满教世界中，萨满以人神中介的身份，千百年来始终居于北方民族

① 沙延安班夹昆：萨满天禽神，即大白鹰。
② 鲁连坤讲述，富育光译注整理：《乌布西奔妈妈》，吉林人民出版社 2007 年版，第 53 页。
③ 同上书，第 64 页。

精神世界的领袖地位，“萨满是民族之师、民族之神、民族之魂，承载着民族精神文化的全部遗产，从而享得全民族的敬重”。[①] 人们相信只有萨满才能对宇宙、自然的发轫，对人类和氏族的起源与发展，对个人命运等，做出最具权威性、最令人信服的解释；也只有萨满能沟通宇宙三界，既通晓人意，又知晓神意，在人神之间充当交往的媒介。萨满在本氏族中始终享有崇高的威望，具有重要的社会地位和影响。《乌布西奔妈妈》以绚丽的神话、感人的情节、鲜活的个案和诗性的语言艺术，展示了东海女真女萨满群体的精神世界，表现了她们所具有的沟通人神的特质及其独特的交流方式。

一 萨满神性由来

国际著名萨满教专家V. 迪欧塞吉给“萨满”下的定义为：“萨满教是一种以萨满为中心的宗教现象，萨满是一个心醉神迷的人，被相信能治病、能与超世界交往。”[②] 在萨满教世界中，萨满是人与神之间的媒介，具有与超自然沟通的能力，这一点既为众所周知，亦为众所认同。这得益于他们兼具神性和人性之特殊品质。萨满如果不具有神性，就无法与神灵沟通，获得神谕；如果不具有人性，就无从了解氏族的愿望，也难以实现传达神谕、代达庶望的神圣职能。也就是说，萨满是具有特殊品质的人，这种特质决定着他们具有双重人格。平时作为氏族的普通一员，参加生产劳动，过正常的家庭生活，即使是职业萨满，他们在多数情况下也过着常人的生活。只有在他们与超自然的神、魂沟通时，他们的特殊性和特殊地位才凸显出来。在以萨满教世界观为主导意识的民族中，萨满的特殊身份和职能备受关注。

萨满具备怎样的特殊品质，又是如何成为萨满的呢？萨满始祖神话为我们做出了解答，《乌布西奔妈妈》更以具体生动的形象说明了萨满的来历和特殊使命。

在信仰萨满教的阿尔泰语系诸民族中，流传着古老的鹰为萨满始母的神话，尽管各民族的神话在一些具体的细节上有所不同，但鹰作为萨满的奠基

---

① 富育光：《萨满教与神话》，辽宁大学出版社1990年版，第1页。

② ［匈］V. 迪欧塞吉：《不列颠百科全书》（1980年版）“萨满教”辞条，于锦绣译，《世界宗教资料》1983年第3期。

者和保护者，与萨满的产生有着密切的关系，却是一个共同的神话母题。雅库特人认为鹰是萨满的祖先和创造者。“按照他们的概念，鹰先吞掉了注定要成为萨满的那个婴儿的修尔（灵魂），接着将它带到‘有太阳和月亮的’田野上，并在专门栽在此处的一棵神圣桦树上孵蛋，之后又把蛋打碎，将孵化出来的婴儿放入摆在树基旁边的铁制摇篮内。这个后来由所谓的‘鸟母亲’抚养长大的婴儿便成了阿吉奥依翁——萨满。”①

鹰为萨满始祖的神话具有普遍性和广泛性，不仅是西伯利亚诸民族萨满起源神话的主体，在我国北方民族中也有广泛的传播。满族先世东海女真后裔扈伦七姓萨满神谕传讲，洪水时代，天地一片汪洋，一切生物难以存活。一只小海豹救起一男一女，生下一个女儿，被天神阿布卡赫赫派来的鹰神代敏格格叼走。代敏格格将其养大，使之成为世界上第一个萨满。鹰不仅哺育了萨满，也是萨满智慧的赐予者。据满族创世神话《天宫大战》传讲，鹰受天神之命，用昆哲勒神鸟衔来的太阳河中的生命与智慧的神羹哺育第一位女萨满，用布星女神卧勒多赫赫的神光启迪她，使其通晓星卜天时，用地母巴那吉额姆的肌肉润泽她，使其运筹神技自如；用恶魔耶鲁里自生自育的奇功诱导她，使其能传播男女交媾之术，并最终使其成为无所不知、神技超凡的大萨满。②

纵观萨满始祖神话可知，萨满的神性与生俱来，萨满是由鹰神孕育、培育而成的，本即来自神界，与神灵具有相互沟通的途径和语言，这是人类无法企及的，信仰萨满教的群体只有凭借萨满才能实现与神灵的沟通，并达到治病祛灾、祈福纳吉的目的。

《乌布西奔妈妈》通过萨满的传奇人生，揭示了她们的非凡来历、神圣使命及天然具有的神性。乌布西奔原为天母阿布卡赫赫与恶魔耶鲁里撕斗中裂生出来的星辰神，叫塔其乌离，与塔其布离是一对姐妹神。后天神阿布卡赫赫将她们由布星女神卧勒多赫赫名下转至东海女神德里给奥姆妈妈身边，成为其贴身侍神。为了将乌布逊部及东海女真人从战乱不已的苦难中拯救出来，

① ［苏］斯特恩堡：《西伯利亚民族的鹰崇拜》，载吉林省民族研究所编《萨满教文化研究》第二辑，天津古籍出版社 1990 年版，第 256 页。

② 富育光：《萨满教与神话》，辽宁大学出版社 1990 年版，第 242 页。

德里给奥姆妈妈又将塔其乌离派往乌布逊部，化身为乌布西奔，因此，其神性是天然固有的。这种天女降世为萨满的传说与一些民族的始祖传说相契合。芬兰神话传说中也将萨满称为乌科阿依加——“天神的儿子”。[1]

乌布西奔本为天神圣裔，为了拯救灾难深重的乌布逊部落，降临人世，成为该部的大萨满。如同其他英雄史诗中的拯世英雄一样，乌布西奔有一个苦难的童年，她的降生和成长过程也充满神奇色彩：两只豹眼大金雕，护卫一只长尾黄莺，黄莺啄着一个明亮的小皮蛋，投向人间，如金针发出耀眼的光芒；皮蛋重千金，人移不动，狗群望而惊遁，火烧不着，土埋后随巨响出来一个女婴。女婴生来天聪异禀，虽如鸟聋哑（能发音而不会说话），如海狸鼠出世一般呆傻，却“睿能奇志”，不学而成劳动能手，懂占卜，知征候：

白雪融消三次了，
她就能下海抓蟹；
白鹊枝梢絮巢了，
她就能上树吃鸟蛋。
七岁斗鲨叉海参，
九岁布阵捉海狸。
黑云来了她说“海啸”，
黑潮来了她说“飓风”。
吉伦草发香了——
她说：“该采椴蜜”。
卡丹花冒出了“黑腻”——
她说“瘟疫”。
吉伦草发香了她说客来。[2]

---

① ［苏］斯特恩堡：《西伯利亚民族的鹰崇拜》，载吉林省民族研究所编《萨满教文化研究》第二辑，天津古籍出版社1990年版，第256页。

② 鲁连坤讲述，富育光译注整理：《乌布西奔妈妈》，吉林人民出版社2007年版，第33页。

可以说，乌布西奔刚一出世，即带着浓厚的萨满征象。她历经磨难，最终被奉为乌布逊部的大萨满，实现了她降临人世的使命。萨满降世，在于拯世救民。只有经过一番神验，并表现出卓尔不群的神技，才能赢得氏族或部落的认可和拥戴。

如果说乌布西奔是天女降世，那么，乌布勒恩则是一位诞生在人间的神灵，她聪颖过人，美貌绝伦，是一位才貌双全又颇具亲和力的女萨满。她有着与众不同的出身和非凡的神技，史诗记述了她的神奇出身：

传她是从千载古松瘿包中裂生，
鹰母貂父山狸是舅公。
性喜树尖行走如飞蝇，
任何高树细枝，
都能驮住她不坠落摔疼。
坐在枝梢和小鸟们合唱，
鸟儿不逃不散
身轻若风。
十三岁便会咏唱神歌，
乌布西奔梦中得识神童，
众侍林中寻求九十九回，
找回大帐，收为爱徒
——最贴心侍人。①

乌布勒恩系裂生，本身就是一位神灵。据满族萨满文化传承人傅英仁老人讲述，满族神话中的神有裂生、胎生和介于两者之间的男女同体三种方式。所谓裂生，即指没有经过受孕、生产的过程，而是从其上世本身的骨缝和头顶上分裂而出，一次可裂生多位神，最多可裂生出9人。胎生神是指经过受孕、生产的过程而成为神的。所谓男女同体，系指该神能自生自育。在

① 鲁连坤讲述，富育光译注整理：《乌布西奔妈妈》，吉林人民出版社2007年版，第137—138页。

三种生神方式中，裂生神的神力最高，具有不死之功力。①

显然，乌布勒恩的鹰母貂父是就养育意义而言的，也就是说乌布勒恩裂生后，由多种动物将她养大，使她习得许多超人的神技。如果说从乌布勒恩出身来看，其神性是第一属性的话，那么在她成长后，其人性则为第一性。她成为神授大萨满后，协助乌布西奔管理部落事务，成为集族权和神权于一身的部落酋长和大萨满。

二 萨满通神方式

萨满天生具备沟通人神的资格与能力，那么，他们又是如何完成这种沟通的呢？这既是萨满教研究中的一个重要问题，也是解读《乌布西奔妈妈》的一个重要方面。

根据对我国北方民族萨满教的调查与研究，在萨满教世界中，人、萨满、神灵三者构成一个立体的关系网络，彼此保持着各种形式的联系。以人为主体主动与神沟通的方式有多种，如祈祷、献祭、巫术等，但这些方式主要限于人的行为和意愿，超自然的神灵不仅是被动的，而且是无为的，并没有实现人与神的直接沟通。只有在脱魂和附体的情况下，萨满才能与超自然的神、魂直接交往，相互遭遇，甚至达到彼此合一的境地。所以，脱魂和附体被国内外学术界视为萨满通神的两种方式。采取何种方式与超自然世界沟通，主要取决于宗教活动的目的和宗教仪式的类型。在中国北方民族萨满教发展早期历史上，萨满脱魂和附体两种形式并存，在某些民族中，脱魂甚至占主导地位。但在萨满教发展的过程中，附体逐渐取代脱魂，成为萨满通神的主要方式。

所谓脱魂指萨满的灵魂离体外游，飞往宇宙上界或下界，实现与超自然的神灵相会的目的。附体则与之相反，指神灵降临，附于萨满之身，达到神人合一的境界。当神灵附体时，萨满由人神中介变成神灵的替身，实现人格转换，并通过传达神谕，为族人驱邪祛病，祈福禳灾，凝聚族众。

《乌布西奔妈妈》保留丰富的原始萨满教内容，表现在萨满通神方式上，既描述了萨满附体后的一些动人场面，也记述了萨满脱魂的情形。特别

---

① 2000年2月18日笔者在黑龙江省宁安市傅英仁家中采录。

是萨满脱魂，近世以来已少有传承。见诸《乌布西奔妈妈》中，一方面反映了史诗的古老性，承载着丰富的原始萨满教内容，另一方面也说明脱魂现象在萨满教早期发展阶段，应是萨满通神的重要方式。

《乌布西奔妈妈》两次记述乌布西奔脱魂的经历，两次脱魂都属于梦幻魂游式的脱魂。梦幻魂游实际上是一种特殊的萨满梦。它构成萨满脱魂的一种类型，是以萨满教的灵魂观和萨满对梦的解析为理论基础的。按照老萨满的解释，萨满梦并非都是魂游梦。这种梦与一般人的梦不同，也与萨满平常的梦境有别，具有突发性特征，所梦内容与日常生活大异，清晰完整，有时同样的梦能重复几次，即所谓复梦现象屡现，梦的内容也多与神鬼世界有关。据一些神事造诣较高的老萨满解释，这是浮魂在外界神力的导引下进行的魂游。其目的在于为氏族排忧解难，或向神祇求教以解疑难问题，或是萨满祖神向萨满传授知识。

乌布西奔的第一次脱魂经历发生在乌布西奔女罕九年。当时，乌布逊部同内海海盗的搏斗，已持续了几年时间，始终没有取胜。乌布逊及周边诸部常受海盗的侵扰。这使乌布西奔“食不甘味”、“思虑沉沉”，遂在一个繁星满天的夜晚头枕魂骨兜，和衣而卧，祈魂梦游，祈神降谕。期间，乌布西奔经历多次魂游。都尔芹、都尔根两位亲侍萨满，在一旁悄然侍奉，轻轻为她揩汗，还不时往她口中滴水。乌布西奔在梦中，感觉有只白鹰展翅拖她疾走，带她来到广袤的海域，一阵寒风后，东海女神德里给奥姆妈妈站在她面前，谕示她：

海岛之敌，
狡兔三窟，
相互隐匿，
难破其巢。
穷图无益，
远远内海，
有迎日之岛。
岛有海鬼，助其兵刃食药，
其域之大有万万千庹之遥，

飞鸟十日难窥其奥。
汝应以情求友，
以义济众泯恶。
海盗多历世被歼之后裔，
远徙外岛谋生之浪子。
枝须荡海，落叶归根。
联友、安顺、招抚，
太平万载，东海不老。[①]

乌布西奔梦幻魂游得神谕，奉若至谕，遂即付诸行动，率部直捣海贼的老巢——内海双岛十三礁，招抚了嗜杀成性的巴特恩图女魔，并亲自细心为巴特恩图疗治毒箭之伤，以德感化往日残忍的女魔，彻底征服了内海，也感召了外海岛的三百石窟，在统一东海女真诸部的进程中迈出了关键性的一步。

乌布西奔的第二次脱魂经历发生在最后一次探海途中。当时，她因操劳过度，病体难支，虚弱地躺在病榻上。忽然，在用五十根鱼油点燃的烛灯下，一缕微风吹进，乌布西奔又闭目安睡下来。特尔沁、特尔滨两位萨满俯身凝望着她，只见她闭目安歇，脸却带着笑意，似乎在与人倾诉心语。

恍惚中，似乎飞进大海，
似乎升上了高天，
身体非常轻盈，
夜中，见到了北天达其布离神辰，
又见到星辰化做了一位女神，
她好像本来就非常熟悉的姊妹，
过来，拉起她的手说：
“妹妹，我们接你来了，
你该回家了，回家了！”

① 鲁连坤讲述，富育光译注整理：《乌布西奔妈妈》，吉林人民出版社2007年版，第113页。

乌布西奔女罕轻声说着
“回家了，回家了”，溘然长眠了。
特尔沁、特尔滨，
听到了“包木得离”① 的声音
——微弱如蚊声，
女罕不再呼吸，已经安详长逝……②

史诗对乌布西奔的两次梦幻魂游经历记述都很详细，实属难能可贵。两次梦幻魂游虽皆为乌布西奔的灵魂离体，飞至宇宙上界与神灵沟通，但两次脱魂的形式又不尽相同。前者是祈梦，后者为托梦。所谓祈梦，是指萨满主动追求的梦。祈梦多在萨满遇到困惑或难断事宜时进行。萨满虔诚祈梦，以获灵感和神谕，并对梦象虔诚解析，谨遵梦启行事，不敢有违。为求得梦中与神灵相会，并获得自己希望的神谕，萨满常头枕一件神物，以引导萨满进入梦境。乌布西奔即是头枕魂骨兜入睡求梦。魂骨兜是一种用动物的骨头制成的小兜，据信枕之能引导萨满梦幻中魂魄离体。这种行为源自萨满教魂寓骨中的观念。在我国北方民族萨满教观念中，魂寓于骨中。因而，无论是祭祀后族人会食祭肉，或狩猎途中吃毕猎肉，猎民多将兽骨送到清幽的山上或埋掉，都体现了这种观念。在北方民俗中，制作骨饰多取动物的趾骨、嘎拉哈骨，具有避邪功能。嘎拉哈骨除作卜具外，可涂色作为吉祥物垂挂室内或婴儿摇篮上，传可避邪。枕物求梦也用于萨满治病。

托梦是指神灵主动通过梦向萨满传达神意，萨满通过解梦领会和接受神启神旨。在这种情况下，萨满魂处于被动状态，接受神的启示。通常情况下，给萨满托梦的神都是萨满的守护神，多为祖先神或萨满已故的师傅。他们平时栖于各自的神域，如遇紧急情况或有需要提醒的事，萨满守护神会以托梦的方式，将信息传达给萨满。乌布西奔在病入膏肓之际，是她的姐妹星神达其布离女神入其梦中，召其回归上天。达其布离系乌布西奔的前身星辰达其乌离女神的姐妹神，两位女神原在天上形影相随。乌布西奔受命降世五

① 包木得离：满语，回家啦。

② 鲁连坤讲述，富育光译注整理：《乌布西奔妈妈》，吉林人民出版社 2007 年版，第 195 页。

十载，立下了不朽的功勋。在她生命垂危之际，其姐妹神入梦中召唤她，她知道此乃天谕。

在《乌布西奔妈妈》中，萨满教观念和神的意志成为乌布西奔等主人公决定行止，做出决策，管理部落军政事宜的指南。乌布西奔降生即是奉谕挽救东海诸部于灾难之中。乌布逊部的老酋长古德罕王虽心有不悦，“摇头难信，只好照谕奉迎”。乌布西奔收复内海双岛十三礁，也是依东海女神德里给奥姆之神谕，包括内海双岛十三礁的位置、岛民的来历，东海女神无不详加告谕。乌布西奔改革婚制婚俗，实行外婚制等，都是在神灵的指点和启示下进行的。

神灵附体是萨满通神的主要方式。所谓神灵附体主要指在萨满教仪式上，萨满为完成祭神、治病、占卜等神事活动，主动召唤、祈请神灵降临，附于己身，或借己之口传达神谕，或展现神灵的威武雄姿，或为患者除疾祛邪。这种附体是萨满自愿、主动并能自我控制的附体形态，是萨满神灵附体的主要类型。

《乌布西奔妈妈》中的神灵附体指的就是这种类型，史诗对此作了精彩的描述。在乌布逊部老罕王古德玛发贸然发动对周边部落的战争，战败后恼羞交加，逃遁隐匿起来，致使乌布逊部群龙无首，混乱不堪。乌布西奔受乌布逊族众的相托和请求，升起獾油灯，击鼓默祷，叩请东海诸神。乌布西奔萨满领的神是沙延安班夹昆，即白鹰神，是她的守护神。每有大事占卜，乌布西奔多请此神降临。在歌舞声中、在侍神人的呼声中，乌布西奔渐渐进入附体状态：

乌布西奔喃喃抖身，
——体态似乎唱咏，
乌布西奔翩翩臂舞，
——手语似乎唱咏。
神鼓劲敲声传百里远，
——侍神人伴唱呼应：
“大白鹰快降临！”
“大白鹰快降临！”

乌布西奔手舞虎尾槌击鼓迎神：
……
啫，啫，从天飞降像风雷电闪，
啫，啫，从山飞下像金光照眼，
啫，左翅膀扇开遮住太阳，
啫，右翅膀扇开挡住月亮，
你前爪尖搭在松阿里乌拉，
你后爪尖钩在东海巴卡锡霍洛，
你双眼看透万里云雾，
你叱咤鸣叫声震寰宇，
请助我寻找一下吧，
那个祸害黎民的糊涂罕王，
那个不顾众难逃之夭夭的有罪罕王，
那个乌布林的罕啊，
名叫古德贝子，古德玛发，古德罕，
在哪？在哪？[1]

在乌布西奔为探海举行的谢海大祭仪式上，乌布西奔多次降神附体。先请两位动物守护神即野猪神和蟒神降临神坛。它们在附体后，都是以舞蹈动作表现神灵的形态。如野猪神降临，萨满跳起野猪神降舞，模拟獠猪态、小猪态、拱食态、了哨态、怒恐态。蟒神降临，则仿蟒蛇发出吱吱声，跳起蟒神舞，包括仰栖舞，拧身舞，缠抱舞，卧地舞，仰身肩动移进舞。最后，请海祭主神海峡大神梅赫妈妈。梅赫妈妈降临后，主祭萨满：

赤脚裸胸，
摇晃躯身，
翘首仰动，

① 鲁连坤讲述，富育光译注整理：《乌布西奔妈妈》，吉林人民出版社 2007 年版，第 53—54 页。

匍匐踊行，
柔软的体魄可弯入胯下，
仿佛游蛇，
惟肖惊神。
瞬时，乌布西奔一跃而起，
侍神人迅即给穿好彩翼裙，
双臂提鼓旋舞，
象征海神被宏阔壮观的
盛祭振奋，
犹如自天飞临。
族众在呼唤踏歌中，
乌布西奔妈妈将
神凫血一饮而尽
……
众萨玛跪听乌布西奔传谕：
“我以德里给奥姆赫赫女儿之尊，
命乌布逊众部聆听神谕，
神鸟现已抵达东海安班岛。
我心爱侍臣们，
正被强奴所凌。
海盗如蚁，
我心已定。
若不迅即出师，
必戮难生。”①

以上两次降神附体，一次是为了占卜古德罕王藏匿的方向，一次是在探海前举行海祭仪式，以鼓舞士气，并获得神谕。萨满根据神事活动的需要，通过特定的仪式，将居于宇宙寓所中的有关神灵请降至神坛，并附于萨满体

① 鲁连坤讲述，富育光译注整理：《乌布西奔妈妈》，吉林人民出版社 2007 年版，第 134—135 页。

内，从而使萨满发生人格变化，成为神灵的替身，向参祭者传达神灵的旨意，并完成祭神娱神、驱邪祛病、预测未来等神事活动。

降神附体是近世以来萨满通神的主要方式，也是氏族借以祈福禳灾、占卜吉凶的重要途径。关于萨满降神附体的成因和机制问题，向为国内外学者所关注。其中有关致幻药物及其致幻机制问题，尤备受国外人类学者、宗教学者重视。这些调查研究为我们考察《乌布西奔妈妈》提供了新的视角。

致幻植物和祭祀香料植物，是萨满教特用植物。它们对萨满进入降神附体状态具有催化作用。随着世界各地区萨满使用致幻药物以及由此形成的药物崇拜情况的渐被发现，有关致幻药物研究也不断深入。20 世纪 60 年代，从事田野调查研究的人类学者通过观察麻醉药在萨满传统中起关键性作用的南美等土著民族，发现致幻剂能使意识突然启动，可亲身体验萨满降神的幻觉和感受。[①] 于是，对麻醉药品的相关实验广泛流行。

萨满在仪式上常常借助致幻药以进入特殊的状态，实现沟通人神的目的。据史诗《乌布西奔妈妈》传讲，在祭祀仪式上，乌布西奔萨满身披的由乌头等多种致幻药煨浸过的九色斗篷，赋予她魂游宇宙的神力，助其很快进入一种特殊的意识状态。史诗中提到的桂罂草、海冬花、火缤鱼、望海梅、香麝、乌头、蛙酥、一品鲜、爬地珠、乌头楞、一品红、一串蓬、兰鲟、毒眼鳟等多种致幻剂和祭祀仪式上燃烧的植物“温嘎”等，多为带有致幻物质成分的植物，有的则是某种植物或动物在特定的环境下，因发生化学变化产生的新物质具有致幻或麻醉作用。由于史诗中提到的植物名称多为地方俗称，而非学名，甚难考究，有些植物或动物身上提取的物质致幻作用则较为明确。

乌头，是我国北方狩猎民族较早发现和认识的植物，并用于萨满祭祀中。关于乌头，历代药典多有记载。《神农本草经》载：“乌头，味辛温。主中风，恶风，出汗，除寒湿痹，咳逆上气，破积聚，寒热。其汁煎之，名射罔，杀禽兽。”乌头的主根称“草乌”，含乌头碱，有剧毒。对其生长规律，满族萨满记载尤详：“乌头生长喜盐水地质，且喜静生，尤忌闹地，凡此类地之乌头毒小不猛，杀兽麻麻而已。家传不知多少世代，倭地北界乌头

① Jane Monning Atkinson, *Shamanisms Today*, Annu. rev. Anthropol. 1992. 21, p. 310.

最烈，常械斗而还。其乌茎大且粗，茎生白毛，里有水浆，苦烈刺口，其根黑大如刺牙，烈毒。采者慎慎，必带皮手囊，归来放于树上或房顶，人畜沾口必亡矣。”[①] 乌头主根加工炮制后可入药，主治风寒湿痹，也具有局部麻醉止痛的作用。将其小须切成片，在浅碟中渗泡，鼻吸可使人昏然入睡。乌头须经加工，可用作祭祀时秘备并使用的致幻药。选新鲜的乌头须，用水洗净，缠成小把，放入盘中，上覆纸或布每日滴水润须，祭祀时，用鹅毛蘸一下，点鼻数次，即能昏醉过去。

爬地株，又叫串根子草，当年生植物，串根而生，小团叶、白花、矮秧，有剧毒，其茎与根麻醉力尤强，鹿与岩羊都认识此草的毒性，从来不吃。爬地株 8 月开紫色小花，花可止血、治疖子。将花晒干，搓成粒状，可用作麻醉药物，是萨满施行外伤手术时随身携带的草药。据传，这种致幻药物生长地域越北，药性越佳。采摘后，经炮制配成佐药服用，可使中枢神经麻木，并有心搏快、瞳孔放大，出现异色幻觉和幻象的奇效，被视为“神迹”。

蛙酥，又称蟾酥，是从蟾蜍身上提取的致幻物质，可制成蟾酥饼或研成蟾酥粉末食用，也有的萨满制成蟾酥霜使用，即用薄布、羽翎将蟾酥身上的一股水沾下，干后会有一些小颗粒附于其上，跳神时将颗粒缝于手帕中，带在身上，既具致幻作用，又减少了药性带来的危害。

温嘎，一种草本植物，长成后生小穗状花蕾，叶茎清香明目，可入药，有兴奋提神驱虫除瘟的作用。东海女真人常在入秋采割晾晒，用于祭祀时焚香敬神。

塔布冬，莲花岛魔女用的一种药，具有使人产生幻觉的作用：

众女手中各束一缕奇卉，
岛上特产桂兰“塔布乐”，
其香扑鼻，
蕊烟迷人，
嗅后立生幻境：

① 富育光搜集整理：《东海舆地》（手抄本）。

浓香舒体，昏醉呆痴，
忽现丽人，载歌载舞，
忽升树巅，忽坠花簇，
忽仰海面，忽停叶端，
轻若彩蝶，捷若游鱼，
美若神霞，灵若海鸢。
阿里怪女凭藉毒卉迷幻，
屡屡将外海异伙诱引，
劫掠缚奴、坐食其利。[①]

致幻药物的使用和效果兼具个体性和社会性。个人的生理需求和社会需要是致幻药物产生和应用于萨满仪式的两个基本动因。萨满使用致幻药物旨在进入一种特异的精神状态，与自然地进入这种状态相比，以致幻药物为诱因则是较为晚近的萨满现象。正因如此，这也是一个具有广阔拓展空间的研究领域。就《乌布西奔妈妈》研究而言，其中涉及的一些致幻物质及其机理，也还有待于进一步深入考察与研究。

无论是作为一种宗教体验，还是作为一种行为模式，萨满沟通人神都是以萨满教宇宙模式为基础的。宇宙三界彼此通连，但能够畅游于宇宙三界，沟通神人，代达庶望，传达神意者，只有萨满才能实现。他们是人神中介，即人的代表，神的使者。萨满的神威、神力就在于他们能够沟通宇宙三界，从而成为洞悉天机、晓彻神谕的特殊人物。乌布西奔具有的特质及其与神灵世界的沟通方式，揭示了萨满沟通人神的基本途径与特征，反映了萨满对自然和宇宙的独特感悟力。

萨满通神观念及其实践同样是在萨满教宇宙观的框架下得以实践的。萨满在萨满教三界宇宙观中占有重要位置，凭借萨满的神力，宇宙三界相通的思想得以实现。换言之，在三界宇宙中，萨满畅通于三界之间的超人技能得到了施展的天地。天分多层的宇宙构想模式，也为萨满脱魂后魂的去向规定了特定的界域。因此，在萨满教观念与仪式中，萨满便与宇宙三界结下了不

① 鲁连坤讲述，富育光译注整理：《乌布西奔妈妈》，吉林人民出版社 2007 年版，第 90 页。

解之缘。此外，萨满教神灵观是萨满与神、鬼世界的沟通的逻辑前提；萨满教灵魂观的灵魂游动性和萨满教气运观的神、魂气属说，为萨满通神的实现提供了理论依据。正是从这个意义上说，萨满教思想观念是萨满实现人神中介职能的基础，也是我们考察这一问题的前提。同时，亦是我们认识和解读《乌布西奔妈妈》的一个不容忽视的视角。

第三节 神圣职能

萨满作为萨满教巫师，充当着人神之间的媒介，在特定的血缘群体中发挥着不可替代的作用。他们的职能既包括宗教方面的，也包括社会方面的。萨满的社会职能主要是通过萨满在继承、传播民族文化，维护部族利益，服务氏族，谋福氏族的社会活动中体现出来的，有些职能既体现了萨满的宗教性，又体现着萨满的社会性。《乌布西奔妈妈》以广阔的萨满文化为背景，通过以乌布西奔为代表的萨满群体的多方面活动，展示了萨满的神圣职能和特殊的历史作用。

一 治病

在人类早期社会，巫医不分，巫医同源，是一种具有普遍意义的文化现象，在中国文化史上表现得尤为突出。"医"字古代又作"毉"，表明最早的医生与巫师本无明确的界限。巫毉的名称首见于《逸周书》。此时的"巫毉"是对掌握了部分疾病医治技术和药物知识的巫师的总称，她具有两个特征：(1) 必须是巫师；(2) 必须具备部分医治疾病的医学知识。[①] 春秋战国以后，巫医虽实现了分野，但中国古代医学与巫术始终保持着千丝万缕的联系。

在北美"所有的部落中，医生都是能够呼唤灵魂的人，都是巫师，都是占卜者，而由于他们负责监管和指导所有的宗教仪式，我乐于称他们为'大

① 沈晋贤：《巫毉同源考》，《湖南中医药导报》2003 年第 11 期。

祭司’，他们被全体人民视为国家的圣人”。[①]

在萨满教世界中，巫医不仅是同源的，而且是一体的，这种巫医一体的传统在大多数信仰萨满教的民族中沿袭至今。萨满是氏族最早的医生，在相当长的历史时期也是唯一的医生。即使在现代社会，萨满在传统社区中，仍发挥着治病的传统功能；另一方面，“新萨满教”（Neo-shamanism）在北美、欧洲等地区蓬勃发展，在医学人类学、精神医学、心理咨询等研究领域产生着日益广泛的影响，业已成为现代都市人调整身心状态，改变精神面貌的有效方式之一。

《乌布西奔妈妈》记录的萨满治病活动，具有突出的时代特色和地域特色，反映了人类早期社会的生存状态和原始医学的萌芽。通过萨满治病活动，体现了萨满在当时社会拥有崇高的社会地位及其所担负的为族众控制疫情、治疗疾病、接生育婴、预防保健和倡导重视环境卫生等方面的神圣职能。

史诗记述的乌布西奔治病活动共有五次：

第一次是为一位难产的老妇接生。这位老年孕妇被难产折磨得瘦骨嶙峋，奄奄一息，痛不欲生，众人哀号悲鸣，祈请乌布西设法挽救她和孩子的生命。在震天的螺号声中，乌布西奔敲响了鱼皮神鼓，九位侍神萨满也猛击骨鼓，围着病妇紧绕九圈。众人为救奄奄一息的生命和腹中胎儿虔诚祈祝，乌布西奔突然从地上跳起，扔掉神鼓，从大水槽中抓起两条红花毒海蛇，大口吞吃，毒液顺嘴流淌。昏迷中她将嚼烂的毒液口对口送入病妇的嘴中。最后，又用咀嚼黄翅飞鳞鱼的毒液舔洗着病人鼓胀的腹部、肚脐和流淌着恶水的阴户，不停地用颤抖的双手揉抚病妇的腰部。整整忙碌了一晚上，乌布西奔和随侍的侍女们已是汗流浃背。最后以女婴降生，孕妇获救，母女平安获得圆满的结果，乌布西奔却因劳累过度和身染毒物，倒地昏厥，不省人事。

第二次治病活动是乌布西奔受邻部彻沐肯部大玛发的请求，为彻沐肯部治疗突发的天花瘟疫。乌布西奔用两种方法医治瘟疫症，一是亲率侍女多名，进锡霍特山，采集多种草药，亲手研制、配方，创下治疗适于老弱婴孕

① ［英］詹·乔·弗雷泽：《金枝》，徐育新、汪培基、张泽石等译，大众文艺出版社 1998 年版，第 134 页。

七种病症的“神方十三种”。针对天花病传染迅速、死亡率高的特点，乌布西奔发明瘟疫“躲灾法”，即将患者送至深山峡谷之中，“青青峻谷搭病棚，萧萧慑祸匿消遁”，在空气清新的山谷搭起隔离病房，使其远离瘟疫传染地，避免了传染病的蔓延，使彻沐肯部的天花瘟疫得到有效的控制，“从此，创下东海躲病之俗”，[①] 可谓早期的传染病隔离法。

第三次治病活动也具有防疫性质。当东海诸地疫症蔓延，山达哈痘毒、霍乱病突袭部落时，乌布西奔面对灭族之灾，镇定自若，运用隔离法和自制草药，驱逐了瘟魔。在瘟疫过后重建家园的过程中，她倡导注重环境卫生和饮食卫生，又推广预防瘟疫和健身的良方，造福一方百姓：

各路逃难的人啊，
又纷纷重返旧部。
乌布西奔体恤黎庶，
共选大树排建巢屋。
倡饮山川活水，
教燔鲜牲兔鹿，
传炊火熟谷，
深埋腐烂兽尸兽骨，
火洁地室潮物，
再将“参龟延寿方”广布。
乌布逊和四邻部落蒙新福，
从此，数年间病患不生，
衣食富足。[②]

传染病对人类的危害是巨大的，给人类带来的恐惧也是不言而喻的，在缺医少药的氏族部落时代尤为如此，“顷刻间人死巢空，横尸遍野”。[③] 别具

① 鲁连坤讲述，富育光译注整理：《乌布西奔妈妈》，吉林人民出版社 2007 年版，第 98 页。
② 同上书，第 104 页。
③ 同上书，第 103 页。

一格的东海躲灾法，有效地控制了东海地区瘟疫的蔓延，挽救了东海诸部，使乌布西奔赢得了巨大的荣誉。乌布逊及众部落，为女罕冠带上镶出第一颗晴珠。

第四次治病活动是为敌对部落内海双岛十三礁的酋长巴特恩图治疗毒箭伤。巴特恩图箭伤已至胸骨，毒素迅速浸入体内，危在旦夕。乌布西奔接到求助信息后，坐着狗爬犁连夜赶往该部，在岛上住十日为其诊治。治疗方法主要有两种，一是研制外用药，主要用鱼耳石和吐丝草研制成药水，敷于伤口上。另一种方法即是用箆箩鱼骨针刺穴位，经过精心调治，巴特恩图从昏迷中醒来，并获痊愈。

第五次是乌布西奔为自己治愈了疾病。因几次航海不力，人员损失惨重，乌布西奔急火攻心，加上常年积劳成疾，一病不起，病情严重，令部落上下焦虑不安，老罕王和黄獐子等部酋长对此忧心重重，亲自探望，多方诊治，并祈求天母保佑她早日康复。但最后还是乌布西奔服用自己发明的由千年人参水和百岁海龟血合成的参水龟血汤治愈了自己的疾病。

从上述乌布西奔治病实例，我们可以得出以下几点认识：

1. 史诗成功地塑造了乌布西奔这样一位典型的萨满形象。在她身上，充分体现了萨满作为医者的高尚医德。为了给难产孕妇接生，她不顾自己的身体健康，吞下蛇毒液送至孕妇口中，自己却因中毒和过度劳累而昏厥，彰显了萨满对患者救死扶伤、一丝不苟的态度和为集体及其成员无私奉献的牺牲精神，体现了萨满所承担的维护群体安危的神圣职责。透过乌布西奔治病案例可见，乌布西奔的治病范围已冲破了以血缘为基础的氏族和部落的畛域，即使是对刚刚交战的敌对部落的患者，她也毫不犹豫、全力以赴地救治；当瘟疫发生时，“乌布西奔亲自采药，日夜带领侍人沟沟岔岔挨门医病，四邻部落也照样送药无误，像对待本部灾民一样心肠，问寒问暖，热热亲亲。”① 表现了她的普世情怀和医者仁心的品德。正如史诗所表达的：“仁慈的乌布西奔躯体并不为她本人所有，受神命而来的乌布西奔，惟有族人的安宁与康泰……”，② 充分体现了萨满为氏族服务的精神和济世救民的情怀。

---

① 鲁连坤讲述、富育光译注整理：《乌布西奔妈妈》，吉林人民出版社 2007 年版，第 103 页。

② 同上书，第 84 页。

2. 萨满在长期的治病实践中，不断摸索、积累、总结出来许多土方和疗术，这些来自实践，具有实证价值的医疗知识和方法，是人类在同疾病的斗争中创造的原始医学，是萨满智慧和医疗经验的结晶。《乌布西奔妈妈》对此作了具体的诠释。在以乌布西奔为代表的萨满群体身上，体现了“尝百草”的精神。当彻沐肯部突发天花传染病，乌布西奔亲率助手多名，进锡霍特阿林山洞，采狼毒茶、耗子尾巴草、土瓜蒌、乌头草根，亲手研制出治疗老弱婴孕七种病症的“神方十三宗”，被奉为“保命经”。作品对一些植物药用效果的准确把握，细腻具体的描述，也说明东海女真先民及其萨满对生物药用价值的认知，如乌布逊部住地“草脂油馨香飘散，入鼻顿觉心爽目清……这是驱瘟的神香啊”，“像桂罂草的白汁，像海冬花蕊的白粉，像火缤鱼雌雄追逐相喷的甘汗，像望海梅晚霞中喷放的香雾，像石岩小麂胯下的香麝，像海涛日夜冲涤的草乌花……萨玛通往神界的灵药，任何一滴都可使魂魄荡漾，任何一束都可医治族人的病疴”。“萨玛迷晕隐药，已知乌头、蟾酥、一品鲜、爬地珠，都是乌布西奔梦得的峻剂。她以神鼓为云雷，身怀百药为利刃，驱召东海寰宇众神灵。”①

此外，乌布西奔等萨满还发明了一些治疗土方与疗术，如用鱼耳石和吐丝草研熬苦汁敷治伤处的治疗毒箭外伤药方、用管箩鱼骨针拍刺穴窍的针灸法、饮用千年人参水、百岁海龟血的延年益寿保健方等等，荟萃了东海女真先民的医疗知识与方法。东海躲灾法的发明和倡导环境卫生、饮食卫生等，都具有较强的实用价值，反映了萨满在利用自然为人类造福的独特贡献。

3. 萨满治病集心理医疗和原始医疗方术于一体。萨满治病主要体现在跳神治病上，但其效果的实现却依凭多种因素。世界各地人类学调查资料越来越清晰地表明，萨满治病的疗效是综合因素作用的结果，并具有较强的个体性。

萨满跳神治病主要是一种心理疗法、运动疗法，具有心理暗示、导入催眠、调动体能、安抚情绪等多方面的身心调解功能。宗教心理学研究表明，从宗教心理学的角度看，虔诚的信仰可激发人类固有的内在潜力，使患者自

① 鲁连坤讲述，富育光译注整理：《乌布西奔妈妈》，吉林人民出版社 2007 年版，第 163、80、81 页。

身获得一种精神力量，调动人体的潜能，实现机体和生理的顺畅，从而达到不治而愈的效果。信力的治愈机制关键在于其对人的精神心理的积极影响以及由此对生理机能产生的良好效应。它与现代精神医学中使用的一些治疗方法和治愈机制相契合，如对治疗本身的期待、对治疗者的信任、可依赖的安全感等，表明萨满治病具有一定的科学性，也表明信仰和文化传统所具有巨大的精神力量。

萨满医疗体系有助于个体实现身心平衡。特别是在传统社会中，人类自身力量渺小、无助，无法把握个人命运，对自然世界的迷惑不解，使他们经常处于恐惧、紧张、迷惘的状态下，萨满教信仰的种种禁忌，也常使人因某种行为不当而产生内疚、自责的心理，这不仅容易诱发抑郁症和神经系统的疾病，也能导致其他病变。与现代人相比，古代先民化解内心焦虑、调整心理平衡的方法非常有限。萨满教仪式在特定历史条件下为人们提供了宣泄不良情绪，排解焦虑与忧愁，达到身心和谐的切实可行途径。对解除个体心理疾患，实现身心平衡，曾发挥过重要作用。其内在机理包括多方面：通过一系列象征手段向病人进行心理暗示，从心理上祛除患者的病因，从而解除他们的精神负担，在心理上产生安抚效果，有助于促使病人实现心理和精神平衡；萨满运用多种情绪宣泄法，使患者的负面情绪得到淋漓尽致的宣泄，特别强调与患者的情感交融和情绪互动，以群体炽热的情绪感染患者的精神，使患者融入群体关爱的怀抱中，重新获得心灵的宁静和平衡的心理。

在萨满医疗中，艺术的作用日益凸显出来。正因如此，萨满艺术研究在西方悄然兴起，从音乐、舞蹈、美术等多视角，揭示了艺术与医疗的关系。"事实上，萨满治病的方式就是唱歌。萨满在断断续续唱歌的同时会轻轻的把烟雾吹到病人的身上或是快速用力的吹向病人的头顶。通常认为最有效的治疗方式是来源于歌曲，吹气则可以把歌曲所具有的含义和魔力传递到病人的体内。在拟声学中可以找到 koshuiti 一词的来源，即 Kosh-kosh-kosh，是模仿萨满在吹烟草燃烧所产生的烟雾时发出的声音。萨满在治病时所发出的不同的呼吸声音则是我们要讨论的另一个重要部分。与 koshuiti 相反的声音是 shooiti，它是一个具有魔力的声音，也是一个拟声词，shoo-shoo-shoo 是模仿一种强有力的持续呼吸的声音，可以驱散病人的灵魂。萨满呼吸时所产生的魔力被认为是萨满身体变化的最重要的信号。海豚发出的声音会令人感到恐惧的原因之一，就在于它们的声音和萨满的呼吸声音有着惊人的相似性。”①艾琳·塞林通过对舞蹈疗法的研究，认为“舞蹈疗法为动作命名是重要的一部分。当模糊的动作具体成形时，疗者再把这些动作诠释成情绪、意图或形象。把无意识变成有意识是舞蹈疗法整个过程的主要方面；这些时候，我们往往有可能找到圣舞中早期的巫术活动和命名活动的影子”。② 萨满治病是萨满研究中历久弥新的课题，随着人类学调查资料的大量披露和跨学科研究的深入开展，对萨满治病机理等问题将获得更加全面的阐释。

二 占卜与释兆

占卜是一种旨在预卜自然、社会、人类自身之未知世界的神事活动。原始人类每遇出行、战争、狩猎、迁徙、患病、求子等涉及氏族及个人的重要事件，常行问卜，以预知结果，并因此而决定行止。占卜遂成为人们一种经常性的活动，反映了人类探索未来的愿望和期待。在萨满教世界中，占卜是萨满的主要神事活动之一，也是萨满的重要职能。占卜的方法有多种，卜具亦形式多样。在后世的发展中，占卜成了北方民间应用广泛，可操作性强，带有明显世俗化倾向的民间信俗。当然，由萨满进行的占卜被认为最灵验、最令人信服。

占卜与征兆、预言一样都是萨满教预测术的组成部分，三者都是预知未来的方法，但其途径却各不相同。占卜须由人操作进行，并以适当的材料为卜具，并对占卜结果予以解释，萨满是最有权威的解释者。

《乌布西奔妈妈》中记述的乌布西奔通过占卜和征兆预知结果的事件，都与航海有关。探海是乌布西奔晚年的一项重要事业，更是她的精神追求和一生理想、信念之所在。因而，她不仅倾全力投入航海的各项准备工作，派出自己最亲近的侍者和萨满弟子，她本人甚至两次亲率船队，坐镇指挥航海活动，表明寻找太阳升起之地这一宗教信仰已成为她的人生动力和毕生追求，并付诸探海活动的实践。同时也说明占卜之事是人们极为关切，又无法

---

① Graham Townsley, *Song Paths: The Ways and Means of Yaminahua Shamanic Knowledge*, In: L' Homme, 1993, pp. 449—468.

② Ilene Serlin, *Root Images of Healing in Dance Therapy*, *American journal of dance therapy*, 1993 pp. 65—67, Vol. 15. No. 2, fall/winter.

把握的事情，迫切希望预知结果，体现了占卜的宗旨和特征。

乌布西奔用于占卜的卜具是一对玉雀骨簪。这对玉雀骨簪具有神奇的来历：原为天母阿布卡赫赫所用骨簪，具有“预晓天下事”的神力。乌布西奔梦会阿布卡赫赫，受天母恩赐，得此神簪，以助佑她“四海祈愿如意”，乌布西奔“每有征伐、祭神，必先用鸥鸟、骨簪卜筮，百验百灵”。[①]

鸥鸟、骨簪不同于一般卜具，占卜方式颇具特色，富有神奇特异的色彩，赋予神性和神话的意蕴。最为神奇的是，乌布西奔和骨簪能进行对话，骨簪能听懂、领会乌布西奔的语言，并通过特有的方式做出反应，这种反应又为乌布西奔所心领神会，并据此领悟神意，测知结局。在第一次探海期间，乌布西奔派出的由琪尔扬考和从不离左右的爱徒突其肯、突其奔率领船队始入变化莫测的东海，多日杳无音信，乌布西奔心急如焚，遂行占卜仪式。乌布西奔拿出玉雀骨簪说：

梳翅玉雀簪呵，
庇助我顺遂如意。
为我远渡重洋，[②]
寻找琪尔扬考的踪迹？[③]

玉雀簪发出神奇的光芒，手触热可灼手，如鸟嗷嗷颔首鸣叫，乌布西奔立刻悟彻神鸟之意，请它远渡重洋，帮助寻找远航的船员。玉雀簪骨通过发出嘤嘤之声，告诉乌布西奔尽快引鸥鸟去寻亲人：

神簪，神簪，
轻若气，捷如风，
任何鸟带上你，
不惧重洋万里行。

---

① 鲁连坤讲述，富育光译注整理：《乌布西奔妈妈》，吉林人民出版社 2007 年版，第 127 页。
② 同上书，第 127—128 页。
③ 同上书，第 128 页。

纵然飞遍四海，
也能找见突其肯。①

乌布西奔领谕，遂将翅膀上系着神簪的海鸥放飞，将寻找船员的希望寄托在它们身上。多日之后，在乌布西奔率船队进行第二次探海途中，乌布西奔放飞的三只心爱的小海鸥振翅归来，拍打着翅膀齐落女罕怀里。乌布西奔看鸥鸟翅膀上系的玉雀骨簪情形便知她的爱侍突其肯、突其奔、琪尔扬考已遭厄运。同时，海鸥和玉雀骨簪以异常的动态："玉骨雀簪通体灼热，三只小海鸥连叫不停"，向大家传告：

筏船深困迷雾，
失去了明亮的双眼，
船毁、筏散、人亡即要发生，
何况灾难已知，该迅离为上。
英明罕啊，请速下返航决心，
延存生机才有新的苦征。②

乌布西奔根据海鸥、鸟簪的动态卜象及其所蕴含的意义，决定率众返航，再做航海准备。

乌布西奔用玉雀骨簪占卜，可谓别具一格，其操作的方式、卜测方法与一般的占卜迥然不同。占卜通常所用的卜具多为某一具体物件，通过一定的操作程序得出卦相，萨满或有经验的人根据特定的卦相，预测事情的结果。玉雀骨簪卜须海鸥和骨簪配合，它们以灵性和生命，它懂人语，善交流，充满智慧。乌布西奔萨满通过它们特异的动态及传达的含义，即可知事情的结局。在这里，物质的玉雀骨簪被人格化，呈现出神性与人性的结合，使神话思维的智慧之光照耀史诗之中。

占卜和征兆相交融，是《乌布西奔妈妈》的一个特点。征兆是先民认

① 鲁连坤讲述，富育光译注整理：《乌布西奔妈妈》，吉林人民出版社2007年版，第127页。
② 同上书，第144页。

识世界，预测未来的最古老的一种形式。征兆首先是一种自然现象或生理现象，被视为另一种自然现象或社会现象的先兆。人们在认识这种前兆现象的基础上，通过对其进行综合分析、判断、联系，从而形成一种判断系统，并据此对未来事物的产生和发展结局作出预测。正是从这种意义说征兆是一种预测方式。征兆一旦被人们所认识或认同，便成为人人皆知的民间常识或妇孺遵从的民俗和共同的心理意识，具有较强的世俗性。萨满的作用在于在一定历史条件下对征兆的解释具有权威性。

以动物的生态动息作为自然和社会现象的前兆，是一种较为普遍的征兆现象。在北方民间较为流行的有：猫头鹰白日落院鸣叫为不祥之兆；春燕弃巢不归，檐雀坠死，是天花疫的先兆；狗在蒙古包架外面蹭痒，预兆这家将减少人口；喜鹊叫，必有客人到；母鸡叫鸣，必有祸患；家犬吼叫，必有祸患，等等。其中有的具有科学道理，有的则仅为一种民间信仰，相约成俗，奉为信条。

乌布西奔用自养的活龟占卜，以龟的形态判断海情和船队的吉凶。用作卜具的龟也具有非凡的来历。这只有着七百多年历史的长寿龟是黄獐子部落的酋长法吉罕妈妈馈赠给乌布西奔的通灵卜师，乌布西奔非常喜爱，一直驯养在自己的大帐内。神龟数年不食，凡有兆事，便呈现异态：

龟首霍然从水中抬视，
颔颚三晃，
必有奇迹。
……
偶见其烦躁轰鸣潮水，
将木片、鱼骨、石粒衔举。
乌布西奔惊诧好奇，
命侍人们入海索骥，
验知沉舟、拼鲨、海啸，
祸生在不同方向海域。
凡有衔物，

其域必有灾异。[①]

首次探海的船队没有音信，使乌布西奔焦虑不安，她把了解船队行程的安危寄托在神龟身上。她默祈神龟襄佑，速告探海者的吉凶祸福：

只见神龟尾西头东，
搅拌起槽水喷涌。
乌布西奔默问神龟：
“难道他们在激浪拼争？”
神龟又头朝东，
咬起槽里一根破裂的粗木钉。
乌布西奔确信亲人们
危难缠身，心急如焚。
她锐意举办谢海大祭。[②]

用活龟占卜是乌布西奔的一大发明，她将龟兆与占卜有机地结合起来，从而形成一种奇特的占卜形式。在萨满教的观念中，龟具有顽强的生命力，龟繁殖快，寿命长；龟背腹有硬甲，可防禽兽伤害并有隐身保护法；如遇天敌，能用四爪豁洞，钻入沙石或土下，以保护自己；以捕鱼为生的民族敬龟为神，还由于打鱼时，如网到了龟，渔网常被龟抓破，导致网破鱼逃，故请龟神保佑捕鱼顺当。《乌布西奔妈妈》以特有的形式反映了东海先民的龟崇拜意识，赋予龟以预测的灵性与功能：“龟有巡海之能，栖身巨槽便知潮汐”。乌布西奔凭帐中驯养的神龟，便知大海的潮汐变幻和海上航海者的动态与安危，不可不谓之神奇。这种海洋文化特征的展现，表现出女真文化内部的多元性与东海女真文明的地域性和独特性。

乌布西奔以龟为卜测吉凶的依据，反映了原始人类对自然生物的认识及其思维观念。尽管有些认识未必符合科学规律，但却代表了他们当时的认识

① 鲁连坤讲述，富育光译注整理：《乌布西奔妈妈》，吉林人民出版社 2007 年版，第 125 页。
② 同上书，第 129 页。

水平。就龟而言，原始先民有感于龟的长寿和对渔猎生活的影响，对其崇拜有加。但东海女真人何以将龟用于占卜和征兆，可能与特定族群及其萨满的某种体验有关，或在长期的观察和生产实践中，认识到龟的某种异态恰构成某种自然灾害发生前的先兆，如同地震发生前青蛙烦躁不安、四处爬行一样；或者龟在水中的一个动作，偶然与某种海难和灾害巧合，原始人类便误以为龟的某种动态具有前兆意义。无论有无科学根据，其实质都反映了原始先民对自然和生物的认识成果，并将这种成果用于预测，体现出一种征兆原理。然而，通常情况下，征兆观察动物应正常处于自然生态环境下，人们以其动态变化解释自然和人类社会事象。乌布西奔用以预测的龟，并非生存于船员航行的海域，而是饲养在她的帐中，这种龟兆不是传统意义上的征兆。同时，从占卜的角度看，这种方法也不是传统的占卜形式。一般意义上的占卜卜具多为某一具体的物件，被视为灵物，既可表达求卜者的意愿，又能作为神意表达的方式，龟壳、牛羊的肩胛骨、蓍草、蛙骨、鸡、鸡蛋、刀、斧等等均可充作占卜工具。[1] 乌布西奔以活体龟象作为占卜的依据，则将征兆与占卜有机地结合起来，既视为在征兆基础上形成的占卜法，也可看作运用征兆的原理发展起来的一种占卜方法，独具特色，为萨满教预测学研究提供了宝贵的资料。对其产生的渊源及占卜的机理等，还有待于今后的深入研究。

三　参与军政决策

萨满是氏族政治、军事及日常生活的重要决策人。“在早期社会中，国王通常既是祭司又是巫师。确实，他经常被人们想象为精通某种法术，并以此获得权力。”[2] 集政权、军权、神权于一身，并借助神权的绝对权威行使军、政的职权。萨满教的巫师萨满即具有这一职能和特性。萨满参与氏族军政决策，在联席会议中，居重要地位，举凡战争、迁徙、部落首长的选举、分配猎场等重大活动，多由萨满通过神占、神谕、神祭等形式加以决策、定

---

① 参见宋兆麟《巫与巫术》，四川民族出版社 1989 年版，第 151 页。

② ［英］詹·乔·弗雷泽：《金枝》，徐育新、汪培基、张泽石译，大众文艺出版社 1998 年版，第 18 页。

夺。在部落战争时，部落首领往往借助萨满的神威，号令族众。萨满甚至主宰部落政治、军事生活，享有很高的威望和地位。在成吉思汗统一蒙古各部、建立统一政权的战争中，阔阔出和豁儿赤等声威显赫的大萨满均发挥了重要的决策作用。阔阔出，号称帖卜腾格里，自称能预卜未来之事，深受成吉思汗的信赖。1206 年，阔阔出俨然以天神的代表自居，将铁木真命名为成吉思汗，使其统治披上了神秘的外衣，并被赋予神圣性。金开国元勋完颜希尹既是文臣，又是武将，官至尚书左丞相兼侍中，曾受命制女真文字，参与制定礼仪制度。在军事上屡次参加伐辽、攻宋的战役，功勋赫赫。完颜希尹还是一位很有政治远见的政治家和顺应历史潮流的改革家，任职丞相期间，他辅佐金熙宗对金朝的政治制度进行了一系列改革，对金朝历史的发展做出了重要的贡献。他同时又是一位萨满，完颜希尹是少数见诸史乘的著名大萨满之一，从中可见萨满的聪明才智。满族民族英雄努尔哈赤本身也具有大萨满的素质，他善观天象，择时机，卜未来，在统一战争中，常常借神权的威力统率军队，号令族人。《两世罕王传》中对此有详尽的记载。

这种现象是世界各民族特定历史阶段具有普遍意义的历史文化现象。萨满被视为氏族精神、智慧的代表，有些萨满颇具文韬武略，在历史上发挥着重要的作用。萨满社会职能的产生和实现是当时社会历史条件和氏族部落社会现实需要的结果。主要通过担负维系氏族生存与发展的重任，在政治、经济、军事、文化、医学诸方面实现其社会职能。通过这种社会职能的实现，萨满的地位和威望不断得以提高，人们对萨满教也更加笃信不疑。这正是萨满教在北方黑土地上源远流长，萨满在北方民众中备受崇敬、影响深远的缘故。

《乌布西奔妈妈》热情地讴歌了东海女真名传遐迩的女萨满乌布西奔。乌布西奔是一个典型的集部落政权、军权和神权于一身的萨满式酋长。她一生功勋卓著，英名盖世，将内乱不断，贫弱不堪的部落治理成富裕强大的部落，并以恩德感召天下，以智慧和武力征服周边部落，统一东海女真诸部。通过建立婚姻、法律、宗教等项制度，创建符号文字、原始纪年和在婚姻、饮食、丧葬等方面的改革，破除陈规陋习，如废除人殉制度、近亲结婚习俗等，开文明之风，对新发现的落后部落，乌布西奔选留本部女子与当地土著联姻，并派萨满传授礼仪道德，大兴教化，推动了社会的进步，促进了区域的和谐与发展。她晚年着力进行的探海活动，对于发展造船业、开拓东海海域，传播文化和原始文明，如给探海途中所经岛屿上的土民留下了从远方的乌拉国换来的上好的谷种，赠送他们翡翠、黄金、白银等，促进部落之间的交流与融合，都起到了积极的促进作用。在乌布西奔执政的几十年中，表现了她卓越的政治、军事和管理才干，体现了她崇高的拯世救民的情怀和人格魅力。

应该特别指出的是，在《乌布西奔妈妈》中，参与政治、军事决策和部落管理的，不仅只有乌布西奔一位萨满，而是一个萨满群体。在乌布西奔执掌乌布逊部和东海九部联盟的几十年中，先后辅佐她的共有九位女萨满，其中前期有四位，即突其肯、突其奔、突其春、突其金，后期有五位，即乌布勒恩、都尔芹、都尔根，特尔沁、特尔滨。这是一个具有综合素质的萨满群体，每一位萨满的一生都不仅仅从事宗教神事活动，而是全面参与了乌布西奔的事业。在九位女萨满中，先后有四位兼任部落酋长和部落联盟长，有三位亲自参加探海活动，并献身于这项事业。有多位萨满参加并指挥部落战争。在乌布西奔时代，萨满无疑成为乌布逊部的中坚力量和社会核心，并在轰轰烈烈的事业中表现出了她们各方面的才能和优秀的品质。

1. 身先士卒，英勇无畏

在部落战争中，女萨满们作为乌布西奔的侍从和心腹，总是身先士卒，率先垂范，战斗在战场的最前线，发挥着中流砥柱的作用。在与莲花岛女魔以舞制舞的斗争中，为了彻底征服魔女们的奇难怪舞，乌布西奔事先秘派心腹萨满突其肯、突其奔、突其春、突其金潜海登岸，秘习莲花岛之舞，了解了莲花岛之舞的秘诀，掌握了制敌的技巧和机关。在与魔女们的现场竞舞中，乌布西奔率领四位高徒，以高超舞技、迷幻般的舞姿上演了一场以舞克敌的人间奇迹，制造了一道美丽而奇特的风景。

2. 无私奉献，勇于牺牲

萨满作为氏族的代表，无私为氏族奉献，是她们的神圣使命，也是这个群体的本质特征。在《乌布西奔妈妈》中，不仅主人公乌布西奔身上体现了这种本质，她的众弟子也无不具备这种优秀品质。每当乌布西奔降神附体或灵魂离体外游时，众女萨满们都要细心侍奉，一丝不苟。这个时候，她们发挥的作用相当于满族民间所谓的“栽立”，即侍神人。满族民间素有“三分萨满七分栽立”之说，以此表明栽立在萨满祭祀中的重要地位。他们不仅谙熟本氏族的祭礼、祭规、禁忌，尤其熟知每位神灵的特性、情态，具有较强的应变能力。不同的神灵降临，他们要用不同的语言和方法答对，并根据各自的习性，为其敬献供品。萨满降神附体或脱魂后，常处于昏迷状态，栽立必跪在萨满身旁，缓缓将其唤醒扶起，引导他顺利完成各项动作。同时，要与萨满对答如流，不得有误，并及时地接递萨满所用的各种神器，用动听的语言赞美神灵。[①]《乌布西奔妈妈》记述了女萨满们侍神的场面：

星辰出齐后，
进帐身感疲倦，
便头枕魂骨兜，
和衣而卧。
都尔芹、都尔根
两亲侍萨玛，
没有一点声响，
她们都已习惯奉侍过，
女罕有多次魂游。
轻轻为女罕揩汗，
还不时给女罕滴水润口。[②]

女萨满们的无私奉献，不仅表现在祭祀仪式上的尽心尽力，更表现在萨满治病、祛瘟、战争、探海等活动中。瘟疫降临时，她们亲自进山采药，亲赴疫区协助乌布西奔救治；战争期间，冲锋陷阵；在探海活动中，她们更是表现出不畏艰险，勇于牺牲的精神。在第一次探海活动中，突其肯、突其奔两位女萨满不幸葬身海底。在第三次探海活动中，航船突遭暴风雨的袭击，皮篷撕碎，帆杆断倒。在这面临船毁人亡的紧急时刻，都尔根萨满沉着冷静，临危不惧，镇定指挥，叮嘱同伴临危不慌，并让驯鸟人赶快放飞鸽群、

① 参见郭淑云：《从“教乌云”看满族萨满教的宗教教育》，《社会科学战线》2009年第2期。
② 鲁连坤讲述，富育光译注整理：《乌布西奔妈妈》，吉林人民出版社2007年版，第113页。

乌鸦，向部落传告槽舟遇险的紧急情况。她自己却被一个连环浪抛了下来，献出了年轻的生命，表现出了英雄无畏的牺牲精神。

3. 能力卓异，治理有方

乌布逊部的女萨满群体，不仅表现出优秀的品质，也在长期的战争和管理部落事务中，凸显了她们的管理能力。不仅乌布西奔具有卓著的才干，她的助手们也个个精明强干。在乌布西奔的晚年，她发现并培养了一位助手乌布勒恩萨满协助她管理部落政务。乌布勒恩聪颖过人，不仅具有高超的神技，而且具有很强的管理能力，并因此赢得了乌布西奔的器重。即使重病缠身的古德罕王也甚喜她的才智，极力荐举她协助乌布西奔主掌乌布逊部。在她的协助下，乌布逊部“井井有条，众心诚服”，初显政治才能。在乌布西奔率船队探海期间，更全权委托乌布勒恩掌管部落事宜，主持部落政务，同时命都尔芹萨满协助乌布勒恩。乌布西奔病逝前，向随其探海的特尔沁，特尔滨两位萨满口谕，在她去世后，由都尔芹、特尔沁、特尔滨三位萨满共同执掌乌布逊部和九部联盟。都尔芹、特尔沁、特尔滨三位萨满不辱使命，顺利地完成了政权交接过程，维护了九部联盟的政治格局稳定和东海统一的局面；创祭祀乌布西奔之制度，以符号和图画的形式，在锡霍特山的洞穴中镌刻下《乌布西奔妈妈》的符号文本，使《乌布西奔妈妈》得以留传后世；制定四时祭祀乌布西奔的传统，形成《乌布西奔妈妈》的传统传承模式。

总之，以乌布西奔为代表的女萨满群体是一个特殊的群体，她们以其独特的身份参与军政决策，既是主持氏族祭祀的祭司，又是部落社会的酋长，在部落社会发挥着特殊的作用，具有崇高的地位。

四 创造与传承原始文化

萨满是氏族文化的代表和重要传承人，是原始文明的缔造者，这是由萨满教特殊的形式和内涵及萨满在氏族中的特殊地位决定的。萨满教是原始文化的综合体，它不仅集中体现着原始宗教的教义、法规、信仰观念，也蕴含着丰富的原始自然科学、医学、文学、艺术、审美意识等文化内容。换言之，初民时期，北方民族的原始文化，尚未脱离萨满教的襁褓，还须依萨满教这一载体而发展、传承。由于萨满教的稳定性，这一传统因袭久远。《乌布西奔妈妈》创造并传承下来的原始文化涉及诸多方面，以下就其主要方面作一阐述。

(一) 图画文字

文字是文明起源的标志之一，而文字的发明同祭司有着密切的关系。人类起初以结绳、刻木记事，在青海乐都柳湾遗址曾出土一些带刻口的骨片，与少数民族的刻木记事如出一辙，当是记事的产物……事实上，祭司为了记录历史、族谱，进行宗教活动，不仅精于绘画、雕刻，还发明了自己的文字，我国少数民族的原始文字，皆出自祭司之手，而商代甲骨文也是祭司文字，说明祭司是文字的发明、应用者，到了龙山文化已出现了与甲骨文相近的陶文。[①]

乌布西奔萨满用自己的才智，创造了符号图画文字、实物记事等方法，记录、传承着族系传统文化。在其作品中，主要有以下几种表现形式：

1. 神谕

乌布西奔独创东海乌布逊部画图文字，其图若虫蠕，若鸟啄痕，多为古画绘形，并传授给女萨满们。“每逢降神，每次征讨，每回议政”，乌布西奔都命贴身女萨满突其金以其自创的画图形式，将神谕和要旨雕刻或绘画在马尔卡上（海边一种树，木质白）和海石上，以为记录。这些神谕多在乌布西奔降神附体后发布，众萨满跪听乌布西奔传谕，由专人记录，形成常规，即是乌布西奔的“珍贵圣文”，这种神谕可谓最早的文本神谕，是萨满口承神谕向文本神谕的过渡形式。

2. 遗嘱

乌布西奔在航海途中，身染重病。临终前，她将事先准备好的绘有三幅图画文字的白色绢布取出，交给随行的特尔沁、特尔滨两位萨满。史诗对三幅图画文字的形式未作具体交代，但对图画所表达的内容却有清晰记录：图一谕告她逝后，随从人员要像箭一样，飞速返回部落，不得拖延；图二谕告其逝后，由特尔沁、特尔滨、都尔芹、都尔根四位萨满联合执掌乌布逊部和九部联盟的军政大权，都尔根萨满虽已逝，仍给她这个名分。告诫她们同心戮力，共图大业；图三谕告将她安葬在阳光普照的东海，回归东海神母的怀抱。

---

① 宋兆麟：《中国史前考古发现的萨满遗迹》，《黑龙江民族丛刊》2001年第1期。

3.祭文

为了永久纪念乌布西奔的丰功伟绩，怀着对乌布西奔的无比敬仰和怀念之情，特尔沁、特尔滨、都尔芹等萨满率族众历时多年，用乌布西奔传授的画图符号将她的感人事迹镌刻在德烟阿林的一个秘洞中，以为后世祭祀乌布西奔之依据，并期千秋万代流传下去。为此，都尔芹、特尔滨两位萨满积劳成疾，长眠于德烟阿林的洞穴旁，为这项宏伟的事业献出了宝贵的生命。特尔沁萨满继承了同伴们的遗志，完成了史诗的口承文本，开创了依图画符号文本唱颂史诗的传统，为史诗的传承立下了不朽的功勋。这种象形文字今已难以考究，但却给我们许多启发。

此外，乌布西奔发明画符号文字，还用于部落之间的交往，以便有所依凭，对此前已论述，此不再述。

从文字发生学角度考察，图画文字无疑是文字产生的重要途径，大部分图形成为后来文字的前身。图画文字即是通过摹绘事物的形象，并以所绘实物形象为符号，记录事情，表达思想感情。从乌布西奔图画文字的产生可以看出，萨满是氏族中最早的知识分子，文字的产生应与其有密切关系，在人类早期社会，萨满对文字的形成曾发挥过重要的促进作用。这一点对于岩画的产生同样具有启发意义。尽管有关岩画的成因至今众说纷纭，但其产生与原始宗教有关，已为越来越多的学者所认同。有学者指出：岩画创造的原因，一为模拟巫术，一为祈求丰产，即崇拜神祇。[①] 我们很难想象，如果不是在宗教意识的催发下，北方古民先民何以花费如此惊人的体力和精力，刻画出这些巨幅岩画呢？如果我们研读一下这些古老岩画的内容，便不难发现，其中许多岩画带有浓郁的宗教色彩。阴山岩画的拜日图，大兴安岭原始森林岩画中的萨满神鼓，贝加尔湖岩画中的蛇、蜥蜴、熊等动物雕像，阿穆尔河森林岩画的萨满头像，都是萨满教永恒的主题。这些集宗教意识与审美意识于一体的古代岩画，不能不凝聚着北方远古人类精神文化代表——萨满的智慧和心血。

总之，萨满对文字产生的贡献不仅在于发轫时期图画文字的发明创造，对于文明社会文字的形成，也做出了应有的贡献。如前所述，金代开国元老

① 《中华文明史》第一卷，河北教育出版社 1989 年版，第 390 页。

完颜希尹（又名兀室）是金代著名萨满。他博学多才，“仿汉人楷书，因契丹字制度，合本国语，制女真字”，被后世学者比作传说中汉字的创制者仓颉。

（二）造型艺术

萨满神服、佩饰、装饰图案、神偶、祖先影像等，无一不是原始艺术佳品，其所采用的裁缝、刺绣、雕刻、绘画等工艺，无疑是北方民族的原始艺术。在萨满教观念中，萨满的服饰蕴含着深刻的宗教意义，集中体现了本氏族所特有的多神崇拜观念、原始意识等。也唯因如此，萨满的神服在氏族中也具有神圣性，被族人敬奉为圣物。萨满教的雕刻、绘画艺术，同样是在宗教观念的催生下，得以发展并走向成熟的。

萨满造型艺术作品在《乌布西奔妈妈》中可谓琳琅满目，异彩纷呈。其中最具代表性，最具艺术价值的是萨满服。萨满服的工艺较为复杂，从选料到制作颇费时日，并须精心设计与制作。乌布西奔的萨满服用料考究，装饰精美、独特。她的祭海神服是用虎、豹、鹰、鲸、獐、狼、蟒皮缝制的，用百个银铃为响器，用百根海鱼牙作骨箆，用百条海熊皮制成神服魂石，用百颗鲸鱼睛镶嵌成神服的穗式，用百只彩燕毛围成神服的飘饰。众多的饰物代表着萨满教的神灵体系，体现着诸守护神庇佑萨满的思想观念。乌布西奔探海出征时穿的萨满服，更是荟萃了东海地域的珍奇异宝：

用了九百九十九块东海彩石
磨成的珠穗披罩，
用了九百九十九颗九彩海贝
镶嵌的八宝彩绦，
用了九百九十九根海鲸髯须
编成云水星光条，
用海葵、海莲叶剪出千幅花卉
贴成的巴图鲁绣带围腰，
用万年海龟板皮缝出来的
金鹰展翅太阳帽，
用云杉的落叶青枝

染制的滚龙高靴，
用青云香的汁液泡蒸而成的
香气四溢的浓云荷包……①

可以毫不夸张地说，乌布西奔的两套萨满服堪称原始艺术精品，凝聚着萨满和全族人的智慧与心血。其中海征神服即由乌布勒恩萨满亲自制作，她们满怀神圣的宗教感情和对萨满的虔诚爱戴之情精心求索，使工艺日益完善。

此外，《乌布西奔妈妈》中萨满神偶、祭坛、图腾柱等，也具有独特的审美价值。这些宗教艺术作品一方面是集族众艺术之大成，另一方面，也是萨满智慧的结晶。这不仅因为萨满是氏族宗教领袖和氏族文化的代表，也是由萨满教传承的神秘性决定的。因此，我们将萨满视为北方萨满教原始艺术的缔造者是当之无愧的。

（三）原始舞蹈

历史上最古老的艺术形式都具有诗、歌、舞三位一体的特点，并与宗教仪式有密切的关系。摩尔根在北美易洛魁人发现“舞蹈是美洲土著的一种敬神的仪式，也是各种宗教的庆典中的一项节目。世界上任何地方的野蛮人也没有像美洲土著这样专心致志地发展舞蹈。他们的每一个部落都有十至三十套舞蹈；每一套舞蹈都有其专门的名称、歌曲、乐器、步法、造型和服装。某些舞蹈是所有的部落共有的，如战争舞即是。特殊的舞蹈是专有财产，它们属于某一氏族或专属于某一舞蹈社团，这种舞蹈社团可以时时接收新成员。”②。《乌布西奔妈妈》中原始舞蹈具有鲜明的原始性特征，为史诗增添了无穷的魅力。

在《乌布西奔妈妈》中，保留下来几十种独具特色的原始舞蹈，包括德勒玛克辛（身舞）、乌朱玛克辛（头舞）、飞沙玛克辛（肩舞）、党新玛克辛（连手舞）、胡浑玛克辛（乳舞）、萨格达玛克辛（老人舞）、呼喝玛克辛

---

① 鲁连坤讲述，富育光译注整理：《乌布西奔妈妈》，吉林人民出版社 2007 年版，第 139—140 页。

② ［美］路易斯·亨利·摩尔根《古代社会》（上），杨东莼、马雍、马巨译，商务印书馆 1981 年版，第 113 页。

（老顽童舞）、顿吉玛克辛（斗舞）和迎亲舞、踏歌舞、野人舞、渔人舞、醉人舞、鹤翔舞、鹿鸣舞、蟒舞等。在不同的祭祀仪式和不同的场合，表演不同的舞蹈。如寿宴跳起喜庆舞，祭祀要跳谢祭舞，结盟则跳迎亲舞。对于东海女真人来说，舞蹈既是祭神娱神的方式，又是克敌制胜的武器，成为他们生活中的有机组成部分。当曾经的敌对部落黄獐子部、珠鲁罕部归顺乌布逊，缔结为新的部落联盟，这无疑是部落生活中的一大喜事，人们跳起欢快的舞蹈，以抒发内心的喜悦之情：

迎亲舞，踏歌舞，乌咧哩，
野人舞，渔人舞，乌咧哩，
醉人舞，鹤翔舞，乌咧哩，
鹿鸣舞，蟒舞，乌咧哩，
篝火熊熊，乌咧哩，
铜鼓咚咚，乌咧哩，
皮弦嗡嗡，乌咧哩，
欢乐啊，兄弟相聚，乌咧哩，
再没有了厮杀、猜忌，乌咧哩，
各部拥戴乌布西奔为总祀萨玛，
各部推拥乌布林古德罕为盟长玛发。①

跳起“迎亲舞”，以表达乌布逊部落对归服部落的欢迎和诚意，一舞泯恩仇，一舞结亲缘；而各种仿生群舞，进一步烘托了这种亲和欢乐的气氛，充分体现了舞蹈在人类社会早期社会中发挥的社会整合功能。正如格罗塞所说：“原始舞蹈的社会意义全在乎统一社会的感应力。”②

在《女海魔们的战舞歌》一节中，舞蹈的社会功能得到进一步彰显，不仅成为部落之间竞技的内容，而且成为战争的工具。在“莲花三岛”女儿国这一奇特的部落，首领和族众均为女性，世代相沿一种古老的奇特习

① 鲁连坤讲述，富育光译注整理：《乌布西奔妈妈》，吉林人民出版社2007年版，第190—191页。
② ［德］格罗塞：《艺术的起源》，蔡慕晖译，商务印书馆1984年版，第170页。

俗——以岛舞诱敌，魔女们利用千姿百态的舞蹈动作引诱海上过往者：

其舞尤奇，
迷敌特能。
文身舞者巧涂九彩岛泥，
遇敌色女蜂出，
哑然弄舞，众彩纷摇。①

为了降服魔女，乌布西奔派弟子“潜海登岸，秘习莲岛之舞”。在此基础上，乌布西奔昼观百鸟啼啭千态，夜仿百兽号奔动感，听大海妙音，品天风呼啸，自创名垂千古的系列歌舞：朱勒格玛克辛、② 朱勒格乌春。③ 东海系列舞蹈包括窝陈玛克辛、④ 多伦玛克辛、⑤ 乌克逊玛克辛、⑥ 德勒玛克辛、⑦ 乌朱玛克辛、⑧ 飞沙玛克辛、⑨ 顿吉玛克辛、⑩ 党新马克辛、⑪ 胡浑玛克辛⑫等。在莲花岛上，乌布西奔率先展现优美迷幻、美轮美奂的舞姿，四徒相随；奇迹般地创造了“以舞制敌”的奇效，成功降服久患成灾的莲花岛女魔们。

这些充满生机和艺术魅力的舞蹈，使史诗作品显得更富有动感、韵律和独特的视觉效果，也彰显出其特有的艺术价值。

以上我们就《乌布西奔妈妈》所表现的萨满的主要职能作一简要探析。事实上，在氏族部落时代，萨满的职能远不止于上述数端。诸如主持萨满祭

---

① ［德］格罗塞《艺术的起源》，蔡慕晖译，商务印书馆 1984 年版，第 88 页。
② 朱勒格玛克辛：古舞。
③ 朱勒格乌春：古歌。
④ 窝陈玛克辛：祭舞。
⑤ 多伦玛克辛：礼舞。
⑥ 乌布逊玛克辛：族舞。
⑦ 德勒玛克辛：身舞。
⑧ 乌朱玛克辛：头舞。
⑨ 飞沙玛克辛：肩舞。
⑩ 顿吉玛克辛：斗舞。
⑪ 新玛克辛：连手舞。
⑫ 胡浑玛克辛：乳舞，胸舞。

祀是萨满的重要职能，因在本书相关章节中已经讨论，此不赘述。

综上所述，萨满与氏族成员生死与共的共同命运和他们的特殊职能，使萨满天然具有为氏族服务的使命感和责任感；萨满在氏族中享有的崇高威望，则激发了他们为族众服务的热情，强化了他们固有的社会责任感。这种责任感促使他们注重观察自然，总结积累生产生活经验，锲而不舍地训练和提高自身的技艺，增强为族众服务的本领；激发了他们甘于奉献、为族众服务的情怀；也是他们传承氏族文化、弘扬氏族精神的动力。

萨满为族众祈福禳灾，治病除邪，排忧解难，维护族众利益，传承氏族文化和精神。这对于维护氏族的团结，增强族众抵御大自然的信心，保障氏族的生存与发展，无疑是至关重要的。正因如此，萨满被视为氏族的“中枢神经”，是氏族的“安全阀”。[①] 弗雷泽指出：“当部落的福利被认为是有赖于这些巫术仪式的履行时，巫师就上升到一种更有影响和声望的地位，而且可能很容易地取得一个首领或国王的身份和权势。”[②]

① ［俄］史禄国：《北方通古斯的社会组织》，吴有刚、赵复兴、孟克译，内蒙古人民出版社 1984 年版，第 567 页。

② ［英］詹·乔·弗雷泽：《金枝》，徐育新、汪培基、张泽石译，大众文艺出版社 1998 年版，第 70 页。

第六章 《乌布西奔妈妈》与萨满文化

《乌布西奔妈妈》呈现的是东海女真人氏族部落时代的社会生活。萨满文化是东海女真人的精神核心，也是一种社会化、全民化的意识形态。由于东海女真人所处的独特生态环境，长期从事渔猎生产方式，保持氏族部落等血缘组织，社会发展相对缓慢，受外来文化与宗教影响较少，使东海女真人的萨满文化更具原生形态特征。《乌布西奔妈妈》展示的正是这样一个原生形态的萨满世界。这对于认识萨满教发展演变的历程，揭示萨满文化与早期人类的关系，对于认识英雄史诗与萨满教的联系，都多有裨益。

第一节 宇宙模式

萨满教宇宙观是信仰萨满教的民族对宇宙认识的总概括，包括宇宙起源、宇宙结构和天地关系等方面。在萨满教宇宙观中，宇宙结构模式颇具特色。宇宙是一个立体的世界，天分多层，这是萨满教宇宙结构的基本特征，从而构建了萨满教宗教体系的基石。

尽管信仰萨满教的各民族对宇宙总体面貌的解释各有不同，但大多体现着这一基本特征，也使得这一宇宙结构的解说具有普遍意义。在东北亚诸民族的观念中，“宇宙充满了居住灵体［spiritual］的众天体。他们自己的世界是圆盘形的，像个浅碟子，中部有一孔通向下层世界。上层世界位于中层世界即地球之上，它有一个比中层世界大许多倍的拱顶。地球即中层世界，位于水中，驮在一头巨兽的背上，它可能是一只龟，一条大鱼，一头公牛，或者一只猛玛。这些动物一活动即引起地震。地球被一条宽阔的带子围绕着。

地球上有一高柱子与上层世界相接。上层世界有许多层——三层，七层，九层，或十七层。地球的中心长着一棵‘宇宙树’，上接上层世界诸神灵的居所。”①

满族萨满教的“三界九天说”保留了较为古老的三界宇宙观，其内涵更接近萨满教的原始观念。“三界九天说”主张：宇宙分为三界九层，最上层为天界、火界，又称光明界，可分三层，为阿布卡恩都里和日、月、星辰、风、雷、雨、雪等神祇所居，此外，还有众多的动物神、植物神以及氏族祖先英雄神，也高居“九天神楼”之中；中层也分为三层，是人、禽、兽及各种弱小精灵繁衍的世界；下层为土界，又称地界、暗界，亦分三层，是伟大的巴那吉额姆（地母）、司夜女神以及恶魔居住与藏身的地方。②

与上述天分多层，重在体现宇宙立体结构的认识有所不同，蒙古族萨满教将其信奉的九十九天神分为西方五十五善神、东方四十四恶神。在布里亚特流传的史诗《阿贝格斯尔》开篇即有类似故事的生动记述，不同之处，该史诗是荷尔穆斯塔为首的西方五十五善天神与阿岱乌兰为代表的东方四十四恶天神之争，此说符合蒙古萨满教关于上天崇拜的传统说法。③ 这种对天神解释的立足点在于对天穹方位的关注和平面区域的划分。

《乌布西奔妈妈》对天穹的认识，体现了东海女真人独特而宝贵的宇宙构想。作品首先以神话的形式，将天穹做了横断面的区域划分，构建了天母阿布卡赫赫、地母巴那吉额姆和布星女神创世三姊妹神共同管辖天穹的模式及其相互分工在此基础上，形成天域分区的构想，天域分区正是这种宇宙总体结构的产物。史诗将天区划分为十二方，又将中天分为两方，创世三姐妹居中天之右，左天神鹿是她们的坐骑，神龟是她们的天舟，天云是她们的小威呼。④ 中天又分为东南西北和四角十方，巡游周天。十方各为四方，均由各星属女神执管。⑤ 天区的分工与诸神的管辖范围具有一致性，表明《乌布

---

① ［匈］V. 迪欧塞吉：《不列颠百科全书》（1980年版）“萨满教”辞条，于锦绣译，《世界宗教资料》1983年第3期。

② 富育光《论萨满教的天穹观》，《世界宗教研究》1987年第4期。

③ 赵永铣：《蒙古族创世神话与萨满教九十九说新探》，《中国少数民族》1990年第2期。

④ 威呼：满语，意为船。

⑤ 鲁连坤讲述，富育光译注整理：《乌布西奔妈妈》，吉林人民出版社2007年版，第73页。

西奔妈妈》所呈现的天界是一个有序的世界，从中可见《乌布西奔妈妈》对宇宙构成的独特构思和卓越的想象力。

《乌布西奔妈妈》的宇宙构想并非超然于萨满教的宇宙模式之外，作品将天区的平面划分与立体分层有机结合，形成一个秩序井然的天穹世界。

天分多层，但具体层数又因民族而异。满—通古斯民族多将天分为三层、九层；西伯利亚各民族萨满教观念中的天界，有多至12层、16层、17层等说法；突厥民族有“三十三重天”和“十七层构成天穹”的不同信仰。“七”作为一个神圣数字，也体现出萨满教对宇宙结构的解读，有关七层天穹的说法在萨满教中也不少见。我国赫哲族和西伯利亚东南部一些民族都持此说。

《乌布西奔妈妈》遵从萨满教宇宙观，建构了宇宙上界，将天分为上天、中天和下天三层，天神阿布卡赫赫在所属三十九位女神的辅佐下，主司宇宙上界，即天界。上天、中天和下天三个层次，则分别由不同的神灵司掌，形成了一个立体的天界：

> 德林天女、温金天女、布罕天女、美梅天女、秋罕天女、察林天女、布雅天女、留肯天女、齐齐天女、顿顿天女，主管上天；其敏天女、木林天女、乌达天女、麦阿天女、文兴天女、缶由天女、瓮布天女、曼音天女、徐运天女、乌鲁天女，主管中天；夹加天女、巴那天女、乌林天女、音达天女、没音天女、瓦卡天女、顿云天女、毕钦天女、布温天女、萨林天女，主管下天；满鲁赫、达其布、乌布锦、达林布、其雅其、木民吉、忙嘎亚九女神为巡天大神。

上天、中天和下天分别由10位神灵掌管，形成一个神灵群体。三个神群之间分工明确，各司其职。此外，还设一个有9位神灵组成的巡视机构，负责监督诸神履行职责。

星神卧勒多赫赫，人身鸟翅，身背装满星辰的小皮口袋，主管天宇、星辰、星路、星桥，身边亲随女神四十二位，辅佐星母。

地界由巴那吉额姆掌管。她的下属有两个系列，一是由她直接统领的27位辅助神：

班达妈妈玛发、谷壑神、洞窟神、鬼府神、山巅神、河流神、江湖神、山峦神、林莽神、指路神、沙丘神、雪域神、碱滩神、石林神、地火神、旱神、虫神、地瘟神、土运神、地藏神、植育神、地被神、窝棚神、穴室神、窖神、树神、万牲万禽神。

第二个系列即主司光明的东海女神——德里给奥姆妈妈神群。德里给奥姆妈妈归属那吉额姆神系，是她最亲要的大神，但同时又自成神系。是东海生命之光、之源、之基。[①]

如果说，宇宙是一个立体世界，天分多层的宇宙构想在萨满教中具有普遍意义的话，那么，将天域划分多区的天穹构想则体现了独特的思维，反映了人们对天体的观察。《乌布西奔妈妈》将这两种宇宙构想结合起来，使萨满教观念下的宇宙立体世界更加有序和细化，弥补了萨满教传统宇宙观中仅关注立体层次，忽视平面结构的不足，使之更加缜密，也更符合先民的逻辑思维。这种宇宙结构，既与满族固有的萨满教宇宙观一脉相承，又在此基础上有所创新和发展，反映了东海女真先民对天穹的观察更加全面。至于《乌布西奔妈妈》何以将天宇分为十二方，是否与对星空的观察及依星体划分天区的思路有关，尚不得而知。

值得提出的是，在萨满教传统的宇宙结构中，对天地关系的解说，体现了二元对立思维模式。所谓二元对立思维即指相反的两方之间的关系纯然为对抗和对立，丝毫不存在统一和转化。这是萨满文化的典型思维方式，同时也是整个原始社会的思维方式。[②] 汤惠生借鉴莱德克利夫—布朗和列维—斯特劳斯关于原始二元思维的基本理论，对萨满教的二元对立思维进行了深入的讨论，认为“原始二元思维中最根本的特征：对立”，萨满教的二元对立思维典型体现在对各种神与魔的分类、供奉以及仪式上，如西藏“白方护法神”与“黑方之魔”的对立；[③] 此外，在至今仍流行在北方草原地区各游牧

① 鲁连坤讲述，富育光译注整理：《乌布西奔妈妈》，吉林人民出版社2007年版，第73—74页。

② 参见汤惠生《关于萨满教研究的思考》，《青海社会科学》1997年第2期。

③ ［英］特伦斯·霍克斯：《结构主义和符号学》，瞿铁鹏译，上海译文出版社1987年版，第15页。

民族之间的各种文化观念和风俗习惯也无不充满着二元对立的原则，如北方草原上普遍流行的“尚白”传统，便是我们上面谈到的对二元论中肯定因素的崇尚。[①] 汤惠生依据原始艺术资料开展的讨论，拓展了萨满教原始思维的研究领域。

应该说，这种二无对立思维方式在萨满教关于天地关系的表述方面尤为突出。但其二元的内涵却有一个嬗变的过程，即由最初的天阳地阴转变为天善地恶。在原始萨满教宇宙观中，天与地主要是阴阳之分，如蒙古人“实际上，他们把天看作自然界的阳性根源，而把地看作阴性根源”。[②] 蒙古族萨满教神歌中也有“上有九十九尊天神，下有七十七尊地母，皆是慈善好施的保护神”[③] 这样尊“地”为母的赞词。

随着社会的变迁和外来文化的渗透，萨满教观念也发生了程度不同的演变。表现在天地关系上，便出现了由天阳地阴向天善地恶的嬗变，使天地关系涂上了一层伦理色彩。在一些民族中，上界与“天堂”，下界与“地狱”的概念等同，并分别被赋予光明与黑暗的属性，形成了相互对立的格局。据《清稗类钞》记载：“萨满教又立三界：上界曰巴尔兰由尔查，即天堂也；中界曰额尔土土伊都，即地面也；下界为叶尔羌珠几牙儿，即地狱也。上界为诸神所居，下界为恶魔所居，中界尝为净地，今则人类繁殖于此。”[④] 这种观点在突厥民族中尤为普遍，即认为：“十七层构成天穹，并象征光明，七或九层构成地狱，象征黑暗。天穹和地狱之间是大地，也就是人类生存之地，于是整个大地连同所有生物都处在这两个世界的中间。”[⑤]

萨满教所体现的二元对立的思维方式既不彻底，也不绝对，二元之间有着种种特殊的联系。按照布里亚特神话传说，九十九尊天神并非最初即是对立的两个阵营，两大阵营的形成实质上是利益争夺的结果：在遥远的过去，九十九尊天神和睦地生活在一起，后来西方腾格里之子博和·穆亚和东方腾

---

① 汤惠生：《萨满教二元对立思维及其文化观念》，《东南文化》1996年第4期。

② ［俄］道尔吉·班扎罗夫：《黑教或称蒙古人的萨满教》，潘世宪译，《蒙古史研究参考资料》第17辑，内蒙古大学历史系蒙古史研究室1965年编印，第5页。

③ 转引自苏鲁格·查夫《萨满教与蒙古文化》，《内蒙古社会科学》1989年第5期。

④ 徐珂《清稗类钞》第[5册，商务印书馆民国六年排印本，第64—65页。

⑤ ［俄］B. B. 拉德洛夫：《萨满教及其神像》，佟玉泉、姜崇仑主编：《哈萨克历史与文化》，新疆人民出版社1998年彼，第221页。

格里之子博和·泰里共同发明了炼铁术，博和·穆亚夺走了博和·泰里的冶铁作坊，于是互相争斗，九十九尊天神分裂为相互敌对的两大阵营，即以霍尔穆兹达为首的西方五十五尊善神和以阿达·乌兰为首的东方四十四尊恶神。[①]

然而，在《乌布西奔妈妈》的宇宙结构中，尚未形成这种二元构成，二元思维不明显，更突出地体现了原始萨满教的宇宙一体观。《乌布西奔妈妈》对天地关系的解说，体现了初民对天地的直观观察和感受。弗雷泽在《自然的崇拜》一书中曾说过："原始人共同的信仰是天与地原先是连接一起的，天要不是平躺在地上，就是处在非常接近地面的地方，以至于在天地之间并没有人们走动的余地。在这种信仰流传的地方，往往是把天抬高到远离地面的功绩归功于某些神或英雄的力量，他们给天那样一种推动力以致能把天抛到像人们现在所见到的那样高，并永远把它留在那里。"[②]

在《乌布西奔妈妈》中，天与地没有分野，天地是一体的。作品对天地关系的阐释，通篇是以"三位妈妈神啊，养育了万物生命之根，生命之源"为基调的。首先，天母阿布卡赫赫和地母巴那吉额姆以及星神卧勒多赫赫在天宫大战中"裂生于世，互不能分，同生同在，永生永存"，[③]"同身同根，同现同显，同存同在，同生同孕"。[④]在天宫大战取得胜利后，三女神共同统领宇宙，三姐妹神同居中天之右，具有三位一体的性质。如同三女神同为一体一样，她们统领的宇宙也是一体的。其次，作品将地母巴那吉额姆以及统辖的诸多主司大地安宁的神灵，如自然地貌：神谷壑神、洞窟神、鬼府神、山巅神、河流神、江湖神、山峦神、林莽神、沙丘神、雪域神、碱滩神；自然物神：石林神、万牲万禽神；地域守护神：指路神、地火神、旱神、虫神、地瘟神、土运神、地藏神、植育神、地被神、窝棚神、穴室神、窖神；东海女神德里给奥姆妈妈统领的诸位东海地域守护神以及神山、流、泉、灶等地祇系统的神灵，虽归属地母神系，但最终统归天神神系中，与耶

① 苏鲁格编著：《蒙古族宗教史》，辽宁民族出版社2006年版，第10页。

② 转引自朱狄《原始文化研究》，三联书店1988年版，第752页。

③ 鲁连坤讲述，富育光译注整理：《乌布西奔妈妈》，吉林人民出版社2007年版，第74页。

④ 富育光讲述、荆文礼译注整理：《天宫大战》，吉林人民出版社2009年版，第11页。

路里所统领的恶神形成两大阵营。这些地祇神灵与阿布卡赫赫统领的天女神群，只是分工有别，并无高低之分，表明在东海女真先民的观念中，天地是浑然一体的，人类所居住的大地仅是天穹的一层而已。这种天地一体观具有独特的认知价值，反映了东海先民对宇宙的整体观察。

第二节　神灵体系

对于任何一种宗教来说，神灵系统都是其体系中最核心的部分。有关神灵的起源、类型、属性、神与神之间的关系及神灵的实质等问题，始终备受学者们的关注，并形成了有关神灵观念的种种学说。

万物有灵是萨满教的思想基础，也是其神灵体系形成和演变的出发点。多神崇拜和神灵多元是萨满教神灵体系的基本特征。萨满教神灵世界包罗万象，神灵种类繁多，各有神技，职司明确，构成了一个气象万千的萨满教神灵世界，素有“萨满教万神殿”之称。

《乌布西奔妈妈》中的神灵体系，虽与萨满教神谕及祭祀仪式的神系不同，主要表现为神话神系，但与萨满教神系一脉相承，构成萨满教神系的组成部分。其神系的类型与特征也独具特色。

一　二元神系

《乌布西奔妈妈》与《天宫大战》一样，都是二元神系，皆以天神阿布卡赫赫为首的女性善神为一方，以耶鲁里为首的男性恶神为另一方。其中，占主导地位的是阿布卡赫赫神系。文本称，以天母阿布卡赫赫为首的善神系列，有“三百三十位之众”。[①] 但作品记录的实有其名的神位神讳总计 243 位，其中包括善神系列 201 位，恶神系列 42 位。“其余的可能在漫长的传承岁月中已经失落，但乌布西奔妈妈传授了三百女神神位神讳，可以推断当时确有三百女神的完整神系。其中的神名大部分是女真语或萨满教通用的通古斯古语，今已难确考。”[②]

---

① 鲁连坤讲述，富育光译注整理：《乌布西奔妈妈》，吉林人民出版社 2007 年版，第 74 页。

② 富育光、王宏刚：《萨满教女神》，辽宁人民出版社 1995 年版，第 7 页。

(一) 善神系列 (201 位)

善神系列，文本称天神神系，下分三个层次，第一层为创世三姐妹，第二层是她们的亲随女神，第三层主要是巴那吉额姆的亲随大神东海女神德里给奥姆妈妈所属神系及其化成的神系。

第一层 (3 位)

第一层为宇宙创世三姊妹神，即天母阿布卡赫赫、地母巴那吉额姆和布星女神卧勒多赫赫。

1. 天母阿布卡赫赫。据《天宫大战》传讲，阿布卡赫赫生于水泡，在水珠中看到她是七彩神光。从她上身裂生出布星女神，从她下身裂生出地母神，三神形影不离，永生永育，育有大千。在她们身上又分生出许多女神，形成了三百女神的善神神系。她们创生的“敖钦女神”变成了恶神“耶鲁里”，耶鲁里也有自生自育的能力，创生出恶神神系。善恶两大神系激烈战斗，阿布卡赫赫最终战胜了耶鲁里，并取得了宇宙的统治权。

2. 地母巴那吉额姆：从阿布卡赫赫下身裂生出，形象伟岸，威力无比。

3. 布星神卧勒多赫赫：从阿布卡赫赫上身裂生出，人身鸟翼，身背装满星辰的小皮口袋，永不停歇地在天宇间主词星辰的东升西移。

第二层 (109 位)

1. 阿布卡赫赫神系 (文本 39 位，实为 37 位)①

共有 39 位天女辅佐阿布卡赫赫管理天界，依其管辖天域和职能分四个神群：

①主管上天的天女神 10 位，即德林天女、温金天女、布罕天女、美梅天女、秋罕天女、察林天女、布雅天女、留肯天女、齐齐天女、顿顿天女。

②主管中天的天女神 10 位，即其敏天女、木林天女、乌达天女、麦阿天女、文兴天女、缶由天女、岔布天女、曼音天女、徐运天女、乌鲁天女。

③主管中天下天的天女神 10 位：夹加天女、巴那天女、乌林天女、音达天女、没音天女、瓦卡天女、顿云天女、毕钦天女、布温天女、萨林天女，主管下天。

④巡天大神 9 位：满鲁赫、达其布、乌布锦、达林布、其雅其、木民

① 这里计算的神灵数，以《乌布西奔妈妈》文本记述为准。

吉、忙嘎亚九女神为。[①]

2. 地母巴那吉额姆神系（27 +1 计 28 位），统领两大系列神系：

①亲随女神 27 位，即班达妈妈玛发、谷壑神、洞窟神、鬼府神、山巅神、河流神、江湖神、山峦神、林莽神、指路神、沙丘神、雪域神、碱滩神、石林神、地火神、旱神、虫神、地瘟神、土运神、地藏神、植育神、地被神、窝棚神、穴室神、窖神、树神、万牲万禽神。

②东海女神德里给奥姆妈妈及其神系。

3. 布星神卧勒多赫赫神系（文本：42 位）：

布星神卧勒多赫赫主管天宇、星辰、星路、星桥，身边亲随女神 42 位。

第三层（42 位），东海女神德里给奥姆妈妈神系，依其来源可分为两个系列：

一类是德里给奥姆妈妈亲领的下属神 13 位：即迎日神、送日神、海豹神、海熊神、象神、龟神、海蛇神、蛙神、海风神、礁石神、海鸟草卉神、蜥蜴神、岛鬼值日神。

另一类是德里给奥姆妈妈化生的神系，依来源和职能又分四大系统（39 位）：

①德里给奥姆妈妈将自己的心灵火光，吐出一块，凝生成一个新日——光芒万丈，即“托户离”神系，统管 3 位光明神，即“安班额勒尊妈妈”（大光明女神）、“阿吉额勒尊妈妈”（小光明女神）、“图门额勒尊妈妈”（万道光辉妈妈）。

②德里给奥姆妈妈将自己的心灵火光，吐出一片，凝生成众多长命女神查拉芬妈妈神群（7 位），主司人类和自然万物的寿命，即女寿神、男寿神、老寿神、小寿神、兽寿神、禽寿神、万花万草万木万鱼万虫万万生命护寿神 7 位。

③德里给奥姆妈妈将自己的心灵火光，吐出一团，凝生成阿米塔妈妈神群（文本称 19 位，实为 21 位），主治各种医病，即离苏管肺喘、丘琴管腰酸、安琴管腿疾、那离管下泻、米牙管生蛆、卡古管头疮、难奇管心痛、阿米管苦疟、阿勒管暴疼、胡吉管眼盲、库鲁管口歪、班克恩管心颤、图库管

---

① 9 位巡天大神，实有其名者 7 位。

冻馁、沙浑管呆痴、混泌管生育、库伦管难产、都离管晕厥、班克管小耳灾、努克管老人灾、嗄克管女人灾、格克管万症灾，计21位，以史诗文本为准，以19位计算。

④德里给奥姆妈妈，将自己的心灵火光，吐出一绺，凝生成合布离妈妈神群（10位），主司灵魂，即管游魂的布凡妈妈、管浮魂的布安妈妈、管招魂的班哥妈妈、管夜亡魂的毕亚哥妈妈、管失主魂的毛新妈妈、管寻落魂的宏克妈妈、管久敬魂的波叶妈妈、管转生魂的都七妈妈、管降生魂的鄂林妈妈、管冤诉魂的莫音妈妈，计10位。

此外，还有47位自然神、天穹神及其侍女神，不在上述三个层次内，但属阿布卡赫赫的天神系统，即善神系列，有山、云、雷、闪、雪、冰、风、雹、霁、雾、尘埃、露、雨、蚀、潮、浪、冻、凇、凌、浴、流、泉、氮、虹、炬、灶、洋、洲、霉、霄、霓、霜、霞、灵等34位大神与山、云、雷、闪、雪、雨、虹7位辅神，计41位尊神；月、星、光三神和乌鸦、喜鹊、天鸠三侍女神，计6位尊神，共计47位。

（二）恶神系列（1+41位，计42位）

恶神耶鲁里神系皆由其化形的海砂幻化而成。他统领的恶神共41位，即窃贼神都托、谎言神豪托、骗语神托欧、奸诡神多威、危宅神曾吉、地陷神角亢、夜噬神安俄、伪善神德林、怪鬼神卡妞、魔妖神胡突、无头美女神沙林、迷人神玛呼、暗算神喝荣、冻鬼神博诺、臭味神窝泮、噎嗝神苏楼、抢掠神达巴奇、瘦鬼神都岗、思症神果尼、戏谑神茹薄、撒癫神拨其、淫荡神哈雅、离心神德化、瘫神莫诺、吼病神亚顿、天花神衣嗄、膨闷神库孙、疥神河督、水痘神莫若、痘毒神哈它、哑吧神喝勒、愚傻神门棍、唠叨神杨桑、软瘫神拉齐、哭神顺郭、矬神麻占、肥胖神牙里土、麻子神克里、丑鬼神俄脱、斜眼神黑亚里、万祸神图伦，包括疾病、残疾、智障和诸人格败坏方面的神灵计41位。

上述所列诸神总计243位，其中属阿布卡赫赫天神系列201位，属耶鲁里恶神系列42位。此外，还有部分神灵属于乌布西奔萨满所领神系，包括海峡大神梅赫妈妈、奶奶神主佛伦丹珠其妈妈等女性神和大白湾蟒神等动物神，未列其中，它们共同构成了一个完整的神灵体系。

二 神系特点

《乌布西奔妈妈》体现了丰富的文化内涵，具有鲜明的特征。

1.《乌布西奔妈妈》神系是二元神系，体现了二元思维方式，但二元意识不强。

二元思维方式在原始思维中占有重要的位置，对此，汤惠生有过精辟的论述："事实上，二元思维，准确地说应是二元对立思维，不仅是萨满教的基本思维形式，同时也是原始思维的内核和特征。"① 萨满教二元对立的思维方式体现在诸多方面，并常常通过光明—黑暗、东—西、上—下、生—死、善—恶、黑—白、男人—女人、左—右、冷—热、阴—阳等对立的概念表达出来。

《乌布西奔妈妈》与《天宫大战》的二元神系一脉相通。在《天宫大战》中，以天母阿布卡赫赫为首的善神与以耶鲁里为代表的恶神两大神系激烈地争战，阿布卡赫赫在众多自然神、英雄神的协助下，最终战胜了耶鲁里，成为一位不可战胜的天穹主神，取得了宇宙的统治权，使人类得以安宁和繁衍。《天宫大战》中展开的是一场女神与男神之间，善神与恶神之间的斗争，具有突出的二元思维特征。

与《天宫大战》相比，在《乌布西奔妈妈》中，善神与恶神两大神系虽然依旧存在。乌布西奔告诫弟子们："耶鲁里化成九头鸟怪，年终岁尾还降祸世间。然它怯惧光明，要常燃篝火、灯明。耶鲁里魔鬼本性不改，时时虎视眈眈祸害世间。"② 这也成为《乌布西奔妈妈》二元神系存在的根源。但两大神系之间不再有天宫大战时期你死我活的殊死搏斗、此消彼长的势力较量，只是维持天宫大战的战后局面。《乌布西奔妈妈》更多地关注东海地域的人间事务，甚至将东海地区的战乱解释为由火燕幻化的女神化冰造海时忘记天神的嘱咐，而没有束发所致。比较而言，《乌布西奔妈妈》神系体现的二元色彩远不及《天宫大战》鲜明和突出。

事实上，尽管二元对立的观念在萨满教体系中随处可见，但在萨满教

① 汤惠生：《萨满教二元对立思维及其文化观念》，《东南文化》1996 年第 4 期。

② 鲁连坤讲述，富育光译注整理：《乌布西奔妈妈》，吉林人民出版社 2007 年版，第 78—79 页。

原始的观念中，二者之间并非绝对的对立。宇宙分三界，上界为天神等众神祇所居，下界为恶魔所居，是较为晚近的说法。在原始萨满教的观念中，天界并非都是善，地界也并非是恶势力的天下。匈牙利学者 И. 杰涅什认为，把宇宙分为三界的思想，乃是萨满教的一个重要特征，其中下界为爬虫类、癞蛤蟆和凶神等居住的地方。[①] 满族萨满教"三界九天说"中的下界是地母巴那吉额姆、司夜众女神以及恶魔居住与藏身的地方。地母巴那吉额姆为地界的主宰者，至于以耶鲁里为首的恶魔也并非绝对的恶，恶魔耶鲁里本身就是天神阿布卡赫赫用自己身上的肉合着布星女神卧勒多赫赫身上的肉做成，后经自身运化，而成为与原体系抗衡的势力。[②] 两种势力之间有着某种联系。

萨满教的二元思维也有一个发展演变的过程。如蒙古族萨满教神系的变化与蒙古社会的历史变迁有着密切的关系。13 世纪初，随着成吉思汗统一蒙古诸部，建立了统一的蒙古奴隶制政权，可汗具有凌驾于整个国家之上的无上权威。"蒙古萨满教万神殿中神与神的关系，就在这样的社会背景下出现了转机。二元对立的众神走向统一，霍尔穆兹达由原先的西方五十五尊天神之首领上升为九十九尊天神之王，成为主宰整个自然和社会的至上神，并更名为"蒙客·腾格里"（意为"长生天"）。"蒙古族萨满教神系完成了由最初的和睦相处，中经两大神系的分立，最后走向统一的演进历程。从这点来看，对萨满教二元思维应予以历史的观察。

2.《乌布西奔妈妈》神系以女性神群占主导地位，反映了女神崇拜观念。

在《乌布西奔妈妈》庞大的神系中，女性神数量众多，计 200 余位，约占整个神系的五分之四，占有重要地位的众女神音容不同、性格各异、神技有别，宛若一个神圣的女神王国。创世女神阿布卡赫赫、地母巴那吉额姆和布里女神卧勒多妈妈共同构成了宇宙自然和人类社会的主宰者、繁衍者和创造者。"宇宙生成、日月运行，生命的起源与繁衍，人类的生活与生产都与

① 转引自［俄］E. И. 杰烈维扬科《黑龙江沿岸的部落》，林树山、姚凤译，吉林文史出版社 1987 年版，第 284 页。

② 郭淑云：《原始活态文化——萨满教透视》，上海人民出版社 2001 年版，第 48 页。

这女神群团息息相关。"[1] 如果说，《天宫大战》中的女神重创造和开拓，以开天辟地为己任的话，那么《乌布西奔妈妈》中的女神则更重守成，更多地关注人类社会的发展，产生了一批文化英雄神和职能神，尽职尽责，无私奉献。东海女神德里给奥姆妈妈作为主司东海地域的光明神和主神，通过作品主人公乌布西奔将真、善、美的理念传达给人间，建立起人间秩序。她所属的两位女神迎日神和送日神尽职尽责，朝朝暮暮为人类迎送太阳。古尔苔女神化成乌鸦后日夜为人类巡视，突出体现了女神造福人类的社会功能。

3.《乌布西奔妈妈》中的女神神系彰显了突出的群体性和有序性。

群体性是《乌布西奔妈妈》女神神系的突出特点。从最高层级的创世三姐妹，到东海女神德里给奥姆妈妈统领和化生的众女神无一不是以群体神的形式出现的。群体神是萨满教神系的特点之一，满族一些家族的神系至今保留了群体神的特点，如满族孟哲勒氏家族供奉的三位创世女神的神偶，为三根圆木刻成的，三女神神偶的底部连在一块木板上，意味着她们同生同降。满族石氏家族供奉的依兰阿里瞒尼，也是由三位神组成的群体性。但在气象万千的满族诸姓神系中，占主导地位的还是个体神。相形之下，《乌布西奔妈妈》的女神神系具有突出的群体性，每位神都各有所属；每一个群体所属、职司敏生成来源相同的若干神祇构成。群体神的出现应与以血缘组织为基础的社会组织形式和集体生产方式密切相关，反映了人类依靠集体的力量战胜自然的艰辛历程。《乌布西奔妈妈》女神的群体性特征，无论是在满族萨满教神系中，还是在英雄史诗中，都是罕见的，承载着东海女真先民独特的自然与社会认知，蕴含着丰富的文化价值。

一般而言，包罗万象的萨满教神系，神灵统属关系并不明晰，也没有形成神灵的等级，较为庞杂而无序或者说序列性不强。《乌布西奔妈妈》神系的有序性较强，并与群体性有机结合，神灵数量一定，归属明确，造神取向明晰，形成多层级的神灵体系，在萨满教神灵体系中具有突出的个性特征。

4.《乌布西奔妈妈》的神灵体系与满族创世神话《天宫大战》有着深厚的渊源。

---

① 王宏刚、王海冬、张安巡：《追太阳——萨满教与中国北方民族文化精神起源论》，民族出版社2011年版，第348页。

《乌布西奔妈妈》和《天宫大战》的神灵体系有密切的联系，既具有诸多一致性的地方，又各具特点。二者都拥有三百女神神位神讳；都属二元神系，对立双方的主神、性质亦相同，皆以天神阿布卡赫赫为首的女性善神为一方，以耶鲁里为首的男性恶神为另一方。

但《天宫大战》作为一部创世神话，以开天辟地、万物起源为主要叙述内容，其神灵体系不仅系统完备，而且具体详尽。作品塑造了一系列个性鲜明，有血有肉，栩栩如生的女神形象，故事情节完整，生动感人，扣人心弦，构成一个系统的神灵体系。

《乌布西奔妈妈》的神系虽亦可谓体系完整，但作为一部史诗作品，主人公是世俗世界的英雄，叙事的主线是主人公一生的功绩，因此，作品主要关注的是人间事务，对神灵体系及其相互关系的交代，只是简单排列，没有展开叙述，多数神灵只有神名和所属类别，没有具体的神话情节。

《天宫大战》和《乌布西奔妈妈》传达神系神话的方式也不同，前者是作品直接叙述，后者则多通过主人公给弟子或族人讲古趣，对族人进行教育的方式讲述，侧重交代神话的结局、影响及神话所蕴含的具有教化功能方面的内容，神话故事较为简单，而且不系统。有学者指出：“《天宫大战》完全是女神与男神之间的争斗，最终以阿布卡赫赫为代表的女神神系取得胜利，奠定了天庭的秩序；乌布西奔妈妈、恩切布库和西林安班玛发，都是因人间苦难无法解决遂被女神派到人间，帮助人间建立了各项秩序，教会人们生活、生产的技能等，最后又返回神界。”① 从神系建构的角度看，《乌布西奔妈妈》可以说是《天宫大战》的姐妹篇，《天宫大战》直接描述阿布卡赫赫与耶鲁里之间争夺宇宙统治权的斗争，《乌布西奔妈妈》展现的是天宫大战后的宇宙格局，以天母阿布卡赫赫为首的善神已经战胜了以耶鲁里为首的恶神神系，成为宇宙的统治者。《天宫大战》中的三大主神阿布卡赫赫、巴那吉额姆和卧勒多赫赫仍然活跃在《乌布西奔妈妈》的神坛上，管辖范围依旧，只是依据天宫大战后的格局三女神进行了新的分工，侧重维持现有宇宙秩序。

---

① 高荷红：《满族说部“窝车库乌勒本”研究——从天庭秩序到人间秩序的确立》，《东北史地》2012 年第 3 期。

此外，《乌布西奔妈妈》神系突出了东海女神德里给奥姆妈妈的地位，其位仅居宇宙三姐妹神之后，统领东海，既有所属神系，又化生多个神系，居史诗神坛的重要位置，并代表三女神直接与乌布西奔所代表的东海诸部沟通，传达神谕，形象地表达了人神之间的关系与沟通途径；山、云、雷、闪、雪、雨、虹七位自然神地位特殊，既有主神，又设辅神，显示出东海女真人对自然天象的重视；主司各类疾病的神灵众多，其种类之多，分工之细，神名之具体，体现了东海女真人对事物观察与了解的深入、具体、细微。从这个意义上说，《乌布西奔妈妈》可以说是《天宫大战》创世神话的微观篇。

第三节　祭祀仪式

"一切宗教礼仪本质上都不过是宗教行为的程式化、规范化和制度化。"[①] 萨满教仪式是一系列与神秘和神圣力量有关的、被传统固定下来的、规范化了的行为方式，[②] 旨在与超自然的神灵世界建立某种联系。

萨满教仪式形式多样，姿态万千，内容丰富，充满活力，具有鲜明的时代、民族和地域特征。由于生活环境不同，生产重心有别，历史文化渊源各异，各民族在长期的历史发展中，形成了独具特色、自成传统的祭祀仪式，呈现出不同的内涵与风格。

《乌布西奔妈妈》再现了古老的萨满教仪式，展示了渔猎民族对大自然的尊崇和热爱，传达了东海先民与自然和谐共同的理念。

一　海祭仪式

海祭是满族先世东海女真人盛行的萨满教海上祝祭大典。东海女真人世代滨海而居，以张网捕鱼为生，对大海有着无限炽热的情感，寄予着深切的生存渴望。人们的这种情感和希望，只能借助想象和虔诚崇拜，抒发和表达对大海的崇拜之情。这便是东海众女神产生的特定文化氛围。《乌布西奔妈

① 吕大吉：《宗教学通论新编》，中国社会科学出版社 2010 年版，第 438 页。

② 孟慧英：《中国北方民族萨满教》，社会科学文献出版社 2000 年版，第 245 页。

妈》处处洋溢着对东海的深情与热爱：

日出日落，
星升月陨，
气漫峰蒸，
东海，妈妈的海，
东海，丰饶的海，
东海，生命的海，
东海，不息的海，
这是萨玛百代神主的福托，
这是萨玛百世生命的荫庇；
这是阿布卡赫赫赐予的抚宠；
这是乌布西奔妈妈承受天意的呕心血晶。[①]

满族先世素有海灵崇拜观念，认为凡海中之物均比陆地同类物质有灵性。这种观念至今在满族民俗中有所遗存。满族先民到日本海诸岛，采集各种动植物、石砾等带回岸上，作为祈神祭品和护身灵物，反映了满族及其先世海洋崇拜文化的悠久和丰富。

近代以来，随着沿海居住的满族人被迫离开东海海滨地区，满族的海洋祭祀文化活动亦因丧失了其固有的土壤和赖以依存的海洋渔猎活动，逐渐消亡，并渐被遗忘。《乌布西奔妈妈》以独具特色的海洋神话，气势雄浑的海祭仪式，再现了满族先民对海洋的崇拜观念和隆重的祭祀活动，具有独特的价值。

史诗开篇即讲述了东海形成的神话：古昔，东海海滨没有任何生灵，“只是一抔凋败的黄土”。当东海地区进入“银色的苦寒世纪”，“一天，东天忽然响起滚滚的雷鸣，雷声里，一只金色的巨鹰，从天而唳。鹰爪紧抱着一颗白如明镜的鸟卵‘乌莫罕’。[②] 巨鹰在冰川上盘旋数周，将白卵‘乌莫

① 鲁连坤讲述，富育光译注整理：《乌布西奔妈妈》，吉林人民出版社2007年版，第11页。
② 乌莫罕：满语，鸟蛋。

罕’抛地，顿时耀眼的光芒闪聚。这光芒迅即将雪岩融化为一汪清水，水声汩汩，喷起堆堆的水泡银珠。水泡中跃起火燕一只，红嘴红羽，在冰川中穿梭不息。寒凝冻野，冰枪雪箭，威压火燕，火燕被清泉荡涤，毛羽净消，化成一位鱼面裸体的美女。鱼面美女随冰水滚动，灼热身躯使冰河越融越宽，幻成万道耀眼的霞光，覆盖冰野之巅。照化冰山、冰河、冰岩、冰滩……寒苦的东方，从此凝生出一条狭长无垠的狂涛。因她原是裸体的鱼面人身神女，疲累中，头仰北方，足踏南海，在陆地上化成了一条橄榄形奔腾的大海洋——东海。”①

《乌布西奔妈妈》对东海女神的解说系统、具体、鲜活，自成一系。德里给奥姆妈妈隶属创世三姊妹神中的地母巴那吉额姆神系，由地母巴那吉额姆口水化生而成。天地初开时，阿布卡赫赫鏖战恶魔耶鲁里，不慎被耶鲁里擒缉。在最危难的时刻，地母巴那吉额姆用口水喷射耶鲁里，化形出一位半坐在鼓上的鱼首裸女大神——德里给奥姆妈妈。德里给奥姆妈妈的地位仅次于三位创世女神，为东海主神，主司东海的光明。在萨满教观念中，太阳与光明是人类和一切生灵生命的源泉，故该神又被奉为生命之神，永世给人间送来太阳、温暖和光明。

在满族萨满教古老的海祭、火祭、雪祭仪式中，都要祭祀德里给奥姆妈妈。她的形象为鱼首女人胴体，一对硕乳高耸，腹部隆起。其形象被绘在主祀萨满的神鼓上，即是鱼首女人身，周身闪烁着白色光芒，象征海中的太阳。德里给奥姆妈妈统辖东海诸神，掌管东海区域的安宁，而海是东海诸部落生活之根基，故该神又被奉为命运之神，保佑部落绵衍强盛，渔业丰收，人民安康。

《乌布西奔妈妈》展现了海祭仪式的雄浑壮阔。举行祭祀的因由，既与他们的生产活动密切相关，更与乌布西奔终生致力的探海事业有着直接关系。为寻找太阳升起的地方，乌布西奔派人或亲率船队进行五次探海活动。海祭的主要目的旨在祈求探海成功、顺利，诚谢东海女神的庇佑。海祭以其雄浑的气势，独特的风采，在萨满教祭坛上绽放异彩。根据史诗文本，东海女真人的海祭可分两种类型：

① 鲁连坤讲述，富育光译注整理：《乌布西奔妈妈》，吉林人民出版社2007年版，第7—9页。

（一）出征海祭

乌布西奔晚年致力于探海事业，以实现她寻找太阳升起之地的梦想。她先后组织五次探海活动，并两次亲率船队远航，最后病逝于探海途中。

在这五次探海中，有四次在船队出发前举行了庄严的海祭仪式，以祭奠海神，祈祷平安吉顺，并鼓舞士气。其中以第二次乌布西奔亲征举行的海祭仪式最为隆重。乌布西奔首次派出的航海船队，是由她的侍男琪尔扬考率队组成的。经过七天七夜，船队杳无音信，生死未卜，乌布西奔多方占卜，确认船队在海上遭遇险情，遂决定举行谢海大祭，一方面祈请四海众神，以其无量神力，保佑船队和船员们转危为安，化险为夷，另一方面决定亲自率船队探海，寻找和挽救蒙难的船员，以慰留守族人的悬念之心，并继续寻找太阳升起的神秘之宫。

海祭大典持续十余天，盛大而隆重。主要有以下程式：

1. 布设祭坛：在海滨搭建祭坛，祭坛外，竖立碗口粗的槐木桩十根，上面分别用九根藤皮条、九根鹿皮条和九根狍筋编成的长辫锁着雪豹、熊、虎，为护坛将军，以防部落内部人员的滋事和野民的扰乱。祭坛内鼓角齐鸣，铃螺大作，族众手持驼鹿蹄、驯鹿蹄、羚羊蹄、野牛蹄，连击鸟啄音，犹如千里石板百兽驰骋，营造了一种庄严、神圣的气氛。

2. 献牲：献牲是祭祀仪式的一个重要环节。海祭的主要牺牲是海洋生物。牲献得越多、越是新捕捉的远海海兽；越能表达族人的虔诚之心。史诗对此作了精彩的描述：

从远海捕来神牲——
宰杀大海狮九尊，
宰杀大海象九尊，
宰杀大海豹九尊，
宰杀白鲸一尊，
宰杀抹香鲸一尊，
宰杀灰鲸一尊，
宰杀鳟鱼、鲑鱼、比目鱼、
海花鱼、胡瓜鱼、狼鱼、鳔鱼百尊。

还宰杀有乌布西奔鱼池驯养的各色鱼群。
鱼血汇入大海，
大海变得殷红；
鱼肉投入海中，
引来翻滚的海牲拼争，
足足五天五夜，海中波浪汹涌，
像沸腾的海潮轰隆。
这是东海海神驾赶着百轮车，
接领女罕的托嘱和盛赠。①

3. 降神附体：降神附体是仪式中最热烈激扬、最令人企盼的一个环节。萨满通过降神附体的形式，实现人神相会与交流，以达到祈神祭神、娱神娱人，为本部即将开始的探海活动提供精神支持之目的。萨满在降神附体后，神人交流的内容是多方面的，形式亦丰富多彩。史诗以别具一格的舞蹈和神谕实现人神沟通。

祭祀仪式上请神的数量多寡不同，主要依仪式的要求而定。在第二次探海出发前举行的海祭仪式上，乌布西奔主要请了三位神，其中两位为动物守护神，一位是海祭主神海峡大神梅赫妈妈。最先请下来的是两位动物守护神——野猪神和蟒神降临神坛。它们在附体后，乌布西奔都是以舞蹈动作表现神灵的形态。野猪神降临时，萨满跳起野猪神舞，模拟獠猪态、小猪态、拱食态、瞭哨态、怒恐态；蟒神降临，则仿蟒蛇发出吱吱声，跳起蟒神舞，包括仰栖舞、拧身舞、缠抱舞、卧地舞，仰身肩动移进舞，千姿百态，栩栩如生。

舞蹈是萨满神灵附体的表现形态，是仪式上神灵降临的主要表达方式，舞姿兴，则神灵现，鼓之舞之以尽现神态，并以舞蹈的形式传达神谕，表现神姿，使具有共同信仰的族群实现了与神圣的崇拜对象相会与沟通的目的，营造神和谐的氛围，增强族群的凝聚力。

萨满降神后，还穿插着火爆的牲血舞。牲血舞与萨满降神舞表现的思想

① 鲁连坤讲述，富育光译注整理：《乌布西奔妈妈》，吉林人民出版社 2007 年版，第 131 页。

内涵和表现形式均有不同。萨满降神舞由萨满单独进行，牲血舞则是一种以娱神娱人为目的的群舞，由萨满和族人共同完成：

牲血舞：

萨玛与众，娱神缅神共舞，盛景壮观。牲血舞骨木凿器，两面似盆，中连长柄。柄内乘牲鱼鲜血，双手持舞。萨玛着神服血舞外，众女彩妆花饰、众男衣鱼兽裘血舞。柄头垂长穗，穗有数小铃。

舞式：蹲身，呐喊有节。跳跃，雄壮凌厉有拍。

姿分单跃式，单腿跳；环手式，聚散跳，两人或众人对舞圈跳。亦有跨跃式，几组，穿梭作舞。

牲血舞讲究人鼓相配，声舞相配，节韵悠扬，融洽和谐。原舞更是头、背、颈、指、腕、胸、腰、乳、臀、腿、足、胯、胫、仰、蹲、卧、滚、跃诸姿相揉，活泼百态。[①]

萨满与族众欢娱的牲血舞，烘托出人神同祭共娱的炽热气氛，欢快热烈，随意自如，构成一个欢乐的海洋。萨满祭祀族众参舞的热烈场面，往昔在东北亚各民族中均可见到。人们“力求达到‘没我人神’之境”,[②] 认为是“与精灵取得联络”，使自己进入欢乐无忧的世界的绝好机会。因此，我们说萨满祭祀仪式俨然成为各民族的“文化娱乐节”。[③]

仪式最后请的是梅赫妈妈。梅赫妈妈名梅赫姑音，是一位海峡大神。她是一位由太阳光芒化成的蛇神：

有太阳一样的纯真，
有太阳一样的温馨，
有太阳一样的怜恤，

---

① 鲁连坤讲述，富育光译注整理：《乌布西奔妈妈》，吉林人民出版社 2007 年版，第 132 页。

② ［波］尼斡拉兹：《西伯利亚各民族之萨满教》，金启孮译，《满族研究参考资料》1986 年第 1 期。

③ 参见郭淑云《中国北方民族萨满出神现象研究》，民族出版社 2007 年版，第 79 页。

有太阳一样的苛峻。[1]

请梅赫妈妈时，萨满的装扮有特殊的要求：用凫血涂面，象征着脸佩戴“生机玛虎”（涂血假面）。主神梅赫妈妈附体后，乌布西奔通过喝血、舞蹈和传达神谕来表现主神的神威，实现神人沟通的目的。

传达神谕是祭祀仪式的关键环节。如果说降神附体是仪式的高潮的话，那么传达神谕则是人们期待高潮到来的最现实的目的，既为萨满所重视，亦为族人所企盼。人们往往将神谕奉为至宝，作为他们指导生产、决定行止的重要依据。萨满在神灵附体后即实现了人格转换，其言行已不再是萨满意志的表现，而是神灵意愿的体现。一般来说，附体后的萨满多通过语言、舞蹈等形式传达神谕，由侍神人向族众传达，奉若神明。在海祭大典中，乌布西奔传达了梅赫妈妈的神谕：

我以德里给奥姆赫赫女儿之尊，
命乌布逊众部聆听神谕，
神鸟现已抵达东海安班岛。
我心爱侍臣们，
正被强奴所凌。
海盗如蚁，
我心已定。
若不迅即出师，
必戮难生。[2]

往昔，萨满神谕在氏族、部落内如同圣旨。这类神谕多为口谕，带有某些随机性。有些民族发明了自己的文字，为了便于记忆，便将口传神谕记录下来，形成文本。乌布西奔时代的萨满神谕，虽仍以口谕为主，但已出现以图画符号记录神谕的形式。在乌布西奔口述神谕的同时，她的助手突尔金便

① 鲁连坤讲述，富育光译注整理：《乌布西奔妈妈》，吉林人民出版社2007年版，第134页。
② 同上书，第135—136页。

将她的口谕刻在马尔卡上（海边一种树，木质白）。形若虫蠕，若鸟啄，为一种图画文字。

在这种群情激越、昂扬的氛围中，整个部落实现了空前团结和意识统一。这种团结是部落内部在共同神灵、共同祖先庇佑下的内聚。它因虔诚的宗教感情而达到空前的程度。“赴汤蹈火愿随女罕海征”，这个原由乌布西奔倡导的航海之举，因神谕而具有神圣性，在炽热的宗教情感催发下，又变成了全部落人的共同意志，并付诸行动，从而实现了宗教祭祀仪式的独特功能。

（二）海葬仪式

海葬源于东海先民特有的魂归沧海的灵魂观念，萨满海葬尤为壮观，气势磅礴。在《乌布西奔妈妈》中，乌布西奔为了寻找太阳升起的地方，两次亲率船队探海，最后以身相殉，病逝于探海途中。在她众弟子的主持下，东海九部联盟共同为她举行了隆重的祭祀仪式和葬礼，远方岛屿土著、西邻乌拉人、南邻索罗阔人、北海冰屋打鲸人纷纷前来参加葬仪，一致盛赞乌布西奔的丰功伟绩。

海葬在太阳出升前开始。“在大鼓、小鼓、颈鼓、手鼓、腕鼓、千面鼓声的震响中，点燃松脂、鱼脂、兽脂、蟒脂的油盆。”将乌布西奔安放在用九株红松连成的长筏上，在她身上披着海象皮，希望她海中长眠不觉冷；披上海蟒皮，希望她海中行走快捷如飞；身上披着鱼睛珠百颗，希望她身在海中，将暗海变为光明海；身上披着鲸鱼皮，希望她在海中有威武盖世的神鲸庇卫，魔鬼不敢侵。长筏上面遍撒鲜花、鲜果、香草及其生前心爱之物。长筏上有多位小萨满守护尸床。岸边及众岛屿中，跪满了信仰者和参祭者，鼓声大作，哀号一片，其悲凉的号声与大海的声涛、海浪的咆哮，浑然一体，宛如一曲凄婉的哀乐，这种气氛一直笼罩着整个海滨。

一阵鼓，
长筏离岸，
二阵鼓，
长筏进入深海，鲜花供果撒进海面，

三阵鼓，
长筏远入内海，
岸上鼓、筏上鼓、山上鼓、陪舟三百面鼓
震撼四野海面，惊心动魄，
这是神的脚步，妈妈步履，海涛的脚步啊！
突然四阵鼓，
从筏上传来，
四周的拜鼓也跟着敲响，
这是送妈妈入海的送神鼓响。[1]

最后，在一片鼓声中，将乌布西奔的尸体沉入海底。在五阵鼓中，木筏返航。一连三个日夜，乌布西奔的三个弟子特尔沁、特尔滨、都尔芹食宿海滨，敲击神鼓，不停地唱着送神歌、招魂曲、安葬曲，族众伴歌伴舞，直至第三天夕阳西下，繁星满天，隆重的葬仪才圆满告终。

应该指出的是，在东海先民传统的女酋长海葬仪式中，伴有人殉仪式。届时，不仅要往海中投放各种祭牲。如鸡、鸭、鹿、熊、牛、羊、野豕等，继任的女酋长还要将数名童男投于海中，殉人不能是女人，只能是男人，而且必须是童子。殉儿时，主祭的女罕要亲摸幼儿的阴物，表示海神女主完全可以接受送献的人仆，是圣洁的，是世上女罕最喜欢最心爱的人献给了海神……[2]史诗中，乌布西奔立下遗嘱，其葬礼不准人殉。主祭者谨遵其遗训，特刻木质小男孩九个、小熊偶体九个，裸体露阳物，三位主祭萨满乘筏送入大海，祈求为乌布逊部多赐壮男。

《乌布西奔妈妈》展现的东海女真人的海祭盛典，雄伟、宏阔，隆重至极，仅用于祭祀仪式的各种鼓即有鱼鼓、虎皮鼓、豹皮鼓、岩羊皮鼓、鲸皮鼓、蛇皮鼓、海豹皮鼓、枯木大鼓、石板大鼓和大规模的牺牲可见一斑，应为萨满教繁盛时代的祭祀仪式。

① 鲁连坤讲述，富育光译注整理：《乌布西奔妈妈》，吉林人民出版社 2007 年版，第 201—202 页。
② 参见富育光《萨满教与神话》，辽宁大学出版社 1990 年版，第 123 页。

二 火祭仪式

火是一种既可以给人类带来诸多便利和益处，也能给人类带来灾难的自然现象，火又是人类第一次征服了的一种自然力。北方人类正是凭着对火的利用，火种的保留，开拓并繁育于荒寒漠北，维系着生存和生命的延续。因而，在萨满教观念中，火崇拜占有重要的地位，这种崇火观念对北方民俗也产生了深远的影响。

在我国北方民族萨满教中，火神是最纯洁、最神圣的善神，并多为女性神。满族创世神话《天宫大战》热情地讴歌了一位盗天火的女神——拖亚拉哈。洪荒远古，阿布卡恩都里高卧九层云天之上，呵气为霞，喷火为星，只因性喜酣睡，故而北方寒天，冰河覆地，万物不生……阿布卡恩都里额上突生红瘤“其其旦”，化为美女，脚踏火烧云，身披红霞星光衫……她见大地冰厚齐天，无法育子，便私盗天神心中神火下凡。怕神火熄灭，她便把神火吞进肚里，嫌两脚行走太慢，便以手为足助驰，天长日久，她终于在运火中，被神火烧成虎目、虎耳、豹头、豹尾、豹须、獾身、鹰爪、猞狸尾的一只怪兽，变成拖亚拉哈大神。她四爪踏火云、巨口喷烈焰、驱冻雪，逐寒霜，驰如电闪，光照群山，为大地和人类送来火种，招来了春天。[①] 拖亚拉哈为人类幸福的自我牺牲献身精神，使其成为最神圣的文化英雄神，被誉为“中国的普罗米修斯”。[②]

火来自上天，来自神界，使火获得了超凡的神圣性，并因此被赋予公正、光明的属性，不仅具有生成万物的功能，火亦能荡涤一切尘垢，驱邪逐恶，给人们带来光明和幸福。这种崇火意识赋予了《乌布西奔妈妈》火祭仪式以丰富的内涵。

（一）火验

在东海女真人看来，火为神赐之物，具有非凡的神力；火是圣洁之物，能验证人心。因此，在《乌布西奔妈妈》中，每有祭祀、接纳外族人入族、

---

① 富育光讲述、荆文礼整理：《天宫大战、西林安班玛发》，吉林人民出版社2009年版，第73—76页。

② 汪玢玲：《中国的普罗米修斯：拖亚拉哈和托阿恩都哩——东西方盗火英雄比较研究》，《北方民族》1988年第1期。

部落会盟与战争等重大时刻，都要点燃篝火。史诗对火给予了高度礼赞：

燃起七堆彻夜不灭的篝火，伊耶，伊耶，嗨伊耶，
这是德里给妈妈的火呀，嗨耶，
这是拖洼依女神的火呀，嗨耶，
这是突姆离石头的火呀，嗨耶，
这是卧勒多星神的火呀，嗨耶，
这是巴那吉胸膛的火呀，嗨耶，
这是额顿吉天风的火呀，嗨耶，
这是顺格赫永生的火呀，嗨耶……①

在《乌布西奔妈妈》中，火裁或称火验是选举酋长、猎达等首领的常用方式，以此增强神圣性。乌布西奔病逝后，根据其遗嘱，乌布逊部及东海九部联盟由她的三位女弟子联合执掌。在新酋长就任仪式上，三位女酋长亲自宰杀三只鲸鱼为牺牲，并亲自点燃九九八十一堆由松木堆起的篝火，族众纷纷在额头刺血，相互以血涂身，跳起欢快的舞蹈，唱起欢快的乌春歌。

火验也是会盟和接纳异族人入族的必经程式，借此验证彼此的诚意。在探海途中，当乌布西奔率领的船队在海上发现昏迷不醒的外海野人时，乌布西奔及其族众马上展开救援。同时，点燃冲天的篝火，这是滨海而居的渔猎民族的习俗。凡大海送来的陌生野客，迎接的族众都要燃起篝火，向上天昭告：又有远方生命来到乌木逊，大家同为兄弟，乌布逊部即是八方来客的家。

在部落接纳外族人加入、会盟和酋长就任时点燃圣火，火被赋予了考验诚意，消除隔阂，相亲互助的寓意。史诗对火的这种功能也有明确的表述：

火啊，烧吧，烧吧，伊耶伊，
烧尽污秽尘埃，
烧尽胆缩心惊，

① 鲁连坤讲述，富育光译注整理：《乌布西奔妈妈》，吉林人民出版社 2007 年版，第 208—209 页。

烧尽卑贱低能，
烧尽猜忌贪惰……①

与祛邪观念相关联的是在火中求得新生，求得吉祥幸福，这是萨满教火崇拜的内涵之一。《乌布西奔妈妈》以形象、生动的语言，表达了人们对火的热爱和企盼，凭借火的旺盛、红火，给生活带来好运和幸福：

嗨耶，嗨耶，冰雪里生儿育女，
嗨耶，嗨耶，地穴里活过白头，
嗨耶，嗨耶，雾浪里看穿阔海，
烧吧，烧吧，嗨伊耶
魔鬼逃窜，无影无踪，
烧吧，烧吧，嗨伊耶，
东海兴旺，福寿齐昌。
火啊，母亲的火，恩惠的火，
慈祥的火，哺乳的火，
伊耶，伊耶，嗨伊耶。②

这种以火及烟净物、保洁、祛邪的功能是萨满教对火崇拜内涵的丰富和深刻的思考，对北方民族的民俗生活产生了深远的影响。蒙古族婚礼仪式上，新娘要祭拜圣火，并由祝颂人唱拜火歌：

永存的敖包上，
燃起了向上腾飞的火；
永生的火，燃烧吧！
有火呵就永远有生活。

① 鲁连坤讲述，富育光译注整理：《乌布西奔妈妈》，吉林人民出版社2007年版，第209页。
② 同上。

疾病和灾难会焚成灰烬，
火焰烧的是恶魔；
把心中的祈祷念出来，
祝愿过上火一般的生活。[①]

(二) 火祭

乌布西奔三十九年,[②] 东海九部联合举行了一次隆重的火祭仪式。此时，乌布逊部经过推行外婚制等内政改革，社会有了很大的发展。同时，乌布西奔德威并施的外交政策也初现成效，乌布逊部与黄獐子、珠鲁罕、辉罕、彻沐肯罕等部建立了部落联盟，东海地区社会安定，生活富裕，一派太平盛世景象。在这种情况下，东海诸部隆重举行了“清秋盛火大典”，旨在祭神谢神娱神，祈祝太平和部落联盟的稳定与发展。

火祭神坛设在乌尔岭峰，整个神坛用四种兽皮组合而成：用 90 张豹皮搭成高棚，用 90 张虎皮围成了高墙，用 90 张鲸皮铺成了地毯，用 90 张鹰皮簇成了翎坛。各种祭祀用品皆为海兽骨和海兽牙制品，有海鱼骨的神案、海象骨的神香碗，海狮骨的神筷子，海螺骨的神盘子，海豹牙的神凳子，海狗牙的神刀子，海蟒牙的神矛子，海鲸牙的神号子，等等，神坛的四周，各氏族部落的徽旗迎风飞扬，如海的鲜花遍布四野。

各部落选出本部上品特产献给火神：

南山部落——捧来百只山鸽，捧来百只天鹅，捧来百只岩羊，捧来百只林鹿。

北山部落——献上千担银梭鱼，献上千捆银枪鱼，献上千条银鳞鱼，献上千篮银龟鱼。

东山部落——赶来百头乌头牛，赶来百只白头羊，赶来百头乌蹄猪，赶来百只白唇鹿。

西山部落——背进雪白的米谷，背进彩花的丝帛，背进清淳的老

① 苏赫巴鲁整理：《蒙古族婚礼歌》，吉林省前郭尔罗斯蒙古族自治县文化馆编印，1979 年版。

② 乌布西奔三十九年：乌布西奔任乌布逊部酋长后，创立了花鸟鱼纪年，至其病逝，共 50 年。

酒，背进野菊岭的甜水。[①]

史诗对火祭仪式的盛况未作具体描述，但从史诗的字里行间可以看出，清秋盛火大典应为一种常例祭祀仪式。史诗深情地表达了人们对乌布西奔统一东海诸部之功德的赞誉：

福禄绵长的乌布逊噶珊，
太阳的轿子，苍天的恩赐，
无忧无虑地住着七百部落。
东有珠鲁罕部落，
西有彻沐肯罕部落，
南有辉罕部落，
北有无敌天下的乌布逊部落，
擅使石弩，百兽难逃。
统御八方，神谕四海，
英明罕是乌布西奔萨玛。
平定了都沐肯兄妹霸主。
扫平了安查干古寨水盗，
收降了内海巴特恩图女魔，
荡服了外海三百石岛敌窟。
东海的太阳光照着
没有征杀的山岩草地。
东海的明月抚慰着
没有哭泣的千里帐包。
……
天下无敌的乌布逊噶珊，
萨玛百神在庇佑无疆。[②]

① 鲁连坤讲述、富育光译注整理：《乌布西奔妈妈》，吉林人民出版社2007年版，第118页。
② 同上书，第119—120页。

《乌布西奔妈妈》对火的赞颂，语言生动、形象，对火的形态和火的来历的描述具体、鲜活，充满灵性：

火是闪着来，
火是笑着来，
火是蹦着来，
火是树上来，
火是雨里来，
火是雷里来，
火是风里来，
火是火中来……①

耐人寻味的是，史诗中的赞火词与萨满教的祭火词，无论在形式上还是在内容上，都有异曲同工之处。根据清光绪二十六年（1900 年）满洲扈伦七姓萨满《火祭》神谕，满族先世曾盛行火祭大典，届时由萨满点燃神树前的大堆篝火和神案前的各种油灯：兽头灯、蛙灯、鹰灯、豹灯、龟灯、鱼灯，族人点燃“拖罗”（满语火把）。在这跳跃闪烁的火海中，总祀萨满诵念唤火神词（又称“升火神谕”），族众和声四起，此应彼合：

西兰拖罗母必——西兰拖罗（连绵无边的火把呵——连绵无边）
安巴施罗母必——安巴施罗（大的火把呵——大火把）
乌西哈拖罗母必——乌西哈拖罗（星星一样的火把啊——星星火把）
哈达离拖罗母必——哈达离拖（山岭一样的火把啊——山岭火把）
毕拉拖罗母必——毕拉拖罗（河流一样的火把呵——河的火把）
阿林拖罗母必——阿林拖罗（山一样的火把啊——山的火把）
玛玛衣拖罗母必——玛玛衣拖罗（奶奶的火把啊——奶奶火把）
玛玛拖罗拖罗玛玛（奶奶火把——火把奶奶）

① 鲁连坤讲述，富育光译注整理：《乌布西奔妈妈》，吉林人民出版社 2007 年版，第 209 页。

拖罗——拖罗——离（火把啊——火把啊——离——）
拖罗——拖罗——（火把——火把——）
拖——罗——离（火——把——离）
拖——罗——离（火——把——离）

上述“升火神词”，由主祭萨满领唱，众人随和，使整个升火气氛非常热烈，同时数百把獾油、猪油火把点燃起来，照彻夜空。[①]

蒙古族民间流传的祭火祝词，虽系晚期作品，但从中也可以看出蒙古族对火神的虔诚崇拜。祝词说：

以火石为母，
以火镰为父，
以石头为母，
以青铁为父。
青烟冲入云端，
热力可达九天；
脸像绸缎般闪光，
面似油脂般发亮。
——那发明火的火神啊，
我们向您敬献奶油和肥肉，
我们向您敬洒醇香的奶酒！
祈求您赐予最大的福分，
让我们在幸福中永生。[②]

从上述神词中可以看出，信仰萨满教的北方民族对火的崇拜之情是何等炽热。萨满教传承下来的火祭火赞神歌，粗犷雄浑，具有较高的文学性与艺术性，堪称火经，不亚于盛传于伊朗、印度的著名《波斯古经》，可惜过去

① 富育光：《萨满教与神话》，辽宁大学出版社 1990 年版，第 96 页。
② 秋浦主编：《萨满教研究》，上海人民出版社 1985 年版，第 18 页。

未被学界注意。所有这些荟萃成世界上又一特征的文化财富。[①] 从中也可看出，史诗与萨满教火祭神歌之间有着深厚的渊源关系，萨满教为史诗提供了丰厚的土壤，史诗则从萨满教中汲取了丰富营养，并以独特的形式，表现萨满教的思想内涵，诠释萨满教的观念，使萨满教思想观念以一种特殊的形式加以呈现，二者相得益彰。

三 拜日仪式

"一个部落或民族生活于其中的特定自然条件和自然产物，都被搬进了它的宗教里。"[②] 《乌布西奔妈妈》对太阳的崇拜观念就突出地体现了这一点。它既将北方早期人类对太阳的共同情感和认识表达得淋漓尽致，又以特殊的形式将特定地理环境下的东海女真人对太阳的独特认知予以呈现，从而构成太阳崇拜观念与行为。

海克尔曾指出："在现代科学家看来，太阳崇拜是一切有神论信仰形式中最有价值并最容易与近代一元论自然哲学结合的形式……我们整个躯体的和精神的生命也像所有其他有机生命一样，说到底都要归结为光焰四射的散发着光和热的太阳。"[③] 对于北方古代先民来说，地处荒寒漠北，冬季苦寒，长夜难熬，人们渴盼太阳东升，光耀大地，将太阳视作天地间光和热的源泉，如同生命。

在萨满教观念中，太阳是宇宙万物生命力的源泉，这是由太阳的自然属性决定的。原始思维的交感和互渗原则，使人们希望借助太阳的能量，为自身生存、发展获得取之不尽的力量源泉。这种情感和心理，即是萨满教太阳崇拜普遍而突出的主要根源，也是《乌布西奔妈妈》反映的东海女真人太阳崇拜的社会与心理基础。

然而，在史诗中，东海女真人的太阳崇拜与其特定的地域因素相结合，赋予太阳崇拜以崭新而独特的内涵，即太阳崇拜与海洋崇拜的结合。主司东

---

① 富育光：《满族火祭司俗与神话》，《民间文学论坛》1986 年第 4 期。

② ［德］恩格斯：《恩格斯致马克思》（1846 年 10 月 18 日于巴黎），《马克思恩格斯全集》第 27 卷，人民出版社 1972 年版，第 63 页。

③ ［德］恩斯特·海克尔：《宇宙之谜：关于一元论哲学的通俗读物》，上海人民出版社 1974 年版，第 264—265 页。

海地区光明与生命的女神大神是东海女神德里给奥姆妈妈，主司太阳东升西落的“托日神与迎日神”是东海女神的两位助神，

这种神奇的思维源于先民的超凡想象力。他们世居日本海西海岸，每天看到的是太阳从大海极东的海平线冉冉升起，朝朝如此，引发了东海女真先民的无尽遐想，认为大海是太阳的迷宫，从而产生了浓烈的太阳崇拜与东海崇拜观念，成为东海乌布逊部五次航海，探寻太阳迷宫的原动力。史诗以感人的人物形象和大规模的航海壮举将东海女真人对太阳的热爱之情演绎为人间传奇，也因此而成为《乌布西奔妈妈》的一大亮点。

在《乌布西奔妈妈》中，东海女真人的太阳崇拜观念，还表现为绚丽多彩的太阳神话和别具一格的拜日仪式，揭示了东海女真先民独特的思维特征。

系列太阳神神话是作品创世神话的有机组成部分，其中包括“舜莫林（太阳）”、“托日神与迎日神”、“舜吉雅峰”、“天落石”和“托户离”等神话。上述神话涉及不同神话分类体系的若干神话主题。

迎日神雅克坤、送日神多克锦是两位女性大神，从宇宙神系看，两位女神隶属东海女神德里给奥姆妈妈，是东海女神的两位最得力的助神。迎日女神的形象为怀抱红日，身骑长鲸，每天清晨将一轮红日托出东海海面，光芒四射，给人间带来新的黎明和曙光；送日女神，身骑天鹅，将海面喷薄跃出的太阳，送到苍穹九九八十一个方位，让舜莫林驰骋寰宇，最后再将其送归大海。史诗对两位女神予以了热情的讴歌：

主宰明暗寒与暖，
升落凭由两女神。
勤恳无误成天秩，
朝夕复始万代功。[①]

这两位女神的人格特征是忠心耿耿，从不怠惰，分秒守时，亘古不变。应该说，迎日神和送日神是两位人格化神祇。与《天宫大战》的创世神相

① 鲁连坤讲述，富育光译注整理：《乌布西奔妈妈》，吉林人民出版社2007年版，第184页。

比，迎日神和送日神被赋予职能神的属性，表现她们恪尽职守的性格特征。在《天宫大战》中，神鸟是太阳河的精灵，具有赋予宇宙主神以生命和神力的巨大能量。当天神阿布卡赫赫与恶神耶鲁里争夺宇宙统治权时，天神战败昏倒于太阳河边，居住于太阳河边一棵高大神树上的“昆哲勒”神鸟，救活了女天神，并以自己的九彩羽毛为女天神编织了神羽战裙，使女天神成为金光闪闪、永生永胜的宇宙大神。[①] 在这则神话中，太阳河水具有起死回生的神力，昆哲勒神鸟即是太阳河的精灵，至善至美，具有赋予创世大神生命和神力的巨大能量，充分表达了满族先民对太阳神的无限崇拜之情。该神话表明，太阳不仅给人类和自然万物以生机和活力，即使是创造宇宙万物的创世大神也要从太阳那里汲取能量，获得生命力，成为不可战胜的宇宙大神。

舜莫林神话为太阳本体神话。舜莫林，满语，意为“日马”，即将太阳比喻为一匹奔驰的烈马。舜莫林是满族先世女真人远古创世神话太阳神的别名，相传，人类靠舜莫林，才有了永恒的光辉与温暖，也正是因为它的朝夕奔跑，人间才分出春夏秋冬。

“舜吉雅峰”神话是太阳映照舜吉雅毕拉山巅所生因幻象而生成的神话，并因此而成为东海女真人对舜吉雅毕拉山的崇拜原由。舜吉雅峰是东海女真人神话中的一座神圣山峰，相传它坐落在东海之中，是太阳的居所，太阳每天即从此山中升落。每当清晨太阳从山巅升起时，东海人便可见到山顶展现的光晕，宛如一颗星辰嵌在山顶。每逢太阳落山，便会见到山顶的光芒渐渐熄遁，隐入绿色的山峦之中。这种奇异、美妙的景观，是太阳神的影子，是太阳神的光韵，引起人们的无尽遐想和崇拜之情。

“天落石”神话与“舜吉雅峰”神话有密切联系。舜吉雅峰是太阳神及其他神女的所居，天落宝石即是太阳的躯壳。住在舜吉雅峰的神女常将天落宝石投下，万道金线，七彩晶莹，红遍山巅。有如东海人航海的夜明珠，在夜幕降临后为航船指引征程。“相传，天落宝石坠地即隐，非人肉眼而能瞻

① 参见富育光讲述，荆文礼整理《天宫大战·西林安班玛发》，吉林人民出版社 2009 年版，第 67—70 页。

寻。天落宝石性结良朋，与禽狐朝夕与共。若图宝石必先求踪。”[①] 天落宝石是东海人梦寐以求的神品，也成为乌布逊部探海寻找太阳升起之地的宝物。天落宝石是神的慧眼，得此宝物如获天神阿布卡赫赫的恩赐。

天落宝石神话反映的石与光及太阳的联系，体现了满族先民对事物之间联系的独特认识和思维方式。在《天宫大战》也有这种认识，并以神话形式表现出来：耶鲁里把阿布卡女神骗进冰天雪海里就逃走了，雪山比天还高，压得阿布卡冻饿难忍。雪山底下的石堆里边住着多阔霍女神，她用石中火温暖着阿布卡的身体。阿布卡在雪山底下啃着石头充饥。她把山岩里的巨石都吞进腹内，顿觉得周身发热。这是因为多阔霍女神是光明与火的化身，又称为燧石女神。

“托户离”神话是太阳神话的衍生神话。托户离，又为“托里”，满语，意即铜镜，是光芒之神。“托户离”是一位妈妈神，神系亦属东海女神，是德里给奥姆妈妈给万物的最高护神，统管“安班额勒尊妈妈”——大光明女神，“阿吉额勒尊妈妈”——小光明女神，图门额勒尊妈妈——万道光辉妈妈，主宰着世间万物心田中的光明，给人间带来光明、温暖，使灾难远遁。为了让太阳光辉世世代代普照万物生灵，“托户离”将自已的心灵火光，吐出一块，凝生成一个新日——光芒万丈。它常住万物的心灵中，使万物聪慧、照明，识途。“‘托户离’驻在心里，在意识里，在信念里，在意志里，在幸福里。‘托户离’在生命的自强不息里。”“它与消沉、颓伤，永世无缘。”[②] 在这里，“托护里”（铜镜）已由自然神衍生为一种社会神。她们之所以被赋予社会神性质归根结底是人们对太阳的深刻认识，太阳是万物生长之源，拥有各种积极向上的意义。史诗赋予她们积极、智慧、向上的意蕴，从某种意义上说，反映了人类顽强的生命意识和积极进取的人生态度。

萨满教太阳崇拜观念既表现为直观可见的太阳神偶和萨满神服上的太阳图案，也有一些象征性的物化形式。其中最具代表性的当属铜镜，铜镜是太阳与光明的象征，也是萨满神力的象征。萨满服上的铜镜越多，代表越有神力。除铜镜外，蛇和蟒在满族萨满教中也被赋予太阳与光明的象征。

---

① 鲁连坤讲述，富育光译注整理：《乌布西奔妈妈》，吉林人民出版社2007年版，第148页。

② 同上书，第75页。

透过太阳神系列神话，东海女真人对太阳虔诚、炽热的情感淋漓尽致地展现出来。这种宗教情感最终转化成宗教活动。与作品用较大的篇幅描述东海女真人的航海活动相反，史诗对拜日仪式的描写只是寥寥数语，但却可从中洞见东海女真先民奇特的祭日仪式：一是“虔诚地乘筏击鼓”，举行海上拜日活动，一是“在锡霍特阿林之巅，驾起高高的楼宇”，[①] 虔诚祭拜。

史诗记述了乌布西奔先后多次派族众或亲率族众探海活动既是东海先民开拓海疆的探险活动，本身又是虔诚的祭日活动，反映了东海先民虔诚的太阳崇拜观念，乌布西奔“如渴的求知欲，探海不止，彻夜痴迷，阿布卡赫赫啊，太阳之宫必居海中隐匿”。[②] 希翼将太阳迎请至乌布逊，让日神永照乌布逊大地。《乌布西奔妈妈》反映的太阳崇拜观念既古朴、直观，又反映了东海女真人的独特心理。《乌布西奔妈妈》绚丽多彩的系列太阳神话为我们展现了满族先民的崇拜观念和神话思维；满—通古斯诸民族丰富多样的太阳崇拜活动和思想内涵，也为我们解读《乌布西奔妈妈》提供了重要的视角和认识基础。

值得特别提及的是，《乌布西奔妈妈》体现了极为突出的尚血意识，成为祭祀仪式乃至整部史诗作品的特色之一。

献牲和血祭贯穿作品全篇，充满神圣、庄严的气息，表现出浓郁的血崇拜意识。可以说，凡部落重大事件，诸如战争、祭祀、会盟等，都要杀牲献血，血涂神偶、祭坛，浇洒坛旗，汇入海中，倒在篝火中，涂在萨满及族人身上、脸上，甚至跳起各种血祭舞，如牲血舞、跳起生机木陈玛克辛（血盆舞）、生机比干玛克辛（野血舞），跳起生机嘎思哈玛克辛（血鸟舞）等，整个场面肃穆、壮观。仪式上，宰杀的牺牲种类繁多，主要包括：

海兽：海狮、海象、海豹、鲸、鲨鱼

鱼类：鳟鱼、鲑鱼、比目鱼、海花鱼、胡瓜鱼、狼鱼、鳔鱼、银梭鱼、银枪鱼、银鳞鱼、银龟鱼

兽类：鹿、虎、龟、蟒

禽鸟类：天鹅、凫

---

① 鲁连坤讲述，富育光译注整理：《乌布西奔妈妈》，吉林人民出版社 2007 年版，第 123 页。

② 同上。

家畜：牛、羊、猪

活人：异族人

祭必献牲，“无牲不祭”是萨满教的普遍规则，体现了突出的尚血意识。这是萨满教魂依血生，血能润魂、养魂，血与灵魂的关系至为密切的观念在祭祀仪式上的体现。萨满教这种“以血养魂”的观念，源于北方先民对血液与生命重要关系的认识及其由此而形成的尚血意识。先民们在与天禽、野兽共生的生态环境下，直观观察和感受到血对生命的重要性，血尽人亡，因此，血也必然对主宰生命体的灵魂发生作用，并由此导致了萨满教以血养魂、润魂观念的产生。

正是基于这种观念，杀牲献血成了萨满教中不可缺少的神圣祭品，牲献得越多越大越新鲜、品种越齐全、越到远方捕捉的鲜牲越能表现族人对神灵的诚心，祭祀效果也越灵验。

往昔，北方诸民族在旷野举行祭祀天地、山河、日月等神祇时，必献野牲，并行血祭。近世萨满教祭祀仪式中，仍可见到血祭程式。满、鄂伦春、鄂温克、达斡尔、赫哲、锡伯、蒙古等族，萨满祭祀杀牲后，先将鲜牲血献奉诸神，涂点在神偶的嘴上，供神享用。蒙古族进行山祭时，用一匹黑色牡马血祭山神，先将马四腿绑牢，马头对山峰，以刀斧劈面而杀，使马头血直喷山峰方向，表示以血祭献。[①] 清季以降，伴随满族农耕文化成为主要生产方式，满族祭祀牺牲多为猪、鸡等家畜和家禽。

《乌布西奔妈妈》中大量使用野牲，尚血观念突出，彰显了作品海洋文化和渔猎文化特色，构成了东海女真人祭祀仪式的突出特点，表现了原始萨满教祭祀形态。史诗生动地描写了血祭场面，气氛之壮观、参祭群众之激越得到了淋漓尽致的表现。在海祭仪式上，祈请海峡大神梅赫妈妈时，萨满要用凫血涂容，象征脸戴涂血面具“生机玛虎”。[②] 当神灵附体后，乌布西奔痛饮凫血，顶起血盆、托起血盆，跳起激越的血祭舞：

乌布西奔妈妈将

① 波·少布：《多克多尔山祭奠仪式研究》，《黑龙江民族丛刊》1987 年第 2 期。

② 生机玛虎：涂血假面。

神凫血一饮而尽，
二只神凫血环洒祭坛，
三只神凫血浇灌神柱桩根，
四只神凫血投入主坛篝火中，
五只神凫血抛向澎湃的大海，
参祭男女老幼激情昂奋，
共诵神词，同唱海号子乌春，
赴汤蹈火愿随女罕海征。
跳起生机木陈玛克辛，[①]
跳起生机比干玛克辛，[②]
跳起生机嘎思哈玛克辛[③]。[④]

为了表达族众对神灵的诚心，不仅要宰杀大量的新捕野牲，主祭萨满乌布西奔还要亲自宰杀牺牲，把鲜血和野牲献给神灵："乌布西奔手刃凶鲨，鲜血把海岸神坛染红。乌布西奔用左手摘出有小童大小的白鳔，投入大海中。"[⑤] 有时甚至用异族人献牲，"九名萨玛伴装的侍女，夹着用海龙草捆缚着的从海岛擒来的长毛男女魔。两魔双眼紧闭，奄奄一息，被献到鲸鱼祭坛案前"，[⑥] 体现了原始萨满教祭祀仪式的野性特征和古老的血缘至上的观念。

当鲜牲血染红了祭坛，一片血的海洋，萨满和参祭族众欢歌起舞，纵情无我，神气贯通，将祭祀仪式推向高潮：

此刻夕阳西下，大海被红日映红，
篝火点燃，
鱼血与鲜红的海水相映，

---

① 生机木陈玛克辛：东海女真萨满血祭舞的一种，即顶血盆祭舞。
② 生机比干玛克辛：东海女真萨满血祭舞的一种，即双手托举血盆祭舞。
③ 生机嘎思哈玛克辛：东海女真萨满血祭舞的一种，即百禽似神舞。
④ 鲁连坤讲述，富育光译注整理：《乌布西奔妈妈》，吉林人民出版社 2007 年版，第 135 页。
⑤ 同上书，第 134 页。
⑥ 同上书，第 82—83 页。

夕阳下的海涛在拍岸，
神坛下的鱼血在奔流，
染红了祭坛的北墙，
殷红了祭坛的南墙，
印红了祭坛的西墙，
遮住了祭坛的东门，
圣血向四方滚淌，
圣祭的族人欢跃着跳进血海中，
滚躺着，蹦跳着，喝着，与晚霞映红一色，
象征着天母赐予了不尽的福祉和阳光……[①]

可以说，尚血观念在《乌布西奔妈妈》中得到了充分的表达，突出地体现了原始萨满教的神圣性和虔诚性。而古老的人祭习俗一方面显示了原始萨满教的野蛮性、落后性，同时也从一个侧面反映了人类早期社会的价值观、道德观与归宿感等，都是以血缘组织为唯一标准。对于以氏族、部落等血缘组织为基础的氏族部落社会，异族人被俘成为牺牲品并非绝无仅有。异族为敌，敌与牲同，毫无生命的价值和尊严可言。

此外，在《乌布西奔妈妈》中，尚血观念还体现在神验、盟誓、部落之间缔结联盟和部落战争等方面。牲血的神圣性使其在神验仪式上发挥着重要作用，只有经过血与火的考验和洗礼，才能验证忠心，彼此融为一体。这种古老的观念贯穿在史诗作品中。在乌布逊部为古德罕举行神验仪式时，祭杀了三只梅花鹿、三只天鹅和三尾两杆长的红翅鲨鱼，血洒四野，“古德罕赤裸上身跪在神坛前，身上抹满献牲的鹿血、鹅血和鱼血，祈告神灵，今天神坛前要经神验的人——就是满身抹着献牲血的罪人，请神明明断，神明明示，神明明裁”。[②] 不仅验证同一部落的人需要经过血的考验，同族为亲，异族为敌的氏族部落社会原则，使部落接纳异族人的仪式验证成为十分必要。在乌布逊部探海归途中，遇上几位泊海野人。彼此语言不通，但通过东

① 鲁连坤讲述，富育光译注整理：《乌布西奔妈妈》，吉林人民出版社 2007 年版，第 83 页。
② 同上书，第 59 页。

海地域特有的哑语交流知悉，野人们远居海中岛屿，因随部落酋长到远海采捕须鲸，遭飓风在海中漂泊十数日，饥饿劳累与恐惧，使他们几乎昏死，漂泊至陌生的乌布逊部落所在地。热情好客的乌布逊人，对远方的客人礼貌有加，敬如来宾，但遵循祖制，举行了血盟仪式，届时，要杀新捕的三只海豹，以牲血敬献给大海。然后，众萨玛举起海豹，请远方的客人先撕开海豹胸膛，取出内脏，用鲜红的热豹血涂在身上、脸上和头上。在他们看来：

这是圣血，友情之血，
互相抹着血，
吞吃鲜肝、鲜肠、鲜心……
相互永无猜忌，
无拘无束，心心相印。[①]

神圣的血祭仪式使毫无血缘关系的陌生人建立了亲密的关系，同食一牲肉，同饮、互涂一牲血，即可消除彼此的猜疑、解除彼此的不睦，也意味着异族人的血脉融入了新的族体，彼此成为相互信任的一体。这种观念和行为也出现在《乌布西奔妈妈》所记述的部落战争中。部落战争是氏族与氏族之间、部落与部落之间的重大事件。各部落常要杀牲血祭，祈神助佑，以壮军威、军魂。乌布西奔女罕第三年，辉罕部和彻沐肯部酋长叛离部落联盟，常联合滋生事端，乌布西奔遂发动了征伐两部落的战争。在战役进行前，乌布西奔让彻沐肯罕姆尔吉献三只猛虎、三条长鲸，牲血浇洒坛旗，名为以牲血请神治病，实则有血祭战旗以壮军威的意蕴。

以血润魂壮威的观念和举措在敌我双方中都有使用，其反映的观念和心理具有一致性。乌布西奔智降莲花岛期间，在即将与乌布西奔率领的乌布逊部比舞一决胜负的关键时刻，女魔们燃起 90 堆篝火，火光笼罩莲花岛，女魔们个个文身裸体，得意扬扬，吃着生鱼，涂着鱼血，表现出志在必得的神态：

① 鲁连坤讲述，富育光译注整理：《乌布西奔妈妈》，吉林人民出版社 2007 年版，第 156 页。

双手抱着一条条东海银枪鱼，
大口啃嚼尾鳍扇翅着的大鱼膛，
鱼血涂抹，肩发纵抖，
袒露肥臀丰乳，
踮脚跳着文身彩舞。①

魂寓血中，以血养魂卫魂的观念使战斗双方均期待凭借牲血获得神力和神威，并取得最后的胜利。由此可见，牲血对于东海女真人具有极其重要的意义。

尚血观念和血祭仪式是萨满教的传统，至今仍然因袭不衰。在近世满族萨满祭祀仪式上，杀猪血涂神偶的嘴、眼，浇洒神树等，仍是萨满教仪式的主要内容和最神圣的仪式。相比之下，达斡尔、鄂温克等民族的萨满教仪式血祭遗风犹盛。

第四节 史诗与萨满教

史诗与宗教有着千丝万缕的联系，这既为诸多史诗文本所验证，也为各民族史诗传承所证实。我国阿尔泰语系民族史诗多形成于各民族原始社会解体到阶级社会产生的转折时期，宗教在当时人们的社会生活中占有重要地位。因此，史诗无不打上宗教的烙印，无不渗透着萨满教思想观念。以《江格尔》为代表的蒙古族史诗、以《玛纳斯》为代表的柯尔克孜族史诗和哈萨克族英雄史诗以及赫哲族伊玛堪、鄂伦春族的摩苏昆都反映出丰富的萨满教思想内涵。对于这些民族来说，千百年来，萨满教为集体信仰，是一种社会化、全民化的意识形态，是一种“集体表象”。“这种集体表象在该集体中是世代相传；它们在集体的每个成员身上留下深刻的烙印，同时根据不同情况，引起该集体中每个成员对有关客体产生尊敬、恐怖、崇拜等感情。”②萨满教这种全民从属性的特质决定它在当时的社会生活中占有主导地位，并

① 鲁连坤讲述，富育光译注整理：《乌布西奔妈妈》，吉林人民出版社2007年版，第94页。
② ［法］列维—布留尔：《原始思维》，丁由译，商务印书馆1987年版，第5页。

因此成为特定群体的精神核心和文化源头，成为一个民族精神心理中的核心部分和一个民族实现文化认同并在此基础上形成向心力、凝聚力的基础。正如苏联学者 Л. Н. 米特罗欣所说："在民族文化中，宗教不单纯是外壳，不是通过启蒙和教育很容易去掉的表层思想。作为一种特殊的'生活科学'，宗教已深入到人们的日常活动里，贯穿于人们的处事态度中。"[①] 可以说，在人类社会的早期，萨满教的影响和渗透力无所不在。即使至近代社会，萨满教在信仰族众中仍然发挥着极其重要的作用。

一部史诗作品大多是在一个民族漫长的历史发展进程中形成、演变的，既是集体意识的产物，也是集体意识的体现。萨满教和史诗同为特定民族集体意识的产物。但就与集体意识的关系而言，萨满教体现的是集体意识中最根基的部分，史诗则是集体意识的表现形式。可以说萨满教构成了某些英雄史诗的灵魂。苏联史诗研究专家 Г. 桑热耶夫认为，布里亚特叙事作品中的主人公就其起源而言都是萨满，而他们的未婚妻则是女性的神灵；讲唱者则是神灵（一般为女性神灵）所选取的对象，讲唱者的称号是世袭的。总之，亲口歌颂叙事文学中人物的吟唱者实质上只不过是一种特殊形式的萨满而已。"乌利格尔"的演唱能愉悦林神的听觉，保证狩猎丰收。[②]

萨满教与史诗的关系，不仅是一种学术认识，史诗所属的民族也多有共识。事实上，学者的认识往往来自于民众的自我认识。如古代蒙古人认为，萨满教的神是英雄史诗的创作者和传授者，史诗英雄是神的化身或者本身就是神，演唱史诗具有神力，能够给人们带来幸福和吉祥。其实，凡有史诗流布的阿尔泰语系诸民族先民大多相信诗歌具有魔力，认为巫师或萨满诵唱请神歌，便能把神请到人界；巫师和萨满所念唱的咒语歌，具有驱魔祛病的神力。[③] 可见，史诗与萨满教有着千丝万缕的联系。

值得提及的是，上述一些史诗在流传的过程中，汲取其他宗教内容，使作品涉及的宗教成分较为复杂。如《玛纳斯》产生于柯尔克孜族的前伊

① ［苏］Л. Н. 米特罗欣：《宗教与民族》，《世界宗教资料》1991 年第 2 期。

② 参见［苏］谢·尤·涅克留多夫《蒙古人民的英雄史诗》，徐昌汉、高文风、张积智译，刘魁立、仁钦道尔吉校，内蒙古大学出版社 1991 年版，第 69 页。

③ 郎樱：《史诗的神圣性与史诗演唱仪式》，载米尼克·希珀、尹虎彬主编《中国少数民族文化中的史诗与英雄》，广西师范大学出版社 2004 年版，第 397 页。

斯兰文化时代，萨满教崇拜观念、萨满仪式与萨满文化的诸多要素在作品中多有遗留。但柯尔克孜族信仰伊斯兰教后，《玛纳斯》在流传过程中也融入了伊斯兰文化因素。《格萨尔》涉及的宗教主要有藏传佛教中的宁玛派（红教）和西藏原始宗教苯教。就史诗中的敌我阵营和人物而论，对藏传佛教和苯教的崇奉也是泾渭分明的。岭国及其主人公格萨尔信奉藏传佛教，敌国及其国王多信苯教。《江格尔》也涉及萨满教与佛教两种宗教形态。

相形之下，《乌布西奔妈妈》涉及的宗教形态单一，反映了萨满教原生形态，如突出的自然崇拜观念、古老的祭祀仪式、典型的萨满产生方式及与超自然沟通的途径、完备的萨满社会职能及其现实的社会历史条件，等等，展现了萨满教兴盛时期东海女真人古老的信仰形态及其特征。

就《乌布西奔妈妈》来说，史诗的创作者和传承者正是那些萨满和以萨满教世界观为精神信仰和人生指导的信众，史诗自然地从萨满教中汲取营养，不仅借鉴了萨满祭祀诗歌的形式，反映了萨满教的主要内涵，其中许多主题、人物形象的塑造也无不渗透着萨满教思想观念。可以说，萨满教世界观为《乌布西奔妈妈》的创作与传承提供了重要的思想基础，既体现了阿尔泰语系民族英雄史诗的共性，又具有鲜明的原生形态萨满教特色。

第七章
《乌布西奔妈妈》与渔猎文化

民间文学作品的生成、流传和演变总是与特定的生态环境、生产方式、风俗习惯密切相关，从而使作品具有空间性和丰富的地域文化内涵，烙有鲜明的地域文化印迹，也因此成为人们管窥特定地域文化的窗口。

民间文学具有浓厚的生活属性。民间创作活动常常是伴随着物质生产或生活一道进行的……与其说民间文学是文学的，不如说它是生活的；与其说它是审美的，不如说它是文化的。民间文学是在一定的民众生活中产生的，离开了民众生活，民间文学就不是真正的民间文学，无从产生也无从理解。[①]

《乌布西奔妈妈》是满族先世东海女真人民间文学的集大成者和知识总汇，在产生与流传的过程中，必然受到东海女真人生态环境及其在长期的渔猎生产实践中，创造并传承的渔猎经济文化形态的深刻影响，使作品不仅带有浓郁的渔猎文化特色，而且与渔猎文化相互交融。

本章试综合运用文化人类学的研究方法，在满族先世女真人的历史文化语境中阐释《乌布西奔妈妈》反映的渔猎文化内涵，再从《乌布西奔妈妈》文本出发，透视东海女真人的经济形态、渔猎文化和社会生活。这方面的考察有助于我们对《乌布西奔妈妈》生存环境的认识和对作品的深刻理解，对于了解东海女真人的自然人文环境和渔猎经济文化也多有裨益。

第一节　生态环境

人类与自然环境的关系，历久弥新。人类对自然环境的探索，自古有

① 万建中：《民间文学引论》，北京大学出版社 2006 年版，第 41 页。

之。在人类社会早期，环境对人类的制约作用更大，人类对它的依赖性也更强。为了生存，原始人在跋山涉水，迁徙不定的采集、游猎等艰苦劳作和抵御野兽侵袭的生存斗争中，逐渐观察、熟悉、认识了自己所生活区域的地形地貌、山川草木、江河湖沼及禽兽虫鱼等生态特征，积累了丰富的地理知识。[①] 随着人类社会的发展，人类与自然环境问题已成为多学科的研究对象，形成了文化地理学、生态人类学等交叉学科，相关理论也呈多元化发展趋势。从地理环境决定论占主导地位到或然论及其逐渐演变出的适应论、协调论等理论流派，强调探讨人类社会与自然环境之间的相互联系及人类对自然的适应与协调策略。

美国人文地理学大师卡尔·苏尔（Karl. O. Sauer）根据现代人文地理学的一句名言："文化产生于自然景观"，提出地理学者应致力于探讨人类文化与景观间的相互关系。这一名言更适合解读人类早期社会地域文化与自然环境的关系。

如前所述，地域环境及其形成之上的渔猎文化对《乌布西奔妈妈》的生成、内容和风格等方面具有深层次的影响。那么，东海地区的自然环境在作品中又是如何反映的，史诗作品中的东海女真人对其所生存的自然环境又是如何认知的？为解决这些问题，我们有必要对《乌布西奔妈妈》生成和流传的地区，也即史诗中的主体部落乌布逊部落主要活动的锡霍特山区的地理环境、自然资料等作 简要介绍，从而将《乌布西奔妈妈》置于特定的空间予以解读。

锡霍特山区位于俄罗斯远东地区的南部。该山系自东北向西南延伸1200千米，由一系列海拔参差不齐的山脉组成。主要山岭有8座，最高峰托尔多基—亚尼山位于锡霍特山的中心部分，海拔2077米。该山地形复杂，南及东部为陡峭的山峰，西北部为宽广的乌苏里江谷地。苏联考察家弗·克·阿尔谢尼耶夫在考察锡霍特山脉时发现有22个山口。在现代地图上标有15个山口。

锡霍特山区地形复杂，地理位置特殊，毗临鞑靼海和日本海。乌苏里江上游的乌拉河源于该山的西南麓。该地区河流如织，支流众多，组成锡霍特山系的系列山脉被纵横的河谷所切割。向西流的较长河流（乌苏里江、伊曼

---

① 郭淑云：《原始活态文化——萨满教透视》，上海人民出版社2001年版，第166页。

河、比金河、霍尔河）发源于东部山脉，注入阿穆尔河；向东流的较短且湍急的河流（泽尔卡里纳亚河、鲁德纳亚河、吉吉托夫卡河、谢列布良卡河、塔约日纳亚河、克马河、阿姆古河、叶金卡河、萨马尔卡河、科皮河）流入日本海和鞑靼海峡。从而使之西与阿穆尔河流域相连，东部与太平洋海岸相接。锡霍特山脉的中心把滨海地区分为大陆（西部）和海岸（东部）地区。

由于地处寒带与温带、高山与大海的交界，受大陆季风与湿润的海洋气团影响，锡霍特山区雨量丰沛，形成多种小气候，植物种类丰富，差异性大、对比性强。由平原、河谷到山脊，呈现由阔叶到针叶再到冻原植物垂直分布，山形的沟、坡，日照的阴、阳，都可以在方圆十米、百米的相邻地方雕琢出生态特征迥异的植被群落。在高海拔山地冻原上，生长着偃松、小侧柏、矶踯躅、苔藓和地衣，锡霍特山顶的苔原地带曾是古老的养鹿场地。往下几十米远，则生长着茂密的阔叶林，槭、柞、椴、枫、山榆等高大乔木。树下，长着密不透风的灌木，如榛棵子、胡枝子等。

这一地区野生动物种类繁多，如同一个巨大的野生动物园。山坡上与山谷中有乌苏里虎，黑熊（喜峰熊）、棕熊、雪豹、大黄颈貂、猞猁、野猫、松鼠、狼、獾；有蹄动物有驼鹿、狍、马鹿、梅花晓、斑羚、麝、野猪；禽类和昆虫的种类也很多，有禽类350多种。江河湖泊中还有各种寒带、温带鱼类近100种。濒临灭绝的东北虎和乌苏里棱龟出没在山水之间，两米多长的黄领蛇栖息。[①] 2001年联合国教科文组织以“对于中华秋沙鸭、毛腿渔鸮和东北虎等珍稀物种幸存”的重要意义，将锡霍特山脉列入世界遗产。整个世界遗产面积16319平方公里，中心保护区面积3985平方公里。锡霍特山区堪称世界上分布最为广阔，最具资源优势和生态特色的渔猎文化区。《乌布西奔妈妈》正是以这一地区为背景展开叙事的。但作品的视野并不局限于锡霍特山区，随着乌布逊部航海船队探险活动足迹的拓展，作品也记录了日本海诸岛屿及其原住民的自然人文地理和风土人情。因此，准确地说，作品

① 上述有关锡霍特山区的相关情况，参见［苏］А. Б. 玛尔果林主编《苏联远东》，东北师范大学外国问题研究所苏联问题研究室译，吉林人民出版社1984年版；［俄］伊凡·纳达罗夫《〈乌苏里边区现状概要〉及其他》，上海人民出版社1975年版；中国地理学会经济地理专业委员会编辑：《中国地理学会1978年经济地理专业学术会议论文选集（经济地理学的理论与方法）》，商务印书馆1980年版；［俄］О. В. 季亚科娃《古代和中世纪锡霍特山脉中心地区的道路交通网》，盖莉萍译，《西伯利亚研究》2012年第5期。

是以东海地区为叙事背景的。

《乌布西奔妈妈》中的生态环境独具特色，从中得以管窥渔猎民族与自然生态环境的关系以及东海女真人对自然环境的感悟与认知。

一 自然环境

史诗通篇饱蘸深情，纵情讴歌生育和养育他们的母亲海、母亲山、母亲河。全诗涉及山脉、江河、岛屿、洞窟、港湾等自然景观名称和村寨、城堡等人文景观名称以及部落名称。其中山脉有锡霍特阿林、莽古鲁阿林、坦坡儿阿林、托洼阿林、库图鲁阿林、德烟阿林、嗄尔玛阿林、德彼利阿林、胡忻阿林、壹鲁阿林、鲁尔布阿林、努荼阿林、拜钦阿林、多辟阿林、鲁尔布阿林、舜吉雅毕拉峰、乌尔岭峰、安查干陡崖、毕牙砬子、那丹格格山尖；河流有乌布逊毕拉、松阿里毕拉、乌苏里比拉、都鲁坎毕拉、布鲁沙尔河、安查干水系；岛屿有莫里尔坤岛、板卡根古树岛、女窟岛、莲花岛、安班岛、各比干岛、窝尔浑岛、阿里魔窟（女窟之岛）、劳坎；洞窟有海鳖蟹子洞、它里卡古洞；港湾有辉罕南岛鳟鱼三港和鹅脖子湾。此外，还有与这些自然景观共生的种类繁多的各种生物及其相互关系，共同构成一个充满生机的生态环境。

《乌布西奔妈妈》虽为一部民间文学作品，但对东海地区一些自然景观的地理位置记载具体而翔实。如对流经乌布逊部落所在地，养育乌布逊族众的母亲河乌布逊河的位置、方位、走向、流向及与其他山川水系的相互关系，只寥寥数语便交代得很清晰："乌布逊毕拉是东海明珠，闪耀在锡霍特阿林南麓，母亲河乌苏里乌拉的源头。"[①] 乌布逊河"河网纵横"，支流众多，其中一个重要的支流布鲁沙尔河：

> 乌布逊毕拉有布鲁沙尔河的
> 数不尽小支流，
> 发端在莽古鲁阿林南麓耸崖。
> 莽古鲁是锡霍特阿林山中的子孙峰，
> 万条瀑泉流淌成无数小溪渊。

---

① 鲁连坤讲述，富育光译注整理：《乌布西奔妈妈》，吉林人民出版社 2007 年版，第 23 页。

布鲁沙尔河便是莽古鲁阿林
胸中喷发出来的甘泉。
它不像乌布逊毕拉，
由锡霍特阿林山向西流淌，
却朝着东海的陡峭山麓，
奔向大海，一往无前。①

从史诗提供的上述地理信息，可以判断出乌布逊毕拉的大体方位、流向及与其他水系的从属关系，即乌布逊毕拉发源于锡霍特阿林的南麓，是乌苏里江的源头，向西流向黑龙江；乌布逊河有众多支系河流，其中布鲁沙尔河是一重要支系，发源于锡霍特山的九大山岭之一的莽古鲁阿林，万条瀑泉与乌布逊的流向相反，向东流向日本海。

《乌布西奔妈妈》中的地理名称只有锡霍特山、乌苏里江等少数实有其名。笔者无意对史诗中的地理名称进行考证。但从以上分析可见，作品对乌布逊河、布鲁沙尔河、锡霍特阿林和莽古鲁阿林的地理位置及其相互关系的描述，具有一定的实测、实证性，相关地理信息与当地的地理分布有相契合之处。如乌苏里江确有一源发端于锡霍特山；锡霍特山由系列山脉组成；纵横穿越锡霍特山的河流有 10 条流向东方的日本海，有 6 条流向西方的黑龙江，这些都是经过考证的科学结论。史诗以子孙峰表示其从属关系，具有人格化特征；乌苏里江作为黑龙江的一大支流，从锡霍特山西流入黑龙江，也是符合逻辑的。

锡霍特山层峦叠嶂，由系列山脉组成，并有 8 座主要山岭。《乌布西奔妈妈》以形象的表现手法，将构成锡霍特山系的九个山岭比喻为它的九个儿子，即嘎尔玛、德彼利、胡忻、壹鲁、鲁尔布、努茶、拜钦、多辟和德烟，其中，德烟山居九座山脉之中。这里的“九”不一定为实数，满—通古斯民族以“九”为极数，以喻其多。但反映了东海女真人的直观观察和丰富的想象力，也基本符合锡霍特山系的构成情况。

这表明东海女真人在适应自然环境和生产实践的过程中，习得、培养和

① 鲁连坤讲述，富育光译注整理：《乌布西奔妈妈》，吉林人民出版社 2007 年版，第 45 页。

练就了卓异的观察力、熟悉地理环境的能力……‘视力、听力、嗅觉发达’[①]等非凡的才能及其对所生存区域自然环境的独特认知。”史诗中蕴含着他们世代积累的生产生活经验和智慧，具有一定的科学价值。除山川水系、岛屿的方位、走向、流向外，史诗还包括诸如地形、地貌、气候、水文、海流、生物、物产等地理信息和村寨、城堡等人文地理名称，充满民间智慧和地方知识。随着乌布逊探海船队的五次远航，伊曼、鞑靼、苦兀、堪察加、劳坎等地理名称出现在史诗中，宛如一部东海地理志。

二 生物种类及其相互关系

锡霍特山区森林茂密，物种繁多，适于高纬度生长环境的针叶林，冻原地区植物苔藓，温带森林植物阔叶林等各种植物均有分布，是当代俄罗斯远东主要伐木区之一。那里人烟稀少，自古便是野生动物繁衍生息的乐园。苏联远东考察家弗·克·阿尔谢尼耶夫曾于1902至1907年前后三次对以锡霍特山区为主的乌苏里地区进行科学考察，他在科学考察报告《在乌苏里的莽林中》一书中以细腻传神之笔描写了锡霍特山区动物的分布、习性。在阿尔谢尼耶夫的笔下，乌苏里地区的原始森林充满生机、富有灵性，动植物之间谁也离不开谁，这里既有为了生存展开的弱肉强食，也形成相互依存的生物链。因为有茂密的原始森林，生物的多样性得以最大限度地展现，老虎黑熊出没，野猪驼鹿成群，为各种生物提供了繁衍生息的空间。[②]

《乌布西奔妈妈》中的锡霍特山区同样是一个生机盎然的天然野生动植物乐园，而且更具神秘性和神圣性，令人无限向往。作品中记述野生植物分布及生长状态的诗句随处可见，沁人心脾：

春，鲭鱼回游，
夏，杂花环海；

① ［日］永田珍馨：《使鹿鄂伦春族》，奥登挂译，内蒙古呼盟额尔古纳左旗敖鲁古雅鄂温克族乡政府1985年印（内部资料），第6页。

② 金涛：《来自乌苏里大森林的报告》，《知识就中力量》2006年第4期。

秋，鸣雁喧天，
冬，雪压青枝。
苍鹰百巢，
晨曦虎啸。
怒蟒喷舌，
长鹤柔啼。
梯岩诘屈，
麋鹿匆驰。①

作品不仅以轻快的笔调，运用比喻、拟人等修辞方法，生动、形象地再现了一个富有生命力的动植物世界的万千气象。尤为重要的是，表现了东海女真人对所生活区域生物分布、习性、功能等方面的独特认知，并以其特有的形式呈现在史诗作品中。

《乌布西奔妈妈》中出现的动植物名称近200种，数量、种类均相当丰富。从生物学角度分类，可分为以下类型：

（一）动物类

1. 陆地哺乳动物：棕熊（罴）、黑熊、北极熊、虎豹、雪豹、狼、豺、狐、野猪、猞猁、野猫、鼠、貉、貂、紫貂、獾、鼬、狸、狗、蝙蝠、麋鹿（草麋）、山麋、江麋、梅花鹿、驯鹿、驼鹿、白唇鹿、獐、麃、麝（大耳麝）、羊、狍、马、牛、岩羊、羚羊、兔、松鼠、刺猬。

2. 海洋哺乳动物：海豹、海狗、海豚、魈、海狮、海狗、海象、鲸、白鲸、抹香鲸、灰鲸、海獭、海狸、海鲤鼠。

3. 鱼类：鲭鱼、鲢鱼、枪鱼（阿枪小鱼）、银枪鱼、鲨鱼、白鱼、鳟鱼、鲤鱼、黄姑姑鱼、火缤鱼、黄花鱼、鲭鳞鱼、飞鳞鱼、安昌鱼、银梭鱼、银鳞鱼、银龟鱼、飞鱼、鲑鱼、比目鱼、海花鱼、胡瓜鱼、扁头鱼、长带鱼、小团鱼、狼鱼、鳔鱼、鳗鱼、鲟鱼、大刀鱼、海青鱼、晶光鱼。

4. 鸟类：金雕、沙延安班夹昆（大白鹰）、海鹰、苍鹰、隼、海鹞、海鸢、黑嘴鸱鸺（猫头鹰）、鹤、林冠雀、乌鸦、海鸥、白鸥、山鹊、喜鹊、天

① 鲁连坤讲述，富育光译注整理：《乌布西奔妈妈》，吉林人民出版社2007年版，第4页。

鹅、锦雉（鸡）、雁（白雁）、布鲁昆鸟、野鸭、乌勒哈尔斑雀、云雀、雪雀车、奇克九纹雀、黄蜜雀、小蜂雀、白袍雀、银丝雀、岩雀、黄莺、鸽子。

5. 爬行动物：蛇（海蛇）、蟒（海蟒）、海龟、蜥蜴。

6. 两栖动物：蛙、哈什玛。

7. 节肢动物：蜉蝣、蚊蚋、蟹、蝎。

8. 环节动物：蚯蚓、蜘蛛、蜜蜂、蝼蚁。

9. 软体动物：蚌、螺、蜗牛、海虹、海贝、蛤蜊。

10. 腔肠动物：海葵、珊瑚。

11. 环节动物：蚯蚓。

（二）植物类

1. 被子植物：桦树、椴树、榆树、槐树、杨树、柳树、山丁树、马尔卡白树。

2. 裸子植物：松树、柏树、云杉、芍药、白莲、温嘎吉伦草、望海梅、草乌花、海冬花、百合花、顿顿依尔哈（蝴蝶花）、美儿茳（狗尾巴花）、桂罂草、海龙草、海香叶、桂兰“塔布乐”、狼毒、秏子尾巴、草乌头、草人参、乌头楞、一品红、一串蓬、海莲、紫花根、白乌头、托盘、山里红、亚格达、甜果豆、葡萄、菇娘、红灯笼、荆棘—野紫荆、藤葛茅。

3. 蕨类植物：吐丝草。

4. 真菌类：沙吉科尔花、卡丹花。

上述180余种动植物在史诗中具有不同的意义，体现了多方面的功能，反映了东海女真人的独特的生物认知。这部分内容对于认识《乌布西奔妈妈》的生物体系，具有特殊的价值。依据上述动植物在史诗作品中的功能，我们将其划分为四种类型：

（一）萨满教神灵，包括动植物神、图腾神。

（二）用于萨满神事活动中的动植物，包括祭祀牺牲、祭用香料、药材、制作神器具的原料等。

（三）采集、渔猎对象和在生产生活、部落之间交往与战争中具有实用价值的动植物。

（四）自然生态环境中的生物和用于修辞比喻的动植物。

综合上述两种分类法，特制《〈乌布西奔妈妈〉动植物一览表》附于书后，并略作说明。

生物的多样性，必然涉及生物关系问题，即一个地域各种共生的生物之间的联系，也即动物与植物、动物与动物之间的自然平衡关系。生物之间的这种平衡是自然形成。当大马哈鱼回游时节，河里的鱼非常多，河水为之堵塞，这是大麻哈鱼。有的地方死鱼成堆，成千上万条死鱼填满了小河湾和河汊……为了收拾这些烂鱼，大自然关注地派来了熊、野猪、狐狸、獾、貉、乌鸦、三宝鸡和松鸦等卫生员。[1] 这种天然形成的食物链，维系着东海地区的生物多样性。

《乌布西奔妈妈》以比喻的方式，直观地表现生物之间的食物链关系，虽多以动物比喻人类社会，但其对动物之间关系的观察可谓细致入微：

像蛇蟒总要吞食怜弱的蛙蜥，
像贪嘴的豺狼总是狞对奔驰的麋鹿。
像大肚的查鲢鱼胀破了肚皮还死咬住阿枪小鱼。
像贪淫的公豺日落日出无休止奸着雌狗，
洞里还要拘俘悲号待辱的母豺。
像贪嘴的大头乌鸦，
喜夺食白云飞渡下高山“女儿蜜”[2]
咀嚼得香溢满口，永不停歇。
怀崽的母鹿群漫山奔叫，
向狂舞的乌鸦悽怆地抗争。[3]

生物之间的关系既有“安昌鱼四季吐生小鱼”的食物链关系，也有植物与动物互惠互利的关系，处于一种和谐的平衡状态：

在棕熊嬉闹的橡树上，

---

① ［苏］阿尔谢尼耶夫：《在乌苏里的莽林中——乌苏里山区历险记：1902—1906年锡霍特山区考察记》，王士燮、沈曼丽、黄树南等译，人民文学出版社2005年版。

② 女儿蜜：一种生长在东海山崖上的草本植物。相传其紫色果实，鹿崽喜食，香甜有汁，食之若奶，鹿吃可生跃涧神力。

③ 鲁连坤讲述、富育光译注整理：《乌布西奔妈妈》，吉林人民出版社2007年版，第11页。

在松鼠纵跃的松枝上，
在兔群觅食的嘟柿秧上，
在芍药蜜蜂喧笑的丘陵上…①

成群的岩羊，奔跑在山崖腰间，
成群的岩雀，飞翔在山崖林丛，
白天鹅时时鸣唱在山顶，
白银海雕时时盘旋在山尖。

蜿蜒的布鲁沙尔河水，
从锡霍特阿林像野马向东海飞奔；
翠绿的沙吉科尔花，
从锡霍特阿林像彩带向东海延伸；
成群的乌勒哈尔斑雀，
从锡霍特阿林像红云染艳东海古松……②

好一幅欢快的生物百态图。在这里，动物和植物之间，动植物与山川水系之间相互依存，和谐共生。

《乌布西奔妈妈》中记录的动植物数量众多、种类丰富，动物包括哺乳类动物（陆地哺乳动物和海洋哺乳动物）、鱼类、鸟类、两栖动物、爬行动物、软体动物、节肢动物、腔肠动物、环节动物、棘皮动物等多种。植物包括被子植物、裸子植物、蕨类植物和真菌类。应该说，在一部史诗中，动植物名称之多，种类之全，几乎涉及东北亚地区的主要生物类型，其中不乏珍稀物种，宛如一部东海生物志，实为难能可贵。一方面反映了古代东海地区动植物资源丰富，种类多样，充分体现了当地生物多样性的特点，折射出古代东海地区生态环境的基本面貌。另一方面彰显了东海女真人的生物认知水平。应该说，丰富的物种名称在史诗中的出现，归根结底与他们的渔猎经济

① 鲁连坤讲述、富育光译注整理：《乌布西奔妈妈》，吉林人民出版社2007年版，第3页。

② 同上书，第147页。

形态具有密切的关系，是东海女真人在长期的渔猎生产生活中积累的生物认知及其应用的综合体现。作品中出现的陆地哺乳动物、鱼类和鸟类的名称均达 30 多种，这种详尽的分类，说明东海女真人对所在地域同类生物的特征已有明晰的辨别和认识，“原始分类产生了最初的概念或范畴，使人们得以统一他们的知识。它们构成了最初的‘自然哲学’。”动植物在史诗中具有多重功能，相当一部分动植物兼具几种功能，这表明生物对人类的多重意义在人类早期社会即已被认识，体现了东海女真人的生物认知具有多元性，反映了东海女真人对生物认知的层次与程度。表明东海女真人的生产实践活动具有多元化倾向，包括渔猎生活的诸多方面。

人类早期，药食同源。原始人在采集植物种子、果实、茎叶以作充饥食物时，逐渐认识了一些植物的药性，并用于治疗疾病的实践。《乌布西奔妈妈》记载了东海女真人利用动物内脏，植物的根、茎、叶、果及天然物质治疗疾病的民间药材和验方，凝聚了东海女真人世代积累的医疗常识与生活经验，荟萃了东海女真先民的民间智慧，反映了人类不断认识自然世界的轨迹。

生态人类学者相信人类并非要适应其生活环境的总体，只能认为是选择适应构成栖息地的某些形貌及要素。[①] 人类早期社会尤为如此，因此，人们对生态环境的认识必然带有很大的局限性。《乌布西奔妈妈》对生物的认识带有突出的地域性，主要记录的是锡霍特山区的生物种类，这一点与世界各民族早期发展阶段的认知历程相一致。作为一部史诗作品，它对东海女真生态环境的认识既不系统，也并非都具有实证性，而是实证与艺术形式的结合，体现出地域至上和人与自然和谐的理念。东海女真人心目中的地域环境更具人文地理的意义，充满神圣与神秘的色彩，许多内涵和认识是通过萨满教传承下来的。正因如此，《乌布西奔妈妈》不同于一般的生物志，它对古代东海地区生物的记录具有独特的意义和认识价值。

第二节　生产方式

渔猎经济，也称狩猎经济，是捕捉猎取自然界现成动物为生活资料来源

---

① 李海泉编著：《日本作为他者》，世界图书广东出版公司 2009 年版，第 147 页。

的经济类型。渔猎经济包括捕鱼和狩猎，它与采集经济结合在一起，成为人类社会的主要经济活动。如前所述，自辽金迄于明末，东海女真人始终以渔猎经济为主要经济形式，是东海女真人物质生活的重要来源，“沿海岛散处，以渔猎为生”。[①] 在长期的生产实践中，形成了一系列渔猎生产方式。《乌布西奔妈妈》反映的正是这种原始渔猎生产方式。当然，作品中的东海诸部落因所处地理位置、生态环境不尽相同，各部的经济类型亦有别。

一　捕捞

东海女真人的居地江河纵横，濒临大海，有着丰富的渔业资源和悠久的渔猎经济历史。早在石器时代，在俄罗斯滨海地区等满族先世居住区，就发现了大量的渔猎工具。数千年来，满族先民世代因袭渔猎生产方式。《乌布西奔妈妈》反映了东海女真人特有的渔猎生产方式。史诗记述的捕捞业主要有以下几种类型：

1. 抓海蟹、叉海参

海蟹属于甲壳类动物，海参属无脊椎动物，体圆柱形，柔软。海蟹、海参均富有丰富的营养，乃食中之珍品，素为渔猎民族所喜爱。在史诗中，海蟹、海参既是渔民常见的食品，也是部落联盟聚会时，各部落敬献的上乘礼品。每当夏秋之际，便是下海抓海蟹、叉海参的旺季。

从此，南海平静，
海参、海蟹运进
乌布逊各部落，
恢复了五十年前的足食衣丰。[②]

到海岛中采集海参、海藻，抓海蟹是渔猎民族非常向往的事情。在东海渔歌中，有不少关于采集海参的歌谣，反映了满族先民世世代代对东海地域

① 《皇清职贡图》卷3。
② 鲁连坤讲述，富育光译注整理：《乌布西奔妈妈》，吉林人民出版社2007年版，第109页。

的开拓和创业。如流传于珲春一带的《我阿玛回来了》,[①] 即很有特色，反映了满族先民对大海的真挚情感和对捕捞生产的热爱。

2. 捕鱼

捕鱼是东海女真人的主要经济活动，渔业产品是东海女真人的主要食物。史诗中出现的鱼类繁多，鳟鱼、红翅鲨鱼、翻车鱼、鳟鱼、鲑鱼、比目鱼、海花鱼、胡瓜鱼、狼鱼、鳔鱼、银梭鱼、银枪鱼、银鳞鱼、银龟鱼……日本海流域丰富的海产，为他们提供了可靠的生活保障。渔产品是人们重要的衣食之源：鱼骨架屋，鱼肉为食，鱼皮做衣，鱼膘制胶，成为人们生产生活中不可或缺的组成部分，渔业丰收的情景成为一道美景：

> 碧海渔舟艘连艘，
> 喜看丰稔，船船活鱼银鳞闪耀。[②]

因为鱼生活在水中，捕捞的难度较大，捕鱼的方法也是千变万化。因此，捕鱼成为人类最具创造性的渔猎生产方式。应该说，史诗中的捕鱼方法还比较简单，主要有叉鱼、钓鱼、网捕等方式。

叉鱼是一种早期的捕鱼方法，木制的渔叉虽较为笨重，但对于技术娴熟者来说，也可谓得心应手，百发百中。这种方法因其易操作，一直以来是满族人捕鱼的主要方法。根据笔者在吉林松花江地区满族聚居区的田野调查，直到近世，当地满族人还沿用这种方法捕鱼。隆冬时节，还创造性地发明一种叫做“屠户”的叉鱼方式。即在大江封冻之后，在江边至江 4—5 米远的地方，水深在 70—100 公分，打一个长 2 米，宽 1 米的冰眼，冰眼中间立一块木板，四周用木架子支起来，用谷草将其挡严，内放豆油灯一盏，手持鱼叉等待鱼的到来。冬天鱼在水里游得非常慢，况且水清见底，又有油灯照亮，故鱼尚未游到，影子已反射过来，待鱼游到冰眼中间时，一叉便中。[③]

钓鱼也是一种传统的捕鱼方式，春、夏、秋三季均可用此方法。鱼钩的

---

① 见本书第八章，第 283 页。

② 鲁连坤讲述，富育光译注整理：《乌布西奔妈妈》，吉林人民出版社 2007 年版，第 35 页。

③ 2011 年 2 月采自长春市九台市莽卡乡赵志仁。

形制有多种，垂钓的方式亦有多种。[①] 史诗中提及的在乌布逊部航船船舷的四周放置着无数长线彩钩，“船只要一动，便可随时捕捉鲑鱼、大刀鱼”，显然是垂钓方式的灵活运用，从中可见垂钓应为东海女真人使用广泛的捕鱼方式。东海女真人还掌握了网捕法，他们熟悉各类鱼的习性和活动规律，创造了多种捕捞工具，体现了他们在长期的捕捞生产中的智慧和技术。

3. 海猎

海猎是滨海而居的渔猎民族的一种生产方式，海猎和捕鱼相结合，成为海上捕猎的一个特点。在今俄罗斯滨海地区新石器贝丘遗址中发现的新型的尖状器——捕捞大鱼和海兽的鱼镖。19 世纪中叶在滨海地区尼夫赫人（即费雅喀）那里，发现了用于捕白鲸鱼的转动渔叉的骨制叉头。[②] 说明早在远古时期，先民们就已到远海攫取衣食之源，其中主要是捕猎海兽。史诗中提及的海洋生物有海豹、海狮、海狸、海狸鼠、海象、海豚、鲸和鲨鱼等。捕猎海兽需要一种投掷类的特殊工具，需要较高的捕猎技术，也更不易得。这些远海动物因其难得，多成为祭献的最佳牺牲。

二 狩猎

狩猎是原始人类的主要谋生手段。由于生产力的低下和工具的简陋，人们只能采取自然界现成的食物。通过狩猎活动，原始人类获得了赖以生存的食物之源和皮毛、骨、角、脂肪等生活资料，丰富了人们的物质生活。在《乌布西奔妈妈》中，狩猎产品是东海女真人的主要日常饮食，熊、狼、鹿、兔、鹿、狼、獐、兔等动物无不是他们餐桌上的佳肴。用动物肉做成的肉干、肉糜，便于储存，适于冬季或外出时随身携带。猎物，特别是从深山密林中捕捉来的猎物，是祭祀的上乘牺牲，这成为东海女真人狩猎的一个重要动因。无牲不祭是萨满教亘古不变的传统，史诗中多次举行的大型海祭、海葬、火祭、天祭及会盟、神判、部落联盟之间的大型聚会，都要捕捉大量的牺牲；动物的骨、角、牙等，则成为萨满服、罕服的精美饰品。由此可

① 参见张璇如、陈伯霖、谷文双、白凤岐《北方民族渔猎经济文化研究》，吉林人民出版社 1999 年版，第 25—28 页；宋兆麟、冯莉编著：《中国远古文化》，宁波出版社 2004 年版，第 91—94 页。

② ［苏］Ч. М. 塔克萨米：《尼夫赫人族源问题》，载吉林省社会科学院编《民族译文集》第一辑，1983 年印，第 23 页。

见，狩猎生产在当时的经济生活中占有重要地位。

关于狩猎的具体方式，史诗中没作详细交代。但从部落战争中鹰战的出现，可以推测，以鹰助猎应被用于当时的狩猎生产。鹰战实际上是鹰猎在战争中的运用，或者说是运用了鹰猎的原理。从这一点略可管窥东海女真人当时的狩猎技术已达到一定的水平。

三　采集

采集是一种重要的攫取经济，采集现成的野生植物如野菜、果实、根茎等作为食料。采集与渔猎结合在一起，成为人类社会早期主要的经济类型。从史诗中可见，采集业在当时的经济生活中已不占主导地位，远逊于捕捞和狩猎，但作为一种辅助经济，仍然占有一定的地位。在第四次探海活动中，当船队突遭海上风暴，并被海浪冲到浑尔浑岛后，来自外海的船队统领嘎憨带领船员“采亚格达、红灯笼、甜果豆，还有数不尽的香花、野菜、香草”，并指导大家食用时注意安全，由他先一一尝后，才让众人享用。但仅以野菜、野果为果腹的饮食显然是以渔猎为生的东海女真人所不适应的。在第四次航海的过程中，受海暴、海啸的影响：

> 采野菜、野果添腹安生。
> 无奈熬过九天九夜，
> 一个个瘦弱染病，
> 窝尔浑人纷纷逃回窝尔浑。①

在史诗中，如果说采集业对于食物之源只起着一种辅助作用的话，那么，在草药、致幻剂、香草等特殊植物的获取方面，则发挥着特殊的作用。在缺医少药的初民社会，萨满是氏族的唯一医生。萨满治病除采用跳神的方式，在精神上起到安抚作用外，也采用一些土方土药。因此，识药、采药是萨满必备的技能。当东海诸部爆发大规模的传染病时，乌布西奔总是亲自进山采集狼毒茶、耗子尾巴草、土瓜蒌、乌头草根等草药。

---

① 鲁连坤讲述，富育光译注整理：《乌布西奔妈妈》，吉林人民出版社 2007 年版，第 108 页。

在采集活动中，有两类植物具有特殊的意义，采集时也有一些特别的要求。一类是具有剧毒或麻醉、致幻作用的致幻植物，用于祭祀仪式上萨满降神附体时的催化剂，也是东海女真人渔猎工具弩矢和箭头施毒的原料。一类是在祭祀仪式上用作香料的植物。前者有桂罂草、海冬花、望海梅、乌头、一品鲜、爬地珠、乌头楞、一品红、一串蓬、兰蚜、毒眼鳟等；后者有“温嘎”、海丁香等。据满族说部《两世罕王传》记载，一些生长在远海岛屿的麻醉、致幻植物药效最佳。人们为了采集药材，常常涉海远至这些岛屿，“东海众岛中盛产众药，比内陆药性浓烈奏效，岛中多栖蛇怪，土民冒死而觅之，除自用于族亲外，更市于南明”。[①]《两世罕王传》记载了诸种草药及其药性、生长规律、采集办法。其中称“还魂草”的草药，“专生于岛中海滨，10 日生于水，10 日露出水面，忽隐忽现，得阴阳之气，有起死回生之功”。

《乌布西奔妈妈》的记载与《两世罕王传》的传讲恰相吻合。在远离乌布逊部落内海有一个窝尔浑岛：

盛产紫花根白乌头，
乃千载峻药，
煨箭毒兽，
颗粒迅夺百命。
东海人自古涉海来岛采药，
有被风浪卷来安家谋生。[②]

史诗中提及的香草植物主要有两种，一为海丁香，相传是日本海东海岸一种野生花卉，茎与花采摘晾晒后，焚烧其烟清香提神、驱蝇蚊，可做祭祀用香；一为温嘎，亦为一种草本植物，长成后生小穗状花蕾，叶茎清香明目，可入药，有兴奋驱虫除瘟作用。东海女真人常在入秋采割晾晒，祭祀时焚香敬神。

上述药材的采集，有很多讲究。季节、时间的选定，采撷工具和放置药

① 富育光搜集整理：《东海舆地》（手抄本）。
② 鲁连坤讲述，富育光译注整理：《乌布西奔妈妈》，吉林人民出版社 2007 年版，第 175 页。

材用具的选择、采撷植物的何种部位入药，都有一定要求，否则会影响植物的药用效果。如近代以来满族祭祀的专用香取材于杜鹃花，是生长在山崖峭壁上的一种常绿小灌木丛，高1米左右，民间俗称映山红、年息花。每年农历七月，映山红花早落，但枝叶茂盛，叶味正浓，是采摘、制香的最佳时节，此传统至今仍在满族民间传承。

东海女真人适应当地生态环境，主要以渔猎经济为主要经济类型，但在渔猎经济以外，也辅之以其他生计方式。作品对此也有反映。史诗中的东海女真人已出现一些新的生计方式，如畜牧业（以牛、羊、猪为牺牲）、农业（出现了面食“额芬”,[①] 并从乌拉国换来谷种）和熬海盐、刨参等，但与捕捞、狩猎和采集相比，这些经济门类仍居次要地位。随着生产技术的提高，对外联系的增加，生产方式也渐趋多元化。

第三节　生活习俗

《乌布西奔妈妈》所体现的渔猎生产方式和物质文化类型，对东海诸部落的风俗习惯、语言、文学艺术、精神生活、宗教信仰及通信、交通、建筑等物质文化，均产生了深远的影响。我们仅就其中的主要方面略作考察。

一　服饰

渔猎生产方式和滨海畔江的自然环境，使东海诸部的风俗习惯具有鲜明的海洋文化和山林文化特征。服饰是文化的重要载体，是一个民族或群体文化传统、审美价值、宗教信仰和社会发展程度的反映。《乌布西奔妈妈》的服饰文化体现的是一种原始自然的美，一种渔猎文化的风格。

东海古俗以裸体为美为健。盛夏，以枝叶围胯，赤身光足而行，群男赤身裸腱；众女丰乳垂露，习用丝麻、小皮蔽阴。寒季，则身披茅蓑、羽服与皮裘。最初的服饰只是披皮为服，不晓缝连，也自然没有缝纫技术。随着社会文明的进步，生产力的提高，服饰的技艺和审美性有了较大的发展，“以珍贵的鱼皮为革履，以精美的鹅羽为绵衾”，服饰的工艺更为考究，装饰艺

① 额芬：即满语“饽饽”之谓也。

术有了较大的提高，古朴而精美。

法吉女罕头戴耀眼王冠，彩铃嘤嘤，
三千海珠镶嵌着九彩透龙宝玉传世奇珍，
双耳长垂着一对三连银环熠熠闪光飞雀竞鸣，
身披鲸睛龙骨鹅绒白云蛤的水浪银光衫，
真宛若九天神女降落凡尘。[①]

满族素有佩饰之俗，古代民间佩饰种类丰富，其中尤以骨佩、灵石佩最受青睐，琳琅满目，相撞发出悦耳的声音。满族佩饰之俗的形成，源自原始的灵物崇拜。万物皆有灵，"举凡云间、天上、太阳、月、星等之中，及山岳之峰顶，岩石、森林、冰冻之地，广阔无边的冻野，地上、地下以及动植物之体莫不有精灵存在"。[②] 佩戴各种灵佩，旨在从中获得灵性和神性，得到庇佑，从根本上说是人类求吉心理的产物。但各种古朴、美观的佩饰，使服饰的审美价值大为提高。

除重佩饰外，《乌布西奔妈妈》中的服饰也关注色彩的要素：

在波涛汹涌的莽古里海滩，
五十对穿着黑鸟羽服的丧女张翅翱翔，
三十对身披黑熊皮的丧男翘首顿足，嘶哭哀嚎，
十九对身披黑色鱼皮的白发老人，
仰天舞手哀嚎苍海，
十九对身披黑羊皮的苍发老妇，
摇身翘首，咩咩长吟。
身披白色天鹅羽毛斗篷的乌布西奔，
头戴海鱼骨编织的银色神盔，

① 鲁连坤讲述，富育光译注整理：《乌布西奔妈妈》，吉林人民出版社 2007 年版，第 41 页。

② ［波］尼斡拉兹：《西伯利亚各民族之萨满教》，金启孮译，载辽宁省民族研究所编《满族研究参考资料》1986 年第 1 期，第 35 页。

身穿鲸鱼骨片编成的银色神甲，
足登鲸鱼骨镂刻、黑衬貂绒高袜的轻腿靴。①

众人一袭黑衣，乌布西奔身披白色天鹅羽毛斗篷，头戴银盔，这种色彩反差的对比，有效地烘托出当时的气氛，凸显了服饰色彩的宗教与民俗功能。色彩的审美意义在史诗中也有体现，乌布西奔的“九色神篷”应兼具宗教与审美意义，表明东海先民对色彩已有相当的感受和认识。“九十九色的莲花旗迎风飘摆”，这里，“九十九”并非实数，以示数量之多，但却从一个侧面也说明了东海先民对色彩的认知。

二 饮食

人类的物质生产首先是为了满足维持生存的需要，因而渔猎民族的饮食必然主要是他们的捕猎物。人们的饮食习俗也无不带有渔猎经济的特色，有些一直沿袭至今。如吃生鱼这道历史悠远的传统饮食，至今仍是三江流域的赫哲渔家待客、家宴的佳肴。鱼、肉的储存方法主要是晾晒成鱼干、肉干，或将鱼、肉烘熏，存于特制的贮藏库内。

《乌布西奔妈妈》中的东海女真人的饮食结构以海产品为主，肉和野菜、野果为辅。在狩猎和捕鱼的季节，主要以野生动物肉和鱼、海参、海蟹等海产品为主，同时也采集一些野果作为佐餐。

东海传报喜讯，
南海盛产大海参，
个个像大棒槌，肥胖香嫩。
南海盛产大海蟹，
个个像大海碗、小红盆，
籽肥肉美，清鲜醉人。②

① 鲁连坤讲述，富育光译注整理：《乌布西奔妈妈》，吉林人民出版社 2007 年版，第 85 页。
② 同上书，第 108 页。

由于狩猎和捕鱼受季节和生物生长周期的影响，鲜肉和鲜鱼不可能成为渔猎民族的常年食物。为了便于储存，以备常年食用，他们便将牲肉、鱼肉晾晒成肉干，将牲肉、鱼肉捣碎成肉糜、鱼糜，将鱼子晒干成鱼米，作为冬季的口粮，便于外出时携带。乌布西奔率船队远航时，随船带的干粮就是肉糜，香果，美味的鱼糜甚至成为莲花岛女魔诱敌深入的诱饵，可见在当时堪称美食佳肴。某些部落已认识到野生植物的种子可为食物。如乌布西奔探海途径扶尼部落时，好客的主人排着长队，给他们带来野米谷、干肉、野菜等食品，以为远航的船队补充给养。在打不到野牲、捕不到活鱼，又没有肉干的情况下，人们只能以野菜、野果充饥。当乌布西奔派出的船队遭遇海难，船只毁坏，干粮殆尽的情况，野菜、野果便是他们赖以维生的食物。

东海女真人的饮食带有突出的渔猎经济特征。虽然，乌布逊部在与乌拉等部落的友好交往和贸易往来的过程中，得到了乌拉国的谷种，但主要作为乌部逊部对外交往馈赠的珍贵礼品，如同从汉族地区交换来工艺品一样。

> 同贺白发长髯古德罕六十神寿。
> 这是东海神灵的殊赐，
> 这是古德罕祖德的福荫，
> 这是锡霍特阿林最光耀的日子啊！
> 在堆满海鱼、鸟卵、鹿肉——
> 氏族十里花山大寿宴上……①

三 居住

居所是人类赖以生存的物质条件之一，在人类历史发展中起着重要的作用。人类采取何种居住方式，是与其地理气候条件和生产力的发展水平相适应的。人工建筑房屋还反映了该民族的风俗习惯、宗教信仰、审美意识等。

从考古发掘上看，人类最早的住所是利用天然洞穴，或者是树洞，但树洞现已无存，仅山洞保留下来，形成远古人类的文化遗址。最早的住所有两

① 鲁连坤讲述，富育光译注整理：《乌布西奔妈妈》，吉林人民出版社 2007 年版，第 28 页。

种形式：洞穴和巢居。[①] 我国古文献多有记载：“冬则居营窟，夏则居橧巢”,[②] 此系从季节论；张华的《博物志》“南越巢居，北朔穴居”，则是以南北方地理气候条件而论的。

《乌布西奔妈妈》记述的东海女真人早期居所是“茅草为巢，不知筑室”，是乌布西奔传授乌布逊族人冬凿地室，夏栖树屋。黄獐子部地临出海口，社会发展水平相对高些。他们早已发明和使用冬则洞穴，夏则巢居的居住结构：

黄獐子部族临海广栖树巢，
代代捞鱼蟹、捕海鸟。
夏住巢屋，攀高崖桦椴树上竖室，
远望，像累累巨果在高枝上飘摇。
临高屋，看惯海禽翩翩，
常把东海渔舟远眺。

海风吹拂，夏巢不怕烈日，如子夜温馨，乌咧哩，
冬宿崖穴，凿洞深深，悠梯出进，乌咧哩，
洞中有洞，洞洞相连，各有梯门，乌咧哩，
栖兽皮、羽褥、茅葛、席枕，冬暖如春，乌咧哩。[③]

为了适应渔猎生产季节迁徙的需要，东海先民的居所一般有冬、夏两季之分。冬季洞居，夏季巢居。无论是巢居，还是洞居，都是对天然物的利用。“构木为巢”，其理一也。但濒海而居的黄獐子人在高崖的树上筑巢，受海风吹拂，是夏季理想的避暑之所。有趣的是，他们搭建高高的巢居，还有凭高览胜，观看海鸟飞翔、渔舟航行之风景的雅兴。黄獐子部的洞居建筑也达到了一定水平，洞与洞之间相互通连，每洞设门，上下以梯，洞内铺设

① 宋兆麟、冯莉编著：《中国远古文化》，宁波出版社2004年版，第187页。
② 《礼记·礼运》，《十三经注疏》（下），中华书局1982年版，第1416页。
③ 鲁连坤讲述，富育光译注整理：《乌布西奔妈妈》，吉林人民出版社2007年版，第35页。

适应季节需要的兽皮、羽褥、茅草等，冬暖夏凉，是北方人类较为理想的原始居所。洞穴和巢居是人类最原始的居所，也是人工居住的基础，无疑是人类的一大进步。东海女真人的洞居和巢居都有程度不同的人工改造成分，体现了人类适应自然、利用自然的初步成果。

乌布逊部冬季凿建的地室，较洞居有一定的发展，是一种人工建筑的初始形式之一。这种穴居不仅在我国中原地区曾经非常普遍，也曾是我国北方先民的主要居住形式。俄国考古学者根据在黑龙江流域的考古发掘指出："女真人不仅在窝棚里，而且也在临时的深土穴屋或半土穴屋里避雨和御寒。"① 我国历史文献记载，满族先世挹娄人"常为穴居，以深为贵，大家至接九梯"。②

在史诗《乌布西奔妈妈》中，东海各部落的生产方式和生活习惯虽大同小异，但还是有某些差异。每个部落均依据各自经济活动特点、气候条件等因素，选择适合的居住形式，并相沿成习，形成传统。

四 交通

交通工具是人类生产生活中不可或缺的组成部分。对于渔猎民族来说，交通工具更有特殊的意义。逐野兽的足迹而猎，追鱼群的踪影而网，这种特殊的生产生活方式和北方特殊的地域环境，使交通工具具有鲜明的季节性和地域特色。

《乌布西奔妈妈》以宏大的场面再现了东海女真诸部经济、外交、航海等多方面活动，无论是攫取生活资料，还是迁徙、战争，都离不开交通工具，并创造性地发明了一些独具特色的交通工具，留下了宝贵的原始交通资料。《乌布西奔妈妈》中的交通工具包括陆路、水路和雪域交通等几种类型。

1. 陆路交通

陆地是人类的基本栖息地，陆路交通的历史最为古老。《乌布西奔妈妈》中陆路交通工具有两种。

---

① ［俄］А. П. 奥克拉德尼科夫、В. Е. 麦德维杰夫：《从考古资料看阿穆尔河沿岸地区的女真族》，载《苏联考古文选》，文物出版社 1980 年版，第 371 页。

② 《后汉书》卷 115。

（1）畜力运输

即用驯化的动物驮物、代步。在《乌布西奔妈妈》文本中，有以鹿驮物的记载。据考古发现，早在新石器时代，人类就已开始饲养驯鹿。驯鹿特有的习性和体质特点，使其非常适合在山林中活动，给狩猎民族的迁徙和从事山林狩猎业提供了极大的便利条件，成为北方狩猎民族狩猎时驮运猎物、搬迁时运输货物和供老人、儿童乘骑的主要工具，人随驯鹿移动，驯鹿随人迁徙。至今在我国鄂温克族中仍饲养驯鹿，并用于运物和乘骑。

远古时代，马是人类不可分离的伙伴。马，体格健壮，耐苦耐劳而又敏捷灵活，适宜穿山越岭、爬山过河，是北方民族最古老，最普遍的代步、驮运工具。在古代战争中，骁勇的战马以其高超的跳跃能力、无与伦比的奔跑速度成为战斗力的运载工具。在《乌布西奔妈妈》中，马的运载工具作用也得以彰显。如黄獐子与乌布逊两部落的战争中，乌布逊部落的将士骑马夜袭黄獐子，遭到黄獐子部驯养的“狗军”的反扑，战马首当其冲受到攻击，结果是人仰马翻，大败而归：

半夜的弯弯月，
向浓浓的薄云之中隐进。
古德罕骑匹菊花青小走马，
后有兵勇一行行，一排排
……
狠抱着乌布林马腿咬啃，
撕开血肉四处溅红。
古德罕双肩两条小狗，
咬得他哇哇哭叫，疼落马下。
群马遭狗咬，抛掉坐骑上的兵勇，
在阔野中狂叫着扬鬃奔逃，
乌布林人被扔入河里，
疼死挣扎，遍地溃军。[①]

① 鲁连坤讲述，富育光译注整理：《乌布西奔妈妈》，吉林人民出版社 2007 年版，第 40 页。

（2）大轮车

大轮车也是史诗《乌布西奔妈妈》记述的运输工具之一。大轮车是北方最常见的畜力车，又称勒勒车、罗罗车等，双轮，以轮大为特征。车多以桦木制作，轻便易行，载物载人皆方便。这种车可用人力挽拉，但多用畜力。每有迁移，长长的车队，形成辽阔北方大地上一道独特的风景。史诗作品中的大轮车，因用来拉车的畜力有鹿、马、牛等不同牲畜，大轮车的形制也有所不同。大轮车是东海女真人最常用的交通工具。每当部落举行大型祭祀活动和联谊活动，各部落多用这种车运送各种供品、活牲。如用车载活牲时，要用兽皮将车盖上，以便安全运输。当瘟疫侵袭乌布逊诸部时，当战争的硝烟笼罩家园时，人们纷纷坐着大轮车逃难，"长长的大轮车，装走离心的人"，使蒙难者得以迅速地转移。

大轮车最初来自草原民族，那么《乌布西奔妈妈》中的记述是否有实际生活依据呢？根据俄罗斯探险者、军人和学者在锡霍特山区收集的资料和考察的情况看，回答是肯定的。他们发现"女真人在运输时不用马。马只用来骑乘，黄牛是最主要的牵引畜力。发现的骨质残留物、轮轴和销栓证明了这一点。操通古斯—满语的民族用四轮大车的遗迹保留在词汇中，这些词汇证明了他们从蒙古人那里学会使用这种带轮子的运输工具。当女真人征服汉人后，他们效仿汉人快速运送重物过河的河运方法。"[①] 考古发现为我们解读史诗中东海女真人的社会生活及与其他民族的文化交流，提供了珍贵的实证资料。

2. 水路交通

水路交通依赖一定的工具。水路交通工具对于滨海而居的东海女真人的渔业捕捞、运物和航海活动发挥了重要作用。《乌布西奔妈妈》中的水路交通工具主要有以下几种：

（1）木筏，又称木排，是较早出现的一种水上交通工具。最早、最简单的木筏是由多根树干捆扎而成的木排，沿江河顺流而下，也可以用桨、

① O. B. 季亚科娃：《古代和中世纪锡霍特山脉中心地区的道路交通网》，盖莉萍译，《西伯利亚研究》2012 年第 5 期。

橹、篙推进。木筏主要用于载人和载货。这种木筏适宜多人迁移，当瘟疫侵袭东海女真诸部时，人们就是乘坐木筏逃难的。

（2）皮筏子，即用熊等大型动物的皮制作。类似船形，人坐在上面，可在海上顺水流漂浮。乌布西奔第一次探海活动，琪尔扬考等人即坐这种皮筏子，溯流而上。此筏轻便易操作，既可用于航海，也可用于渔猎。在我国赫哲族中，这种皮筏子多用鳇鱼皮制作。鳇鱼体大，长者可达数米。先用刀将鳇鱼肚子剖开，再用木板刀片将鱼皮扒下。用臭李子、榆树撅成船形支架，木与木之间的缝隙用鱼鳔制成的胶粘牢，不用钉子。最后用鳇鱼皮将架子围起，具有隔水、漂浮的特点。皮筏子形制不一，大者长达5—6米，可坐数人；小者长约两米，供一人使用，一手划桨使筏前行。

（3）木陈扎卡，即木制槽盆船。东海女真人早年使用的木制盆形海船，凭海潮行驶。大小不等，小者可坐一人，大者可坐数人。既可用于捕鱼和捕猎海洋生物，也可用于航海。在史诗中，来自外海的“海鬼”即是坐此船漂流至乌布逊的。

（4）朱噜扎卡，木制，是东海女真人早年使用的大型双舟合体单层深海渔船，俗称“双船”。与陆路交通相比，东海女真人的水路交通更为发达，体现着渔猎经济的特色，反映了他们的造船水平。其中有些航船是为了适应日本海的海流和航海的需要而建造的，较民用和捕鱼用船更具科技含量，有的甚至请工匠制作，具有较高的技术水平。

3. 雪域交通

雪域交通是北方先民在冬季林海雪原，积雪遍地的特殊地理环境下创造的适合这种地域环境的交通方式，是北方先民适应自然、利用自然的智慧结晶。史诗中的雪域交通工具主要有两种：

（1）雪龙，即狗棚车，是雪域最便利的交通工具，它是在爬犁的基础上发展起来的。爬犁，又称雪橇，是一个以畜力挽拉的长方形木架车，其在雪地上运行自如，得益于爬犁下有两辕作底，在畜力的引拉下，快速前行，是北方冬季简易便捷的交通工具。据《吉林外记》载：“爬犁，用两辕作底，立插四柱，高三寸许，上穿二横木，或铺板，或搪木。坐人、拉运货均可，前辕上弯，穿以绳套，二马服驾，轻捷于车，若驰驿，更换马匹，冰雪之地可以日行三四百里。”①

史诗中的狗车运用了爬犁的原理，即以辕为底，四周围成棚，上覆盖，从而克服了爬犁的缺陷，即冬季人坐其上，四面受风，寒冷无比。此外，这种狗棚车以十犬挽力，其速度远胜于一狗挽力的爬犁。狗棚车既可用于普通的载人运物，如黄獐子部的老酋长班琪妈妈在雪地中发现并救下病危的法吉凌，即是用狗车将其拉回自己的部落的。狗车也可用于部落迁移、狩猎等大规模的运输活动，届时，诸多狗棚车首尾相连，相当壮观，素有“雪龙”之誉：

棚棚相衔，俗誉“雪龙”，乌咧哩，
鞭号如歌，灵犬晓明，乌咧哩，
人呼犬嚣，驶若快风，乌咧哩……②

可以说，黄獐子部的狗棚车匠心独具，颇具特色。

（2）雪鞋，即滑雪板。滑雪板最早并不是作为运动器械出现的，而是北方民族的雪域交通工具。有关滑雪的记载最早见于《北史·室韦列传》：“北室韦……气候最寒，雪深没马……地多积雪，惧陷坑阱，骑木而行。”所谓“骑木而行”，元代人做过这样的解释：木马形如弹弓，长四尺、阔五寸，一左一右，系于两足，激而行之雪中冰上，可以及奔马。按照这种解释，所谓骑木，实际就是乘一种滑雪板。对于狩猎民族来说，滑雪板是人们冬季雪上快速便捷的交通工具，尤适于山林中的冬猎。当猎人发现猎物后，猎人穿上滑雪板很快即能追上猎物，成为猎民们冬猎的得力助手，备受人们的喜爱。

在《乌布西奔妈妈》中，乌布逊部的滑雪技术是由乌布西奔传授的，从而将滑雪的技能神圣化：

乌布西奔神慧天聪，
传教乌布逊冬凿地室，夏栖树屋，

① 萨英额：《吉林外纪》卷八，载《吉林外纪·吉林志略》，吉林文史出版社1986年版，第125页。

② 鲁连坤讲述，富育光译注整理：《乌布西奔妈妈》，吉林人民出版社2007年版，第35页。

习用踏板雪行飞驰……[①]

这种观念与满族萨满教雪祭神话一脉相承。在满族萨满教雪祭神话中，有一位擅长滑雪滑冰的青雕女神萨拉芬。当她降临神坛时，萨满脚穿木制冰鞋，顺冰道滑行，族人足登冰滑子，紧随其后，向青雕女神领教着滑雪滑冰的技巧。[②] 从中可见，滑雪板等雪域交通工具对于北方民族的重要性，也体现了原始萨满教的社会功能。

《乌布西奔妈妈》称滑雪板为“雪鞋”，对其形制、特点和功能有着明确而具体的描述，实为难能可贵：

冬有雪鞋，踏如长板，上缝革履，乌咧哩，
选用海獭、棕熊、野猪毛鬃，乌咧哩，
钉于板下，马不可及，雪中飞如闪电，乌咧哩，
追踪狐兔，如在掌中，乌咧哩，乌咧哩。[③]

总之，《乌布西奔妈妈》中的交通工具与北方民族的交通工具的类型大体一致，但又具有自己的特点，特别是航海交通工具和狗棚车在形制、工艺等方面都独具特色，为研究北方交通史提供了宝贵的资料。

第四节　物候历法

寒暑的变更、四季的交替，周而复始。自然界中动物和植物的生息动止多与这种变化有关，从而形成了特定的生态规律。北方民族在长期的渔猎生产中逐渐观察、摸索出一些与自己生产生活息息相关的动植物生长变化规律，并以此指导生产，逐渐形成了以物候确定年岁、季节的自然物候历。

物候纪年是一种较为粗疏的物候历法，只是一个大概的纪年纪月法。在

① 鲁连坤讲述，富育光译注整理：《乌布西奔妈妈》，吉林人民出版社 2007 年版，第 100 页。

② 参见郭淑云《满族萨满教雪祭探析——兼论原始萨满教的社会功能》，《内蒙古社会科学》1992 年第 5 期。

③ 鲁连坤讲述，富育光译注整理：《乌布西奔妈妈》，吉林人民出版社 2007 年版，第 35 页。

北方民族中产生较早、应用广泛的历法应为物候历法。据《建炎以来朝野杂记》记载："蒙兀……不知岁月，以草青一度为一岁。"据宋人洪皓记载："女真旧绝小，正朔所不及，其民皆不知纪年。问之则曰：我见草青几度矣。盖以草一青为一岁也。"[①] 在物候纪年的基础上，北方民族对季节的判断，也是依物候进行的。这表明寒暑的变化、草木的枯荣、动物生长状态的变化与渔猎、游牧民族的生产生活方式关系密切，最易引起他们的关注。

《乌布西奔妈妈》反映的东海女真人的纪年方法可分为两个阶段。在前乌布西奔时代，"东海自古无年月"，这与宋人洪皓"女真旧不知岁月"[②] 的记载恰相吻合。按照史诗作品，东海女真人最初了解和使用物候历法，受教于神慧天聪的乌布西奔。是她传授族人"以雁阵、达麻哈汛、野花开败记时"。

雁为雁目鸭科，北半球大型水禽。属候鸟，迁徙性极强，每年飞到远离繁殖地的南方固定地点越冬，春天返回故地。此鸟飞行力强，迁徙时排成V形队伍，称雁阵，被视作季节变化的先兆。

达麻哈，也作大马哈鱼，鲑科，是一种洄游性食用鱼。它生在河里，长在海中，主要栖息在北半球的大洋中。每年秋季，成群结队地从外海游向近海，进入江河，涉途几千里，溯江河而上，回到出生地——黑龙江的各支流产卵。第二年春天，它们顺流而下，又游向大海。在海中生长三五年，成熟后又溯水游回江河里繁殖后代。这种春秋两季洄游，即为渔汛期，届时渔船竞相出海作业，捕获甚丰。因与渔猎生产关系至为密切，汛期常被视为纪年的依据。我国赫哲族早有利用大马哈鱼洄游的规律纪年的传统，"不知岁时朔望，问年则数食达莫嘎鱼次数以对"。[③] 这种物候历具有很强的实用性。此外，观察某种野花的花开花落，也是物候纪年的一种常见方法。应该说，史诗中记载的物候历法与我国东北民族的自然物候历基本一致，反映了先民们对自然规律的认识轨迹和北方民俗具有趋同性的一面。

以物候定季节是在物候纪年的基础上形成的。适应渔猎生产的需要，渔猎民族必须对季节的更替有一个大致的判断，使得一年间划分为若干季节成

① 洪皓：《松漠纪闻》，《松漠纪闻·扈从东巡日录·启东录·皇华纪程·边疆叛迹》，吉林文史出版社1986年版，第29页。

② 同上书，第30页。

③ 曹廷杰：《东北边防辑要》，《曹廷杰集》，中华书局1985年版，第116页。

为必要。根据当地的气候条件和生产实践，各民族有着不同的季节概念。至于以何种自然物为依据，各民族各有所遵。敖鲁古雅鄂温克人根据大兴安岭的气候特征和动物的活动规律以及在此基础上积累的狩猎经验，将一年划分为六季，以分别安排打鹿胎、割鹿茸和挡鱼晾子、蹲碱场狩鹿、猎取鹿鞭和晾兽肉、冬猎和停猎等生产活动。[①] 鄂伦春人依据猎鹿生产重心的不同，将一年划分为四季，即鹿胎期、鹿茸期、叫鹿围期、打皮期。赫哲人也以自然物候定四时。朝阳坡的积雪开始融化，即为春天；树叶封门，各种雀鸟都来全了，是为夏季；草木变成五颜十色，树叶凋零，视为秋之始；天降大雪，江河封冻，意味着冬天已来临。[②]

《乌布西奔妈妈》以“柳叶吐芽”和“鲭鱼吐仔”分别作为“初春”和“仲夏”的标志，反映了东海女真人对生物的认知已相当细致，既观察到了特定动植物生长过程中的细微变化，又已将四季中的每个季节进行了细化，并在二者之间建立了联系，应该说这种自然物候季已有较大的进步。

与北方渔猎民族一样，史诗反映的东海女真人的物候历，也是以渔猎生产活动为出发点，带有突出的渔猎文化色彩。如作品对乌布逊部第五次探海活动的时节，以多种生物的生存活动特征为象征加以表达：海中大蟹肥、海中大马哈鱼要洄游、海中群鲸寻偶、海中神龟怀卵、山中紫貂交配、山中熊罴爱恋、山中梅鹿茸熟、山中花木快进入成熟丰满。

《乌布西奔妈妈》对具体时辰的计算，可谓多元并举，如以自然、生物现象来判断，形容早晨为“当早霞染红了乌布逊海边茅蓬，当车奇克小雀报晓第一声唱鸣”；以星辰计时也是最常见的方法，如乌布逊部为古德罕举行的酋长神验时，以星辰的方位表示时间：“当初夜，塔其布离星神升入中天”；乌布西奔海葬仪式的时间，选定在“鼠星报晨黎明前”，即太阳尚未升起时。此外，生活常识也可用以表达时间概念，如以“当鹰粪烽火依离哈达上升腾”表示早晨等。可见东海先民对所在地域生态环境和诸生物的习性、生长规律已有细微观察和较为全面的认识，“蕴含着丰富的生态知识与

① 参见孔繁志《敖鲁古雅的鄂温克人》，天津古籍出版社 1989 年版，第 105 页。

② 参见《赫哲族社会历史调查》，黑龙江朝鲜民族出版社 1987 年版，第 276 页。

生存经验，体现出东海女真民众质朴的科学思维。”①

在乌布西奔时代，东海女真人的物候历法取得了重大进展，即乌布西奔创花鸟鱼纪年，开创了东海女真人崭新的纪年方式，在东海女真人的纪年史上写下了浓墨重彩的一页。乌布西奔的花鸟鱼纪年，系以五种花鸟鱼组合纪年法：

> 卡丹花、吉给花衣尔哈、乌敏衣尔哈、丘根衣尔哈、吐必衣尔哈，红姑鲁车其克、顿布林车其克、丹旦车其克、达民车其克、布苏里车其克，衣寒尼玛哈、阿金尼玛哈、车勒干尼玛哈、布单尼玛哈、塔思尼玛哈。
>
> 卡丹——吉给——乌敏——丘根——吐必——红姑鲁——顿布林——丹旦——达民——布苏里——衣寒——阿金——车勒干——布单——塔思，以“卡丹”为基，依次相连便为当年之名。来年后，“吉给”再与之相连，为第二个五年。“乌敏”为第三个五年，“丘根”为第四个五年，“吐必”为第五个五年。然后，“卡丹”与“红姑鲁”相连，为新的第一个五年（依次类推，计二十五年），再依次与“衣寒”“阿金”、“东勒干”、“布单”、“塔思”相连，又二十五年，七十五年一循环。
>
> 这是乌布西奔创造的纪年结，之前，各部落互不统一，不知年月时日。②

这种纪年实际上是一种较为复杂的纪年法，分别借用花鸟鱼的五种名称，进行有序的排列组合。其中第一排为花名，“衣尔哈”系满语，意为“花”。“卡丹”、“吉给”、“乌敏”、“丘根”、“吐必”皆为满语，是花的名称，与“衣尔哈”组合而成一个完整的花名。“车其克”、“尼玛哈”，亦为满语，意为“鸟”和“鱼”，组词方法同上。

---

① 江帆：《东海女真文化的认知人类学阐释——以满族萨满史诗〈乌布西奔妈妈〉为例》，《满族研究》2009 年第 4 期。

② 鲁连坤讲述，富育光译注整理：《乌布西奔妈妈》，吉林人民出版社 2007 年版，第 102 页。上引文系 2006 年笔者协助富育光先生修订《乌布西奔妈妈》文本的修订稿，相关讨论也是据此进行的。在本书付梓前核对正式出版的史诗文本时，笔者发现二者有所不同，特向整理者富育光先生求教。他经认真对比、核查，认为原整理文本正确，故此处引文与出版文本不尽一致，特此说明。

史诗对乌布西奔纪年的方法已有明确的交代，即以花、鸟、鱼为纪年，五种花、五种鸟、五种鱼分别排列，互为首尾，每一类纪年为25年，一个循环是75年。我们以花纪年为例予以说明，并组合成具体的纪年名：

卡丹、卡丹吉给、卡丹乌敏、卡丹丘根、卡丹吐必
吉给花、吉给卡丹、吉给乌敏、吉给丘根、吉给吐必
乌敏、乌敏卡丹、乌敏吉给、乌敏丘根、乌敏吐必
丘根、丘根卡丹、丘根给花、丘根乌敏、丘根乌敏吐必
吐必、吐必卡丹、吐必吉给、吐必乌敏、吐必丘根

鸟纪、鱼纪的年份名称排序也依次规则。①

“花鸟鱼纪年”虽非真正意义上的物候纪年，但它应与物候纪年有着直接的关系，是在“以雁阵、达麻哈汛、野花开败记时”的物候纪年法的基础上形成的。追溯至“花鸟鱼纪年”的渊源，应与人们在长期观察的基础上，认识到上述五种花鸟鱼的自然生长状态与气候的变化有关，并在二者之间建立了联系，在此基础上形成新的纪年法。可以说，从“雁、达麻哈和野花”到“花鸟鱼”的演变，反映了东海女真先民由具象思维向抽象思维发展的轨迹。因上述十五种花鸟鱼多已无从考究，因此，对“花鸟鱼纪年”的应用方法和科学价值还有待于未来的深入研究。

① 《乌布西奔妈妈》中的花鸟鱼纪年有“卡丹丹旦阿尼亚”、（乌布西奔三年）、卡丹达氏阿尼亚（乌布西奔四年）等应用，计50年。

第八章
《乌布西奔妈妈》与航海活动

航海逐日是乌布西奔晚年倾心致力的一项伟大事业，虔诚的宗教信仰和心中的梦想是她举部落之力，五次航海的原动力。史诗以大量的篇幅，饱蘸深情地记述了乌布西奔组织进行的五次航海活动，成为这部史诗中颇为引人注目和扣人心弦的一部分内容。考察《乌布西奔妈妈》的航海活动，不仅有助于我们了解东海女真人的海上活动及对外交往、航海技术和造船业的情况，而且有助于对日本海及北太平洋自然地理、物产、洋流等方面的认识，“由于这些内容多可以与现代科学著作的记载相互印证”，“向我们揭示了东北亚和北太平洋地区作为一个整体在世界地理上的特殊位置。”[①] 使得这部作品具有独特的地域文化认知价值。

《乌布西奔妈妈》记载了乌布逊部五次航海的历程。他们历尽艰辛，屡败不挫，即使献出生命，亦矢志不渝，表现了东海女真人不屈不挠的品格，彰显了海洋渔猎民族开放的胸怀和开拓进取的精神。“大海浩瀚无垠、漫无边际，当人类在大海上航行的时候，常常会因为大海之无限而引发自身之无限的联想，这便给予了人类超越有限的勇气和力量……船这种工具的发明，是人类胆识和智慧的最大光荣。”[②]《乌布西奔妈妈》中东海女真乌布逊部的五次航海实践，以感人的故事情节，虔诚的信仰诠释了海洋渔猎民族的性格特征和精神追求。

中国古代的史料记载和俄罗斯滨海地区大量的考古发现证明，世居日本

① 戴光宇：《史诗〈乌布西奔妈妈〉和满族古代的航海》，载郭淑云主编《萨满文化研究》第2辑，吉林大学出版社2009年版，第118页。

② ［德］黑格尔：《黑格尔历史哲学》，九州出版社2011年版，第210页。

海西海岸的我国肃慎系先民很早即开拓了日本海海域。汹涌澎湃、气象万千的日本海，不仅为他们提供了丰厚的衣食之源，而且陶冶了他们的情操，磨炼了他们的胆识和意志。他们对大海怀有深厚的感情，奉为神灵。在满族萨满教神系中，东海女神——德里给奥姆妈妈被奉为东方光明与水的生命母神，她使用的神鼓为椭圆形，手舞七色彩条，口喷洁水……东海女神为鱼头女人身体的女性人神。[①] 在《乌布西奔妈妈》中，东海被奉为“妈妈的海”、“生命的海”，表达了东海女真人对东海一往情深。《乌布西奔妈妈》记述的东海女真人的航海活动，既突出地表现了东海女真人的太阳崇拜和大海崇拜观念，反映了先民们世代探索海洋，开拓日本海海域的愿望，折射了他们的海上活动轨迹，积淀了丰富的海洋知识与生存经验。

第一节　航海缘由

日本海，古称鲸海。《元一统志》记载：开元路“南镇长白之山，北浸鲸川之海”。元人宋无《赠日本僧》诗中，有“飞锡鲸海静，不渡蜃楼空”句，所提“鲸川之海”、“鲸海”即指今日本海。古代冠以“鲸”字者，指产于鱼乡之国。如“鲸尺”、“鲸箸”，即日本尺、日本筷子。东北民间相沿成俗称日本海为“东海”，皆缘日本海在满族先世所居之地的东方之故。

我国古代东北东部疆域是与日本海相连的。亘古以来，满族先世肃慎、挹娄、勿吉、靺鞨、女真人中，都有一些氏族部落栖息于日本海西海岸，即今俄罗斯滨海地区。这方面的记载不绝史乘：“挹娄，古肃慎之国也。在夫余东北千余里，东滨大海，南与北沃沮接，不知其北所极。”[②] 这里提及的“海”、“大海”即日本海。在漫长的历史进程中，满族先世与东海有着极为密切的生产生活联系。生活在东北的满族众姓中，不少姓氏的祖先便是东海滨的土著居民。满族与东海的隔绝，仅仅是近代才出现的现实状况。[③]

满族滨海而居的先民世代热衷于航海，不仅在渤海时期有大规模的官方

① 富育光：《萨满教与神话》，辽宁大学出版社1990年版，第97页。

② 范晔：《后汉书》卷115《东夷列传》。

③ 富育光、郭淑云：《鲸海文化初探》，载贾蕙萱、沈仁安主编《中日民俗的异同和交流——中日民俗比较研究学术讨论会论文集》，北京大学出版社1993年版，第242页。

航海行动，民间东渡日本海的探险活动也从未间断。根据《乌布西奔妈妈》提供的信息，结合东海女真人后裔库雅喇氏、那木都鲁氏、尼玛察氏、曷舍列氏、伊尔根觉罗氏、舒木氏等保留下来的海祭神话、残存的海祭神谕和在吉林省珲春、黑龙江省东宁流传至今的古歌谣、民间传说，得以管窥满族先民航海活动的历史缘由。

一 萨满教虔诚信仰激发了东海女真人的航海热情

满族先民对东海的崇拜与太阳崇拜及方位观密切相关。满族及其先世女真人自古信仰萨满教。对东海先民而言，喷薄欲出的红日从海中冉冉升起，给人们带来七色阳光，这使先民们感到极为神秘，从而产生了对太阳、东方和大海的崇拜，视东海为神圣母亲海。在满族先世东海女真人特有的海祭仪式中，就有驾方舟入海，祈请红日，参拜太阳的程式。舟筏在海上不分昼夜，几经月升月落，走得越远越吉祥。在满族先世渔猎时代，基于太阳从东方升起，给人类带来光明和温暖，体现在方位观上即形成了崇东习俗，东方被奉为尊位，神匣也挂在东方。近世以来，满族尚西习俗的形成是农耕文化的产物。

《乌布西奔妈妈》对东海女真人的太阳崇拜以及由此激发的探海热望，给予生动形象、淋漓尽致的表达。在乌布西奔和乌布逊先民的眼中，太阳总是从东方的日本海海平线上升起，无论是登上山峰观看，还是驶入大海寻找，太阳总是深藏海中，东升西移，亘古不变，这使得乌布西奔及其族众坚信，太阳神必居海中，探访海中的太阳之宫，成为他们探海的主要动因。在乌布逊部的五次航海中，这一动因始终是激励他们克服一切困难，孜孜以求的原动力。史诗多次以乌布西奔的口吻，表达了她对探寻太阳之宫的向往和痴迷，朝思暮想，寝食难安：

大地之光，万物之母呵，
——“舜莫林”[①] 额姆，

① 舜莫林：满语，意为“日马”，满族先世女真人远古创世神话中的太阳神。据传，人类靠舜莫林，才有了永恒的光明和温暖，有了她的朝夕奔跑，才分出春夏秋冬，寒暑潮汐，故把太阳比喻成一匹奔驰的烈马。

久盼得知您初升何方圣地?
东方的太阳呵,
总是从东海中见你。[①]

为了探寻太阳的出升之地，乌布西奔曾虔诚地乘筏入海，击鼓请神，请求神威无敌的天神阿布卡授予神意；曾离筏登岸，在锡霍特阿林之巅驾起高高的楼宇，只见太阳之宫依然陡现于大海彼岸的角隅。这激起了乌布西奔无尽的想象和探寻太阳之宫的求知欲望与坚定信念。她曾对即将踏上探海征程的众弟子和船员们表达她的志向，以鼓励他们克服一切困难，踏海远征，实现她的理想：

我自幼夙愿,
踏遍东海波涛,
寻访太阳神圣土。
我数载憧憬
天落石的母源,
搜求东海宝石沃土。
海神护佑我们,
送来今日的幸会。
太阳神的恩赐,
引来了东海故土使者。
你们顺着他的路线,
不怕前途虎豹成群。
你们踏着他的足迹,
不怕骇浪千丈涌。
进入神奇的东海,
寻找海中乐园。[②]

① 鲁连坤讲述，富育光译注整理：《乌布西奔妈妈》，吉林人民出版社2007年版，第123页。
② 同上书，第160页。

这种虔诚的宗教情感，化作乌布西奔矢志不渝的信念和行动，直至她生命的最后时刻。乌布西奔第五次踏海远征，当船队到达北海时，乌布西奔在侍女的陪伴下，站在槽船瞭望台上数日目不转睛地盯着东方，当她看见一轮红日从东方升起时，她仿佛找到了太阳之宫，多年的心愿得遂，支撑她抱病探海的愿望得到满足，她也了无遗憾地离开了人间：

女罕兴高采烈临高眺望东海，
太阳升起，冰上白熊披红衫。
乌布西奔招手问安：
“活绰勒夫啊，沙延，沙延！”[①]
她却突然重病，昏厥软瘫，
倒卧舱楼，吁喘流涎。[②]

满族先民对东海的崇拜，还源自东海是他们生命的摇篮。世代滨海而居，使他们对大海怀有无限炽热的情感，寄予深切的生存渴望，将大海视为母亲海。据《东海舆地》载：“东海，系学称，满人故名‘安班奥莫莫’（大湖）、‘阿夫开母克’（天水）‘妈妈奥姆’（娘娘海）、‘舜衣木克’（太阳的水）、‘图门巴扬鄂母革’（万魂之水）等称谓。”[③] 从这些称谓可以看出，满族先民对赖以生存的东海充满了深沉的感情。在东宁地区流传的一首古歌，即生动地表达了满族先民对大海的崇拜之情：

嘿，嘿哝，嘿哝哝
跪向托里一样光闪闪的海啊，
跪向蚌片一样光亮亮的海啊，
跪向月亮一样白光光的海啊，

① 活绰勒夫：满语，意为：俊美的熊。
② 鲁连坤讲述，富育光译注整理：《乌布西奔妈妈》，吉林人民出版社2007年版，第187—188页。
③ 富有光搜集整理：《东海舆地》（手抄本）。

给神母海妈妈漂去三只肥胖的鹿，
给神母水妈妈送去三只长牙的野猪，
安吉岛上的阿哥、阿玛们呀，
朝着金色的夜路撒下牛鱼网吧……①

古歌将东海奉为“神母海”，与《乌布西奔妈妈》的东海崇拜观念一脉相承。史诗开篇即讲述了东海形成神话，对东海的富饶予以神话的解答：

鲜花为什么开？
是有太阳的光照；
百树为什么繁绿？
是有地水的滋育；
东海为什么浩阔？
是天母梳妆召来的百源；
鱼群为什么旺游？
是天母运化的生机。②

这种宗教的虔诚和情感激发了满族先民东海女真人的航海激情。《乌布西奔妈妈》以艺术表现形式，将其升华为乌布逊部五次航海的原动力和乌布西奔一生的理想。

二　长期的渔猎生产活动是东海女真人航海的动力

如果说萨满教信仰为满族先民的航海活动提供了精神动力的话，那么海洋渔猎生产则是他们航海实践的经济动力。事实上，海洋渔猎民族最初与大海接触主要是为了渔猎生计，贸易和外交方面的海上交往则较为晚近。诚如《乌布西奔妈妈》所表述：“罕呵，东海吉祥热土，住着太阳的儿女子孙，

① 富育光：《萨满教与神话》，辽宁大学出版社 1990 年版，第 119 页。古歌由富育光于 1981 年采自黑龙江省东宁县刘淑琴老人。

② 鲁连坤讲述，富育光译注整理：《乌布西奔妈妈》，吉林人民出版社 2007 年版，第 7 页。

万里同是靠海捕鱼人。”[①] 海洋渔猎生产始终是东海先民的主要生计方式。东海丰富的渔猎资源，为他们提供了主要衣食之源，鱼骨架屋，鱼肉为食，鱼皮做衣，鱼鳔制胶，并运往内地入贡中原王朝。人们尤向往到远海捕猎大海鱼和海兽；到海岛中采集海参、海藻。在东海渔歌中，有不少关于收割海藻、采集海参的歌谣，反映了满族先民世世代代在东海地域的创业与开拓，如流传于珲春一带的《我阿玛回来了》，就很有特色：

海参崴，
大海滨，
阿玛前去叉海参。
海参黑，
海参大，
我的阿玛不害怕。
大海浪，
像座墙，
阿玛骑着下南洋。[②]

这里的“南洋”是指海参崴南部，恰是日本海。可见，开辟生命之源，攫取衣食之利是东海先民世代涉海远航的主要动因。

《乌布西奔妈妈》着力渲染乌布逊部航海的宗教动因，对海洋渔猎生产未作详细交代，但文本中也透露了诸多相关信息，作品中先后出现海豹、海狗、山魈、海狮、海象、海豚、鲸（含灰鲸、白鲸、抹香鲸）、海獭、海狸和海鲤鼠等十余种海洋哺乳动物，在乌布逊诸部的宗教与社会生活中发挥着多重功能。如“闯海，拧筏，罟搏海豹、海鲸、海狮”[③] 的海猎方式；从远海捕来多种海兽—海狮、海象、海豹、白鲸、抹香鲸、灰鲸、鳟鱼、鲑鱼、比目鱼、海花鱼、胡瓜鱼、狼鱼、鳔鱼，作为祭祀仪式的牺牲；乌布西奔女

① 鲁连坤讲述，富育光译注整理：《乌布西奔妈妈》，吉林人民出版社 2007 年版，第 139 页。
② 《吉林省民间文学集成延边歌谣卷》，延边民间文学集成编委会 1987 年编印，第 320—321 页。
③ 鲁连坤讲述，富育光译注整理：《乌布西奔妈妈》，吉林人民出版社 2007 年版，第 31 页。

罕三十九年，乌布逊部与建立联盟的辉罕、彻沐肯、珠鲁罕等部落举行隆重的清秋火祭仪式，祭坛上供奉海鱼骨的神案子，海象骨的神香碗子，海狮骨的神筷子，海螺骨的神盘子，海豹牙的神凳子，海狗牙的神刀子，海蟒牙的神矛子，海鲸牙的神号子；[①] 乌布勒恩女萨满为即将亲自远征的乌布西奔制作了一件"光彩夺目，价值连城"的萨满服，"用了九百九十九块东海彩石，磨成的珠穗披罩，用了九百九十九颗九彩海贝，镶嵌的八宝彩绦，用了九百九十九根海鲸髯须，编成云水星光条，用海葵、海莲叶剪出千幅花卉贴成的巴图鲁绣带围腰……"[②] 乌布西奔病逝在海上，覆盖在她身上的是海象皮、海蟒皮、鱼睛珠百颗和鲸鱼皮，每张海兽皮都有特定的象征意义，旨在护佑乌布西奔的身体与灵魂安然无恙。不难看出，东海海洋生物在乌布逊部及其他沿海部落的宗教生活和社会生活中发挥着重要作用。

三　赴日本列岛采集珍稀药材，也是东海先民热衷于航海的原因之一

日本海盛产一些特殊的草药，是满族先世渔猎工具弩矢和箭头施毒的原料，也是他们治病除疾的良药和向外出售的珍贵药材。据《两世罕王传》传讲："东海众岛中盛产众药，传比内陆药性浓烈奏效，岛中多栖蛇怪，土民冒死而觅之，除自用于族亲外，更市于南明。"《两世罕王传》记载了诸种草药及其药性、生长规律、采集办法。其中一种称"还魂草"的草药，"专生于岛中海滨，十日生于水，十日露出水面，忽隐忽现，得阴阳之气，有起死回生之功。"

可以想象，在医疗条件极为低下的古代，人们患疾染病，必然求之于野生草药，并不顾生死，涉海寻觅。东海故事《老哥俩》讲述的就是满族先民到日本岛采药的故事："东海滨一个古老的部落，一日，族中老穆昆病重，人事不省，众人痛哭不止。女大萨满跳神祈祷，请下了祖神德德瞒尼（鹰神），告诉族众，快去东海中大太阳岛采来黑乌草药，熬水，喝下去便能立即生效，还可驱除要传来的天花瘟疫。大海茫茫，青壮年都去赶海了，族中只剩下老幼妇女，这时，年过八旬的图尔滨、图尔金老哥俩自告奋勇，渡海

① 鲁连坤讲述，富育光译注整理：《乌布西奔妈妈》，吉林人民出版社2007年版，第117—118页。
② 同上书，第139—140页。

采药，宁死不辞。在全族的跪拜中，老哥俩登上独木小威呼，钻入黑茫茫的大海中。在一条大鲨鱼的帮助下，没用一宿的工夫，采回了草药，救活了老穆昆。从此，这个部落在萨满祭中，又多了一位尊神——海鱼瞒爷。”①

满族先民到东海采药带有一定的普遍性。满族先民善使用毒箭射猎。史载：挹娄人善使弓矢，“弓长四尺，力如弩；矢用楛，长一尺八寸；青石为镞，镞皆施毒，中人即死”。② 靺鞨人每年常于7月份造毒药敷矢。苏联历史学家沙夫库诺夫认为：“造药的时间和方法说明，毒药来源于植物，很有可能是用日本乌头或白附子根制成的。”③

据《本草纲目》，“草乌头取汁，晒为毒药，射禽兽，故有射罔之称。后魏书言辽东塞外秋，收乌头为毒药，射禽兽……敷药射人即死者，皆此乌头。”④ 其实，这种草药在中国东北诸山地中俯拾即是，生长繁盛，但人们更相信海岛中草乌头药性最猛烈。据载：“草乌（乌头），俗言‘岛中黑乌烈毒’。乌头生长喜盐水地质，且喜静生，大忌闹地，凡此类地之乌头毒小不猛，杀兽麻麻而已。家传不知多少世代，倭地北界乌头最烈，常械斗而还……传杲（满族民族英雄王杲）造箭用乌吉海中草乌，倭北界岛民亦有祈祀查麻”。⑤

在《乌布西奔妈妈》中，乌布逊的船队曾到达一个名叫窝尔浑的岛屿。该岛即盛产一种紫花根白乌头，有剧毒，“东海人自古涉海来岛采药”，窝尔浑岛盛产的紫花根白乌头远近闻名，东海先民自古沿袭至该岛采集乌头煨箭的传统，为“乌头箭”。所谓乌头箭，即东海先民祖传药箭，有长期的传袭工艺，采东海乌头草根毒汁润箭。箭分三级，即致人迷醉、致人溃痈伤亡、致人迅毙三类毒箭，威力不可敌，名传遐迩。此箭既可用于杀兽，又可用于战斗制敌。乌布逊老酋长南罗锦即因遭乌头箭穿身而亡，她的侍女、爱

---

① 富育光、郭淑云：《鲸海文化初探》，载贾蕙萱、沈仁安主编《中日民俗的异同和交流——中日民俗比较研究学术讨论会论文集》，北京大学出版社1993年版，第256页，传说由珲春马滴达乡敬老院陈洪举老人讲述。

② 范晔：《后汉书》卷85《东夷列传》。

③ ［苏］Э. В. 沙夫库诺夫：《渤海圈及其文化遗存》，中国社会科学院民族所历史室《民族史译文集》13期，1985年版，第30页。

④ 李时珍：《本草纲目》《草部》卷17，第2册，人民卫生出版社1977年版，第1177页。

⑤ 富育光搜集整理：《东海舆地》（手抄本）。

犬也因中毒箭而死。发明这种乌头箭，即可提高渔猎生产的效益，又可提高战斗力，对于渔猎民族而言至关重要。女真先民熟知日本海中哪些岛盛产何种草药，哪些岛有何种野兽出没，不能不说是满族先民世代用生命和鲜血换来的经验总结，也是他们世代探索海洋秘密，开发和利用海洋资源的重要成果。这无疑成为满族先世舍生忘死，渡海远行的又一重要原因。

第二节　航海活动

探海远征，寻找太阳之宫，是《乌布西奔妈妈》中最具理想主义和英雄主义韵味的情节，作品将探海活动的动因锁定在找寻太阳出升之地，以求“让太阳神长留乌布逊，亲迎舜莫林——太阳神”，[①] 又使其带有浓重的萨满教信仰色彩。五次航海活动集中地体现了东海女真先民卓异的想象力和开拓、探险的精神，表现了他们对未知世界求索的强烈欲望，同时也反映了东海先民对航海技术及海洋规律的认识水平，展示了日本海流域古代海洋渔猎民族海上交通的盛况。

乌布西奔久怀探海的梦想，但至晚年得以实现。这一时期，她基本上完成了东海诸部统一大业，乌布逊部各项事业处于一个和平发展阶段，为航海活动提供了难得的时机。但具体的契机得益于她的心爱男侍——来自太阳初升的东海中的琪尔扬考。他在一次乘筏捕鱼时遭遇海浪的冲击，木筏被毁，人事不省，被海潮冲到乌布逊，为众女所救。他广闻博识，谙熟大海的奥妙，常向乌布西奔讲述海外的风土人情、迷人风景，激发了乌布西奔内心深处寻找太阳迷宫的激情和期望。同时，他精通海情和航海的相关技术，帮助乌布西奔及其族众认海流，识海性，并建议乌布西奔特造驾海皮筏，训“木陈扎卡”、[②] “朱噜扎卡”[③] 神兵，为乌布西奔的航海事业提供了技术支持。这对于此前对日本海水性不甚熟悉的乌布逊部来说至关重要。

为了探寻太阳出升的奥秘，也为了平抚琪尔扬考的思乡之情，乌布西奔

① 鲁连坤讲述，富育光译注整理：《乌布西奔妈妈》，吉林人民出版社2007年版，第139页。
② 木陈扎卡：东海女真人早年使用的木制盆形海船，凭海潮行驶近海盆船。
③ 朱噜扎卡：东海女真人早年使用的大型木质双舟合体单层深海鱼船，俗称“双船”。

决定将她多年的理想付诸实践。她前后用了十余年的时间，组织五次航海活动，每次的路线、规模、所用交通工具、结果都不尽相同。

第一次探海活动由琪尔扬考为水手和领队，由乌布西奔派出自己最贴身的两位女萨满突其肯、突其奔，另挑两名精通水性的壮男，组成一支精干的五人小组，乘坐熊皮筏子，巧借寒流逆海北上，抵达东海安班岛时遇海盗全部遇难。

第二次探海活动在第一次探海失事后进行，乌布西奔经占卜得悉船员失事，她焦虑万分，“心急如焚”，举行了为期十天的谢海大祭，以祈求东海女真保佑失踪船员安全返回乌布逊部，为即将出发的探海者壮声威，慰征人，为继续她的探海理想造势，并提供精神支持。此次航海规模空前，专请名匠特制了15条大型木船，船上各种设备齐全，由两位专门的水师达塔龙、达塔马负责掌舵，有九百名训练有素、技艺高超的驾船手负责摇桨。海祭后，乌布西奔亲率船队浩浩荡荡出发了，首先到达鹅脖子礁的扶尼部，受到扶尼部酋长套洛甘玛发父女的热情接待。该部较乌布逊部离东海更近，渔猎捕捞是他们的主要生计方式，因此对东海区域气象、海流变化情况更为熟悉，给乌布西奔提出许多建议。乌布逊的船队在扶尼部落稍事休整，增补供给后，便向东进发。遇火山爆发，被巨浪“卷入连环岛群的西海滨”。船队筏船陷入迷雾中，乌布西奔女罕和众随从，数日因海浪漂摇，个个昏迷，四肢乏力，如重病在身，最后被迫返航。

七年后，乌布西奔组织了第三次探海活动。经过第二次航海的失利，乌布西奔深深地认识到：“小鸥要远翔，必须练好韧性；小鱼要远游，必须学好水性；岸上雄鹰要征服海涛，必须有叱咤风云本领。”[1] 于是，用了七年的时间组织水师，刻苦训练，熟悉水性，为航海活动做了多方面的技术准备。经过七年的精心准备，天赐航海良机：海浪将在海上遭遇海难的外海野人漂至乌布逊。虽然乌布逊人和外海野人彼此语言不通，但乌布逊人的热情，使他一见如故，乌布逊人的诚意，使他深受感动，他主动向乌布逊人展示了被海上人奉为神明的天落宝石，并诚挚地将宝石献给乌布西奔。得此野人和宝石，再次激起乌布西奔探海的热望，遂依野人的建议，根据东海海流

① 鲁连坤讲述，富育光译注整理：《乌布西奔妈妈》，吉林人民出版社2007年版，第146页。

的特殊规律，特制了适于日本海航行的圆形木盆船。在祭祀的神鼓声中，乌布逊部开始了第三次探海征程。在波涛汹涌的大海上，野人拿出天落宝石用光亮探测方向时，不慎将神石落入海中，航船失去了方向。船员们又不幸被一群海盗掠至一个母权部落被收留为新成员，多日后，他们逃出，并设法坐瓢船顺海流、借海风回到了乌布逊落。”

第四次探海活动由女萨满都尔根、达塔龙为统领，野人“嘎憨”为谋士，另选造饭人四名、护水人两名、驯鸽人两名、摇舟工十名，共 21 人。乌布西奔还安排将嘎憨带来的五颗天落宝石，镶嵌在槽舟的四周，以便为夜航的船队指引航向。船队在海上航行 10 天后，突遭海上风暴，都尔根大萨满忙于指挥向部落放飞信息鸟报信，被突然涌过来的海浪卷入海底，葬身东海。槽船完全破碎，饮水、肉糜等干粮亦被海浪冲光。船队被海浪冲到一个陌生的岛屿——窝尔浑岛，受到岛上土著居民的盛情款待。船员在该岛休整、待命，达塔龙、嘎憨历经四个昼夜，游回乌布逊，向乌布西奔禀报。乌布西奔嘱咐他们力争窝尔浑土民的相助，继续向东寻找太阳升起的地方。窝尔浑岛的首领伯单、苦杰夫妇选派精通海道海情的舵手为船队的向导，指挥船队顺应日本海的洄流，沿西海岸北行，划向苦兀大海，来到火山中硫烟弥漫的百里岛群，因不堪毒气袭人，自此返回。

乌布西奔女罕五十年，乌布西奔已人至暮年，她力排众议，亲自挂帅，抱病率船队开始了第五次探海活动。船队出发的时间选择为初夏时节。经过前四次的航海活动，乌布逊部已积累了丰富的航海经验。选择这个季节，是因为他们已了解此时正是“鞑靼寒流南下海水不冷不温，岩杵暖流北上海水不猛不涌，风浪再狂，海中生存最佳时分”。[①] 船队仍由达塔龙和嘎憨两位海事通掌管，规制随人亦一应前次。乌布西奔第五次航海时间最长，走过的路线最远，槽船队北上途经伊曼上源流瀑、苦兀、鞑靼，北溟劳坎……近抵北海。[②]

伊曼、苦兀、鞑靼，北溟劳坎，均为第五次航海经过的地方。伊曼河是一支发源于俄境锡霍特山脉北段莽林之中的湍急大河，由东向西，穿峡谷，

① 鲁连坤讲述，富育光译注整理：《乌布西奔妈妈》，吉林人民出版社 2007 年版，第 185 页。
② 同上书，第 187 页。

越平原，注入乌苏里江中，其河口恰好对着对岸的我国鸡西市虎头镇。苦兀，明代对库页岛上土著民族的称谓。苦兀亦为地名，指库页岛。最终到达地北海，即鄂霍次克海，位于东海女真人的北部，故称北海。

第五次探海途中，当船抵北海时，乌布西奔积劳成疾，病逝于探海途中。随行的徒弟们遵其遗嘱，快速返回部落。

表 4 **乌布逊部航海一览表**

次序	统帅	水手	人数	工具	船数	到达地	结局
1	突其肯、突其奔	琪尔扬考	5	筏	1	安班岛	遭遇海盗遇难
2	乌布西奔	达塔龙、达塔马	九百余人	大木船	15	鹅脖子礁、连环岛	遇火山返回
3	/	东海野人	不详	盆船	5	绿色小岛	被海盗掠为奴，后归
4	都尔根、达塔龙	达塔龙、嘎憨	21	大槽船	5	窝尔浑岛、苦兀海、百里岛群	被迫返回
5	乌布西奔	嘎憨	同上	同上	同上	苏昌、伊曼，上源流瀑、苦兀、鞑靼，北溟劳坎、北海	乌布西奔病逝海上，返回

以上对乌布逊部的五次探海活动作一简要梳理，以便于我们对东海女真人的航海及相关问题进行深入的探讨。

第三节　主要成果

历时数年、规模浩大的航海逐日活动无疑是乌布逊部历史性的壮举，也为《乌布西奔妈妈》写下了浓墨重彩的一页。在造船技术不甚发达的早期渔猎经济时代，东海先民不畏艰险，屡败不辍，不惜牺牲生命去践行理想的精神，令人可歌可泣。

五次航海的原动力是东海先民世代虔诚信仰的萨满教及其突出的太阳崇拜观念。如果从他们航海的最初寻找太阳升起之地的动因和目标来看，五次航海活动无疑是失败的，而且注定是失败的。但东海先民探海实践折射了东北亚海洋渔猎民族早期航海的历程，提供了一些值得参证的资料，对于揭示东海女真人的民族精神、渔猎生活、宗教信仰与对外关系，也有不可多得的价值。就乌布逊部而言，也取得了巨大的成果，实现了主要依托江河为生计的渔猎部落向海洋渔猎部落的转变。

1. 发现了若干岛屿和部落，促进了东海先民与海外异族的友好交往和经济文化交流。

人类对未知世界的探索是永无止境的。正是这种探索精神使人类的活动空间不断扩大。《乌布西奔妈妈》通过五次航海，不断开拓日本海及邻近海域，发现一些岛屿和生活其上的原始部落及其奇风异俗，与其中一些异族人建立了友好往来。

在第二次探海中，船队到达扶尼部落。该部风俗独特，男女皆披发裸体，女以羽遮体，男以皮系腰。擅长一种独特的歌舞，“舞似鼬歌长啸”。[1] 扶尼部落因地处海岛，是一个典型的海洋捕鱼部落，食唯鱼虾，病则嚼虫。体现了海洋民族的典型性：勇敢、豪爽、热情，谙熟海洋规律和航海技术。乌布逊部船队顺利抵达鹅脖子礁，即得益于其首领套洛甘玛发的帮助，船队到达扶尼部时，民众欢欣雀跃，给予热情接待和航海技术指导。

为了回报扶尼部的帮助，乌布西奔给扶尼部带来了乌拉部蒸好的面食和与乌拉国交换来的谷种，并留下专人向他们传授，增进了彼此的了解和感情：

乌布西奔女罕下船，
喜见套洛甘玛发小女
——扶尼女茜霄霄。
乌布西奔
送给霄霄蒸好的额芬和谷种。
扶尼历来喜渔猎捕捞，
谷种是稀世之宝。
乌布西奔唤人留住，

① 鲁连坤讲述，富育光译注整理：《乌布西奔妈妈》，吉林人民出版社 2007 年版，第 140 页。

就地传授泡籽栽苗。[1]

在第四次和第五次探海活动中，船队来到窝尔浑岛。该岛物产丰富，森林蔽日：

擎天的松、桦、榆树古林，
有十搂之粗，绿茫茫，
苍翠一望无边。
熊、狼、鹿、兔到处可见，
是座美丽的海上绿园。[2]

窝尔浑居民与乌布逊部民语言不通，只能用舞蹈动作相互交流，该部居民体征鲜明，男女身皆长毛，风俗特异。窝尔浑人心地善良，热情好客。当遭遇海难，食品尽绝的乌布逊船员漂至该岛，窝尔浑人为他们送来野米谷、干肉、野菜、野谷种。

为了与窝尔浑岛建立友好往来，在航海活动上得到他们的帮助，乌布西奔给他们送来了乌拉国的珍宝和金银饰物。扶尼部和窝尔浑部的酋长们则先后派熟悉海情的族人为乌布逊部的船队担任向导和舵手，给乌布逊部以实际的帮助，也使乌布逊的船员们在实践中学到了许多航海知识和东海诸岛土著居民世代积累和总结的对日本海的认识。在这个过程中，乌布逊部与他们建立了亲密友好的关系，扩大了乌布逊部的影响，使部落联盟的范围扩大到日本海诸岛屿。

乌布逊部航海过程中还发现一些风俗各异的岛屿，但他们对海上往来者并不友好，乌布逊船队也因此而罹难。位于东海的安班岛“海盗如蚁”，恃强凌弱，掠夺过往船只，琪尔扬考率船队第一次航行抵此，即遭遇海盗而全部遇难。第三次航行时，船队被一群水鬼掠至一个绿色小岛。岛上居民个个长发披身，袒胸露肌，唯腰间鱼皮围捆。男女皆佩环饰，“耳有双环，鼻有

① 鲁连坤讲述，富育光译注整理：《乌布西奔妈妈》，吉林人民出版社 2007 年版，第 140—141 页。
② 同上书，第 174 页。

银环，腕有白环，足有白环”。[1] 该部以女性为尊，由女罕管理，对海上往来者掠至该岛，被接受为新成员，中断了航海的行程。

关于东海诸岛居民的风俗，古代文献也有记载。据《三国志·东夷传·沃沮》载：“王硕别遣追讨宫，穷其（北沃沮）东界。问其耆老：‘海东复有人不?’耆老言：‘国人尝乘船捕鱼，遭风见吹数十日，东得一岛，上有人，言语不相晓，其俗尝以十月取童女沉海。’又言‘一国亦在海中，纯女无男’又说得一布衣，从海中浮出，其身如中国人衣，其两袖长三丈；又得一破船，随波出在海岸边，有一人，项中复有面，生得之，与语，不相通，不食而死。其域皆在沃沮东大海中。”

有学者研究，北沃沮在今绥芬河流域，其海东之岛只能是今库页岛南部及日本北海道岛。[2]

关于窝尔浑岛长毛人的族属或史诗作品的依据问题，笔者无意考证，也不主张对史诗进行历史考证。但我们在解读《乌布西奔妈妈》时，也有窝尔浑岛民与阿伊努人生活习俗相近之感，主要表现在以下几方面：

1. 以毛长为主要体貌特征

窝尔浑人男女皆长毛，并以此为荣，以无毛为怪，耻笑外海人无毛，认为不可思议，形成了体貌特征上的审美价值取向。中国文献中多次提到毛人国。史载：“日本……东北隅隔以大山，山外即毛人国”。[3]《新唐书》还载唐高宗时，“使者与虾夷人偕朝。虾夷亦居海岛中，其使者须长四尺许，珥箭于首，令人戴瓠立数十步，射无不中。”[4] 虾夷，北海道旧称，原住民阿伊努人也因此被称为虾夷族。《新唐书·日本传》所提及的虾夷人应指阿伊努人。

2. 能歌善舞

窝尔浑岛民个个擅长歌舞，舞蹈形式以集体舞为主：

篝火熊熊，
主人们围起篝火纵情欢舞。

---

① 鲁连坤讲述，富育光译注整理：《乌布西奔妈妈》，吉林人民出版社 2007 年版，第 164 页。
② 孙进己：《东北亚研究——东北亚民族史论研究》，中州古籍出版社 1994 年版，第 134 页。
③ 脱脱：《宋史》《列传》250《外国》七。
④ 欧阳修、宋祁：《新唐书》卷 220《列传》145《东夷》。

男人女人，老老少少，
都是舞手，
能歌善舞。[①]

阿伊努人也是一个能歌善舞的民族。在阿伊努人看来，舞蹈是敬谢神灵、娱神娱人的一种方式，在他们的生活中占有重要的地位。阿伊努人舞蹈种类很多，既有宗教仪式舞，又有以狩猎采集对象的动物和植物为主题的舞蹈，许多舞蹈为群体舞，具有突出的自娱性。如送熊灵仪式上，欢宴聚会常常持续至深夜，至高潮，所有参祭族众围成一圈跳起欢快的舞蹈，随着人数的增加，圈也越来越大，群情激昂，酣畅淋漓。

3. 盛产剧毒植物，擅制毒箭

窝尔浑岛盛产远近闻名的紫花根白乌头，有剧毒，本岛及外岛猎民采之以煨箭毒兽，极具杀伤力。阿伊努人会制作带毒的箭。办法是采集附子（植物）的根，必须取开花前的根，含有剧毒生物碱，连体大凶猛的熊也能药倒。采集这种附子的根，主要是在秋天进行，把采集的根扔在壁橱或院棚内晾干，过一年才使用。使用时，把根泡软，轧成泥状，涂在箭头上，箭头就含有剧毒，射中猎物，立即丧命。有的在使用这种附子毒根时，还用蜘蛛等磨碎混合在一起，增强毒性，这是当地阿伊努人世代流传的制毒箭的秘方。[②]

阿伊努人也从乌头中提毒药，具体提取方法，各家配方独特，秘不外传。为了增强毒性，使用时还会混合上生马（植物名，阿伊努语中是“神之足”的意思）的根茎、长脚蜘蛛、松藻虫、烟草的煮汁等。此外，阿伊努人还使用红鳐鱼带剧毒的尾刺外皮，或者直接用这个尾刺本身做箭毒。

4. 渔猎生产为主要生计方式，出现原始农业

从窝尔浑岛民为遭遇海难，食品尽绝的乌布逊船员送来野米谷、干肉、野菜看，窝尔浑岛民以渔猎、采集为主要生产方式，但已出现原始农业。北海道阿伊努人长期以捕鱼、狩猎、采集、农耕等方式获取食物。猎捕的对象包括棕熊、虾夷鹿、兔子、狐狸、狸猫和大马哈鱼等动物。与其他渔猎民族

① 鲁连坤讲述，富育光译注整理：《乌布西奔妈妈》，吉林人民出版社 2007 年版，第 175 页。
② 于晓飞、黄任远：《赫哲族与阿伊努文化比较研究》，黑龙江人民出版社 2002 年版，第 147 页。

一样，阿伊努人也以制作肉干的形式储存食物，以备过冬和渔猎不获时食用。肉干和鱼干的制作程序包括煮、晒干、熏制，然后用桦树皮包起来，贮藏到仓库里。

从窝尔浑岛民以野谷种作为馈赠食物来看，当地岛民已出现原始农业，但并没有成为占主导地位的生产方式。渔猎民族热情好客，将谷种作为珍贵的礼品赠给乌布逊部，应是较为稀少之物。阿伊努人的农耕生产早在擦文式土器文化时代就已出现，但农业主要是为了补充渔猎、山菜采集不足而进行的副业，耕种的面积很小，由女性当作普通家务劳作。男性只负责渔猎，不进行农耕。可见，对阿伊努人来说，农业还只是一种辅助的居次要地位的经济类型，古代阿伊努人尤为如此。

此外，从历史上看，肃慎故地与日本列岛的海上交通，是通过虾夷开始的。时间在公元 7 世纪前后。当时，本州岛北部津轻海峡南北两岸居住着虾夷人，他们曾渡海到大陆贸易。最初，国人是借助虾夷人到达肃慎的……两地相距约 700 公里。①

以上就乌布逊部第四次探海所抵窝尔浑岛民与北海道阿伊努人之间的若干关联作一大致对比，目的不在于考证史诗中族群的现代族属问题，旨在提供一些相关历史文化信息，并说明史诗作品具有一定的历史基础。

2. 进一步认识了日本海的海流规律，积累并传承了丰富的海洋知识和航海经验。

日本海俗称“海盆”，南北狭长，中间宽阔。北来的寒流与南上的热流常在海上形成旋涡，海流变幻奇特。东海先民常常利用这种变幻的水流，驾一“木瓢威呼”（独木船），顺流而行，速如流星，一夜之间即能在海上穿行很远。有时骑一木马，可抵达海中数岛。对于这种奇特的海流规律，先民们不可能予以科学的解释，但他们却在世代积累的海上漂浮经验的基础上，能够自如地掌握这种规律。他们“观海潮，见水上白沫、蛇游状、蜉蝣小虫翔状、鸥鹭诸鸟鸣状、海风旋貌，云日层蔽貌水族鱼群虾蟹潮汐时多寡貌，便可窥知何时游海、入海、探海、渡海为宜佳时辰，渔民皆熟知矣。俗称曰

① 温玉成：《鲜卑檀石槐东击倭人国考》，载河南博物院编《河南博物院建院 80 周年论文集》，大象出版社 2007 年版，第 91 页。

观潮、观海，然后再行海祭，出海焉”。[①] 至今在珲春、东宁一带的民间传说中，保留了许多渡海神话，其中，最有代表性的故事有“扯鹿尾过海”，“鱼皮船的故事”。这些传说故事主要叙述当地沿海居民，善观潮汐、看鱼汛、辨风向、识水纹、测水温，然后便可决定能否扬帆远航。如预测准确，常常一叶扁舟便可安然渡海；如果稍有偏差，常常舟覆人亡。东北沿海土著居民前赴后继，世代探索，利用自然生态变化、生物动息等常识来判断海潮变化规律，积累了宝贵的经验。

十分难得的是，《乌布西奔妈妈》记述了东海先民及日本海诸岛沿海土著居民对海洋认识与利用的成果。他们在自身航海实践及其与其他民族交往过程中，不断地熟悉日本海及其周围海域的海流变化规律，积累了有关季节、方向、风向等因素与航海的关系等方面的知识，了解了日本海及周围海域的物产、气候和自然环境等方面的情况，传承下来非常宝贵的知识和经验。如对海流的认识，作品是这样描述的：

东海的水啊，
按野人的陈述，
像个瓢泼的盆湖，
海的漩涡总是圆形旋转，
只要找准季节、风向，
圆舟可在海的漩涡中
永按同一方向旋转前进。
纵使万里，仍可能
缓缓回到原初起航地。[②]

根据海流的规律，东海女真人建造了适合这种海流规律的船只，更重要的是他们在航海实践中，遵循海流规律，利用这一规律，使他们的航海活动取得了很大的进展，远至北太平洋的一些岛屿和海域。在第四次探海的过程

① 富育光搜集整理：《东海舆地》（手抄本）。
② 鲁连坤讲述，富育光译注整理：《乌布西奔妈妈》，吉林人民出版社 2007 年版，第 161 页。

中，窝尔浑岛的酋长伯单玛发、苦杰妈妈派熟悉海路的向导和舵手协助乌布逊部落的探海活动。窝尔浑向导根据海流的规律，沿着西海岸向北行，划向苦兀大海。这令乌布逊部的水手达塔龙迷惑不解：寻找太阳升起的地方应向东方行驶，为何向北行？窝尔浑向导如此做答：

东海茫茫，
巨浪滔吟。
轻舟薄叶，
天时为命。
浩洋平生九丈浪，
槽船何能抗命？
巧认洄游海潮，
切记寻礁北行。
北隐西缓礁遮风，
火山热泉梦难醒。
苦兀揖别北海迎，
槽船柁把再指东。[①]

在海上航行，不仅要认识海流，还应全面考虑各种因素。只有这样才能应对瞬息万变的海上变化，窝尔浑向导的话，道出了古代海洋渔猎民族对日本海变化的认识，很有见地：

我们世代活海上，
没见有人敢称海上通。
大海一日百样令，
天时、舟筏、人为、海信，
四方欠缺殒常情。

① 鲁连坤讲述，富育光译注整理：《乌布西奔妈妈》，吉林人民出版社 2007 年版，第 178—179 页。

其中最难算天道风云。[1]

海流问题是海洋学的研究课题，随着当代自然科学的发展，其成因与规律已被人们所认识。《海洋的秘密》一书论述了海流的成因："大洋里的海流是圆形环流，首尾相连，循环不绝，所以又叫大洋环流……拿北太平洋来说吧。赤道以北的低纬度海区，一年四季吹东北风，人们也把它叫做信风。纬度四、五十度的海区，风向变了，终年吹西风。在东北信风吹刮下，海水向西流，这就是北赤道海流，它横跨太平洋，长一万四千多公里。由于西岸陆地的阻挡，北赤道流转向南北，向北的这支从我国台湾省东面进入东海，再向东北方向流去，然后从日本九州南面流出东海。这支海流颜色蓝黑，称为'黑潮'。黑潮在向北流动的过程中，在北纬四十度进入西风带，又被迫转向东，形成西风漂流（又称北太平洋海流）。为了补偿北赤道海流流走的海水，西风漂流就在太平洋东部转而向南，成为加利福尼亚海流。这样，海流便首尾连接起来，形成漩涡一样的环流。"[2] 北海道岛和大陆之间靠近鞑靼海峡的日本海上，东部有对马暖流的分支——沿日本海岸北上的宗谷暖流，西部有亲潮的主要分支——沿滨海边区南部海岸南下的利曼寒流，[3] 如果不掌握这些海流规律，在日本海上顺利航行几乎是不可能的。

风向与海流的形成密切相关，也与航海有着密切的关系，往往事关人船的生死安危，为渔家和船海者所关注。对海上风暴的认识在史诗中也有表述。一方面，人们在长期的观察和实践中，认识到一些海上风暴来临前的预兆，以便有效进行预防工作，避免造成人员和船只的损失。如扶尼部落套洛甘玛发和霄霄曾以天象预测海上将发生大风暴，劝阻他们暂停探海行程：

"可敬的女罕呵，
昨观晚霞像火烧，
不宜远行，

① 鲁连坤讲述，富育光译注整理：《乌布西奔妈妈》，吉林人民出版社 2007 年版，第 179 页。
② 雷宗友编著：《海洋的秘密》，少年儿童出版社 1978 年版，第 104 页。
③ 丛淑媛、胡欣：《太平洋纵横谈》，福建人民出版社 1990 年版，第 374 页。

大海必卷风暴。”

“云织套，神难逃。”
这是海上信息——风暴！
野人嘎憨惊得大喊大叫：
“哇喳嘎，来了杀人风暴！”①

另一方面，人们在对风暴前兆有所认识的基础上，也积累和总结了一些具有较强的可操作性的应对方法和技术，以确保航行的顺利进行。

一旦风暴瞬息遽变，
必须会巧使篷帆。
若风向顺道，
篷帆不但不可放落，
还擅会神速调帆。
神帆是舵家百万兵，
辗转好孬全凭灵手腕。
强手令槽船生万双翅膀，
航速连梭鱼都追不上！②

这些都是沿海土著居民长期生产生活经验的结晶，在乌布西奔的航海实践中得以验证的宝贵的海洋知识和民间智慧。人类为了适应自然环境，在自然界中谋求生存，世代观察自然，探索自然规律，形成了对自然和世界的初步认识。人类对海洋及其规律的认识，经历了漫长的历史过程，经过不断的探索和实践，逐步形成了宝贵的来自实证的经验和民间知识，反过来又广泛地应用于渔猎生产和航行实践，成为人们宝贵的精神财富，具有一定的科学价值和实用价值。至于对灾害前兆的认识，更是人类在遭受多次灾害带来的

① 鲁连坤讲述，富育光译注整理：《乌布西奔妈妈》，吉林人民出版社 2007 年版，第 141、171 页。
② 同上书，第 171—172 页。

苦难，甚至付出生命的代价之后，对某些灾异发生前的征兆现象进行反复验证，逐渐总结出来的。

《乌布西奔妈妈》以五次航海实践将东海先民的航海活动与对东海的认知融为一体，折射了东海先民探索海洋，顺应与利用自然的轨迹，也展示了他们希望驾驭自然、征服大海的雄心壮志。

3. 促进了造船业和相关工艺的发展。

航海活动有赖于造船技术的提高，反过来又促进了造船业和相关工艺的发展。《乌布西奔妈妈》的五次船海历程充分说明了这一点。史诗中记述的船海交通工具主要有皮筏子、木陈扎卡、朱噜扎卡、航船和木瓢船等，其中皮筏子、木陈扎卡、朱噜扎卡属于渔猎、航海两用船。航船和木瓢船则专用于航海，各种设施较为齐备。航船和木瓢船是为了满足东海女真人航海事业的需要而出现的。它们在设计、技术和科技含量等方面，较普通渔船都有所提高。

航船，为特制的大型木船，请名匠用粗壮的松木制作。船上各种设施齐备，有存储粮食、饮水的皮箱，有驱赶蚊虫的熏香炉，内燃各种花草香料，船舷四周放下无数条鱼钩，只要船一动，随时可捕捉鲑鱼、大刀鱼，随时熏烤，随时食用，确保航船的供给。船上还设有瞭望窗，以便随时观察海上风向、海浪等变化。

瓢船，木制，圆形。这种船是针对日本海形如盆湖，旋涡总是圆形旋转的特点制作的。选用粗大的槐木为船身，用鲸鱼鳔熬成胶将木与木之间的缝隙粘牢，再用棕树里层纤维丝做成的簏绳缠紧，上加帆樯四根，内有床等家具，一如居室。乘这种船在日本海航行时，只要找准季节和风向，圆舟可在海的旋涡中按照同一方向旋转前进，最后再缓缓回到起航地。一次，乌布逊的船队遭海鬼劫掠，船员们逃脱后即是乘此木瓢船，顺着海流回到部落的。

航船和木瓢船的制造适于日本海的海流规律，具有一定的科技含量和实用价值，为东海女真人航海活动提供了物质基础。

如上所述，东海女真人在长期的渔猎生产和航海过程中积累的识海性、认海流、辨风向等方面知识与技术，造船业及相关技术的发展，是航海事业的重要成果之一，也是航海事业的基本保障。此外，东海女真人能够完成大规模海上航行壮举，还有赖于他们拥有较为完备的组织机构，每次航行前，都要确定船队统帅、舵手、向导、造饭人、护水人、驯鸽人和摇舟工等，各有职司，分工明确，保障了航海的有序进行。每次航海前，他们都要做好各项准备工作，干粮、饮用水、信息鸟、熏燃的香草、饮具等，一应俱全，有些装备颇具实用性。如避水鱼鳞衣将“双脚捆扎分水跂”，避水通气囊袋是用兽皮缝制的，戴在头上，独具匠心，为航海提供了充足的物质准备。他们所到之处，与当地的土著居民建立了友好的关系。这些土著居民生活在海中岛屿，对海情更了解，驾船的技术更高超，他们的全力帮助，为航海事业做出了巨大的贡献。乌布西奔将这种友好关系视为通向东海的桥梁：

你们寻得窝尔浑岛朋友，
这是乌布林的大幸。
是我们跨陌生东海之桥，
是我们奔向太阳必经坦径。①

在结束本章的论述之前，有必要对历史上东海先民的航海活动及其相关技术水平作一番梳理，这些文献记载和考古发现，为我们考察《乌布西奔妈妈》与航海活动，提供了难得的参证资料。

在漫长的历史时期，东海先民有着悠久的海洋航运、捕捞历史。满族先世是一个“性凶悍”、“好勇力”、“善射猎”的民族，以勇敢强悍称著于世。对世居日本海西海岸的古代沿海诸部落而言，这种性格特征突出地表现在擅造船航海，寇抄邻部等与航海有关的方面。据《后汉书·东夷·挹娄传》载，挹娄人“便乘船，好寇盗，邻国畏患而卒不能服”。这表明，早在汉代，满族先世挹娄人已掌握一定的造船和航海技术，能熟练地在沿海和江河中航行穿梭，并乘船对其他邻国进行抄袭，使邻近的北沃沮人被迫躲藏于岩穴中，足见他们的航海技能和驾驶舟楫的能力，远胜于同时期的其他邻族。

魏晋时期，满族先世勿吉人的渔业生产获得了空前的提高。“勿吉渔人已不仅在江河湖沼中作业，甚至远涉日本海域进行捕捞”。② 靺鞨时期，航

① 鲁连坤讲述，富育光译注整理：《乌布西奔妈妈》，吉林人民出版社 2007 年版，第 176 页。

② 张泰湘：《黑龙江古代简史》，黑龙江人民出版社 1989 年版，第 53 页。

海业获得了前所未有的发展。据《通典》卷200，靺鞨人甚至驾船至鄂霍次克海流域，与堪察加半岛上的原始部落流鬼部进行易货贸易。渤海与日本的海上交通更是取得了举世瞩目的成就，仅渡海到日本的政府使节、民间商队就有百余次。

俄罗斯滨海地区的考古发现，不仅可以佐证文献记载，而且将满族先世航海的历史推至新石器时代。在滨海新石器贝丘遗址中，发现了新型的尖状器——捕捞大鱼和海兽的鱼镖，它标志着沿海各地的社会发展有了较大的进步，原始渔猎人有了重要的技术发明。

苏联考古学家奥克拉德尼科夫由此指出："必须看到，他们不是在风暴过后去拾拣到陆地上的'海洋礼物'的消极采集者，而是海上的捕捞者，一有需要，就敢于航行到距海岸很远的地方。""如果不到外海，就不可能从事海上捕捞。""沿海渔人和猎人驾着用石斧砍成的笨拙木舟，从一个海湾转到另一个海湾，然后进入邻近的岛屿，其中许多可能本来还是阒无人迹的荒岛。这样，在沿海部落的生活中便展开了一个漫长的新时期——他们历史上的海洋时期。"① 可见，满族先世早在石器时代就追逐鱼群与海兽的踪迹，将渔猎活动扩大到日本海周边广阔的区域，开发了日本海的海洋资源，奠定了海洋渔猎文化的基础。

造船业及其相关技艺的改进和发展，总是与渔猎经济和航海业的发展相伴随的。满族先民较早就形成了较为发达的造船技术。据苏联考古学家奥克拉德尼科夫研究，早在滨海边疆区的石器时代，当地居民"应当拥有专门的航海船只，很可能是类似爱斯基摩人和阿留申群岛居民使用的那种轻便的大兽皮艇；不过也有可能是南方类型的较重而较耐用的木船，船上装有风帆和舷外支架，类似毛利人和南太平洋群岛其他居民的大船，这些居民远在石器时代就开发了南部的海域。"② 汉代勿吉人的造船业亦已达到一定的规模，这从5世纪末叶乙力支出使北魏时，曾表示勿吉人准备与百济从水道合力进攻高句丽的情况便可看出。元代女达达已较善于造船，不仅会造行驶于江河

---

① ［苏］A. П. 奥克拉德尼科夫：《滨海遥远的过去》，莫润先、田大畏译，商务印书馆1982年版，第156、58页。

② 同上书，第156页。

上的小船，而且会造海上战船。[①]

这些足以说明，东海先民航海的传统古已有之，在长期的实践中，具备了一定的航海能力，积累了丰富航海的技术和经验。

近年，俄罗斯探险者、军人和学者考察研究，古代和中世纪时期，在锡霍特山区不仅有发达的陆路交通网，还发现了海路交通。考古发现发明，女真人像所有操满—通古斯语民族——靺鞨人、渤海人、满洲人、乌德盖人、那乃人（赫哲人）等一样喜欢陆上交通，同时也使用水路，船划得很好。例如，乌德盖人在20世纪50年代中期不用桨而用撑杆就能沿河而上。渤海人采用陆路和水路相结合的交通运输方法，即一部分在陆地走，一部分沿河走。女真人夏天用船，冬天在冰上走。女真人很熟悉连水陆路。[②] 锡霍特山区连接外界的海路交通网的发现，表明生活在当地的东海女真人通往日本海的道路是通畅便捷的，为航海活动创造了条件。

《乌布西奔妈妈》以独特的形式再现了满族先世东海女真人及北太平洋流域其他民族的航海知识和经验。从一定意义上说，这既是对满族先民航海经验的继承和弘扬。在传统社会里，这些知识和经验是通过口耳相承的形式世代在民间传承，在实践中发展，成为一种宝贵的文化遗产。有些民间知识和经验的获得甚至要付出生命的代价。乌布西奔及其多名助手在探海中牺牲，记录了东海先民开拓东海生命之路，守护边疆的艰难历程。对于了解和研究东北与日本海上诸岛国“野民”的经济交往、文化往来以及往昔海洋生活习俗具有重要的意义。

① 罗贤佑：《元代民族史》，四川人民出版社1996年版，第221页。

② O. B. 季亚科娃：《古代和中世纪锡霍特山脉中心地区的道路交通网》，盖莉萍译，《西伯利亚研究》2012年第5期。

第九章
《乌布西奔妈妈》的文学解读

《乌布西奔妈妈》是我国民间文学的瑰宝，表现出满族文学的鲜明特征。就其文学性而言，《乌布西奔妈妈》在人物塑造、语言风格、情节结构等方面呈现出独特的艺术魅力，生动形象地体现了满族及其先民的文学审美旨趣，标志着满族先世女真文学创作的水平。《乌布西奔妈妈》以诗的体裁、恢宏的气势和广阔的时代背景，在中国北方英雄史诗带树起一座丰碑。本章试从文学的视角，就《乌布西奔妈妈》的人物形象、文本特征、叙事模式和情节结构等问题进行探讨，以期有助于对《乌布西奔妈妈》文学特色的认识。

第一节 人物形象

《乌布西奔妈妈》以乌布西奔一生事迹为主线，突出地塑造了这一人物形象。尽管作品对古德罕法、法吉凌和诸位女萨满等人物形象的刻画也注入了心力，但其形象远没有乌布西奔那样丰满并富有个性。

乌布西奔是一位充满传奇色彩的人物，其原型是一位兼具部落酋长、萨满双重身份的女性，文本以质朴而隽永的语言塑造了主人公坚忍、勇敢、善良、柔美的性格特征。

乌布西奔的出生方式是中国神话中较常见的“卵生”。在乌布西奔未降至人间之前，她是东海女神德里给奥姆的侍臣，掌管时光流逝。她降生时由两只豹眼大金雕护卫，一只长尾黄莺口衔着她将之抛至乌布逊部落老罕王古德玛发怀中。由于从天而降的只是一个“明亮的小皮蛋”，发出灼眼的光芒，罕王甚感不祥，便命人将其抛入河中、引狗吞食、点火焚烧、埋入黄土，但均未成功。最终“尘土崩飞，一群绒貉露现土中。有个穿狸鼠皮小黄兜兜女婴儿，正酣睡在貉窝里。”这一情节与中原神话人物后稷的出生经历相似，只是后稷是其母感孕而生，乌布西奔则是无父无母的卵生。就神话产生时代而言，后稷神话出现于“知母不知父”的母系氏族社会时期，《乌布西奔妈妈》故事中尚未涉及女性的生殖内容，仍以动物崇拜为其情节母题，应是更早产生的神话文本。

在满族神话中，由神鸟衔卵而生的人物不仅限于乌布西奔，著名的“三仙女”神话中，布库里雍顺就是其母佛库伦吞食神鸟所衔之朱果而生。只是布库里雍顺有位身为天神女儿的母亲，乌布西奔则是由天神派遣至人间。严格意义上说，后者仅是借“卵生”达到其降临人间的最终目的，通过这一过程，使乌布西奔更接近人类，从而逾越人神之间的巨大鸿沟，缓解人类理性思维与感性思维的矛盾冲突。这也充分印证了《乌布西奔妈妈》产生时代要早于“三仙女”。从乌布西奔的出生情节看，没有母亲的出现，其母体只是一个“小皮蛋”。所谓“皮蛋”就是女性孕育新生命的胎盘，在我国传统神话中，很多人物的出生都被赋予这样的母体，即卵生神话。这类神话的大量出现，充分反映了当时人们对自身生殖能力的认识。上古时代，在人类思维观念中，人与动物没有本质区别，这也正是卡西尔所认为的“生命一体化”模式，“他（原始人）深深地相信，有一种基本的不可磨灭的生命一体化（solidarity of life）沟通了多种多样形形色色的个别生命形式。原始人并不认为自己处在自然等级中一个独一无二的特权地位上。”[①] 这种生命本质上的无差别使神话中出现了人与动物的繁殖也无条件等同的现象。然而，动物的某些能力却始终是人类无法企及的，所以，人们认为当人类具有与动物相同的出生状态——卵生时，也能够获得与动物相同的超凡能力。此时，女性在整个生育过程中所起的作用，仍未得到肯定。随着人类认识能力不断加强，女性的母体地位逐渐被确认，神话中才开始出现女性母亲的角色，感生神话才登上历史舞台。

神话的艺术魅力就在于，即便其主体结构相同，不同元素的介入也能使

① ［德］恩斯特·卡西尔：《人论》，甘阳译，上海译文出版社 2004 年版，第 115 页。

神话展现出相异的民族文化特征。叶舒宪在概括弗雷泽《金枝》关于神话发生学时指出："神话是文化的有机成分，它以象征的叙述故事的形式表达着一个民族或一种文化的基本价值观。"[①] 如在乌布西奔出生过程中，出现了雕、黄莺、貉等动物神话形象，它们均为满族信仰中代表吉祥的动物，也是萨满文化中具有非凡能力的动物神，特别是鹰雕神，既是天神阿布卡赫赫的忠实侍卫，也是孕育人间第一位女萨满的萨满始母神和守护神，乌布西奔出生时也由鹰神守护，体现了浓厚的萨满文化特色。

神奇的卵生诞生经历，为乌布西奔的身世披上了神圣的光环，使其形象兼具神性和人性的色彩。乌布西奔的神力主要靠萨满祭祀、占卜以及大神梦授得来的，这与历史上的大萨满别无二致，与满族说部"窝车库乌勒本"文本《恩切布库》、《西林安班玛发》的主人公也具有某些共性，他们都来自神界，具有神圣的身世和非凡的神力。恩切布库原是天母阿布卡赫赫的侍女，"万年前，为了惩治恶魔耶鲁里，化成烈焰，埋在了堪扎阿林的山下"，天神阿布卡赫赫为拯救堪扎阿林中的生民，派神鹊将其唤醒，使其返还人间。[②] 西林安班玛发是阿布卡赫赫与恶魔耶鲁里争夺天宫大战时所佩戴在身上的一颗石球化成的石雕萨玛。[③] 他们都来自神界，担负着拯救人类的特殊使命降临人间，并以萨满兼酋长的身份在人间建功立业，兼具神性与人性。

相比而言，乌布西奔形象的人性色彩更加突出，乌布西奔形象的主导方面是人性，她的一生处处闪烁着人性的光辉，其神性远不如人性表现得鲜明、突出。乌布西奔为部落的发展耗尽一生精力和心血，可谓殚精竭虑、鞠躬尽瘁，这正是满族人心中典型的英雄形象，也是神话英雄普遍具有的"美德"。当部落遇到生存危机时，是乌布西奔在神旨的指引下，力挽狂澜，使部落重现生机；为救治病妇，乌布西奔倾尽全力救治，当病人病愈时，她却昏厥在血泊中；当瘟疫降临时，乌布西奔亲自进山采药，创制民间验方，解万民于灾难中；当战争成为不可避免之时，乌布西奔总是力争以德降敌，不战而屈人之兵，不得已而战，则运筹帷幄，身先士卒。这些不仅清晰地表现

① 叶舒宪：《神话——原形批评》，陕西师范大学出版社 1987 年版，第 12 页。

② 富育光讲述、王慧新整理：《恩切布库》，吉林人民出版社 2009 年版，第 39 页、

③ 富育光讲述、荊文礼整理：《天宫大战、西林安班玛法》，吉林人民出版社 2009 年版，第 179 页。

了乌布西奔的人性特征，更成功地塑造了一位具有政治谋略、军事才能又心地仁慈，关爱人民的女英雄形象。乌布西奔曾多次带领族人不畏艰险探求太阳之宫，虽屡屡失败，却勇往直前，既体现了她的宗教情怀，也折射出她为了实现理想矢志不渝的执著追求。

乌布西奔的人性色彩还体现在她被赋予人类共有的情感、征服欲、求知欲等。乌布西奔曾收留一位海外异族男子，形貌俊朗，聪明睿智，谙熟外海的风土人情，与乌布西奔情投意合，深受乌布西奔的宠爱，后在探海途中遇难。乌布西奔为此焦虑万分，寝食难安，为其预测吉凶，举行大型的祭祀活动，祈求神佑其平安归来，并亲自踏海远征寻找。此举固然反映了乌布西奔为了寻找太阳出升之地这一毕生的追求，但也体现了乌布西奔具有人所共有的情感。

史诗中乌布西奔以悲剧结局结束了一生，更突出地体现了主人公的人性特征。乌布西奔日夜为部落事务忙碌，积劳成疾。在航海远征途中，她的疾病日益严重，最终病逝在海上，结束了她操劳奔波又功勋卓著的一生，这一结局与她一生的经历恰相符合，也从一个方面体现了她的人性特征。

在满族传统说部作品中，主人公的结局常常表现得与常人不同，富有神圣性。如《恩切布库》中的主人公恩切布库，在与恶魔的战斗中为保护族群而牺牲，为正义战斗而死。《西林安班玛发》中的西林大萨满，为拯救生民，违犯神规，遭到东海女神德里给奥姆妈妈的惩罚，被召回海宫。乌布西奔死于疾病，更凸显了她无法摆脱生老病死的人性特征。《乌布西奔妈妈》将人性渗入神性来展示人物性格，是人类思维发展的必然，神性人物的人性化是人类对事物理性认识不断深入的结果。应该说，作品如此刻画人物也是史诗的一种巧妙的表现手法。一方面突出了主人公的个性，另一方面这些人性中的刚毅、倔强、勇敢和征服欲等正是满族及其先民在长期渔猎生活中形成的民族性格特征。这种艺术手法使人物更具亲和力和感染力，令人感到主人公的可亲可爱，仿佛就是我们中的一员。可以说，乌布西奔的人性色彩贯彻她的一生。她在临终前，留下遗嘱，在她的葬礼上废除传统的人殉习俗，与她一生的主张相一致，也为她光辉的一生画上一个圆满的人性化的句号。

总之，乌布西奔的形象特征兼容神性与人性，二者相互融合，相互映衬，形成主人公完美的性格特征。主人公半人半神的身份及其使命决定了她始终要与人类站在一起，甚至成为人类的一员。从主人公为人类所作的贡献不难看出，这种归属并非只表现于外在，即神与人相同的体貌特征，而是心灵与本质的统一。应该说，在乌布西奔妈妈身上，集中体现了东海女真人集体英雄主义精神，这也成为《乌布西奔妈妈》的主旋律。而这种精神无不与满—通古斯民族氏族制度、渔猎经济形态以及萨满教的精神密切相关。这与西方传统史诗中的英雄不尽相同，无论是阿喀琉斯还是赫拉克勒斯，他们一切行为的驱动力量主要是个人利益，英雄的伟大业绩以一个大写的“我”为出发点和最终归宿，善良与邪恶在此成为中性词，史诗中的战争主要展现了一种追求自由与个性的“人本主义”。而满族英雄史诗所表现的“我”则是以主人公为领袖的整个部落，甚至可以代表人类这一特殊的社会群体，这样的理解方式正是萨满教对人类自身发展的关注与肯定，从而形成人本主义、人神和谐的核心观念。

除战斗英雄外，乌布西奔还被赋予文化英雄的形象。她定婚制、尝百草、发明图符文字和纪年法、创编舞蹈等，是众多文化事象的始祖。这种将各类文化创造集于一人的表现手法在很多神话中都有运用，如中原神话始祖神女娲，不仅造人、补天，还是笙簧、婚姻的创始者。这样亦文亦武的双料英雄，使人物形象更加饱满。

讨论乌布西奔人物形象，自然不能忽视其所具有的神性一面。乌布西奔的神性是与生俱来的。满族先民世代信奉萨满教，其观念在许多民间文学作品中多有渗透。萨满教的多神崇拜，倡导真、善、美等观念存在于每个神话母题中，也在乌布西奔身上烙上了鲜明的印迹，使其形象戴上了神圣的光环。关于乌布西奔形象的神性问题，本书第五章曾有论及，此不赘述。

史诗中乌布西奔是由萨满教大神阿布卡赫赫指派到人间拯救生民的女神，她预测天象、指挥战争、整饬制度、救治病患、导人向善……这些行为体现了主人公仁慈、善良、勇敢、睿智的性格，这也正是满族先民、世代敬仰的萨满所必备的性格特征。此外，作品中人物性格特征的建立也充分表露了萨满教人本主义思想。如为了维护部落的利益，乌布西奔对周围部落展开征伐，其中很多战争都采用独特的战斗方式，不战而胜，如创制独特的舞蹈，与素以魔舞制胜的敌对部落比舞，未动一兵一卒就将魔女部落收服。当乌布西奔得知派遣海外远征的队伍遇难时，她悲痛万分，为死去的战士举行大型的祭祀活动。这种种行为无疑是对人本主义、善本主义的鲜活展现，是对萨满教集体意识的诠释与延伸。

乌布西奔集高尚品德与超凡神技于一身的“完人”形象，显然是一种理想化和艺术化的结晶，与现实有一定的距离。这也从一个侧面表明，她的才智与品德既是东海女真人精神品质的理想化身，也是东海女真人的美好寄托。正如恩格斯所指出：“主要的人物是一定的阶级和倾向的代表，因而也是他们时代的一定思想的代表，他们的动机不是从琐碎的个人欲望中，而正是从他们所处的历史潮流中得来的。”[①] 也就是说，乌布西奔的完美形象是顺应时代潮流和人民的愿望而创造出来的。战争频仍，灾祸不断的动荡时代，人民憧憬着有这样一位政治、军事领袖带领大家实现和平、统一。她的优秀品质既是东海女真人性格与精神的体现，也是特定历史时期东海女真人精神追求的寄托。正如谷颖所指出：“这种理想化的英雄几乎是整个中华民族讴歌的对象，人们将一切美好的愿望都寄托于一人，与其说他们是拥有神力的人，不如说是集万千宠爱于一身的神。”[②]

第二节　文本特色

《乌布西奔妈妈》无论在篇幅卷帙、文本形式，还是在语言风格、情节结构等方面都表现出独特的文学特色。

一　原始性

从早期仅在部落内部由萨满秘传，到后来在满族民间流传，《乌布西奔妈妈》不仅没有失去其原始性，还较多地保留了原汁原味的文本形式——诗歌体。这种体裁既能表现其史诗性，更能将其恢宏的气势、丰富的内涵展现得淋漓尽致。

首先，开篇引曲皆以满语咏唱，“德乌勒勒，哲乌勒勒，德乌咧哩，哲

① ［德］恩格斯：《致斐·拉萨尔》，《马克思恩格斯选集》第四卷，人民出版社 1972 年版，第 343—344 页。

② 谷颖：《满族战斗英雄神话研究》，《浙江师范大学学报》2011 年第 3 期。

咧！巴那衣舜奥莫罗……”汉译为：大地上太阳的子孙，大地上太阳的子孙，光辉呵，光辉呵，神雀送来光辉，神雀送来光辉，美好清晨，清晨大地，乌布西奔妈妈所赐予。[①] 简要的一段唱词意在引起听众注意，调动众人情绪，宣告诵唱开始，并借此道出讲唱内容，奠定全诗庄严肃穆的基调。这是很多古歌的惯用手法，在史诗、叙事长诗以及满族说部如《恩切布库》、《西林安班玛法》等作品中皆有类似的引曲或序歌。虽然引曲部分只是寥寥数语，但《乌布西奔妈妈》的原始性已初露端倪。一句“大地上太阳的子孙”将满族先民的自然崇拜观念表现得淋漓尽致，这种将太阳视为母亲的信仰观念曾出现在很多民族的早期意识系统中，他们认为太阳是滋养世间万物的母亲神，在远古时代寒冷的北方，这种对太阳的崇拜与渴求尤为炽烈。“神雀送来光辉”一句将神雀想象为光明的使者，体现了灵禽崇拜观念。

从整体内容看，作品无处不流露出原始文化气息。《乌布西奔妈妈》反映的是满族先世东海女真人氏族部落社会的战争风云和社会生活，保留了诸多原始社会的制度、风俗、观念、仪式和文化形式等。如双酋长制、元老制、禅让制等政治制度；母系世袭、多偶制、外婚制等婚姻制度；神判制等习惯法；人殉、人祭、裸体、文身、长毛等原始习俗；物候历法、地理与生物认知等民间知识；图画文字、舞蹈、长调等民间文艺形式，以及图腾崇拜、祭祀仪式、征兆、占卜、脱魂、附体等古老的萨满教观念、仪式，蕴含着丰富的原始文化内涵，揭示了原始文明的发轫及其发展轨迹。这种原始性也为史诗增添了野性、古朴的色彩。

二 民族性

民族性是任何一部民间文学作品与生俱来的特性。由于文本产生的时代、流传方式等都有一定的民族文化基础，随着民族的发展而不断演化，所以民族性是很多文学作品，特别是口碑文学天然的特征。史诗不仅承载着不同时期的民族文化，也折射了该民族特定历史阶段的发展轨迹，蕴含着丰富的历史文化信息。透过史诗，我们可以窥视到该民族先人对天地万物、人类社会及其自身的理解和认识，了解他们与自然、社会斗争的生存与发展历

---

① 鲁连坤讲述，富育光译注整理：《乌布西奔妈妈》，吉林人民出版社 2007 年版，第 1 页。

程，考察人们的经济与文化形态，探究特定时期民族间的交往模式，包括战争和友好往来。可以说，《乌布西奔妈妈》从创作形式到情节内容，无不表现出鲜明的民族性，打上了深刻的民族烙印。

首先，勤劳、勇敢、善良、宽厚、追求理想是满族及其先世女真人的民族性格，这些在史诗人物形象塑造方面得到了充分的展现。如乌布逊部老酋长古德罕曾是一位性情暴躁、妄自尊大、一意孤行的部落首领，由于他的昏庸和好战，使乌布逊部的内政和外交空前混乱，整个部落陷入危机。乌布西奔不计前嫌，返回部落，并派人寻回古德罕，让他继续担任部落首领。古德罕也从失败中吸取教训，一改往日的独断专行，全身心投入到部落的振兴与发展中。他的种种表现也获得了全部落人的谅解，他们仍真心地拥戴这位几乎毁掉整个部落的罕王。从中我们不难看出满族先民的宽容、大度。从乌布逊部落对待古德罕的态度，我们还可看出满族先民具有较强的原则性。乌布逊族人基于宽厚的天性原谅了古德罕的错误，给他一个痛改前非的机会，但又并非毫无原则的宽恕。人们对他进行了严厉的批评，又遵循祖制，用“神判法”判定古德罕是否真心悔过。在远古时代，神判法是氏族部落时代最公平、最神圣的法则，神制的结果具有绝对的权威，同时，对当事人的心理也产生一定的威慑作用。满族先民宽容而又不失原则性的民族性特征，在对古德罕的态度上得到充分体现。

满族及其先世女真人以精骑射而著称于世，“以武功定天下”，崇尚勇武。北方寒冷严酷的生存环境，长期的渔猎生产和各部落“称王争长”，战事不断的社会环境，使满族先民形成了尚武习俗和价值取向，渤海有“三男如一虎”，女真有“女真兵一过万将无敌于天下”之美誉。《三朝北盟会编》载女真“其人则耐寒忍饥，不惮辛苦。食生物，勇悍不畏死……”这种尚武精神世代相传，成为满族及其先民最具民族特征的精神文化现象，对满族文学和东北地域文学均产生深远的影响。满族说部是满族各氏族传讲自己祖先的英雄史，作品大多以民族、部落英雄为主人公，塑造了一系列满族民族英雄谱。有抗俄将军萨布素，有后金和清代的建立者努尔哈赤及其子皇太极，有大英雄包鲁嘎，有金代开国元勋金世宗，还有众多在部落战争、抵御外敌、战胜自然灾害的斗争中建功立业的众多英雄形象。

这种民族性格特征在《乌布西奔妈妈》中也有较为充分的表现。无论是主人公乌布西奔，还是其他部落的酋长，或者众萨满、航海水手都具有勇敢的品格，这种尚武精神正是史诗作品所表达的民族个性，从中可以清晰地感受到东海女真先民的伦理价值观。

勇于开拓进取、善于学习与创造是满族及其先民世代传承的民族传统，并因此而成为一种民族特性。从作品内容上看，乌布西奔带领族人在开拓海外疆域、探寻太阳之宫等情节，都体现了满族先民具有强烈的探索欲与求知欲。黑格尔说过，海洋民族具有开拓精神，“大海向人类敞开胸怀，邀请人类去征服，去掠夺，去追求商业、贸易而追求利润。”[①]《乌布西奔妈妈》中的东海女真人正是这样一个不断开拓进取的族群，依山滨海的生存环境使他们具有海洋民族的开拓、冒险精神。这一点从乌布逊部五次探海的历程中即可窥见。

满族先民世代生活在荒寒漠北，为寻求发展，必须在有限的地域中获取尽可能多的生存资源。这既需要开拓、进取的精神，也需要不断学习的态度，这一点从乌布西奔一生致力于统一东海诸部，不断制定、完善各种制度，创造图文符号以及东海女真诸部之间相互学习、传播生产技艺等方面可见一斑。

其次，史诗对东海女真人赖以生存的生态环境、自然风光所做的生动形象的描绘，构成其民族性的特征之一。任何一个民族都生存于一定的地域，正如费尔巴哈所说：“一个人，一个氏族，一个民族，并非依靠一般的自然，也非依靠一般的大地，而是依靠这一块土地、这一个国度；并非依靠一般的山水，而是依靠这一处水、这一条河、这一口泉。埃及人离了埃及就不成为埃及人，印度人离了印度就不成为印度人。”[②] 因此，史诗在展现人物个性的同时，也向我们呈现了史诗产生的地域环境特征。

《乌布西奔妈妈》中记述的东海女真诸部居住的锡霍特山区即今俄罗斯滨海地区的南部，森林资源丰富，林木茂密，蔽日遮天，是当代俄罗斯远东主要伐木区之一。那里人烟稀少，自古便是野生动物繁衍生息的乐园。该地区临鞑靼海和日本海，河川密布，湖泊众多，《乌布西奔妈妈》对辽阔壮美

① ［德］黑格尔：《黑格尔历史哲学》，潘高峰译，九州出版社2011年版，第210页。

② ［德］费尔巴哈：《宗教的本质》，王太庆译，商务印书馆1999年版，第2页。

的北国风貌的描绘，从一个侧面向人们再现了东海女真人的生态场：山林、江河以及栖息其中的各种飞禽走兽、花草树木等，俨然东海女真人的自然生态园。正是这种独特的地域环境养育了性格粗犷豪迈的满族先民，也孕育了《乌布西奔妈妈》这部极富民族特色的英雄史诗。

再次，史诗详细地记述了东海女真人的渔猎生产、社会生活，宛如一幅幅东海女真人的生活画卷。如以抓海蟹、叉海参、捕鱼等捕捞业和狩猎、采集业等原始攫取经济为主的生产方式以及以此为基础形成的衣皮服，食鱼肉、鱼干、鱼糜、鱼米（鱼子晒干而成），丰富多样的水上交通工具等，在文本中都多有描绘。此外，作品对东海女真人的一些特有的古老习俗，如裸体、文身、哑舞、动物传信、额头刺血以表诚心等方面的描述，更鲜明地表现了所具有的民族性。一些传统的祭祀活动、宗教信仰等也是民族性的表现内容之一。

最后，史诗的语言风格突出地体现其民族性。如对谚语的使用即体现了鲜明的民族特性。

“谚语是人民语言的重要组成部分，是各民族语言的精华。”[①] 正如高尔基所说：“最大的智慧在语言朴素中，谚语和歌谣总是简短的，然而在它们里面却包含着可以写出整部书的思想和感情”[②]《乌布西奔妈妈》中的谚语就是东海女真人在长期采集、渔猎生产生活中总结的生活经验、人生哲理、道德观念等。如：“好花结好果，恶念生祸端”、“太阳总有从云中露脸的时辰，奇彩总有展现在世人的时光”。“可卑的人，遇事沾尖取巧；可敬的人，遇事百折不挠。”“滴水汇集江流，才能育养千亩万牲；绿木汇集密林，才能遮避呼啸海风；五指握集重拳，才能提举木石百钧。”“贪吃的猪别忘记挨打的痛”，等等，这些谚语运用贴切，生动形象，贴近人们的生活，从而使史诗更具人民性，也因此而获得更为广阔的流传空间。

此外，整部文本中的修辞句式都表现出极强的民族个性，如随处可见的排比句式：

① 钟敬文主编：《民间文学概论》，上海文艺出版社 1980 年版，第 312 页。

② 转引自林伦伦《潮汕方言谚语的文化内涵》，《汕头大学学报》1990 年第 2 期。

正是海中大蟹肥的时节，
正是海中大马哈要洄游的时节，
正是海中群鲸寻偶的时节，
正是海中神龟怀卵的时节，
正是山中紫貂交配的时节，
正是山中熊罴爱恋的时节，
正是山中梅鹿茸熟的时节，
正是花木快进入成熟丰满好时节。[①]

从以上句式中可见，满族先民对各种动物的习性了如指掌——紫貂、熊罴、梅花鹿等都是北方民族常见的动物，也是早期人类的衣食之源，而蟹、大马哈鱼、鲸、龟又是丰富的水产品，这些都是东海女真先民长期渔猎生活的最好见证。

史诗的比喻句式也能体现出相同的民族性，如对美妙舞姿的形容：

忽似独枝摇曳，
忽似海葵吐蕊，
忽似海鲜染地，
忽似海岛花莲。[②]

海葵吐蕊、海鲜染地、海岛花莲是东海女真海岛生活的常见现象，如果没有一定的海域生活经验，这样的比喻是不可能出现在文学作品中的。又如史诗将古德罕比作苍鹰，把海浪声比作万鼓齐鸣等，也都是东海女真民族特征的形象体现。可见史诗所流露的民族文化和民族精神与东海女真先民的生存环境有密切关联。神话中的民族精神，可以说是不同民族的精神生活个性的流露，这种特殊性首先取决于每个民族所处的生存环境和社会条件的

① 鲁连坤讲述，富育光译注整理：《乌布西奔妈妈》，吉林人民出版社 2007 年版，第 25 页。
② 同上书，第 88—89 页。

差异。[①]

以上这些民族特征的鲜明展现，是满族及其先民在漫长的历史进程中磨炼并逐渐形成的，它对于后世民族性格的稳定与丰富具有重要意义，“在神话的深层结构中，深刻地体现着一个民族的早期文化，并在以后的历史进程中积淀在民族精神的底层，转变为一种自律性的集体无意识，深刻地影响和左右着文化整体的全面发展”。[②] 正是从这个意义上说，我们认为《乌布西奔妈妈》是满族及其先世女真人传统文化和民族精神的传承载体，其所彰显的鲜明的民族性业已积淀于该民族的深层心理，并外化为一种民族品格。

值得提及的是，《乌布西奔妈妈》民族性的记录和展现，不是静态的，而是在流传的过程中不断积淀形成的，如同考古地层，有不同时代的内涵，既有作品生成时代民族性的展现，也有历代民众及搜集整理的满族知识分子所处时代的满族民族性渗透其中。因此，应对其进行历时性的考察。

三　艺术性

《乌布西奔妈妈》的魅力得以展现，很大程度上依赖于巧妙而恰当的表现手法，如比喻、夸张、排比、比兴等。这些手法的运用不仅能够突出人物鲜明的个性，也能生动地展开故事情节，并将其推向高潮。特别是作品中有些句式还将几种修辞手法并用，更使听者有余音绕梁之感。各种表现手法在史诗中发挥着不同的作用。当乌布西奔成为乌布逊部落大萨满时，部落发生了巨大的变化：

乌布林——
再不是脱缰的马，乌咧哩，
再不是无娘的儿，乌咧哩，
再不是荒僻的生野，乌咧哩，
再不是野鹿的哮原，乌咧哩，
再不是蝎蟥施虐的枯水，乌咧哩，

---

① 於贤德：《民族审美心理学》，三环出版社 1989 年版，第 94 页。

② 何新：《诸神的起源》，三联书店 1986 年版，第 240 页。

再不是蚊蚋追鸣的暗滩，乌咧哩，
太阳普照乌咧哩，
乌布林毕拉，
月光普照乌咧哩，
乌布林毕拉，
神鼓轰鸣乌咧哩，
乌布林毕拉。[1]

这样的比喻、排比句不仅增强了史诗的节奏感和表现力，也使乌布逊今昔变化在简单的比较中更加鲜明地凸显出来，从而加深了听者对情节发展的理解。

以动物的习性和形态比喻人事的修辞方法，是《乌布西奔妈妈》的一大艺术特色，可谓俯拾即是。如用天鹅的心肠比喻心地善良，以棕熊的豪强比喻强健；又如将东海诸部的纷争局面作多种比喻："马轱辘蔺草的无头无续"，"像东海的涛浪，波涛不息，像海边的古林，浩瀚摇曳。""像大肚的查鲢鱼胀破了肚皮还死咬住阿枪小鱼"，[2] 并以动物的形态比喻社会动荡给人类社会带来的灾难：

翠莽乌鸦哀鸣，
百雀惊吵翱翔，
从不见安宁。
鱼族远匿深汀，
海豹携子呜咽。
麋鹿狍獐更堪怜，
遭战火惊遁，
慌慌跳下千仞崖涧，

① 鲁连坤讲述，富育光译注整理：《乌布西奔妈妈》，吉林人民出版社2007年版，第69—70页。
② 同上书，第12页。

尸横浪尖，血殷波红。[①]

这种以动物的习性和形态比喻人类社会的修辞方法，成为史诗作品的显著特色和主要表现手法，渲染了所描写事物的特征，使之更为生动、具体，给人以鲜明、深刻的印象。这种比喻是建立在直观观察基础上的，是东海女真对自然和社会的一种独特的认知方式，反映了他们的认识成果，体现出原始思维的特征。

史诗对山川水系的发源、流向及动植物生长状态的比喻，则凸显了先民们对自然的认识。如将都鲁坎河喻为神赐的玉带，飞进弯弯百转的密崖，[②]形容河流在山崖间蜿蜒曲折地流淌。[③] 这种表达方式是建立在东海女真人对自然深入了解和认知基础上的。

此外，对于民间口头文学而言，讲唱者对文本内容的把握有很大的自主权。在保证不改变主要故事情节的基础上，可以随意增删史诗的描述性语言，而排比句式就是最有利于传讲者自主发挥，他们可以凭借个人对说部的理解、自身的文学素养、记忆力以及讲唱现场的氛围等在排比句式上大做文章，使所唱文本增长或缩短，这也是很多口头文学作品出现不同版本的重要原因。正是这些精妙而通俗的语言和独特的表现方式，使《乌布西奔妈妈》在广阔的地域经久不衰地流传下去，从而让生活在这片土地上的后辈领略到民族文化遗产给他们带来的惊喜与震撼。

第三节　结构特征

《乌布西奔妈妈》的叙事模式采用了史诗常用的顺叙方式，即按照人物的生命节奏、事件发生的时序，来叙述英雄一生的业绩，大体遵循童年、少年、成人至老年，直至死亡的生命节奏，对于人物与事件进行叙述。

这种方式不仅有利于故事情节的展开，也能让听者对人物一生经历有更

① 鲁连坤讲述，富育光译注整理：《乌布西奔妈妈》，吉林人民出版社 2007 年版，第 21 页。

② 同上书，207 页。

③ ［英］亚当·库珀、杰西卡·库珀主编：《社会科学百科全书》，上海译文出版社 1989 年版，第 195 页。

为全面的认识。《乌布西奔妈妈》的主要叙事模式：英雄特异诞生——苦难的童年——少年立功——成就伟业（成为大萨满）——远征海外——英雄牺牲（或返回神界）。

英雄特异诞生：由两只豹眼大金雕护卫一只长尾黄莺，黄莺口衔皮蛋抛至古德罕怀中，古德罕以其为凶兆，命人将之抛入河中、引来恶狗吞食、用火焚烧、埋入黄土，又用枯树、石块压在黄土上，均未成功，最终乌布西奔在一群貉的保护下破蛋而出。当“舜妈妈升到五个巴掌时辰，黄土堆里突然惊雷巨响，尘土崩飞，一群绒貉露现土中。有个穿狸鼠皮小黄兜兜女婴儿，正酣睡在貉窝里。数貉长绒拥裹着睡婴，安详甜蜜，脸露笑容。部众慌报古德罕，惊天怪事传遍整个乌布林。萨玛妈妈们宵夜里祭海卜问，言知天降神女。”①

苦难童年：由于乌布西奔天生是位哑女，降临人间后，被古德罕扔至“弃儿营”，任其自生自灭。“窟冷凄凄，蛇鼠噬肤，地窨阴湿，苦挨时日，虫草充食。”乌布西奔在如此恶劣的环境中成长，成为一名优秀的熟皮女。她勤爱劳役，聪颖伶俐，“白雪融消三次了，她就能下海抓蟹；白鹊枝梢絮巢了，她就能上树吃鸟蛋。七岁斗鲨杈海参，九岁布阵捉海狸。”因其聪慧丽质，乌布林人齐赞哑女“乌布西奔”——最有聪明才智的人。

少年立功：乌布西奔初显神能，被黄獐子部女酋长法吉妈妈接至该部，奉为萨满，乌布西奔帮助黄獐子部发展壮大，打败古德罕的偷袭。

成就伟业：乌布西奔不计前嫌回到乌布逊，帮助古德罕重建部落，并成为乌布逊大萨满和部落酋长，建立了不朽的丰功伟绩。她的功勋可分为两个时期，她任酋长前与黄獐子、珠鲁罕建立部落联盟；远征海外，与众魔女舞战，收服魔岛；发明躲灾法，创下神方十三宗，降复彻沐肯等功业。她荣任乌布逊部落酋长后的功勋，以乌布逊和部落联盟作为褒奖为她冠带上镶嵌的九颗晴珠为标志：东海地域突发传染病，四处蔓延，乌布西奔亲自进山采药、创制良方，有效抑制了疫情，获赠第一颗晴珠；运用鹰战与兽战术，征服彻沐肯和辉罕两部，获赠第二颗晴珠；力惩反叛的都沐肯新主，获所献蟹岛洞穴，获赠第三颗晴珠；火烧安查干大寨，降服该部，获赠第四颗晴珠；

① 鲁连坤讲述，富育光译注整理：《乌布西奔妈妈》，吉林人民出版社 2007 年版，第 27 页。

以仁德征服人心，降服内海十三礁，外岛三百石窟，洞洞降招，获第五颗、第六、第七颗晴珠；禁止部落内婚，推行外婚制，获第八颗晴珠；创立图画文字，获第九颗晴珠。[1]

海外远航：五次出海寻找太阳之宫，开拓日本海海域，与海外诸岛建立联盟，实现东海区域统一。

英雄牺牲：晚年的乌布西奔多病缠身，但为了实现她的理想，抱病亲自率队出海远航，在探海途中病逝，魂归神界，人们悲痛悼念。

《乌布西奔妈妈》的叙事结构与满族说部《恩切布库》、《西林安班玛法》的叙事结构有诸多一致处，又互有差异。三部作品的主人公都来自神界，具有非同寻常的身世，都经历了神奇的诞生并在人间建功立业，最后魂归神界。如恩切布库在成为大萨满前已建立的种种业绩，为族众所信赖。西林大萨满带领族人千里迢迢迁徙海边，为部族的发展开辟了新的机遇。

在叙述模式方面，《乌布西奔妈妈》与东方史诗的典型范例颇多契合之处。如我国三大英雄史诗《格萨尔》、《江格尔》与《玛纳斯》的叙事模式基本上采用自然时序叙事：祈子——英雄特异诞生——苦难童年——少年立功——娶妻成家——外出征战——进入地下（或死而复生）——家乡被劫——敌人被杀——英雄凯旋（或牺牲）。[2] 这种叙事模式也成为我国英雄史诗的特点之一。

与东方史诗的叙事模式相比，西方史诗则较多采用倒叙方式展开故事情节。著名的古希腊史诗《伊利亚特》从阿基琉斯的愤怒开始叙事，集中叙述了十年战争中最后五十天里所发生的事件。对于战争的起因、十年战争中所发生的种种事件，基本上采用倒叙方式加以补述。另一部古希腊史诗《奥德赛》，主要描写英雄奥德修斯于伊利亚特战争结束后归家途中在海上漂泊十年的种种经历。史诗集中叙述了他在海上漂泊十年中最后四十天的经历，而对于他为什么要在海上漂泊，以及他在十年海上漂泊的历程，则是故事情节逐渐展开过程中加以追叙，也采用了史诗结构模式上的倒叙手法。此外，《尼伯龙根之歌》、《罗兰之歌》、《熙德之歌》等欧洲中世纪史诗也不是从英

① 文本对第九颗晴珠获赠原由未作交代，据文本上下文推断。

② 郎樱：《〈玛纳斯〉论》，内蒙古大学出版社 1999 年版，第 21 页。

雄的出生开始叙述，只是重点讲述了英雄一生中的某段经历或参与的某次战役。东西方史诗叙事模式的差异，反映了东西方文化的差异，及两种完全不同的思维方式。

从《乌布西奔妈妈》的叙事结构上看，主人公从天界到人间，完成使命后再回到天界，归于原点。乌布西奔受神的指派来到人间，给人们带来和平与幸福，虽然没有找到太阳之乡，但为人类探索海域开辟了新路，可以说已完成“拯世救命”的使命，最终得返神界。说部所描绘的空间只有天界与人间，其整体结构形成了“天上——人间——天上”的叙事模式，“天上”、“人间”代表的是萨满教观念中的神与人，因此，这种叙事模式还可以表述为“神——人——神”。

虽然我们已在前文分析了乌布西奔的人性特征较其神性特征更为突出，但作品对乌布西奔妈妈身世的交代，表明她并非一位人间的英雄，而是戴着神圣光环降世的神灵，对她一生丰功伟绩的歌颂，从某种意义上说是对萨满教“神性”的颂扬。在萨满教观念中，宇宙分三界，天分多层，神、人及各种生物各有寓所，亦各有独特的生成轨迹，无论神经历怎样的历练，其最终属性仍是神，而天神的归宿也只能是天界。所以这种简单的叙事结构表现了萨满教对人与神的深刻认识及对神灵虔诚的崇拜观念。

《乌布西奔妈妈》不仅呈现了远古时代满族先民东海女真人的生存状态、民族个性、思维特征，也展现了一个古老民族的集体智慧及其浓郁的英雄主义情结和理想主义情怀，堪称中国文学百花园中一朵永不凋零的奇葩。

附录一

《乌布西奔妈妈》主要流传地区图[①]

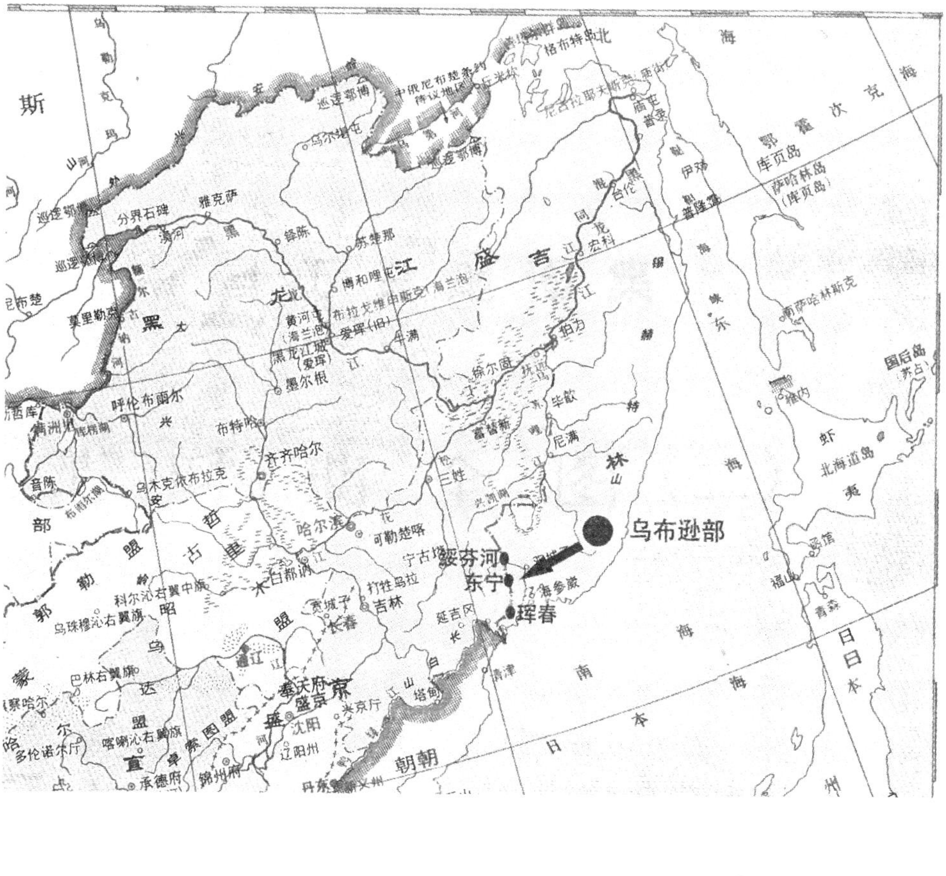

① 本图裁自谭其骧主编《中国历史地图集》第八册，中国地图出版社 1987 年版，第 3—4 页《清时期全图一》。

附录二

白姑姑(白老太太的故事)

相传，在大清国咸丰朝的早先年间，有一帮刨夫，全是由关里家挑着长担儿，背儿携老，来三岔河大荒片子谋生的河北乐亭等地的穷苦人，结伙进东海锡霍特阿林刨山参、挖药材、套貂鼠。单说有这么一天，众弟兄们在深山老林子里撵几只紫貂，累得个个筋疲力尽，两腿如绵，眼睛一个劲儿直冒金星。这节骨眼天色已晚，老林中一片灰茫茫，大家深一脚、浅一脚地焦急赶路，突然一下子，走迷方向，钻进了俗称“干饭盆”的黑森森密林子里边，不管怎样拼命地喊叫，往外挣脱。一连三天三宿，在林子里转来转去，就是转回原地方，总也走不出老林子了。偏巧，正赶上老天连阴雨，暴雨如注，雷鸣闪电，不少人都累趴下了，心急如火，吃不下去饭，眼瞅快要病累而死。突然，在深夜几声炸雷响后，闪电中瞧见前面高山下有个黑山洞，洞口恍惚有位披白蓑衣的白老太太，在向他们招手。一个人看了认为眼花，有好几个人在闪电中瞧得真切，确有人摆手叫他们。于是，大家都有了勇气，从泥水地上爬起来，深一脚、浅一脚地奔向林莽中的大山口。在闪电中，越看越清楚。白老太太，白发披身，白皮板风衣罩在身上，蛮精神，向她们笑啊笑，等他们爬过大沟，攀到山腰，见有座大山洞，洞边榆桦有一搂粗细，大伙钻进暖洞，避过了外面的暴雨，忙引火做饭。这时，一缕阳光射进洞口，太阳从云里钻出来了。因在山腰，这时从林海上分辨出了方向。大伙高兴，突然想到救命的白老太太，可是洞里洞外找啊找，她却不知去向。洞里篝火映照中，只见岩石上有不少刻纹，有白老太太像。大家惊奇了，都跪地叩头，都传讲是妈妈神救了这帮赶山人。

讲述人：那振山　农民　76 岁
　　　　刘淑琴　农民　64 岁
搜集地点：东宁镇郊区农业社住宅区
采录人：富育光
1973 年 8 月

附录三

《乌布西奔妈妈》动植物一览表

序号	种类	名称	主要习性	功能类别
1	陆地哺乳动物	棕熊（罴）	适应力强、杂食、独居、好斗，晨昏外出活动，白天栖于窝内	1、3、4
2		黑熊	杂食性动物，以植物为主，夜间出行，一般远离人类	3、4
3		北极熊	体型最大的熊，肉食、游泳健将、好斗、冬眠	1、2、3、4
4		东北虎	常单独活动，只在繁殖季节雌雄才在一起生活。无固定巢穴，多在山林区游荡寻食。生性机警又善于游泳，多晨昏活动，昼伏、潜伏，寒冬白天亦出来捕食	1、3、4
5		豹、雪豹	既会游泳，亦会爬树。性机敏，嗅觉听觉视觉灵敏，智力超常，隐蔽性强	1、2、3、4
6		狼	以肉食为主的杂食性动物，奔跑速度快、智能高，群居，以气味、叫声相互沟通	1、2、3、4
7		豺	性情沉默、警觉，多在晨昏捕食，届时能发出召集性的嚎叫声，以追逐、围攻方式捕食。行动敏捷，善于跳跃，嗅觉灵敏，耐力强，群居	3、4
8		狐	多栖树洞或土穴中，性狡猾，昼伏夜出，吃鼠、鸟、家禽等	1
9		野猪	昼伏，晨昏觅食，多集群活动，喜在泥水中洗浴	1、3
10		猞猁	常见于密林及山岩上，喜独居，晨昏活动频繁，有占区行为和固定的排泄地点，擅攀爬及游泳，耐饥性强	3
11		野猫	独居动物，夜行，多在晨昏时捕猎	4
12		鼠	广布于欧亚大陆的啮齿类动物，体小轻盈，尾部具缠绕性，适应性强，习性多样化，繁殖力强	1、2、4

续表

序号	种类	名称	主要习性	功能类别
13	陆地哺乳动物	貉	平原、丘陵、河谷、溪流附近均有栖息，穴居，一般利用其他动物的废弃洞穴或营巢于树根际和石隙间。昼伏夜行，行动缓慢。主要以鱼、虾、蛇、蟹、小型啮齿类、鸟类及鸟卵和浆果等植物性食物为食，冬季蛰眠	2、3、4
14		貂	体型似家猫大小，但较细长，四肢短健。适于寒冷气候，喜安静，多独居，一年两次换毛，食物多样化，主要食物是鱼类	2、3
15		紫貂	常以石缝、石洞、石塘、树洞等为临时住处，洞内清洁；除交配期外，多独居；视、听敏锐，行动快捷，一受惊扰，瞬间便消失在树林中。昼夜均能活动觅食，但以夜间居多；多在地上捕捉猎物，攀缘爬树也很灵活；冬季食物短缺时，迁至低山地带，待天气转暖时再返	4
16		獾	穴居，独居，昼伏夜出，嗅觉灵敏，善掘土	2、3、4
17		鼬	独居，昼伏夜出，极活跃，穴居。行动迅速、诡秘，凭借灵敏的嗅觉和听觉搜寻食物	4
18		狸	形状与猫相似，以鸟、鼠等为食，常盗食家禽	1、3、4
19		狗	犬科哺乳动物，狼的近亲	3、4
20		蝙蝠	夜间活动，食性广泛，大蝙蝠多以果实或花蜜为食，小蝙蝠多喜食鱼、蛙、昆虫，有冬眠的习性	4
21		麋鹿—草麋、山麋、江麋	性好合群，善游泳，喜欢以嫩草和其他水生植物为食	1、4
22		梅花鹿	晨昏活动，生活区域随季节变化，春季多在半阴坡，夏秋迁至阴坡，冬喜阳坡；采食成熟的果实、种子以及各种苔藓地衣类植物，间或到山下采食油菜、小麦等农作物，还常到盐碱地舔食盐碱	4
23		驯鹿	栖息于寒温带针叶林中，处于半野生状态。主要以石蕊为食，亦食荆、蘑菇及木本植物的嫩枝叶	3、4
24		驼鹿	夜晚或黄昏觅食，雄兽平时单独活动，雌兽多与幼仔群居；听觉和嗅觉灵敏，活动能力强，虽身躯巨大，却可以在池塘、湖沼中跋涉、游泳、潜水、觅食，行动轻快敏捷	3
25		白唇鹿	晨昏活动，白天卧伏僻静处休息；喜群居，除交配季节外，雌雄成体均分群活动，终年漫游于山麓、平原、沟谷和山岭间；以禾木科和莎草科为主要食物，反刍	2
26		獐	独居或成双活动，不结大群；行动时常为窜跳式，迅速；生性胆小、灵敏，善于隐藏，也善游；以芦苇、杂草及其他植物性食物为食	1、2、3、4
27		麃	栖息于密林、草丛、山地丘陵，多白天活动，单独生活；性机警，以种子、嫩草、青草、树枝等为食	3、4

续表

序号	种类	名称	主要习性	功能类别
28		麝一大耳麝羊	栖居于山林，独居，多在拂晓或黄昏后活动，昼卧灌丛下或僻静阴暗处；性怯懦、警觉，听觉、嗅觉发达；食量小，吃菊科、蔷薇科植物的嫩枝叶、地衣、苔藓等，尤喜食松或杉树上的松萝；行动敏捷，喜攀登悬崖，常居高以避敌害，喜跳跃	4
29		狍	栖息在疏林带，晨昏在河谷及缓坡上活动，不喜进入密林；由母狍及其后代构成家族群，雄狍仲夏才入群；以草、蕈、浆果为食。	2、3、4
30		马	一匹公马带一些母马组成小群体，多个小集体又组合成大群体，相互依恋，共同生活；开始时公马会发生争斗，但一旦小群体固定后，便会相安无事	3、4
31		牛	体型粗壮，角中空，由头骨向两侧呈大弧度伸出。力大，能耕田、拉车	3、4
32		岩羊	栖息于海拔 2500～5000 米的无林山地，夏季结成十至数十只的群，冬季则结成数百只的大群，由 1 只或数只公羊率领。常有 1 只或几只公羊立于高处突出的岩石上瞭望，当敌害接近时，迅速奔向高山裸岩地带，因毛色与岩石极其相近，故不易被发现，夜间及中午在岩石或岩石旁休息；晨昏到小溪边饮水，以草、小灌木、苔藓为主要食物；每年 9 月交配	2、4
33		羚羊	常 5～10 头成群，有的一群可达数百只，一般生活在旷野或沙漠，有的栖息于山区地带	2、3
34		兔	陆栖，见于荒漠、荒漠化草原、热带疏林、干草原和森林；善奔跑，性温和，胆小，常常夜间才敢出来觅食，繁殖能力极强	3、4
35		松鼠	分布范围较广，多见于寒温带森林地区，繁殖力强，食物以植物种子和果实为主	4
36		刺猬	栖山地森林、草原、农田、灌丛等，昼伏夜出，取食各种小动物，兼食植物，有时为害瓜果，冬眠	2
37		山魈	山魈被称为最凶狠的和最大的猴，剽悍强壮，喜群居，以嫩枝叶、野果及鸟、鼠、蛙、蛇等为食，有时还捕食其他猴类，因此被称为世界上最凶狠的猴类。	4
38	海洋哺乳动物	海豹	生活在寒温带海洋中，除产仔、休息和换毛季节需到冰上、沙滩或岩礁上之外，其余时间都在海中游泳、取食或嬉戏。繁殖期不集群，仔兽出生后，组成家庭群，哺乳期过后，家庭群结束。在冰上产仔，当冰融化之后，幼兽才开始独立在水中生活。以鱼类为主要食物，也食甲壳类及头足类	1、2、3
39		海狮	生活在海里，以鱼、蚌、乌贼、海蜇等为食，也常吞食小石子；没有固定的栖息地，每天都要为寻找食物的来源而到处漂游，至繁殖季节，才选择一固定的地方开始一场争夺配偶的斗争。雌性怀孕达一年之久，每胎产一仔	2、3

续表

序号	种类	名称	主要习性	功能类别
40		海狗	捕食鳕鱼和鲑鱼，亦吃海蟹、贝类。白天在近海游弋猎食，夜晚上岸休息。听觉和嗅觉灵敏。除繁殖期外，无固定栖息场所	2
41		海象	喜群居，捕食海螺、贝壳类软体动物；在陆地上不吃任何东西，表现出其独特的新陈代谢能力；雄雌海象的体重相差悬殊	2、3
42		海豚	听觉惊人灵敏，游泳技艺高超，并具有异乎寻常的潜水本领；栖息地多为浅海，很少游出深海，休息或游玩时，会聚集在靠近沙滩的海湾，捕食时则出现在浅水及多岩石的地方	3
43		鲸	胎生哺乳动物，为群集动物，小鲸要吃一年的母乳才能发育成熟	1、2、3
44		白鲸	具有高度群居性，形成个体间联系极为紧密的群体，通常由同一性别与年龄层的白鲸组成，另外也有规模较小的母子对白鲸族群。声音变化多端，包括旋转的颤音、嘎嘎叫、似钟声、尖锐的啪啪声、与近似推动生锈门板的声音。充满好奇心，常浮窥海面，并以鲸尾击浪	2
45		抹香鲸	嗜吃巨大的头足类动物，主要活动在热带和温带海域，大部分栖于深海，常因追猎巨乌贼而“屏气潜水”；一雄多雌，小抹香鲸出生后，一般在10岁左右开始成熟	2
46		灰鲸	有趋于近海水域或浅海湾栖游的特性，通常2～3头一起栖游，游泳速度很慢，呼吸时喷起的雾柱短粗，潜水时尾鳍露出水面以上；每年进行有规律地南北洄游；主要食饵为底栖生物，磷虾和小型鱼类	1、2
47		海獭	肉食兽中唯一的海栖动物，擅潜水，几乎不到陆地上活动，也从不远离海岸，能在海面上过夜睡觉；以海底生长的贝类、鲍鱼、海胆、螃蟹等为食，有时也吃一些海藻和鱼类，尤喜食海胆	3、4
48		海狸	性情温和，不袭击生物，以树与草为食；过家庭生活，喜欢用石块、树枝和淤泥筑坝，全家合力为之，最长可达300米	3
49		海鲤鼠	适于水陆两栖的生活环境，食植物，繁殖力强，13个月就能繁殖三窝	4

续表

序号	种类	名称	主要习性	功能类别
50	鱼类	鲭鱼	分布于我国近海，主要有海洋岛、连青石、大沙及沙外等渔场，渔期一般春汛为4～7月份；秋汛为9～12月份，南海沿海全年都可捕捞	4
51		鲢鱼	典型的滤食性鱼类，食欲与水温成正比，春夏秋三季多在水域的中上层游动觅食，冬季则潜至深水越冬；性情活泼，喜欢跳跃，有逆流而上的习性，但行动不甚敏捷，胆小怕惊，生长速度快、产量高，耐低氧能力极差	4
52		枪鱼—阿枪小鱼、银枪鱼	漂游于全球海面，肉食性，主要以其他鱼类为食	3、4
53		鲨鱼	不断向前游动，否则就会窒息，以海豹为主食	1、2、3
54		白鱼	平时多生活在流水及大水体的中上层，游泳迅速，善跳跃，以小鱼为食，是一种凶猛性鱼类；鱼喜栖湖泊近岸水域或河道、港湾水流较缓沿岸生活。自然分布甚广，是我国南北水域常见的淡水鱼类	1、2
55		鳟鱼	栖息于江河流速较缓的水域或湖泊。为杂食性鱼类。北起黑龙江，南至广东，西自四川，东到江浙一带的江河与湖泊，均有分布。鳟鱼通常栖息在淡水、冷水中	2、4
56		鲤鱼	底栖杂食性鱼类，荤素兼食，暮春、夏季、初秋，均以素食为主；喜各种水草和水生植物滋生繁茂的水域	4
57		黄姑姑鱼	大嘴大头，能活吞小鱼，并能发声	4
58		火缤鱼	红鳞小鱼，鳞闪光	4
59		黄花鱼	大黄花鱼分布于黄海南部、东海和南海，小黄鱼分布于我国黄海、渤海、东海及朝鲜西海岸。大黄鱼平时栖息较深海区，4～6月向近海洄游，产卵后，分散在沿岸索饵，秋冬季节又向深海区迁移；小黄鱼春季向沿岸洄游，3～6月间产卵后，分散在近海索饵，秋末返回深海，冬季于深海越冬。黄花鱼一般食性较杂，主要以鱼虾为食	4
60		鲭鳞鱼	即鲭鱼	4
61		扁头鱼	头、体很宽，似被上下挤压似的呈扁平形状，因骨骼较硬而得名；鬼牛尾、目牛尾、红牛尾等种类，总称牛尾鱼	4
62		长带鱼	分布较广，我国沿海各省均可见，是一种比较凶猛的肉食性鱼类，属洄游性鱼类，有昼夜垂直移动的习惯，白天群栖于中、下水层，晚间上升到表层活动，我国沿海的带鱼可分为南、北两大类，北方带鱼个头较南方带鱼大，它们在黄海南部越冬，春天游向渤海，形成春季鱼汛，秋天结群返回越冬地，形成秋季鱼汛	4
63		小团鱼	一种小海鱼	4
64		飞鳞鱼	同上	2
65		安昌鱼	同上	4

续表

序号	种类	名称	主要习性	功能类别
66		银梭鱼	梭鱼为黄渤海常见经济食用鱼类，主要栖息在海口河川咸淡水交汇处，以水底泥中微生物为食，春季三四月份于河口附近产卵，幼鱼时常随潮溯河在河口处生存	2
67		银鳞鱼	生长在东海中一种群游小白鱼	2
68		银龟鱼	近似银鳞鱼的另一种群游小鱼	2
69		飞鱼	生活在海洋上层的鱼类，是各种凶猛鱼类争相捕食的对象；不轻易跃出水面，每当遭到敌害攻击的时候，或者受到轮船引擎震荡声刺激的时候，才施展出这种本领。有些种类有季节性近海洄游习性，形成渔汛	4
70		鲑鱼	著名的溯河洄游鱼类，在淡水江河上游的溪河中产卵，回到海洋培育，幼鱼在淡水中生活 2－3 年，然后下海，在海中生活一年或数年，直到性成熟时再回到原出生地产卵	2、3
71		比目鱼	为底层海鱼类，其分布与环境，如海流、水和水温等因素有密切关系。如沿赤道诸大洋西侧暖流广，种类特多；黄、渤海沿岸寒流强且有黄海冷水团，冷温性种类较多；西太平洋南海等未受冰川期的强烈影响，种类也很多	2
72		海花鱼	东海中一种身带鳞花光彩的小鱼	2
73		胡瓜鱼	群体生活，中上层杂食性鱼类。幼鱼第一个夏季间以轮虫、绕足类甲壳动物和浮游动物为食，随着体长和年龄的增加，它们的捕食对象改为甲壳类浮游生物和一些小鱼	2
74		狼鱼	晚上觅食白天休息。黄昏后便开始出去搜集食物，而第二天黎明时分，它们就返回洞穴。幼鱼从卵里孵出，就脱离“父母”过着自食其力的生活。在前六个月内，它们喜欢浮到海面玩耍，以浮游生物为食	2
75		鳔鱼	一种扁形小鱼	2
76		鳗鱼	主要生长于热带及温带地区水域，一般产于咸淡水交界海域。	4
77		鲟鱼	大多生活于海中，于春夏季上溯入河（可能几年一次）产卵。卵小，黏性，数多，随季节变色，形小	4
78		大刀鱼	学名“刀鲚”，属洄游鱼类。每当春季，刀鱼成群溯江而上，形成鱼汛。属于夜型性鱼类，喜欢在幽暗的光线下游动、摄食，生长速度很快。刀鱼会将鱼卵产在水族箱中的岩石、沉木上，产卵后成鱼会轮流看护	3
79		海青鱼	习性不活泼，通常栖息在水的中下层，食物以螺蛳、蚌、蚬、蛤等为主，亦捕食虾和昆虫幼虫。在鱼苗阶段，则主要以浮游动物为食	2
80		晶光鱼	颇类似海花鱼的另一种身带晶光的小鱼群	4

续表

序号	种类	名称	主要习性	功能类别
81	鸟类	金雕、沙延安班夹昆（大白鹰）、海鹰、巨鹰	属猛禽类，大多数种类营巢于树上，亦有营巢于多草的地面上或悬崖上，以动物为食	1、2、4
82		苍鹰	栖于山地森林中，善于捕食小型哺乳动物，如野兔和野鼠等，偶尔也捕食鸟类。繁殖于西伯利亚以及我国的小兴安岭等地	1、2、4
83		隼	飞得很快，它们通常突然从空中冲向猎物处猎取食物	1、2、3
84		海鹞	一种凶猛的鸟，样子像鹰，比鹰小，背灰褐色，腹白色带赤褐色，捕食小鸟。繁殖于整个北半球的温带和北方地区以及南美洲的南部。飞行迅速而轻捷，喜低飞捕食地面草丛中的动物。嗜食鹎等小型鸟类，有时也食昆虫及其他啮齿动物。为旅鸟和冬候鸟	4
85		海鸢	体较轻，头小，脸部分裸露，嘴短，翅和尾狭长。许多种类见于全球的温暖地带。鸢主要以昆虫为食；有的则以腐肉为食，或吃齧齿动物和爬虫类；少数仅吃蜗牛类。鸢飞时飘浮空中，慢慢拍翅，然后滑翔，空中滑翔时两翅极少振动。一般独来独往，常见于城镇、乡村附近，多在高树上筑巢。终年留居在我国各省。冬季往往三五成群漫游	4
86		黑嘴鸱鸺（猫头鹰）	大多栖息于树上，部分种类栖息于岩石间和草地上。猫头鹰绝大多数是夜行性动物，昼伏夜出，白天隐匿于树丛岩穴或屋檐中，不易见到，食物以鼠类为主，也吃昆虫、小鸟、蜥蜴、鱼等动物	4
87		鹤	属迁徙鸟类，多生活在北方，每年十月下旬迁至长江流域一带越冬，第二年四月春回大地再飞回北方。主要栖息在沼泽、浅滩、芦苇塘等湿地，以捕食小鱼虾、昆虫、蛙蚧、软体动物为主，也吃植物的根茎、种子、嫩芽。善于奔驰飞翔，喜欢结群生活	4
88		林冠雀	北方一种长冠啄木鸟	4
89		乌鸦	杂食，吃谷物、浆果、昆虫、腐肉及其他鸟类的蛋。主要在地上觅食，步态稳重。喜群栖，有时数万只成群，但多数种类不集群营巢。每对配偶通常各自将巢筑于树的高枝上	1、4
90		海鸥	在北半球繁殖的种类最多，从温带至北极地区约有30种。成鸟大多为灰或白色，头部有各异的斑点。以海滨昆虫、软体动物、甲壳类以及耕地里的蠕虫和蛴螬为食；也捕食岸边小鱼，拾取岸边及船上丢弃的剩饭残羹。有些大型鸥类掠食其他鸟（包括其同类）的卵和幼雏	1、4
91		白鸥	分布于北美地区，欧亚大陆及非洲北部	4
92		山鹊	鸣禽类。状如鹊而色深青，有文彩，彩嘴赤足，头上有白冠，尾白而长，不能远飞	4

续表

序号	种类	名称	主要习性	功能类别
93		喜鹊	喜欢筑巢于民宅旁的大树上，并在居民点附近活动。巢呈球状，由雌雄共同筑造，以枯枝编成。每年将旧巢添加新枝修补使用。除秋季结成小群外，全年大多成对生活。鸣声洪亮。杂食性，在旷野和田间觅食，繁殖期捕食蝗虫、蝼蛄、地老虎、金龟甲、蛾类幼虫以及蛙类等小型动物或其他鸟类的卵和雏鸟，也吃瓜果、谷物、植物种子等。喜鹊为多年性配偶。雏鸟为晚成性，双亲饲喂一个月左右方能离巢	1、4
94		天鹅	天鹅保持着一种稀有的“终身伴侣制”，越冬时取食或休息都成双成对。雌天鹅产卵时，雄天鹅在旁边守卫，遇到敌害时，它拍打翅膀上前迎敌，勇敢地与对方搏斗。如果一只死亡，另一只则为之“守节”，终生单独生活	1、2、3、4
95		锦雉（鸡）	栖息于海拔2000—4000米的山地，活动于多岩的荒芜山地、灌丛及矮竹间。以农作物、草子、竹笋等为食，兼食昆虫。4月下旬开始繁殖，筑巢于人畜罕至的山坡地面的倒木枯枝下或巨岩缝隙里，以枯叶或残羽为材，非常隐蔽	1、3、4
96		雁—白雁	终生配对。在地面上筑简单的巢。迁徙性极强，飞到远离繁殖地的南方的固定地点越冬。能高飞，迁徙时排成V形队伍，迁徙中的雁被视作季节变化的先兆	1、4
97		布鲁昆鸟	苏雀，头顶是红色	4
98		野鸭	喜结群活动和群栖。食性广而杂，常以小鱼、小虾、甲壳类动物、昆虫，以及植物的种子、茎、茎叶、藻类和谷物等为食。喜水。飞翔能力强。胆小，喜安静。适应性强。鸣声响亮，与家鸭极相似。一年换羽2次	4
99		乌勒哈尔斑雀	即北方花杜鹃鸟	4
100		云雀	多数云雀以食地面上的昆虫和种子为生。所有的云雀都有高昂悦耳的声音	4
101		雪雀	栖居多石的山区及有疏草的半荒漠，通常于近水处。与鼠兔繁群相关联。冬季成大群，不惧人，自如进入农庄及村庄	4
102		九纹雀	北方小雀种类繁多，人们多以诸雀羽毛、体形及生活特性予以冠名	4
103		黄蜜雀	如上	4
104		小蜂雀	如上	4
105		白袍雀	如上	4
106		银丝雀	如上	4
107		岩雀	如上	4

续表

序号	种类	名称	主要习性	功能类别
108		黄莺儿	夏候鸟。雏鸟的食物全部是昆虫，初期以蛾类的幼虫为主，中期及末期则辅以蛾类和小型的蝉类等。哺育期约为16天，雏鸟离巢后的最初1~2天仍由亲鸟哺食。幼雏出巢后不久，约在8月下旬就开始南返	1、4
109		鸽子	鸽类均体形丰满；喙小，性温顺。行走的姿态似高视阔步，并带有特征性的点头动作	3、4
110	爬行类动物	蛇—海蛇	蛇类以食鼠为主（也食蛙类、鸟类等），快速行进、寻偶鸣叫、泅水过渡、类喜居荫蔽、潮湿、人迹罕至、杂草丛生、树木繁茂、有枯木树洞或乱石成堆、具柴垛草堆和古埂土墙，且饵料丰富的环境，这些都是它们栖居、出没、繁衍的场所，也有的蛇栖居水中	1、2、4
111	爬行类动物	蟒—海蟒	生活于热带及亚热带的森林中，或溪间附近的土山常绿阔叶林和石山常绿阔叶藤本灌丛区；有缠绕性，常用体后攀缠在树干上，也善于游泳。喜热怕冷	1、2、4
112	爬行类动物	海龟	生活于近海上层。以鱼类、头足纲动物、甲壳动物以及海藻等为食。大多数的海龟生存在比较浅的沿海水域、海湾、珊瑚礁和流入大海的河口	1、2
113	爬行类动物	江鳖	变温动物，水陆两栖，用肺呼吸。喜静怕惊，喜阳怕风，喜洁怕脏	3
114	爬行类动物	蜥蜴	多数种类系卵生，一般于夏季产卵于温暖潮湿而隐蔽的地方。有的属两性繁殖，有的则为孤雌繁殖。据认为，孤雌繁殖有利于全体成员参与产生后代，有利于迅速扩大种群，占据生存领域	3
115	两栖类动物	蛙	蛙类是指青蛙、蟾蜍两种类型。青蛙类具突出的双腿、无尾、后足强壮有蹼，适应于游泳和跳跃。大多数蛙类食昆虫，蛙类通常每年在淡水中繁殖	1、3、4
116	两栖类动物	哈什玛	又名中国林蛙，寒季潜入水底过冬，春分后开始上岸活动，并产卵繁殖后代。含有18种人体必需的氨基酸，9种维生素，是一种强身健体滋补中药	3
117	节肢动物	蜘蛛	多以昆虫、其他蜘蛛、多足类为食，部分蜘蛛也会以小型动物为食	4
118	节肢动物	蜜蜂	多具独栖性，即工蜂独自筑巢和采粉贮粮。雌蜂不筑巢，在寄生的巢内产卵。幼虫一般具有大头和上颚，用以破坏寄生的卵或幼虫	4
119	节肢动物	蝼蚁	属社会性生活的群体。每类蚂蚁各司其责。蚁后产卵，大部分卵将发育成雌性，它们被称为工蚁。它们负责建筑并保卫巢穴，照顾蚁后、卵和幼虫，以及搜寻食物	4
120	节肢动物	蜉蝣	幼期（稚虫）水生，生活在淡水湖或溪流中。春夏两季，从午后至傍晚，常有成群的雄虫进行“婚飞”，雌虫独自飞入群中与雄虫配对。产卵于水中。以高等水生植物和藻类为食，秋、冬两季有些种类以水底碎屑为食。常在静水中攀缘、匍匐或在底泥中潜掘，或在急流中吸附于石砾下栖息。成虫不食，寿命短，一般只活几小时至数天	4

续表

序号	种类	名称	主要习性	功能类别
121		蚊蚋	蚊虫都滋生于水中，不同性质的水质和积水类型滋生不同种类的蚊虫。蚊是通过吸血传播疾病的。蚊羽化后和吸血后均喜欢在隐蔽、阴暗和通风不良的地方栖息	4
122		蟹	多为杂食性，海生为主，以热带浅海种类最多。小部分蟹类在淡水中生长繁殖，它们多栖息于山区溪流的石块下。另有少数蟹类适应陆地生活，穴居于潮湿的泥洞中，繁殖时期则迁移下海	3、4
123		蝎	夜行性动物，常寄居山坡、墙缝、土穴等潮湿阴凉处。主要分布在寒带以外的世界大部分地区	3、4
124	环节动物	蚯蚓	为常见的一种陆生环节动物，生活在土壤中，昼伏夜出，以腐败有机物为食，连同泥土一同吞入。也摄食植物的茎叶等碎片。蚯蚓可使土壤疏松、改良土壤、提高肥力	4
125	软体动物	蛤蜊	栖息于潮间带中、下区以下的泥沙滩海底。其栖息于泥沙中的深度，一般都不超过自己身体长度的2倍	2、3
126		海贝	分布在浅水礁滩上，生长于海洋沿岸的生物	2
127		海虹	分布广、适应性强、繁殖力强、生长快、产量高、营养丰富	4
128		蚌	世界性分布。海生者最常见于凉爽海域。蚌是在水底钻入泥沙中生活的，活动能力很小	2、3
129		螺	一种腹足类动物，特别是指有一个封闭的壳，可以完全缩入其中以得保护的腹足类动物。没有壳的腹足类一般称为蛞蝓	2、3、4
130		蜗牛	喜钻入疏松的腐殖土中栖息、产卵、调节体内湿度和吸取部分养料。杂食性和偏食性并存。具有有效的抵御外敌侵害的能力和方法。具有惊人的生存能力和很强耐性，对冷、热、饥饿、干旱都有较强的耐力	4
131	棘皮动物	海参	分布于中国诸多海域。有的裸露，有的隐藏，有的钻在沙内，有的仅见于珊瑚礁内。摄食常有节律性。生活在2~40米深的海底；夏眠；饵料以泥沙中的动植物碎屑和底栖硅藻为主；繁殖期在6~7月；具有很强的再生能力	3
132	腔肠动物	海葵	多为雌雄同体或雌雄异体。在雌雄同体的种类中，雄性先熟。多数海葵的精子和卵是在海水中受精，发育成浮浪幼虫；少数海葵幼体在母体内发育。多数海葵的基盘固着，有时也能缓慢移动。少数无基盘，埋栖于泥沙质海底，有的海葵能以触手在水中游泳。海葵除了依附岩礁之外，还会依附在寄居蟹的壳上	2、4
133		珊瑚	喜光和肥沃、湿润的土壤，具有较强的耐性，能耐阴、耐瘠薄、耐烟尘、耐修剪、耐移植。生长较快，病虫害少	2、3

续表

序号	种类	名称	主要习性	功能类别
134	被子植物	桦树	为速生树种，喜光，较喜湿润，对土壤要求不严，在较肥沃的棕色森林中生长良好。萌芽力很强，采伐后可自行萌芽更新。种子小而带翅易传播	2、4
135		椴树	主要分布在北温带和亚热带地区，萌芽性强，用种子繁殖，种子常有后熟作用	4
136		榆树	阳性树种，喜光，耐旱，耐寒，耐瘠薄，不择土壤，适应性很强。根系发达，抗风力、保土力强。萌芽力强，耐修剪。生长快，寿命长。不耐水湿	2、4
137		槐树	性耐寒，喜阳光，不耐阴湿而具抗旱性，在低洼积水处生长不良，深根，较耐瘠薄，但在湿润、肥沃、深厚、排水良好的沙质土壤上生长最佳。适应城市街道环境。病虫害不多，寿命长，耐烟毒能力强	2、3、4
138		杨树	具有早期速生、适应性强、分布广、种类和品种多、容易杂交、容易改良遗传性、容易无性繁殖等特点，因而广泛用于集约栽培。可大幅度提高生产力，对解决木材短缺起着很大作用	2、4
139		柳树	分垂柳和旱柳两种。垂柳又叫杨柳，为落叶乔木；旱柳又称杞柳，亦为河柳，是落叶灌木。柳树枝柔韧，叶狭长，春天开黄绿色花，种子上有白色毛状物，成熟后随风飞散。柳可以进行无性繁殖，以须柳根生长为主	1、2、3、4
140		山丁树	果实为山丁，小圆形，味酸甜，秋天山丁树的树叶变成红色	4
141		马尔卡白树	寒带多年生植物，白色，皮可制胶	4
142	裸子植物	松树	多为喜光树种，生长在不同的土壤中，耐阴性弱。具有旱生结构：叶狭窄，角质层发达，表面积与容积之比小，气孔下陷，厚壁组织充分发育。在生理上，它们和中生的阔叶树种相比，更能忍耐缺水而不受伤害。在生态上，松树是旱生植物。松树是松科松属植物统称，常绿针叶乔木，雌雄同株	2、3、4
143		柏树	分布南北两半球。多数种类在造林、固沙及水土保持方面占有重要地位	3、4
144		云杉	耐阴、耐寒、喜欢凉爽湿润的气候和肥沃深厚、排水良好的微酸性沙质土壤，生长缓慢，浅根性树种，喜空气湿润气候，喜生于中性和微酸性土壤，喜排水性良好、疏松肥沃的沙壤土	2

续表

序号	种类	名称	主要习性	功能类别
145	被子植物	芍药	性耐寒，在我国北方亦可露地越冬，土质以深厚、湿润的土壤为最适宜，根易腐烂，故低洼地、盐碱地不宜栽培。性喜肥沃土壤，在阳光充足处生长最好	4
146		白莲	地理位置不同，物候期亦不同，且全生育期的长短差异也很大。有种子繁殖（有性繁殖）和种藕繁殖（无性繁殖）两种方法，但主要采用无性繁殖，其生长发育过程要经历幼苗期、成苗期、花果期、结藕期和越冬休眠期	3
147		温嘎	一种北方野草，味清香，具有刺激性。萨满祭祀仪式中燃之以为香料	2
148		吉伦草	生长在日本海西海岸一带的一年生草本植物。据其生长状况可看草原草质和土质情况	4
149		望海梅	多生长在海崖边的高山上，据其生长状况可观海潮	4
150		草乌花	乌头的花朵，具有致幻作用，亦有麻醉作用。针刺脓疮时，喝此花泡的水，有微麻之效。在野草丛中或鱼食中放入此水，可使小鸟和鱼麻醉	2
151		海冬花	生长在寒带海崖边，春季开白花，迎雪开花	2、4
152		百合花	喜温暖湿润和阳光充足的环境。较耐寒，怕高温和湿度大	4
153		顿顿依尔哈（蝴蝶花）	耐阴，耐寒。散生于林下、溪旁阴湿处	4
154		美儿菈（狗尾巴花）	原产中国、澳大利亚。喜温暖湿润的环境，喜光照充足；宜植于肥沃、湿润之地，亦耐瘠薄，适应性强	1
155		桂罂草	一种类似大烟的致幻植物	2、4
156		海龙草	同上	3
157		海香叶	同上	3
158		桂兰“塔布乐”	塔布乐，满语醉痴意。相传毒蛇喜欢在一种名叫桂兰香的野草上歇息。故萨满寻采桂兰香制迷幻药	2
159		狼毒	多年生草本，丛生，头状花序。狼毒花根系大，吸水能力强，能够适应干旱寒冷的气候，生命力强。狼毒根入药，有大毒，能散结、逐水、止痛、杀虫，外用治疥癣、瘙痒，顽固性皮炎、杀蛆	2、3
160		耗子尾巴草	据传采此种修长纤细的塔头甸子里的草，装入枕内，萨满可梦游出神，一种脱魂草药	2、3
161		乌头草	具有麻醉、致幻作用	2、3
162		人参	多年生草本植物，喜阴凉、湿润的气候，多生长在海拔500～1100米山地缓坡或斜坡地的针阔混交林或杂木林中	3
163		乌头楞	即乌头的根茎，有大毒	2

续表

序号	种类	名称	主要习性	功能类别
164		一品红	绿灌木，喜温暖、湿润及充足的光照。不耐低温，为典型的短日照植物。强光直射及光照不足均不利其生长	2
165		一串蓬	系指采集秋集成熟的蓬蒿，熬水，味大，驱瘟用	2
166		海莲	红树科植物，其树皮具有收敛止泻作用，治脾胃虚寒所致的脘腹冷痛、泄泻诸症	3
167		白乌头	辛性，大热，有剧毒。秋季采挖，去粗皮，以醋煮1小时，晒干研细末，或洗净去粗皮，石灰水泡2~3天，切片晒干。具有活血镇痛，祛风化湿作用。用于治疗风湿疼痛，跌打损伤，也为萨满致幻药物	1
168		托盘	一种野果	2
169		山里红	生于山谷或山地灌木丛中，适应能力强，易栽培，树冠整齐，枝叶繁茂，病虫害少，花果鲜美可爱，风味独特。是田旁、宅园绿化的观赏树种	2
170		亚格达	满语，一种酸甜野果	2
171		甜果豆	即黑星星	2
172		葡萄	盛产于东北的“山葡萄”，具有较强的土壤适应性，和耐低温的能力，果粒小，味酸，用于酿酒	2
173		菇娘—红灯笼	茄科植物多年草本，原本是野生植物。多生长在山坡上，它耐寒抗旱，在我国北方和东北地区生长较多。株枝上的果实呈多角灯笼形，内有圆形果球，如樱桃大小，秋天成熟后可食用，味甘甜。它还是一种中药材，有清热解毒，镇咳利尿的功效	2
174		荆棘—野紫荆	李科落叶灌木，枝条多荆，民间常用于作围篱	3
175		藤	一种密实坚固又轻巧坚韧的天然材料，具有不怕挤、不怕压、柔韧有弹性的特性	1
176		葛	豆科，多年生草质藤本，又名葛藤；有地下块根，圆柱形；小枝密被棕褐色毛。种子扁平，圆形。茎皮纤维可柠成绳索，块根含淀粉可制葛粉或酿酒	1
177		茅	多年生草本植物，春季先开花，后生叶，花穗上密生白毛。根茎可食，亦可入药	1、3
178	蕨类植物	吐丝草	秋季孢子未脱落时采割藤叶，晒干，搓或打下孢子，除去藤叶，生用	4
179	菌类	沙吉科尔花	沙吉科尔为满语祥瑞之意，与灵芝相仿，萨满祭祀采之	3
180		卡丹花	与沙吉科尔花近似，皆为萨满吉祥花卉	3

说明一：“一览表”涉及动物类群解释

（一）动物

哺乳类动物：脊椎动物，身体被毛；体温恒定；胎生（单孔类例外）和哺乳；心脏左、右两室完全分开。

鸟类动物：脊椎动物，都有翅膀和羽毛，产卵，形成复杂的双重呼吸系统。

爬行动物：脊椎动物，羊膜卵繁殖，摆脱了水的束缚。表皮高度角质化，形成角质鳞片。脊柱进一步分化为颈椎、躯椎、腰椎、荐椎、尾椎5部分。形成胸廓，具典型的五指型四肢。

两栖动物：脊椎动物，变温动物，变态，幼虫水生，腮呼吸，成虫陆生，肺呼吸。脊柱分为颈椎、躯干椎、荐椎、尾椎4部分，并演化为典型的五指（趾）型四肢。

鱼类动物：脊椎动物，均有上下颌、成对的附肢（偶鳍）、体表被鳞、用鳃呼吸。血液为单循环方式。

节肢动物：无脊椎动物，异律分节，即身体形成头、胸、腹部，形成带关节的附肢，如口器、触角及足。形成几丁质外骨骼。

环节动物：无脊椎动物，身体除头部外，各体节基本相同，一些内脏器官也依体节重复排列。同时由体壁向外伸出扁平突起的疣足。有的疣足退化为刚毛。闭关式循环系统。

软体动物，无脊椎动物，分为头、足、内脏团和外套膜（肺）四部分构成。外套膜不仅分泌产生外壳，还和呼吸有关。

腔肠动物：无脊椎动物，较低等动物，身体呈辐射对称，无体腔分化。

棘皮动物：无脊椎动物，具内骨骼和水管系统，幼虫两侧对称，成体五辐射对称。

（二）植物

被子植物：分化为典型的根、茎、叶、花、果实和种子。生殖器官特化成花的构造，有特殊的双受精现象。果实的形成是植物进一步适应陆地生活，更加进化的体现。

裸子植物：多年生木本植物，有强大的主根；产生种子，但不形成子房和果实。

蕨类植物：一般为陆生，世代交替明显，孢子体、配子体均能独立生活。维管束不发达，无花无种子植物，在叶子背面产生孢子囊。

（三）灵芝为真菌类，非动植物。

说明二："一览表"之"功能类别"说明

（一）表中"功能类别"是依据各种动植物在史诗中的功能进行的分类，以阿拉伯数字标记的顺序如下：

1. 萨满教神灵；
2. 用于萨满神事活动中的动植物；
3. 采集渔猎对象和生产生活中具有实用价值的动植物；
4. 自然生态环境中的生物和用于修辞比喻的动植物。

（二）各种动植物在史诗中的功能具有多重性，故上述四种分类互有交叉。这种分类也仅是一个大致的类别划分，不尽准确、全面，仅供参考。

（三）表中一些动植物名称，因系方言、民族用语、俗称等，暂无从考究，列入表中，以留后查证。

主要参考文献

著作类

吕大吉：《宗教学通论新编》，中国社会科学出版社 2010 年版。

郎樱：《〈玛纳斯〉论》，内蒙古大学出版社 1999 年版。

富育光：《萨满教与神话》，辽宁大学出版社 1990 年版。

潜明兹：《史诗探幽》，中国民间文艺出版社 1986 年版。

刘守华、陈建宪主编：《民间文学教程》，华中师范大学出版社 1999 年版。

尹虎彬：《古代经典与口头传统》，中国社会科学出版社 2002 年版。

朝戈金：《口传史诗诗学：冉皮勒〈江格尔〉程式句法研究》，广西人民出版社 2000 年版。

万建中：《民间文学引论》，北京大学出版社 2006 年版。

朱狄：《原始文化研究》，三联书店 1988 年版。

降边嘉措：《格萨尔论》，内蒙古大学出版社 1999 年版。

贾木查：《史诗〈江格尔〉探渊》，新疆人民出版社 1995 年版。

丛佩远：《中国东北史》第三卷，吉林文史出版社 2006 年版。

蒋秀松：《东北亚研究：东北民族史研究》（三），中州古籍出版社 1997 年版。

孙进已、张璇如、蒋秀松、干志耿、庄严：《女真史》，吉林文史出版社 1987 年版。

韩世明：《明代女真家庭形态研究》，中国社会科学出版社 2006 年版。

段宝林：《神话与史诗》上篇《中国神话博览》，民族出版社 2010

年版。

刘小萌：《满族的社会与生活》，北京图书馆出版社 1998 年版。

孟慧英：《萨满英雄之歌——伊玛堪研究》，社会科学文献出版社 1998 年版。

孟慧英：《中国北方民族萨满教》，社会科学文献出版社 2000 年版。

金泽：《宗教禁忌》，社会科学文献出版社 1998 年版。

郭淑云：《原始活态文化——萨满教透视》，上海人民出版社 2001 年版。

郭淑云：《中国北方民族萨满出神现象研究》，民族出版社 2007 年版。

林昌：《中国上古文明考论》，上海教育出版社 2005 年版。

《中华文明史》第一卷，河北教育出版社 1989 年版。

宋兆麟：《巫与巫术》，四川民族出版社 1989 年版。

朱狄：《原始文化研究》，三联书店 1988 年版。

王宏刚、王海冬、张安巡：《追太阳——萨满教与中国北方民族文化精神起源论》，民族出版社 2011 年版。

秋浦主编：《萨满教研究》，上海人民出版社 1985 年版。

尹虎彬主编：《中国少数民族文化中的史诗与英雄》，广西师范大学出版社 2004 年版。

张璇如、陈伯霖、谷文双、白凤岐：《北方民族渔猎经济文化研究》，吉林人民出版社 1999 年版。

宋兆麟、冯莉编著：《中国远古文化》，宁波出版社 2004 年版。

孙进已：《东北亚研究——东北亚民族史论研究》，中州古籍出版社 1994 年版。

于晓飞、黄任远：《赫哲族与阿伊努文化比较研究》，黑龙江人民出版社 2002 年版。

叶舒宪：《神话—原形批评》，陕西师范大学出版社 1987 年版。

钟敬文：《民间文学概论》，上海文艺出版社 1980 年版。

干志耿、王可宾主编：《辽金史论集》第八辑，吉林文史出版社 1994 年版。

［德］黑格尔：《美学》第 3 卷下册，商务印书馆 1979 年版。

［意］维柯：《新科学》，朱光潜译，人民文学出版社 1986 年版。

［荷］米尼克·希珀、尹虎彬主编：《中国少数民族文化中的史诗与英雄》，广西师范大学出版社2004年版。

［俄］史禄国：《北方通古斯的社会组织》，吴有刚、赵复兴、孟克译，内蒙古人民出版社1984年版。

［俄］史禄国：《满族的社会组织——满族氏族组织研究》，高丙中译，刘小萌校，商务印书馆1997年版。

［美］路易斯·亨利·摩尔根：《古代社会》（上），杨东莼、马雍、马巨译，商务印书馆1981年版。

［德］恩格斯：《家庭、私有制和国家的起源》，《马克思恩格斯选集》第4卷，人民出版社1995年版。

［英］爱德华·B. 泰勒：《人类学——人及其文化研究》，广西师范大学出版社2004年版。

［苏］Д. E. 海通：《图腾崇拜》，何星亮译，上海文艺出版1993年版。

［法］爱弥尔·涂尔干：《宗教生活的基本形式》，渠东、汲哲译，上海人民出版社1999年版。

［普鲁士］卡尔·冯·克劳塞维茨：《战争论》第1卷，中国人民解放军军事科学院译，解放军出版社2005年版。

［苏］弗·克·阿尔谢尼耶夫：《在乌苏里的莽林中——乌苏里山区历险记：1902—1906年锡霍特山区考察记》，王士燮、沈曼丽、黄树南等译，人民文学出版社2005年版。

［法］伏尔泰：《风俗论》（上册），蒋守锵译，商务印书馆1997年版。

吉林省民族研究所编：《萨满教文化研究》第二辑，天津古籍出版社1990年版。

［英］詹·乔·弗雷泽：《金枝》，徐育新、汪培基、张泽石译，大众文艺出版社1998年版。

［德］格罗塞：《艺术的起源》，蔡慕晖译，商务印书馆1984年版。

［俄］E. И. 杰烈维扬科：《黑龙江沿岸的部落》，林树山、姚凤译，吉林文史出版社1987年版。

［法］列维－布留尔：《原始思维》，丁由译，商务印书馆1987年版。

［俄］E. M. 梅列金斯基：《英雄史诗的起源》，王亚民、张淑明、刘玉

琴译，商务印书馆 2007 年版。

［美］阿尔伯特·贝茨·《故事的歌手》，尹虎彬译，中华书局 2004 年版。

［苏］谢·尤·涅克留多夫：《蒙古人民的英雄史诗》，徐昌汉、高文风、张积智译，刘魁立、仁钦道尔吉校，内蒙古大学出版社 1991 年版。

吉林省社会科学院编：《民族译文集》第一辑，1983 年印。

［苏］A. П. 奥克拉德尼科夫：《滨海遥远的过去》，莫润先、田大畏译，商务印书馆 1982 年版。

论文类

马名超：《论东北冰缘区少数民族英雄史诗类型及其文化联系》，载黑龙江省民族研究会、黑龙江省民族研究所编《黑龙江民族研究论文集》第一辑，黑龙江省出版总社 1986 年批号，1987 年印刷。

郎樱：《论北方民族的英雄史诗》，《社会科学战线》1999 年第 4 期。

尹虎彬：《中国史诗的多元传统与史诗研究的多重维度》，《百色学院学报》2009 年第 1 期。

童恩正：《中国古代的巫》，《中国社会科学》1995 年第 5 期。

叶舒宪：《中国少数民族英雄史诗的类型及文化生态》，《敦煌》诗刊 2003 年卷。

富育光：《满族传统说部艺术——“乌勒本”研考》，《民族文学研究》1999 年第 3 期。

富育光：《“满族说部”调查（一）〈乌布西奔妈妈〉采录始末》，《社会科学战线》2007 年第 3 期。

陈胜华、刘鸿辉：《马克思与文化人类学》，《中国社会科学》1987 年第 5 期。

郭淑云：《满族萨满英雄史诗〈乌布西奔妈妈〉初探》，《黑龙江民族丛刊》2001 年第 1 期。

王宏刚：《论通古斯萨满教的文化史价值》，《满语研究》2005 年第 2 期。

江帆：《东海女真文化的认知人类学阐释——以满族萨满史诗〈乌布西奔妈妈〉为例》，《满族研究》2009年第4期。

高荷红：《满族说部“窝车库乌勒本”研究——从天庭秩序到人间秩序的确立》，《东北史地》2012年第3期。

宝音和西格：《关于〈江格尔〉研究中的几个理论问题》，《内蒙古大学学报》1999年第7期。

蒋秀松：《明代的野人女真》，《黑河学刊》1986年第4期。

刘小萌：《明代女真血缘组织哈拉穆昆的动态分析》，《社会科学战线》1990年第4期。

谷颖：《满族萨满神话研究》，东北师范大学2010年博士学位论文。

汤惠生：《关于萨满教研究的思考》，《青海社会科学》1997年第2期。

后　记

与《乌布西奔妈妈》结缘，始于2001年。是年，在协助富育光先生整理史诗文本的基础上，本人以《满族史诗〈乌布西奔妈妈〉研究》为题申报了国家社会科学基金项目，有幸获批立项。如今十二年过去了，对于中国人而言，十二年是一个周而复始的轮回。光阴荏苒，岁月蹉跎，在此期间，虽经历了攻读博士学位、组建我国首家萨满文化研究所、建设省级人文社会科学重点研究基地以及两度工作调动、举家移居等人生际遇，但《乌布西奔妈妈》于我，始终是一个沉甸甸的话题。

选择这样一个研究课题，对我来说是个很大的学术挑战。如果说当初是以一种学术敏感认识到它的重要价值，申报了项目的话，那么在后来的研究中，令我深切地感受到把握这项原创课题的力不从心。史诗学业已成为国际显学，经历了漫长的发展历程，各民族史诗形态异常丰富。如何在史诗学理论框架下，以跨文化的视野，界定《乌布西奔妈妈》的史诗性质、类型及其特点，提示其史诗学价值，对我来说，不啻于步入了一个陌生的研究领域。史诗向有百科全书之美誉，涉及诸多方面，应予以多学科观照，亦非本人能力所及。《乌布西奔妈妈》是满族先世东海女真人的一部英雄史诗，历史上女真人历经千年发展演变历程，支系繁多，变化多端，令史家望而却步。如何认识作品与东海女真史及其社会的关系，也是非常棘手的问题。多年来，我对自己时断时续的研究成果始终不满意，似乎从未悟其精髓。即使研究成果以优秀等级通过结项，成果简介入选《国家社科基金项目成果选介汇编》，并获大连市政府学术专著出版资助，仍将其束之高阁，企盼有暇潜心研究，以求有所突破。

申报2012年《国家哲学社会科学优秀成果文库》，同样基于史诗文本的重要价值。2006年，《乌布西奔妈妈》作为满族传统说部之一，被列入“第一批国家级非物质文化遗产名录”。《乌布西奔妈妈》是一部古老的英雄史诗、典型的萨满史诗和优秀的渔猎民族史诗，内涵丰富，形态古老、特色鲜明，在世界英雄史诗之林独树一帜。随着研究的深入，我越来越清晰地认识到，它不仅属于满族和中华民族，它终将迈出国门，走向世界。如今，《乌布西奔妈妈》英译已在某高校立项，相信不久的将来，必将引起国内外学术界更为广泛的关注。

拙稿忝列“文库”，惶恐有余，双重压力，令我寝食难安。作为《乌布西奔妈妈》的原创性研究成果，能否经得起历史的推敲，时时考问着我；作为“文库”成果之一，其品质的高下，既可“附骥尾则涉千里，攀鸿翮则翔四海”，亦可在辱没其盛誉同时，令自身名誉扫地。这种压力逼迫我放下手头其他工作，躲进小楼，潜心贯注，夜以继日，苦苦求索，终有此收获，亦甘苦自知。其间，八旬老母不慎骨折，因有此稿压身，术后不能病榻亲伺；时值春运高峰，一票难求，无奈以站票从故乡吉林返回寓所。

本书得以面世，还得益于学界诸师友的关心、指导和帮助。资深满学家、长春师范学院萨满文化研究所名誉所长富育光研究员是《乌布西奔妈妈》的采录者和整理者。蒙富先生信任，本人得以参与史诗文本的最初整理工作，享先睹之独厚。2007 年，值史诗文本付梓之际，富先生三次电话垂询本人署名一事，因当时诸事缠身，无暇参与文本最后定稿，遂主动放弃。富先生一直关心本书的写作，以其深厚的学养给予许多具体指导，解决了不少疑难问题。本项研究始终是在著名史诗学家、中国社会科学院民族文学研究所原所长郎樱教授的指导下进行的，她在史诗学方面的造诣与教诲使我受益良多。因其近期患病住院，赐序计划无法实现，诚为憾事。但郎先生对本人的悉心指导和提携后学的大家风范将永记我心。吉林省民族研究所原所长张璇如研究员是国内著名女真史专家，审读了书稿的相关部分，提出了中肯的意见。人类学家、兰州大学西北少数民族研究中心王建新教授以人类学理论见教，提出诸多修改意见，令我获益匪浅。长春师范学院萨满文化研究所谷颖博士和满族学子汪亭存对本书写作做了大量工作；大连民族学院生命科学院副院长刘秋教授主动帮助将文本中的动植物进行了科学分类，孙维冉协助制作了“动植物一览表”；东北师范大学历史文化学院在读博士生宋继刚，我的学生丛彦博、邱冬梅协助核对了书中引文，在此一并致以深深谢意。

衷心感谢全国哲学社会科学规划评审专家和吉林省社会科学规划诸位评审专家，他们在立项、结项和入选文库等环节提出的评审意见，弥足珍贵，颇受启发。真诚感谢中国社会科学出版社总编室主任陈彪先生和文学编辑室主任郭晓鸿博士，他们为本书的出版做了大量具体工作。

窗外烟雨朦胧，海天一色。拙著付梓在即，遗憾已然在心，种种不尽如人意之处，唯盼同道与读者的批评与赐教，以求日后有所弥补。新的研究工作已在案头久候，谨对这段研究经历和心路历程略作梳理，以永远铭记诸师友的厚爱、情谊、支持与帮助，亦为自己未来的科研之路总结经验。

作者谨识

2013 年 2 月 28 日

图书在版编目(CIP)数据

《乌布西奔妈妈》研究／郭淑云著．—北京：中国社会科学出版社，2013.3

（国家哲学社会科学成果文库）

ISBN 978-7-5161-2173-3

Ⅰ.①乌… Ⅱ.①郭… Ⅲ.①满族—英雄史诗—诗歌—研究—中国 Ⅳ.①I207.22

中国版本图书馆 CIP 数据核字(2013)第 040288 号

出 版 人 赵剑英
选题策划 陈 彪
责任编辑 郭晓鸿
责任校对 高 婷
责任印制 戴 宽

出 版 中国社会科学出版社
社 址 北京鼓楼西大街甲 158 号（邮编 100720）
网 址 http://www.csspw.cn
中文域名：中国社科网 010-64070619
发 行 部 010-84083685
门 市 部 010-84029450
经 销 新华书店及其他书店

印刷装订 环球印刷(北京)有限公司
版 次 2013 年 3 月第 1 版
印 次 2013 年 3 月第 1 次印刷

开 本 710×1000 1/16
印 张 22.25
字 数 365 千字
定 价 62.00 元
